Die Hölle ist offen. Wir haben geglaubt, das Tor hätte sich geschlossen. Es war nur angelehnt.

Peter Gottfreund

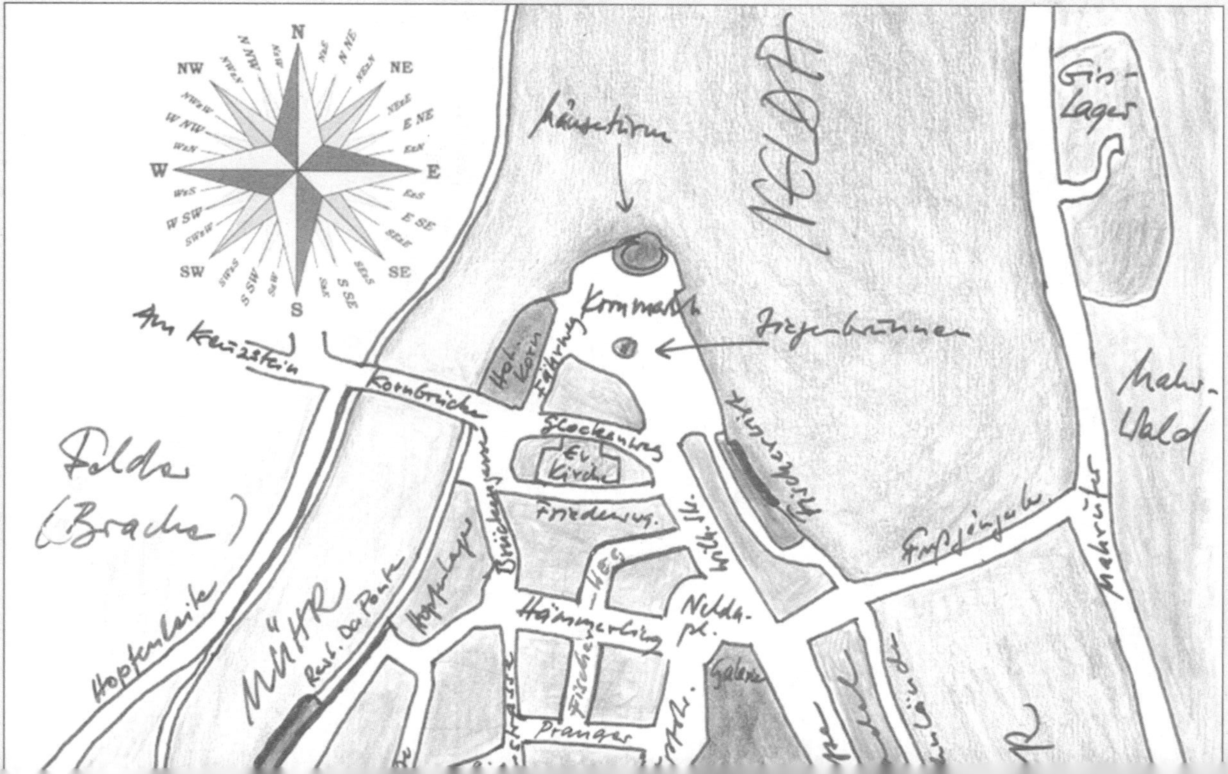
N
NE
E
SE
S
SW
W
NW
Am Kreuzstein
Kornbrücke
Kornmarkt
Hof Korn
Fährweg
Glockenweg
Ev. Kirche
Friedensweg
Brückengasse
Hopfenlage
Fischer-Weg
Pranger
Galerie
Wilh. Str.
NELDA
Eis-Lager
Mahr-Wald
Mahrufer
Hopfenleite
Rest. Da Ponte

Gert Heidenreich

Im Dunkel der Zeit

Gert Heidenreich

Im Dunkel der Zeit

Roman

nymphenburger

Die Dunklen Seiten
bei nymphenburger

Herausgegeben von
Thomas Kraft

Schutzumschlag: Wolfgang Heinzel
Schutzumschlagmotiv: Benny Rebel, Hannover
Satz: Filmsatz Schröter GmbH, München
Gesetzt aus 11,5 pt Adobe Garamond
Druck und Binden: GGP Media GmbH, Pößneck
Printed in Germany
ISBN 978-3-485-01096-2

www.nymphenburger-verlag.de

Inhalt

I

Swoboda

SWOBODA WANDTE DEN BLICK AB von dem Toten unter den Bäumen, der auf dem Rücken im Laub lag wie ein riesiges, wachsbleiches Krippenkind, mit ausgebreiteten, zum Himmel offenen Händen.
Die Doppellage Küchenpapier, die das Becken des Leichnams bedeckte, sah aus wie das Lendentuch eines Heilands. Zumal überall am Körper Blutmale waren. Der Kommissar war vor Entsetzen nicht fähig, sich zwischen Geburt und Kreuzigung zu entscheiden.
Das Gesicht hatte Satan gemacht: tief in die Schädeldecke eingeschlagene Zimmermannsnägel standen dicht nebeneinander wie eine eiserne Punk-Frisur. Sie gingen auf der Stirn in eine Nagelmaske über, die nur den weißen Nasenrücken freiließ und über das Kinn bis zum Hals hinunterwuchs.
Die Ermittler und Tatortbeamten, die um den nackten Toten standen, fragten sich, wer fähig war, so etwas zu tun. Wie lange das Opfer gelitten hatte. Ob der Täter den ersten Nagel durch die Schädelkalotte getrieben und an dem Hirntoten sein Werk fortgesetzt oder mit

einem in den Kehlkopf geschlagenen Nagel begonnen und sich aufwärts gearbeitet hatte. War ein Sadist am Werk gewesen, der seine Neigung an einem Toten befriedigte, oder einer, der sich an den Qualen eines elend Sterbenden weidete? Keiner sprach seine Fragen aus, so als hätte die morgendliche Waldstille zu schweigen geboten.

Manchmal haßte Swoboda die Stadt, in der er zwar nicht geboren doch groß geworden war und die ihn, nach seinen besseren Jahren andernorts, wieder eingefangen hatte, ohne daß die Gründe dafür von ihm selbst gewählt worden waren. Manchmal lebte er gleichgültig wie ein Vogel in ihr, manchmal widerte sie ihn an, nicht nur im Herbst, wenn der Bergwald über dem Ufer der Mahr sein Blattfeuer verlor und jenseits des Flusses die Altstadt abends als dunkler Schwamm auf der Halbinsel lag.

Der Landwinkel hatte sich in den letzten eiszeitlichen Endmoränen gebildet, war vom Zusammenfluß der nun Mahr und Mühr genannten Flüsse eingeschlossen und irgendwann in der Bronzezeit besiedelt worden.

Wer der fast jedes Jahr im April überfluteten Stadt den Namen gegeben hatte, war unbekannt. Swoboda hatte bei seinen landeskundlichen Nachforschungen nur zwei Leute mit ähnlich klingenden Namen ausfindig machen können. Einen Steinmetz mit Vornamen Herrmann und einen Alchimisten, Irenäus gerufen, Apothe-

ker vermutlich, der 1542 auf dem Kornmarkt vor dem noch immer erhaltenen Mäuseturm an der Landspitze, wo aus den Wassern von Mühr und Mahr die Nelda sich bildete, als Zauberer verbrannt worden war.
Das Schicksal hatte Swoboda dazu ausersehen, hier mit Besoldungsgruppe A12 die Abgründe auszuloten, sie aufzuhellen und die öffentliche Ordnung zu hüten; ihn ausgerechnet, der seine bewegten Jahre um 1968 hütete wie den Lichtschatz seines Lebens! Verbreiteter Annahme zufolge müßte ihn der Gang durch die Institutionen in den Dienst am Gemeinwohl geführt haben. Tatsächlich aber war es, seltsam genug, die Liebe zu einer Polizistin gewesen, die den Studenten Swoboda durch die plötzliche Nahbegegnung während einer Demonstration zum Seitenwechsel verleitet hatte. Längst war er geschieden, und seine Hoffnungen von damals hatten sich ohne angekündigte Trennung aus ihm verzogen.
Seinen Beruf verstand er als soziale Aufgabe: Mit kontrollierter Befugnis und aufklärerischer Raffinesse seine Mitbürger davon abzuhalten, schlechter zu handeln, als sie unbedingt mußten. Er erinnerte sie daran, daß auch geringfügig falsche Entscheidungen Verbrecher aus ihnen machen konnten und daß sie ihre Freiheit – solange sie darüber verfügten – dazu verwenden sollten, den Rest guter Veranlagungen in sich selbst zu pflegen und ein besseres Leben zu führen. Im Grunde brauch-

ten sie dafür keine Polizei, sie hätten nur Sophokles, Schiller, Henry James und Dostojewski lesen müssen. Doch das taten sie nicht. Deshalb benötigten sie den Kriminalhauptkommissar Alexander Swoboda, einundsechzig, der gerne Cordsakkos trug und sich selbst, hätte er vor vierzig Jahren in den Spiegel der Zukunft blicken können, als *Bullenschwein* tituliert hätte. Und der sich noch heute, wenn er in seinen Nächten unter dem Licht von Xenonstrahlern tiefdunkle, großformatige Ölbilder malte, lieber als Künstler sah, der dann und wann, notgedrungen, einen Polizisten spielte.

Ich habe dich im Visier, Alex. Ich treibe dich vor mir her wie ein Stück Wild. Wenn ich in nicht allzu ferner Zeit die Anzeige vom Opfertod des Kriminalhauptkommissars Alexander Swoboda im Dienst der Stadt und an der Gemeinschaft lese, werde ich öffentlich Trauer tragen wie nicht einmal beim Dahinscheiden meiner Mama. Privat werde ich eine Flasche Champagner öffnen, keinen billigen, und dazu meine alte Tomaso-Albinoni-Platte auflegen.

Schon jetzt sehe ich dich als flüchtigen Engel. Am Zielpunkt deiner Karriere. Grimmiges Rauschen in den Ohren, das du für den bleibenden Schaden deines letzten Hörsturzes hältst. Es ist aber schon, laß es dir gesagt sein, das seelensaure Geräusch der Enttäuschung. Tinnitus finitus. Die letzten Monate deines Lebens sind meine Insze-

nierung, und sie werden die einzig bedeutsame Zeit deines unerheblichen Erdendaseins sein. Durch mich wird Alexander Swoboda wenigstens die Andeutung einer Spur hinterlassen, kein großer Mäander, nein, aber doch einen Kratzer in der Geschichte einer Kleinstadt zwischen zwei Flüssen.

Swoboda! Ich schreibe dich deinem Ende entgegen. Ausgerechnet du, der meine Begabung in Zweifel zog, wirst von mir komplett auf den Tod hin gedacht. Ich sehe dich, Alex! Das Rascheln des trockenen Waldlaubs unter deinen Füßen nimmst du als Knirschen wahr. Alles verschärft sich dir jetzt. Was tue ich hier, bei einem widerwärtigen Toten, höre ich dich flüstern, weil du Angst hast, laut zu sprechen. Was um Himmels willen tue ich hier bei einer Leiche, um deren weiße Haut die Veilchen blühen? Warum bin ich nicht Goldschmied geworden oder Schuster? Die Chance hast du vertan. Zwar kräftig genug, aber zu spät geboren und, horribile dictu, zu gut in der Schule gewesen, jeder Ehrgeiz hat seinen Preis … Ein aussterbendes Gewerbe hätte gut zu dir gepaßt. Kupferstecher! Malerisch warst du unter allen Schülern der Stadt der weitaus Begabteste. Außen ein Außenseiter … Aber innen eben doch nicht das Zeug zum Künstler! Ich wußte es, der Alex schafft es nicht in die Boheme! Zu sehr darauf aus, auch als Bürger zu reüssieren! Gefallsüchtig. Deine Mutter ließ jeden wissen, du seiest mathematisch glänzend; in Latein schwankende Leistungen, in Griechisch beständigere; deine

Abiturrede über Platons Höhlengleichnis wurde in der Zeitung gelobt. Ich werde dich in eine Höhle treiben, deren Gleichnis dir keine Zeit für Philosophie lassen wird…
Du verachtest Zungen an der Nelda. Ich bin hier das Zünglein an der Waage. Du bist ein Mann ohne Lebensfreude. Du grüßt mich freundlich, weil du nicht ahnst, daß ich dein Mörder sein werde und in Gedanken schon immer war. Dich, den mit zwei Wassern gewaschenen Helden meines Beichtbuches, lobe ich, vorausschauend, wie einen Toten. De mortuis nihil nisi bene.
Als erstes wirst du die maskierte Leiche finden, die ich dir, wie man Hühnerköpfe dem Fuchs in den Wald streut, zwischen die letzten Leberblümchen und ersten Veilchen ausgelegt habe als Köder.
»Vieles ist schrecklich, nichts aber schrecklicher als der Mensch.« Haben wir das nicht alle von Sophokles gelernt, Schulkamerad Alexander?
Ah, welch ein Spiel!

»Manchmal hasse ich diese Stadt«, sagte er leise. Im Herbst flog ihm der Haß aus den Nebelschwaden zu, die von den Flüssen Mahr und Mühr und aus der von ihnen gespeisten Nelda aufstiegen, sich über der Stadt verdichteten, ihr das Licht stahlen und sie in Ungewißheit hüllten. Dann spiegelte sich der Mäuseturm an der Spitze der Halbinsel nicht im Wasser, als ob am Grund der Nelda, die schwarz nach Norden ins Land

hinaus floß, bildfressende Wesen säßen, fett vom Licht der Vergangenheit und noch immer unersättlich. Die übrigen Jahreszeiten schienen Swoboda tageweise erträglich, doch hielt sein Haß sich jederzeit in Bereitschaft – sommers, winters, auch im aufbrechenden Frühling wie jetzt, besonders wenn ein Problem vor ihm lag, das nicht in sein Gehirn drang. Es klemmte sich in seinem Magen fest. Wer, wenn nicht diese verdammte Stadt, sollte dafür verantwortlich sein?
Ihm war schlecht. Aus der Kopfhaut unter den dichten Haaren trat Schweiß aus. In einem Bett von Veilchen, die zwischen den vorjährigen Buchenblättern auf dem Waldboden blühten, lag auf dem Rücken und ausgestreckt die Leiche, männlich, vollständig nackt bis auf eine Doppellage Papierküchentücher zwischen den Beinen. Unendlich fern war das Gesicht. Es mußten mehr als hundert Zimmermannsnägel sein, die aus dem Kopf einen metallenen, stachelstarrenden Visierhelm machten. Die Tatortbeamten in ihren Schutzanzügen und Überschuhen hatten ihre Arbeit getan. Alles war abgesucht, vermessen, gesichert, fotografiert und gefilmt worden.
Der Tote schien noch zu frieren, seine Haut war violettbleich und mit verkrustetem Blut überschrieben. Das Blut hatte sich Wege gesucht in den Rinnen und Falten des Körpers, war erstarrt und hielt den Leib in einem schwarzen Netz gefangen.

»Ich habe bisher acht Stiche gezählt«, sagte der Arzt leise, der neben dem Oberkörper kniete, »und wie es aussieht, wurde jeder Stich mit einer anderen Klinge geführt. Es können auch noch Stiche im Rücken sein, ich habe den Toten nicht bewegt.«

Dr. Klaus Leybundgut, als Allgemeiner Arzt in bestem Ruf und von der hiesigen Staatsanwaltschaft von Fall zu Fall als Rechtsmediziner engagiert, hatte gemeinsam mit Swoboda das humanistische Gymnasium der Stadt absolviert und war nach den Studienjahren zurückgekehrt, um die Praxis seines früh verstorbenen Vaters zu übernehmen.

»Sieht irgendwie nach Cäsar aus«, sagte Leybundgut, und weil der neben ihm stehende Rüdiger Törring, Swobodas Assistent und von seinen Kollegen »Turbo« genannt, die Stirn runzelte, fügte der Arzt nachsichtig hinzu: »Die Iden des März. Übrigens hat man hier, siehst du, Alex, an der Seite, wo er aufgeschlitzt wurde, hier hat man vermutlich das Blut aus dem Schnitt durch die Leber zu den Nieren in einem Gefäß aufgefangen. Da müßte es geradezu gesprudelt haben, aber im Laub ist an der Stelle kaum was zu sehen. Bin mir fast sicher, daß die Tat nicht hier geschehen ist. Zumindest einige Stiche schon woanders. Verwundet hergebracht. Dann endgültig getötet. Oder tot hier abgelegt? Alles möglich. Ihr werdet hier abgraben müssen. Schade um die Veilchen.« Leybundgut sprach mit sei-

ner sanften, zurückhaltenden Stimme, als hätte er einen seiner Patienten vor sich.
»Seine Kleider irgendwo?« fragte Swoboda.
»Bisher nicht«, sagte Turbo, und Leybundgut ergänzte: »Ich glaube nicht, daß sie hier im Wald liegen. Es gibt keine Verschmierungen. Nur Blutlauf. Er ist nackt erstochen worden und hat sich kaum bewegt.«
Swoboda nickte. »Danke, daß du mit Rücksicht auf die Kolleginnen seine Genitalien bedeckt hast.«
»Das hätte sie nicht geschockt. Ich habe ihn bedeckt, weil an der Stelle seines Gemächts ein blutiges Loch klafft. Man hat ihn entmannt. Alles. Geradezu ausgeschält. Ob vor oder nach seinem Tod, weiß ich noch nicht. Ich muß jetzt wieder in die Praxis. Sollte er morgen früh freigegeben werden, kriegst du die ersten Daten am Vormittag. Aber ich bin sicher, die Hauptstadt schnappt ihn sich, der Fall schreit nach Landeskriminalamt.«
Swoboda holte Luft und würgte seine Frage hervor: »Und die Nägel?«
»Nachträglich, nehme ich an. Keine Blutungen. Entweder war der Tatort sehr kalt, oder der Irre hat erst Stunden nach dem Todeseintritt sein Opfer – wie soll ich sagen – zugenagelt. Ich werde das Gesicht freilegen. Etwas so Krankhaftes habe ich bisher weder gesehen noch darüber gelesen. Ihr solltet ihn schnell finden.«
»Ihn?«

»Ihn«, sagte Leybundgut, »noch traue ich diese Mischung aus Gewalt und Perversion einer Frau nicht zu. Freilich, es könnten mehrere Täter gewesen sein.«

Er verschloß seinen Untersuchungskoffer, dann sah Swoboda die hagere Gestalt seines Schulfreundes den Waldhang hinunterlaufen zur Straße. Ihm fiel auf, daß Leybundgut sich nicht mehr so gerade hielt wie früher. Seltsam, daß man ihm den Witwer ansah. Der Kommissar atmete tief ein, wandte sich ab und ging seitwärts zwischen die Bäume. Er spürte, daß die Kopfhaut unter seinen Haaren kalt und naß war. Das Rascheln des spröden Buchenlaubs kam ihm vor wie das Knirschen von Glas, kleine Äste knackten unter seinen Schritten laut wie Schüsse, das Rauschen in seinen Ohren schwoll zu einem Kesselpfeifen an. Er kannte die Zeichen des Hörsturzes. Ihm wurde schwindlig. Obwohl der Tatort von zahlreichen Kollegen umringt war und unten am Mahr-Uferweg die Blaulichter, Rotlichter und Gelblichter der Einsatzfahrzeuge ihre unterschiedlichen Rhythmen mischten, fühlte Swoboda, daß sich eine helle, tonlose Einsamkeit in ihm ausbreitete. Nur noch das Pfeifen. Er übergab sich.

Während seiner Schwäche nahm er aus dem Augenwinkel wahr, daß weiter oben am Hang eine Gestalt kniete, sich vorbeugte und einen Fotoapparat vors Gesicht hob. Er wandte den Kopf, die zweite Welle stieß aus seinem Magen hoch. Die Kamera blitzte auf. Swo-

boda neigte sich weit nach vorn, aber er hatte seine Schuhe schon bespuckt und den Fotografen nicht erkannt. Er schlurfte durchs Laub zurück und suchte in den Taschen seines hellen Staubmantels nach einem Kaugummi. An der Gestalt des Kommissars, die seine Mitarbeiter zwischen den Bäumen hervortreten sahen, fiel ihnen zuerst der für ihn ungewöhnlich fließende Gang auf, dann, daß sein ganzer Körper, der sonst mit seinen Einsneunundachtzig und durchaus massiger Breite beeindruckte, seltsam weich geworden zu sein schien und unentschlossen wirkte. Der Mantel und das hellbraune Cordjackett, das er fast immer trug, hingen schlaff um ihn herum, sein Gesicht unter den grauen, an den Schläfen weißen Haaren hatte seine Linien verloren, und die römische Strenge, die sich unter den dunklen Augen sonst um Mund und Nase ausbreitete, wirkte wie aufgelöst in der feuchtglänzenden Haut, die immer einen leicht olivbraunen Grundton hatte, jetzt aber von grünlicher Blässe war. Ein paar graue Locken klebten an der Stirn, und die widerborstige Fülle seines Haupthaars schien sich gefügt zu haben.
Es war nach einem langen Winter der erste Tag, der nach Frühling duftete. Die letzte Aprilwoche, der Himmel wolkenlos. *Ein Drittel Kobaltblau, zwei Drittel Kremserweiß*, dachte Swoboda. Ein Farbton, der in seinen Bildern nicht vorkam. Noch hatten die Buchen nicht ausgetrieben, aber das Grün lag schon wie der

Vorschein neuen Lebens über dem Land. Im Sommer gab es hier am Hang, der vom Mahrufer aufstieg, Waldmeister. Swoboda stellte sich den Duft vor und versuchte, damit seinen Magen abzulenken, ganz so, wie es sein Vater ihm vor fünfzig Jahren beigebracht hatte: »Wenn du kotzen mußt, denk nie ans Kotzen. Denk an die Berge, ans Meer, an Rosen, denk an den Himmel.« Diesmal hatte die sonst unfehlbare väterliche Methode versagt. Diesmal begann, ohne daß es ihm bewußt gewesen wäre, ein Fall, der sein Leben mit der Geschichte der Stadt zwischen den Flüssen verknüpfte. An den eigenen Tod dachte er nicht, und noch spürte er nichts von dem Verfolger, der ihn wie einen Fisch in die Reuse lenkte.

Ich habe oft über dein Leben nachgedacht. Du umgibst dich mit einer Einsamkeit, die Frauen gern für heroisch halten. Keine Freude. Keine Lust. Aber ich bin sicher, auch einer wie du, auch so ein unbegründeter Tragiker, lebt wie jedermann geradewegs in den Tag hinein. Trotz deines, seien wir ehrlich, entsetzlichen Berufs.
Keiner von uns hätte die Begegnung mit dem Tod zu seiner permanenten Beschäftigung gewählt. Alex schon. Warum endet einer wie du, der doch Träume hatte, Maler werden wollte, mit ein paar Sternen auf den Schulterklappen? Deine Eltern sind nicht mehr befragbar, Geschwister gab es nicht. Bist du mir ein Rätsel, Alexander? Oh nein, ich

bin dir eines, und du wirst es nicht lösen vor dem Augenblick deines Todes!

Aber hast du nicht das Gefühl, daß die Berufszeit des Lebens ein Strauß welker Blumen in einem Eimer ist? Daneben protzen in Schaufenstern die Sehnsuchtsvasen mit Flieder und Bougainvillea, Krüge voller Ginster auf Gartentischen – und du starrst sie an, als wärest du immerzu auf dem falschen Fest eingeladen. Hast du dich nicht – das schönfärberische Wort für das Ende der Neugier – abgefunden? Abgefunden! Gibt es einen trostloseren Klang?

Ich sehe dich auf den Leichnam starren wie einen, der von der Kälte des fremden Leibs verwundet wird. Ich spüre deine Ratlosigkeit. Du leidest unter ihr, ich genieße sie. Alle meinen, ich würde nur einen Auftrag erfüllen. Aber ich habe beim Morden meine eigene Wonne, falls du das Wort noch kennen solltest: Wonne, *einst der beliebteste Reim auf* Sonne, *aber du liest wohl keine Literatur. Die anderen wollen Leute getötet sehen, die ihnen schaden könnten. Ich bin ganz anders. Ich handle aus Überlegenheit. Weil ich der einzige bin, der das Wunder begreift, daß Geschichte nie aufhört – und daß die herrlichsten Grausamkeiten die sind, die die Vergangenheit korrigieren.*

In Zungen an der Nelda breiteten Nachrichten sich schneller aus als in anderen Städten. Vielleicht lag es am Namen. Es gibt Kleinstädte mit weniger auffälligen Ortsnamen. Manche haben gleichlautende Zwillingsgemeinden in anderen Landesteilen. Zungen nicht. Zungen gab es nur einmal auf dem Atlas der Republik, fast das Schlußwort im Register des bewohnten Landes. Die Flüßchen Mahr und Mühr mischten ihre Wasser hier zur schiffbaren Nelda. Wer korrekt sein wollte, sagte und schrieb deshalb: *Zungen an der Nelda.*

Zungens Bürger nannten sich nicht, wie es die Grammatik verlangte, Zungener und Zungenerinnen, sondern schenkten sich eine halbe Silbe und fügten eine nicht zugehörige an. Zungerer hießen sie, wie die Kreiszeitung in ihrer Kopfzeile täglich bewies, *Zungerer Nachrichten, Z.N.,* so als hieße der Ort, der ihr als Spaltenfüller diente, nicht Zungen, sondern Zunger. Ein unverständlicher Singular also, obwohl der Gründer des Blattes, Karl-Maria Winkels, vor sechzig Jahren mit Bedacht und von der Militärregierung der amerikanischen Besatzer lizenziert den Plural der Meinungen auf dem Landzipfel zwischen den Flüssen hervorgehoben wissen wollte. Im Stadtwappen ließ ein Ziegenkopf seine Zunge, rot im sonst schwarzweißen Holzschnitt, links aus dem Maul baumeln, was der *Zungerer Zick* und ihrem rauhen Lappen ein blödes, wenn nicht geschlachtetes Aussehen aufzwang und die Zunge obszön aus dem Wappenrahmen heraushob.

Seinerzeit hatte man mit dem nassen Muskel im Mund, außer bei Lisplern, nichts Anstößiges verbunden. Doch mit wachsender Offenheit sexueller Erörterungen in

der Republik lernte bald jeder Zungerer anzügliche Bemerkungen über seinen Heimatort kennen.
Wer denn überhaupt bei Zungen von Heimat reden mochte: Weit über die Hälfte der fast fünfzigtausend, die hier lebten, waren Menschen, die sich am Ende des Zweiten Weltkriegs aus Schlesien, Nieder- wie Oberschlesien, hierhergeflüchtet hatten und ansässig geworden waren. Für sie hatte sich der Ort hinter der Prannburg nach Süden ausgedehnt. In der Folge war es bald zu Vereinigungen gekommen, in denen die Breslauer sich trafen, die Oppelner, Kattowitzer, die Glatzer und Neissener, die sich durch die Zungener Hedwigskirche angenehm an ihre neugotische Jakobuskirche in Neisse erinnert fühlten. Keiner wollte zurück ins Polnische, so blieben die Klagen um die verlorene Heimat frisch, die Volkslieder folgenlos: *Wenn ma sunndichs ej da Kerche gehen, 's war immera su …*
Alexander Swoboda war aus Bunzlau gekommen. Seine Eltern stammten daher, der Vater überlebte die russische Gefangenschaft nicht, die Mutter sehnte sich nicht nach Schlesien zurück, was sie, um unauffällig zu bleiben, öffentlich nicht zugeben wollte. Auch waren in der Familie keine Töpfer gewesen, sondern Kaufleute in Weizen und Schrot, hatten die seinerzeit berühmten *Bunzlauer Dippel* weder geordert noch vertrieben, waren nicht ursprünglich Schlesier, sondern mütterlicherseits aus der pannonischen Tiefebene, väterlicher-

seits aus Dorpat an der Ostsee eingewandert – Dorpat mit deutscher Universität, zeitweise russisch Jurjew, nun zu Estland gehörig und Tartu genannt, wo der Urgroßvater im Bernsteinhandel reich geworden war. Mit jeder Namensänderung der Stadt war das Vermögen gewachsen. Dies Erbe lag Swoboda auf den Schultern, doch nicht unter den Füßen, denn vom einstigen Reichtum war nichts geblieben, zwei Weltkriege, eine Inflation, eine Geldumwertung zur Reichsmark, eine zur DM, eine weitere zum Euro – das übersteht kein Familienvermögen. Gold aber, unwandelbar, hatte sich weder in Dorpat noch in Bunzlau gefunden.
Die Witwe Swoboda hatte es nicht leicht, ihren immer hungrigen Jungen durchzubringen, fand jedoch Mitte der fünfziger Jahre im Haus Otto Sinzingers, am Aengerlein zwischen Burgweg und Schwedengasse gegenüber der Sinzingerschen Brauerei gelegen, eine Dauerstellung als Haushälterin und konnte als solche, mit Hilfe manch vorbehaltloser Zuwendung des Hausherren, ihrem Alexander ein Studium ermöglichen. Sie starb 1964, erst neunundfünfzig Jahre alt, langsam, qualvoll und noch in der ängstlichen Erwartung, ihr Sohn werde sich als Maler unglücklich machen.

Alex, der Schlesier, man hätte dich an der Schule sonst vielleicht Alexander den Großen genannt, aber so blieb der Flüchtling an dir hängen, Schlesier! War dein schläjsischer

Vattl nich asu einer vun dar Waffen-SS? Solltest Humanist werden und wurdest Polizist. Ja, die Gene … Wolltest die Welt retten und wurdest Polizist. Wolltest Maler werden und wurdest Polizist. Mich habt ihr beschimpft, weil ich nicht mit allen demonstriert habe in der großen achtundsechziger Zeit. Ich bin kein Revoluzzer geworden. Ich wurde ein Mörder. Und ein Dichter. Ein Dichter des Mordes … Mir ist, als ob ich dir im kleinen schwarzen Beichtbuch meiner Taten, in dem ich Jäger bin und bleibe, ein zweites Leben gebe, um dich zweimal töten zu können. Ein Porträt, Alex, eines, das ich am Ende, wie Dorian Gray das seine, vernichten werde!

Tanzstundenjüngling Alexander Swoboda! Großer Rollkragenpulliträger, schwarze Merinowolle, zu Weihnachten von Unterkläßlerinnen gestrickt! Breitschultriger Melancholiker! Dunkle Aura. Dufflecoatkragen hoch und die Augen in den Staub.

Als erster des Jahrgangs verheiratet, als erster Kontaktlinsenträger, als erster strafversetzt, kurz zuvor aber als erster geschieden. Deine Frau, ich kannte sie nicht, war sie schön? Eure Tochter, die nichts von dir wissen will. Kriminalhauptkommissar, na und? Angestellt in unserem Ortsnamen, den wir, folgendem Gelächter vorbeugend, möglichst verschwiegen haben, den ich aber inzwischen gern höre. Die Topographie immerhin verleugnest auch du nicht: Wir wohnen östlich, wo die deutsche Grenze neuerlich ihr Auskommen hat, weil jenseits eine Art Hoffnung

auf Kooperation besteht, eine Ansammlung vergoldeter Täuschungen, die nur die Autohuren am Grenzübergang nicht teilen. Sie wissen: Der Winkel ist vergänglich. Und wird neuerlich immer billiger, weil in großen Winkelzügen die Lustware zunimmt.
Aber damit befaßt sich ein Alexander Swoboda nicht, er ist auf Kapitalverbrechen spezialisiert! Obwohl du, soweit mir bekannt, allein lebst und dir Ostfleisch ab und an bestimmt guttäte, ein Auge zugedrückt, und die Hände von, sagen wir, drei Frauen unterm Hemd und in der Hose? Nein, ein Swoboda ist unbestechlich und so diszipliniert, daß er morgens im Bett bereits an die Lösung seiner großen Fälle denkt. Oder an seinen unerotischen Haß auf die Stadt.
Wenn du wüßtest, wieviel Grund du hast, Zungen zwischen den Flüssen zu hassen!

Zwanzig Tage bevor der Tote im Mahrwald oberhalb des Flusses frühmorgens von einem Jogger aufgefunden wurde und der Zustand des Leichnams zu Spekulationen Anlaß gab, hatte im Hotel *Korn* eine Feier im engen Kreis stattgefunden.
In den Privaträumen von Klara Matt, wo die Eignerin des Hotels Korn mit ihrer Tochter Ilse Matt und ihrer Enkelin Martina unaufwendig, aber gediegen lebte, hatten sich drei Männer eingefunden, denen nicht nur ihr hohes Alter gemeinsam war. Sie kannten einander

wie auch Klara seit früher Jugend. Die Zimmerflucht mit Eichenmobiliar der sechziger Jahre befand sich in der ersten Etage des Hotels, das vierstöckig hinter dem Kornmarkt am westlichen Landeck lag, wo unter den Fenstern die Mühr zur Nelda wurde.
Klara, an der neben der frischen, lilaweißen Dauerwelle ihr lippenlos zusammengepreßter Mund, ihre graue Gesichtsfarbe und ein leichter Höcker zwischen den Schulterblättern auffielen, war mit achtundachtzig die jüngste im Kreis, gefolgt von ihrem einstigen, untreuen Geliebten Otto Sinzinger, Ehrenvorstandsvorsitzender der Zickerbräu *(Zickerpils, Zickerdunkel, Zickerbock, Zickerweiße)* der neunundachtzig Jahre zählte, seinen kantigen, mit rotblanker Haut bespannten Schädel aufgerichtet trug und sich trotz seiner deutlichen Rundleibigkeit tadellos gerade hielt; ein Mann, der seine Selbstgewißheit wie eine Prozessionsfahne vor sich hertrug.
Ihm folgte der Gründer, Besitzer und Herausgeber der Tageszeitung *Zungerer Nachrichten*, Karl-Maria Winkels, vierundneunzig, mager und gewunden, ein körperliches Krummholz mit gelblichem, nacktem Kopf, nicht wirklich gehbehindert, der Bequemlichkeit halber aber von seinem, im Gegensatz zum Vater straff und muskulös wirkenden Sohn Volker Winkels – mit seinen neunundfünfzig Jahren ein Knabe unter den Greisen – im Rollstuhl hereingeschoben. Dann der eben-

falls vierundneunzigjährige, ungleich rüstigere Willy Ungureith, noch immer eins achtundachtzig groß, die Schultern breit und ohne Seitenneigung, unter dem weißen Haupthaar ein Gesicht, das zwar von zahlreichen dünnen blauen Äderchen wie tätowiert war, doch seinen Herrscherblick von einem Schiffsbug aus in fremde Fernen zu richten schien. Der in allen Lebensphasen von sich selbst bevorzugte Mann hatte die Geschäfte seines Fleischgroßhandels und Wurstkonservenbetriebs *(Fleisch und Wild von Ungureith – Hochgenuß und Haltbarkeit)* schon vor Jahren seiner alleinlebenden Tochter Liesel übergeben.

Volker Winkels, Chefredakteur im Blatt seines Vaters, war gebeten worden, das Zimmer zu verlassen, dann hatte Klara Matt das Wort ergriffen: »Wer etwas trinken möchte, Martina wird es bringen, es gibt Mineralwasser oder Tee, wir brauchen klare Gedanken.«

Bedeutsam an diesem Treffen, das als verspätete Geburtstagsfeier für Otto Sinzinger ausgegeben worden war, war nicht die Tatsache, daß Karl-Maria Winkels aus seinem Rollstuhl heraus sofort gebieterisch einen doppelten Espresso und einen Grappa verlangt und erhalten hatte, sondern daß der alte Zeitungsgründer energisch sein Veto gegen im Gespräch aufkommende Gedankenspiele eingelegt und noch am Abend seinem Sohn Volker empört berichtet hatte, daß nicht mehr und nicht weniger zur Debatte gestanden habe als eine

Verabredung zum Schutz der Gegenwart vor der Vergangenheit.

»Und das von diesen Kerlen, die alle mit einem Fuß im Grab stehen wie ich. Statt daß sie den Dingen ihren Lauf lassen! Du weißt, ich habe nichts zu verbergen. Ich habe damals dem Staff und seiner Gemeinde sogar den Platz am Judenwinkel samt der Synagoge abgekauft, damit er ihnen nicht weggenommen wurde! Was hab ich davon gehabt? Judenfreundliches Verhalten hat die Gestapo mir vorgeworfen! Nach dem Feuer im November dann die Enteignung! Ich habe viel riskiert! Während Otto und Willy in der schwarzen Uniform rumstolziert sind und Klara Matt sich von Otto ihren SS-Bankert Ilse hat anhängen lassen! Die müssen mir nichts erzählen, ich weiß alles über sie!«

Der Sohn, der nicht nur die Rechtfertigungen seines Vaters, sondern auch dessen nützliches Wissen von der Vergangenheit bedeutender Zungerer auswendig kannte, hob sein Glas. »Dennoch heißt der Judenwinkel heute Alter Winkel, und auf dem Grund der Synagoge steht unser schöner Zeitungsbau. Ist das nicht wunderbar? Irgendwann wird man den Alten Winkel nach dir in Winkelsstraße umbenennen, und keiner wird sich mehr erinnern an den ursprünglichen Winkelnamen.«

»Was mir die Nazis weggenommen hatten, mußten mir die Demokraten wiedergeben, das war nur nach Recht

und Gesetz.« Auch diesen Satz hatte der Sohn erwartet. Karl-Maria Winkels schob das Glas auf dem Tischchen neben seinem Rollstuhl zur Seite. »Wo hast du nur den lausigen Burgunder her? Gib mir einen Cognac.«
Die beiden Männer saßen sich am Kamin gegenüber, Volker Winkels hatte des kalten Vorfrühlingstages wegen Feuer gemacht im Salon der Villa, jenem Gründerzeithaus im Park hinter der Prannburg, das einst dem Brauereibesitzer Leo Staff und seiner Familie gehört hatte.
Sie prosteten einander zu: Vater und Sohn – doch so verschieden in Körper und Wesen, daß man sie nicht nur nach Generationsmustern, sondern auch hinsichtlich ihrer Lebensauffassung für Menschen unterschiedlicher Kulturkreise halten mußte. Hatte der Vater noch unter Befolgung von Anstandsregeln, wenn auch mit List und Lebenslügen, sein Vermögen erwirtschaftet und es mit preußischer Sparsamkeit in Dingen des eigenen Bedarfs erhalten, so war sein Sohn – schon als Gymnasiast reicher ausgestattet als die anderen – ein Lebenskonsument amerikanischer Prägung geworden; sein Faible für auffällige Autos, Maßanzüge, in Budapest nach seinem Leisten handgefertigte Schuhe und teure Uhren war stadtbekannt. Unbekannt war, womit er den Aufwand bezahlte, der ihn glücklich sein ließ; weder sein Gehalt als Chefredakteur der väterlichen Zeitung noch das Vermögen des Vaters – wenn es denn

überhaupt noch verfügbar war – konnten die Finanzierung seiner luxuriösen Eskapaden plausibel begründen. Karl-Maria Winkels hatte sich abgewöhnt, nachzufragen, hielt aber das Leben seines Sohnes nicht nur für unangemessen, sondern für unsittlich und versuchte vergebens, spät noch durch kritische Einwände Erziehungsziele zu verwirklichen, die er früh einzufordern unterlassen hatte. Nach dem Tod der Mutter hatte er das Kind, weil die Karriere nicht Zeit zu anderem ließ, bis an die Grenze der Wohlstandsverwahrlosung mit Geschenken umstellt.

In dieser Nacht kam es zwischen beiden zum Streit über die unter sorgsamer Umgehung von Beispielen diskutierte Frage, ob die Gegenwart sich von der Vergangenheit belehren und verändern lassen müsse oder nicht. Nein, meinte der Sohn, denn alles Recht gelte der Zukunft, deren Gestalt in der Gegenwart angelegt werde. Unbedingt, entgegnete der Vater, denn nur in der Vergangenheit lasse sich Zukunft erkennen, die Gegenwart sei immer blind. Darauf der Sohn: Wahrheit sei vergänglich, der Vater dagegen, sie sei zeitlos und werde sich immer durchsetzen – wonach er, äußerst erregt, das Gespräch abbrach und von der in der Bibliothek nebenan wartenden Pflegebegleiterin, der im Haus wohnenden Irmela Schuldenzucker, zu Bett gebracht werden wollte. In derselben Nacht erlag er gegen drei Uhr einem Hirnschlag, der vielleicht dem Zusammenwirken von Espresso, Ärger, Cognac und Aufregung über die plötzlich in die Gegenwart herüberwachsende Vergangenheit geschuldet war – gewiß aber nicht in aussichtsreicher Frist erkannt und behandelt wurde, denn der Sohn hatte keinen eiligen Eifer bekundet, den Notarzt zu rufen.

Der Nachruf auf der halben Frontseite der *Z.N.* war hingegen erstaunlich schnell erschienen und hatte zur Vermutung Anlaß gegeben, Chefredakteur Volker Winkels habe den Abgesang auf seinen Vater schon seit Jahren im Computer bereitgehalten.

Er stattete das Begräbnis an einem kalten, klaren Apriltag so pompös mit roten Rosen und weißen Lilien aus, daß einige Bürger den Korso geschmacklos und unangemessen fanden und munkelten, der Sohn, einziger Erbe der Zeitung, der einstigen Staff-Villa und vermuteter Rücklagen, mache am toten Vater gut, was er am lebenden versäumt habe. In den Grabreden zweier Stadträte, eines halbhohen Funktionärs des Zeitungsverlegerverbandes sowie des Oberbürgermeisters Heinz Ehrlicher wurde Winkels zum *Wahrer der Wortfreiheit* erhoben und rückblickend zum *Kämpfer für das Gute in dunkler Zeit*; die *dunkle Zeit* war in Zungen an der Nelda das Synonym für zwölf Jahre Nationalsozialismus. Otto Sinzinger, leicht gebeugt, weil er meinte, es gehöre sich so am Grabesrand, nannte den Verblichenen *Vorbild des Widerstands*, was sich im Mund des ein-

stigen SS-Mannes so gut ausmachte wie eine Hostie im Maul des Leviathan.
Klara Matt stand, kleiner als sonst, fahl und frierend, an der Hand ihrer Tochter Ilse am Grab und schwieg. Willy Ungureith, die Gemeinde überragend, blickte erleichtert über den Tod eines Wissenden aus der *dunklen Zeit* in den strahlenden Himmel, und der Erbe Volker, in einem unübersehbar teuren Maßanzug unter dem offenen schwarzen Kaschmirmantel, rief dem Vater nach: »Dank! Dank, geliebter Vater, großer Mann! Alles, was ich kann und bin, habe ich von dir! In deinem Geiste fahre ich fort in deinem Werk.«
Wer es hörte, glaubte es nicht, auch wenn das Trauervibrato in der Brust des Sohnes an der offenen Grube nach echter Bewegtheit klang und ihm beim Beginn der Rede eine dunkle Haarlocke vor die Stirn gefallen war. Man wußte zu gut, daß er in allem das Gegenteil des Verstorbenen war. Seine angeberische Verschwendung nahmen ihm wenige übel, bei vielen aber galt er als opportunistisch und verschlagen. Sein gedrungener, für einen fast Sechzigjährigen straffer und wendiger Körper hatte etwas Frettchenhaftes, dem rassistisch denkende Bürger klammheimlich »Zigeunerart« unterstellten und sich dies mit seinem kräftigen, schwarzen Haar zusammenreimten. War denn nicht auch die Herkunft seiner Mutter in der Stadt unbekannt gewesen? Es hieß, von zwei Worten, die er sagte, seien drei gelogen, und

das einzige, was er ehrlich und ernsthaft betreibe, seien zwei Stunden Körpertraining dreimal pro Woche im Keller der Villa, wo er sich einen Raum zur Erhaltung der Fitneß hatte einrichten lassen.
Auch an dem Tag, an dem sein Vater zur letzten Ruhe gebettet worden war, stieg Volker Winkels am frühen Abend in der Villa, die nun ihm allein gehörte, zu den muskelbildenden Maschinen hinunter. Sein Gesicht war entspannt, der leicht vorstehenden oberen Schneidezähne wegen schien es immer zu lächeln. Diesmal strahlte er vor Zufriedenheit. Das Haus, so schien ihm, fühlte sich anders an, es klang anders, es umgab ihn mit einer neuen Selbstverständlichkeit. Einst hatte es Leo Staff gehört. Dann seinem Vater Karl-Maria Winkels. Beide waren tot. Vergangenes Leben. Ihm gehörte die Gegenwart.

II

Niehaus

»Jetzt sind wir nur noch drei«, hatte Leybundgut am Telefon gesagt, und seither fragte Swoboda sich, was an diesem Satz ihn bedrohte. Er hatte am Morgen das Fenster seines Wohnzimmers weit geöffnet, blickte über die Dächer der Altstadt nach Norden zur Landspitze an der Nelda hin, wo er die Kupferkappe des Mäuseturms glimmen sah. Längst hätte er im Büro sein und die Aussage des Joggers nachlesen sollen, der die Leiche gefunden hatte. Doch die Leiche war nun, durch Leybundguts Anruf, ein Mensch geworden, hatte einen Namen erhalten – den Namen eines Freundes. Das Gesicht eines Freundes mit zahllosen Nagelwunden. Swoboda spürte in sich eine große Schwere, er glaubte, sein Atelier nicht verlassen zu können.

Daß er in der hoch gelegenen, aus Sandsteinquadern errichteten Prannburg aus dem fünfzehnten Jahrhundert eine ganze Etage bewohnte, verdankte er seinem Vorgesetzten. Jürgen Klantzammer, zwei Jahre jünger als Swoboda, seit acht Jahren schon Kriminalrat, lebte selbst bescheiden mit seiner sechsundsiebzigjährigen

Mutter in einer Dreizimmerwohnung an der Schwedengasse, spendete von seinem Gehalt reichlich für gute Zwecke und hatte auf seinem Schreibtisch im Präsidium Fotos von seinen sieben Patenkindern in verschiedenen afrikanischen Staaten stehen, deren Ausbildung er mit einem monatlichen Betrag unterstützte. Als die Stadtverwaltung aus der Burg in ihren neuen Rathausbau am Schillerplatz umzog, hatte sich Klantzammer dafür verwendet, daß Swoboda vier Räume in der Burg beziehen und dort sein Atelier einrichten konnte. Sein Chef bewunderte ihn für sein nicht unbeträchtliches malerisches Talent, das freilich vor vierzig Jahren nicht als ausreichend für die Aufnahme in die Kunstakademie bewertet worden war.

Swobodas Wohnung roch nach Terpentin, er arbeitete mit Ölfarben auf großen Leinwänden, hielt die Pinsel in alten Marmeladegläsern mit Lösungsmitteln weich, verachtete Acrylfarben und ihre geruchlose Wasserlöslichkeit, ja war geradezu süchtig nach dem Terpentinduft, der ihn schon auf der breiten Eichentreppe empfing, wenn er die Pforte im Burgtor geöffnet und die Stadt und seinen Polizeiberuf hinter sich gelassen hatte. Hier begann das Lebensreich des Malers Swoboda, auch wenn andere ihn für einen Kriminalhauptkommissar mit einem etwas ausufernden Hobby hielten.

Nun waren sie nur noch drei, hatte Leybundgut gesagt.

Damit meinte er sich selbst, Swoboda, und den einstigen Hippie und Indienfahrer Philipp Teichmann, der seinen Reisen ein Bändchen Erzählungen und Gedichte abgewonnen und im Selbstverlag herausgebracht hatte. 1963 hatten sie am damals einzigen Gymnasium der Stadt, humanistisch mit mathematisch-neusprachlichem Zweig, Abitur gemacht und waren sich einig gewesen, daß allein die Kunst sie aus dieser Stadt, die aus Bier und Fleisch bestand, befreien würde.
Er konnte das Dach seiner alten Schule vom Fenster aus sehen. Zwischen dem Sandsteinbau des Polizeipräsidiums, der nur drei Fußminuten entfernt unten am Burgweg lag, und der katholischen Hedwigskirche, deren neugotischer Turm links in Swobodas Fensterausschnitt ragte, schob sich, etwas weiter entfernt, das rote Satteldach des Ludwigsbühel-Gymnasiums in den Blick, das eigentlich Eichendorff-Gymnasium hieß, doch von jedermann nach seiner Lage auf dem Ludwigsbühel genannt wurde. Wie auch die Absolventen, die sich im Förderverein des Gymnasiums mit dem sinnträchtigen griechischen Wort »Gephyra« für Brücke im Namen als Gemeinschaft der Ludwigsbühler verstanden.
Nur noch drei Ludwigsbühler des Abiturjahrgangs 1963, die in Zungen geblieben oder hierher zurückgekehrt waren. Der vierte war ermordet worden.
»Als ich die Nägel entfernt hatte – ich habe ja schon viel gesehen, Alex, aber als ich dieses zerstörte Gesicht

von Max gesehen habe, glaub mir, das kann man nicht verkraften, das ist …«
Seine Stimme war plötzlich tonlos weggebrochen, und Swoboda hatte in der Stille zu begreifen versucht, was Leybundgut gesagt hatte.
Max Niehaus also. Der sanfteste von ihnen. Hatte als Heldentat wegen einer Schülerwette die Bronzeziege im Zickbrunnen auf dem Kornmarkt, aus deren Maul das Wasser lief, mit abgetönter Wandfarbe rosa angemalt. Da war er Obersekunda. Knapp am *Consilium abeundi* vorbeigeschrammt. Der jüngste von ihnen. Und blieb der jüngste. Fünf Tage vor dem Abitur erst achtzehn geworden. Vielleicht der Liebenswerteste. Gewiß der Liebenswerteste, dachte Swoboda und sagte ins Telefon: »Der Liebenswerteste von uns. Warum er? Das macht überhaupt keinen Sinn.«
»Ja«, sagte Leybundgut, »der Liebenswerteste. Aber irgendwer muß ihn unendlich tief gehaßt haben. Können wir uns heute abend sehen?«
»Ja«, sagte Swoboda, »und nichts davon zur Presse. Ich fürchte, Winkels bringt morgen ein Foto, da darf auf keinen Fall der Name von Max druntersteheh.«

Max Niehaus. Swoboda blickte auf die Stadt hinunter und versuchte, Schmerz und Zorn in sich niederzuhalten. Morgen schon würde er als Polizist an Max Niehaus denken müssen. Heute konnte er das nicht.

Heute dachte der Freund Swoboda an den Freund Max und an seine Galerie am Neldaplatz. Niehaus hatte das verwahrloste Fachwerk-Ensemble im Winkel zwischen Wilhelmstraße und Hauptstraße Ende der achtziger Jahre erworben, um es vor dem Abriß zu bewahren, hatte es über Jahre hinweg sorgsam renoviert, das Parterre zur Kunstgalerie ausgestaltet, im ersten Stock seinen bibliophilen Verlag eingerichtet und sich den geräumigen Speicher als Wohnung ausgebaut, stilvoll und luxuriös, wie es zu ihm paßte. Er förderte junge Künstler, wenn sie seinen strengen Maßstäben genügten. Was gegenwärtig in New York, Kassel, Venedig und London ausgestellt wurde, betrachtete er mit tiefer Skepsis, Videoinstallationen fand er uninteressant, verlangte von Kunst nur eines: daß sie den Betrachter bewegte, zu Trauer, Freude, Zorn, Abscheu, Beifall, was auch immer, aber »bewegen muß sie mich, bewegen! Ein Raum, in dem fünfzigtausend weiße Fäden von zehn Zentimeter Länge an den weißen Wänden hängen, läßt mich kalt. Ich bin sicher: Die Kunst befindet sich in einer Phase tiefer Verzweiflung.« Wenn Niehaus ihm solche Vorträge hielt, hörte Swoboda schweigend zu. Er zählte seine eigenen, naß in naß gemalten Phantasielandschaften, die meisten von einer kaum erträglichen Düsternis und Schwermut, nicht zur Gegenwartskunst.

Im Januar war Niehaus bei ihm im Atelier gewesen und

hatte sich die neuen Bilder angesehen. »Jetzt bist du soweit«, hatte er nach einer Stunde schweigender Betrachtung gesagt.

»Wie weit?«

»So weit, daß ich dich ausstellen werde. Die Nelda-Galerie wird im Oktober Swoboda ausstellen. Was hältst du davon?«

»Nicht unter meinem Namen.«

»Na gut, dann unter Pseudonym. Wie wäre es mit *Edvard Munch*?«

Nun hatte irgendwer Max Niehaus auf barbarische Weise umgebracht, entstellt, geschändet. Statt seine Ausstellung vorzubereiten, mußte Swoboda Untersuchungen in einem Mordfall durchführen, der ihm zu nahe ging. Er blickte in die Straßen hinunter. Seine große, kräftige Gestalt im Ausschnitt des Fensters schien der Stadt drohen zu wollen. Die Dächer glänzten nach einem kurzen, morgendlichen Regenschauer. Der Himmel riß schon wieder auf und ließ zwischen grauen Wolkenfetzen Zonen barockblauer Klarheit leuchten. Swoboda war kein gläubiger Mensch. War es nicht kindisch, seinem toten Freund etwas laut zu versprechen? Er tat es dennoch und sagte zum offenen Fenster hinaus. »Wir kriegen ihn, Max, ich verspreche es dir bei meinen Bildern, wir kriegen ihn, tot oder lebendig. Wenn es nach mir geht, lieber tot.«

Eine Stunde später – er hatte eine Leinwand von zwei Meter fünfzig mal eins siebzig mit einer Grundierung aus Elfenbeinschwarz, Preußischblau und Russischgrün, verdünnt mit einem trocknungsverzögernden Malmittel, eingedunkelt – sah er die nächsten Schritte, die er zu tun hatte, klar vor sich. Zuerst, dies gehörte nicht zu seinen polizeilichen Aufgaben, mußte er Eberhard Stehling informieren. Man durfte den alten Mann mit der Nachricht nicht telefonisch überfallen, ebensowenig dem Zufall überlassen, daß er sie erfuhr. Swoboda reinigte sich die Hände mit Waschpaste, zog den Malkittel aus, sein Cordsakko und den Staubmantel an und verließ die Prannburg.
Dr. Stehling wohnte im südlich gelegenen Prannturm, also hinter der Burg, die Swoboda in der Grabengasse umrundete. Er fürchtete sich vor der Begegnung. Oberstudienrat Stehling war ihr Lehrer gewesen, die letzten drei Gymnasiumsjahre, hatte sie in Latein und Griechisch zum Abitur geführt. Kein beliebter, ein respektierter Lehrer, streng in seinen Maßstäben und voller Phantasie, wenn es darum ging, einem Schüler zu seinen möglichen Leistungen zu verhelfen. Sie hatten erst nach der Schulzeit gelernt, seine Fähigkeiten zu würdigen, und mit den Jahren hatte sich ihre Hochachtung vor ihm in Zuneigung verwandelt, als deren besonderer Ausdruck die Tatsache galt, daß seine Schüler ungeachtet ihres inzwischen fortgeschrittenen Alters sich

von ihm mit *Du* anreden ließen, ihm aber selbst mit dem aus der Schulzeit gewohnten *Sie* begegneten. Der Altphilologe kannte sich in Zungen gut aus, war hier geboren und auf dasselbe Gymnasium gegangen, an dem er später unterrichtete. Nach dem Tod seiner Frau hatte er drei Zimmer im ersten Stock des Wehrturms an der inzwischen geschleiften Stadtmauer bezogen, lebte da zwischen Bücherstapeln und Aktenbergen, heizte im Winter mit zwei Ölöfen, wollte es nicht bequemer haben, um, wie er sagte, *nicht zu früh zu altern*. Man schätzte ihn allgemein in Zungen, denn der nun Dreiundachtzigjährige hatte es nach seiner Pensionierung übernommen, die Stadtgeschichte zu erforschen, die heillos ungeordneten Archivunterlagen zu sichten und nach und nach zu veröffentlichen. Den ersten Urkundenband vom vierzehnten bis zum siebzehnten Jahrhundert hatte Max Niehaus in seinem kleinen Verlag herausgebracht, eine großformatige, mit zahlreichen Faksimiles geschmückte, bibliophil ausgestattete Edition, die der Bürgermeister offiziellen Gästen der Stadt als Geschenk überreichte.

Swoboda sah seinen alten Lehrer die hölzerne, der Mauerrundung folgende Außentreppe des Pranntürms herunterkommen, an deren Geländer in regelmäßigen Abständen gedrechselte Säulen die Überdachung der Stufen trugen. Stehling lief noch immer mit sicherem, festem Tritt, doch seine magere Gestalt hatte in den letzten Jahren etwas Verletzliches bekommen, ohne daß Swoboda hätte sagen können, wodurch dieser Eindruck entstand. Er schien leichter geworden zu sein und hatte doch nichts an Haltung eingebüßt. Sein rosiges Gesicht war wohl etwas kleiner geworden, die Brille wirkte zu breit, die Bügel locker, und seit einigen Jahren ließ er den Kranz weißer Haare, der ihm an Schläfen und Hinterkopf geblieben waren, lang auswachsen, so daß die über den Nacken fallenden, flusenartigen Löckchen ihm zugleich etwas von einem Clown und von einem Gelehrten gaben.

»Sie hätten nicht herunterkommen müssen«, sagte Swoboda.

»Ich muß mir doch ansehen, wer geklingelt hat.« Stehling lächelte. »Schön, daß du mich besuchst, nein, du störst nicht, du bist mir immer willkommen. Tee?«

»Ich komme mit einer schlimmen Nachricht.«

Stehling wandte sich um, stieg die Treppe hinauf und winkte ihn nach. »Um so mehr Tee!«

Als er die Ermordung von Max Niehaus mitzuteilen begann, fühlte sich Swoboda, als müsse er dem Lehrer ein eigenes Versagen eingestehen. Er unterließ die Beschreibung des Zustandes, in dem man die Leiche gefunden hatte. Stehling stellte seine Teetasse auf das Tischchen zurück, und zum ersten Mal sah Swoboda die Hand des alten Mannes in der weiten Ärmelmanschette zittern. Stehling zog seine Hand sofort zurück, hielt sie mit der anderen in seinem Schoß fest, sank ein wenig im Sessel zusammen, sein Oberkörper gab einer inneren Krümmung nach. Mit gesenktem Kopf sagte er wie zu sich selbst: »Das tut weh. Es tut immer weh, wenn ein Schüler stirbt. Gehen die Jungen vor den Alten, steht die Welt Kopf. Max war ein guter Lateiner. Besser als in Griechisch. Bei dir war es umgekehrt.«

Sie schwiegen lange. Swoboda sah, wie das Licht vor den Turmfenstern allmählich sein morgendliches Weiß verlor und die Mittagstönung annahm, und dachte an die Luftfarben: in einer Stunde *Kadmiumgelb*, am Nachmittag dann *Neapelgelb*. Er blickte sich in dem hohen Raum mit der Balkendecke um und nahm jetzt erst wahr, daß sich Stehling zwischen Papier- und Büchertürmen, die nicht nur auf Tischen unterschiedlicher Größe ihre empfindliche Balance hielten, sondern auch hüfthoch aus dem Steinfußboden wuchsen, offenbar in Mauern aus Geschichte einzuschließen begann, nur noch Gassen freihielt zu den Regalen, den Fenstern und Türen. Schuf sich das Alter Pfade durch die Vergangenheit, um mittels Wegweisungen dem eigenen Vergessen vorzubauen?

»Man muß in der Galerie suchen und im Verlag«, sagte der Oberstudienrat plötzlich mit hoher und fester Stimme, so als habe er den Entschluß gefaßt, selbst Nach-

forschungen anzustellen. »Und in der Geschichte von Max, ich meine, in seiner amerikanischen Geschichte.«
Die *amerikanische Geschichte* von Max Niehaus war allenfalls bruchstückhaft aus seinen kargen Erzählungen und gelegentlichen, Freunden gegenüber zugelassenen Erinnerungsbildern bekannt. Er hatte bald nach dem Abitur einer gescheiterten Liebe wegen – man munkelte damals, es sei Klara Matts uneheliche Tochter Ilse gewesen, die ihn abgewiesen hatte – Zungen verlassen und war nach Amerika gegangen, an die Ostküste. Seine Flucht hatte aber noch einen anderen, tragischen Grund. Damals wollte es das Unglück, daß seine Liebeshoffnung im selben Monat zerfiel, in dem seine Eltern, anständige Kaufleute, auf einer Urlaubsreise in die Türkei bei einem Flugzeugabsturz ums Leben kamen. Ihr Sohn hatte das Haus seiner Kindheit verkauft, den Haushalt aufgelöst, außer den Familienfotos keinen Gegenstand für sich behalten und wenige Wochen nach der Beisetzung der elterlichen Urnen seine Reise in die USA angetreten.
Seinen Andeutungen zufolge war er in New York und Boston mit Galerien gescheitert, die er, hoffnungsnaiver, als selbst der amerikanische Traum es vertrug, eröffnet hatte. Dann, in New York, er muß wohl nach dem Verlust all seiner Barschaft schon mehr oder weniger auf der Straße gelebt haben, fiel er einer Dame auf, die gut vierzig Jahre älter war als er und ihm, dem in

der Nähe von Penn Station Bettelnden und von Polizisten stündlich Verjagten, zehn Dollar schenkte.
Sie kam am nächsten Tag wieder, und so die Woche hindurch. Jedesmal fand sie ihn an einer anderen Stelle des Straßenkarrees, jedesmal gab sie ihm fünf Dollar mehr als am Vortag.
Am Ende der Woche fuhr sie in einem Wagen vor, ihr Fahrer öffnete die Tür und bat ihn, den jungen Bettler, in die Limousine zu steigen. Die Dame gestand ihm, er erinnere sie so heftig an ihren Sohn, der in Vietnam gefallen war, daß sie ihn bitte, bei ihr zu wohnen. Einfach nur dazusein. Ihr Mann hatte sich nach dem Tod des Sohnes das Leben genommen. Wenn sie Max zumuten dürfe, eine lebende Erinnerung zu verkörpern und sich von ihr mit dem Namen des verstorbenen Sohnes anreden zu lassen, müsse er für nichts mehr sorgen. Es gebe keine weiteren Erwartungen ihrerseits.
Er lebte fast vier Jahre in ihrer riesigen Wohnung am Hudson. Eines Morgens fand er sie zusammengesunken an ihrem kleinen Sekretär, an dem sie dann und wann einen Brief an ihre Schwester schrieb. Sie hatte Fotos ihres gestorbenen Sohnes in Uniform und ihres Gatten auf die Tischplatte gelegt, dazu einen Zettel für ihn, dessen Text Max Niehaus verschwieg. In ihrem Testament war er mit der Hälfte ihres Vermögens und der Wohnung bedacht. Zwei Wochen später wurde ihm das Erbe zuerkannt, ein halbes Jahr darauf konnte er,

nach juristischem Streit mit der gleichfalls testamentarisch bedachten Schwester der Toten, darüber verfügen. Derart wohlhabend geworden, kehrte er nach Zungen zurück, erwarb die Fachwerkhäuser im spitzen Eck, wo Hauptstraße und Wilhelmstraße auf den Neldaplatz stoßen, gründete zum dritten Mal eine Galerie und ergänzte sie durch einen Verlag. Er war von der Stadt wieder eingefangen worden. Wie ihn hatte Zungen auch Alexander Swoboda und Klaus Leybundgut nur kurz aus ihren Mauern entlassen. Der Vierte von ihnen, Philipp Teichmann, war sogar in sein Elternhaus an der Tuchwebergasse zurückgekehrt, hatte vor Jahren schon seine schriftstellerischen Träume aufgegeben und seither, ein stiller Zyniker, Dialoge zu Fernsehserien und Telenovelas verfaßt.

Max hatte sich nach seiner Rückkehr um Ilse Matt, die das Hotel Korn führte und ihn jetzt interessant fand, nicht mehr bemüht.

Das habe, verriet er Swoboda später, nichts mit der Tatsache zu tun gehabt, daß Ilses Vater jener Otto Sinzinger war, den er, aus Gründen, die er verschwieg, unerträglich fand. Nein, es sei einfach anders gekommen.

Anders meinte, das wußten Swoboda, Dr. Stehling und fast alle in Zungen, daß Ilse Matts Tochter Martina, unehelich wie ihre Mutter – im Januar 1971 von einem wohl außergewöhnlich faszinierenden, durchreisenden tschechischen Hotelgast in einer einzigen Liebesnacht mit Ilse gezeugt –, daß sich Martina also in den Galeristen Max Niehaus, der, wie die Zungerer sagten, ihr Vater hätte sein können, verliebt hatte; inständig, ausdauernd, hartnäckig verliebt. Mit jener jugendlichen Richtigkeits-Gewißheit, die alle Fragen der Zukunft für unerheblich erklärt, hatte sie ihn unter dem Versprechen, sein Alter in erneute Jugend umzukehren, wie ein betrügerischer Autoverkäufer, der den Tacho um Tausende Kilometer zurückdreht, in ein fast frisches Lebensmodell verwandelt. Irgendwann hatte er wider besseres Wissen die Niederlage seiner Vernunft mit ihr gefeiert. Die hämischen Nachreden der Zungerer mußten sich unter dem offensichtlich haltbaren Glück der beiden beruhigen.

Die Galerie wurde ein Erfolg, der kleine, defizitäre Verlag unter Freunden schöner Bücher geachtet. Stehling ließ dort seine Publikationen über die Geschichte der Stadt drucken, auch ein schmaler, tapferer Gedichtband von Martina Matt erschien, wurde freilich nirgends, nicht einmal in den Zungerer Nachrichten, rezensiert.

»Ilse hat euch damals, als ihr jung wart, doch allen gefallen«, sagte Stehling, »dir und Teichmann, Klaus Leybundgut und Volker Winkels vom Jahrgang drunter. Oder war er zwei Jahrgänge unter euch? Aber daß Max mit ihrer Tochter, mit der Martina, zusammen war, nun, das hat Ilse getroffen ...« Er blickte zur Zimmerdecke. »Zu jung, zu schön, manche Mädchen himmeln ja ihren alten Lehrer an, immerhin hat Martina keinen richtigen Vater.«

»Sie hat ihn einfach geliebt«, sagte Swoboda. »Ich glaube, das gibt es, manchmal, also, ich meine, es soll jedenfalls schon vorgekommen sein.«

Die beiden Männer sahen einander an. Auf eine nicht ganz aufrichtige Weise hatten sie sich dieselben Phantasien eingestanden. Martina Matt war fünfunddreißig Jahre alt, und Alexander Swoboda und sein einstiger Griechisch-Lehrer, Dr. Eberhard Stehling, hatten mit den Gedanken an sie ihre Trauer um den sechzigjährigen Max Niehaus, Freund des einen, Schüler des anderen, erotisch aufgehellt. Der Altphilologe begriff als erster, auf welche Spur sie sich hatten verlocken lassen: »Siehst du, Alex, gerade noch hielt Thanatos uns gefangen, und schon führt uns Eros davon!«

Swoboda verabschiedete sich. Im Präsidium wartete Klantzammer auf den ersten Bericht, Galerie, Verlag und Wohnung des Opfers mußten durchsucht und versiegelt werden. Er überließ die Routine meistens Turbo oder anderen Kollegen, hier aber waren Hinweise vielleicht in der Kunstsammlung von Max verborgen, und dafür gab es nur einen Sachverständigen: ihn selbst. Doch sein Blick, das fühlte er, war durch den Verlust des Freundes getrübt. Auch seine Kombinationsfähigkeit hatte sich unter einem dunklen Schleier aus Schwäche vermindert, einer Schwäche, die davon rührte, daß er sich von nun an auf eine unerforschlich weite Entfernung zu Max einstellen mußte.

Bist du geschwächt genug, Alexander? Ich werde dir Zeit lassen, falschen Spuren nachzugehen. Jedenfalls, solange die Abschreckung wirkt. Sollte sie versagen, nun, ich bin bereit, mein Handwerk fortzusetzen, dir zusätzliche Arbeit zu bereiten und erneut deine Seele zu testen. Der Tod von Max Niehaus ist dir nahegegangen, ich weiß. Mir nicht. Solche Schwächlinge gibt es wie Sand am Meer, tarnen sich hinter der Kunst, weil sie im Leben keinen Weg wissen, weil ihre Disposition sie von Geburt an zu Verlierern im Kampf ums Dasein bestimmt. Wußtest du, daß er Theaterstücke schrieb? Und einen Roman, angeblich, in der Schublade liegen hatte? Mir hat er es gestanden – zugegeben, ich hatte ihn mit sehr gutem Rotwein ein bißchen fahrlässig gemacht. Der Kerl war nicht einmal in der Lage, sich selbst zu drucken und zu verlegen! Ist es schade um solche Versager?
Was wird der Kommissar als erstes tun? Natürlich wird er das Umfeld seines Freundes Max Niehaus abtasten, der in die Kriminalgeschichte eingeht als der Entmannte mit der Nagelmaske! Amüsant… Der Schöngeist, was bleibt von ihm? Der schiere Horror. Ah, wie gut das tut, Biographien zu verdrehen, ist doch das schönste! Deine, mein lieber Alexander, wird bald gleichfalls nichts als verwehter Staub

sein, kein großes Heldenleben. Und ich? Eigentlich schade, wenn ich unentdeckt bliebe, findest du nicht? Man hat doch in unserer Spezies als Monster die beste Chance, die Erinnerung der Jahrhunderte zu durchdauern, und mein Talent ist schließlich auch nicht kleiner als das Richards des Dritten oder von Gilles de Rais. Doch um entdeckt zu werden, müßte ich dein mittelmäßiges Kommissarstalent auf meine Spur setzen, dich mit der Nase darauf stoßen, wie nah ich dir bin – und, was leider die Voraussetzung für meinen Ruhm als Scheusal wäre, dich am Leben lassen. Eine, wie du zugeben mußt, schwere Entscheidung. Viel spricht für sie. Vor allem, daß du dann die Chance haben würdest, meine hier im schwarzen Büchlein niedergelegten Ausführungen zu lesen. Wie gern ich dich dabei beobachten würde! Oder gar es dir vorlesen! Als Abgesang auf dein kleines Lebenslicht, bevor ich die Lippen spitze und es ausblase …

Die Tür der Galerie stand offen. Schon vom Eingang her, noch im Wind der Straße, sah Swoboda das unter dem roten Rock modellierte Gesäß von Martina Matt, das ihm unübersehbar entgegengereckt war, die gekreuzt stehenden, von den Kniekehlen an nackten Beine auf den Stiftabsätzen von schwarzen Pumps, den über den großen Ahorntisch gebeugten Rücken in einem schwarzen Pullover und das weißblonde Haar, das seitlich des Nackens nach vorn fiel, weil Martina ihren Kopf zur

Tischplatte neigte, auf die sie ihre Ellbogen gestützt hatte. Es war der Galerietisch, wo Graphiken und Lithographien zur Ansicht ausgelegt wurden. Die zahlreichen flachen und breiten Schubladen unter der Platte, in denen Drucke sortiert waren, standen teilweise offen, als hätte sie jemand in hastiger Suche aufgerissen. Auf dem Tisch lagen Papiere. Martinas Gestalt schien ruhig zu sein, und Swoboda dachte, daß er sich niemals so mit dem Rücken zu einer offenen Tür in die Betrachtung von Bildern versenken würde.

Bevor er sich bemerkbar machen konnte, richtete sie sich mit einem Ruck auf und drehte sich ihm zu. Er sah, daß ihr Gesicht erhitzt war, fand sie überraschend schön und war zugleich noch ganz der Situation verpflichtet, als Kommissar lauernd und fragebereit, professionell mißtrauisch.

Er blieb in der Tür stehen und versuchte, sich auf eine Haltung zu konzentrieren, in der er ihr möglichst wenig mitteilen mußte und möglichst viel Information entlocken konnte.

Das Bild seiner Tochter Lena, die er zuletzt vor vier Jahren gesehen hatte, als der zweite Geburtstag seiner Enkelin Clara gefeiert wurde, wischte ihm durch die Gedanken, und er versuchte, es festzuhalten.

In dieser Bemühung traf ihn Martinas Aufwallung unvorbereitet. Sie stieß sich von der Kante der Ahornplatte des Tisches ab, lief sechs, sieben Schritte auf ihn zu, blieb vor ihm stehen und kippte ihm plötzlich entgegen, ihre Arme um seine Schultern, so daß er Mühe hatte, sie aufzufangen. Er war ungleich kräftiger und fast einen Kopf größer als sie, dennoch war ihre überraschende Flucht an seine Schulter so heftig und rückhaltlos, daß er sie fester umarmte, als er wollte, um ihr Halt zu geben. An den Erschütterungen ihres Körpers nahm er wahr, daß sie weinte, lautlos und, wie ihm schien, in der Fortsetzung eines Weinens, das lange vor seinem Eintritt in die Galerie begonnen hatte.

Er spürte an seinem Hals die Hitze ihres Gesichts, die nasse Glätte der Haut. Selten hatte er sich so ungeschickt und zugleich seltsam wichtig gefühlt seit jenem Augenblick, als man ihm seine soeben im Kreißsaal nebenan geborene Tochter Lena in die Hände gelegt hatte. Er hielt Martina fest und wartete ab.

Langsam ließ das stoßweise Schluchzen nach.

»Woher wissen Sie, daß Max tot ist?«

Sie begriff, daß er verstanden hatte, bemühte sich, ruhig zu atmen, und ließ sich von ihm zu einem der Stühle führen, die in der Mitte des Galerieraums um einen runden Glastisch standen, der durch seinen matten Schliff das Licht diffus an die weiße Holzdecke zurückwarf. Swoboda wählte den größten Abstand zu ihr und setzte sich diametral gegenüber. Martina Matt schien sich zu konzentrieren. Er ließ ihr Zeit. In der Lichtreflexion des Tisches bekamen die großzügigen und tiefen

Linien ihres Gesichtes eine flächige Weichheit. Swoboda hätte es gern berührt.
»Ich weiß, daß er es ist. Der Tote im Wald über der Mahr. Er hat mich vorgestern nicht angerufen und gestern nicht und die Galerie gestern und heute mittag nicht aufgemacht. Und gestern morgen ist die Leiche gefunden worden.«
»Davon weiß außer der Polizei niemand.«
»Die ganze Stadt weiß es.«
»Aber Sie wissen als einzige, daß es Max ist?«
»Und Sie«, sagte Martina, griff nach einer Packung Gauloises auf dem Tisch, fingerte eine Zigarette heraus und hielt sie ihm entgegen. »Sonst wären Sie ja nicht hier.«
»Tut mir leid, kein Feuer, ich rauche nicht.« Swoboda stand auf. »Seit elf Jahren.«
»Auf dem Tisch hinten«, sagte Martina Matt, und als er mit den Streichhölzern in der Hand vom Graphiktisch zu ihr zurückgekehrt war, sah er, daß sie die Zigarette zwischen ihren Fingern zerbrochen hatte.
»Wer hat Ihnen gesagt, daß es Max ist?« Er war hinter ihrem Stuhl stehengeblieben.
»Niemand. Ich weiß es einfach. Das wird ein Mann nie verstehen, daß eine Frau es einfach weiß.«
»Sie lieben ihn, er hat es mir gesagt.«
»Dann hat er ein bißchen gelogen. Geliebt haben wir uns nicht mehr. Aber ich habe ihn geachtet. Sehr. Er

war ein großartiger Mann. Der einzige hier. Ich wußte immer, daß diese Stadt ihn mir nehmen wird.«
»Wir wissen es erst seit sechs Stunden.«
Sie wandte sich erstaunt zu ihm um. »So schlecht kennen Sie das Gesicht Ihres Freundes?«
»Ja«, sagte Swoboda, »so schlecht kenne ich das Gesicht meines Freundes.« Er warf die Streichhölzer vor sie hin auf den Tisch. Sie nahm eine neue Zigarette aus der Packung und zündete sie an. »Diese Stadt hat ihn umgebracht.«
»Nein«, sagte Swoboda. »Eine Stadt tötet nicht. Menschen töten.«
Wieder hielt sie ihm die Zigarette hin, und Swoboda sah sich nach einem Aschenbecher um.
»Sie wissen nichts«, sagte Martina Matt.
Er fand eine Untertasse neben dem Kaffeeautomaten und trug sie zum Tisch. »Ja. So ist das immer. Am Anfang weiß ich nichts. Und meistens weiß ich am Ende alles. Manchmal hätte man am Ende lieber den Anfang. Aber für Max werde ich alles herausfinden, seien Sie sicher, wirklich alles, und wenn es Jahre dauert, ich werde das Schwein finden.«
Martina Matt nickte. Langsam stand sie auf. »Ich habe seine Skizzen gefunden, und ein Romanmanuskript, nichts davon hat er mir gezeigt. Die nächsten Wochen werde ich Zeit haben mit ihm. Ach ja, auch seine Lebensregeln – bevor er mich kennenlernte. Sie sind von

Jonathan Swift, kennen Sie sie? Das Blatt liegt drüben.« Sie beugten sich gemeinsam über die Beschlüsse Swifts, die dieser für sein Alter verfaßt hatte, und die junge Frau las vor: »1. Keine junge Frau heiraten. 2. Nicht launisch, mürrisch oder mißtrauisch werden. 3. Nicht immer die gleiche Geschichte den gleichen Leuten erzählen. 4. Nicht freigebig sein mit gutem Rat, es sei denn, man wünsche ihn. 5. Nicht mit meinem früheren guten Aussehen oder meinem Erfolg bei Damen prahlen. 6. Gute Freunde bitten, mir rechtzeitig zu sagen, wenn ich einen dieser Vorsätze breche. – Max hat sich nicht an den ersten Vorsatz gehalten. Gott sei Dank. Vielleicht hatte er auch keinen guten Freund, der ihn erinnerte? Ich war glücklich mit ihm.«

»Um so mehr sind Sie verpflichtet, mir zu helfen, seinen Mörder zu finden.«

Sie hob den Kopf und lachte ihm ins Gesicht. Als hätte sie nicht vor einer halben Stunde ein scheinbar endloses Weinen begonnen, lachte sie mit einer überlegenen Gewißheit, die er einen Moment lang für echt hielt. Bis er begriff, daß sie nicht lachte, weil sie etwas vor ihm verbarg, sondern weil sie sich in einer schrecklichen Lage befand, der nur noch dieses Lachen angemessen war. Sie hörte nicht auf.

Wieder stand ihm Lena vor Augen, die nur ein Jahr jünger war als Martina Matt und ihn vor fast zehn Jahren mit dem gleichen Lachen aus ihrer Wohnung getrieben hatte. Ein Lachen, das ihn quälte. Er hatte sie beinahe geschlagen.

Er drehte sich um und ging. Das vereinbarte Treffen mit Leybundgut fiel ihm ein. Auf der Straße, nicht sehr weit von der Galerie, holte Martina Matt seinen Vorsprung auf. »Verzeihen Sie, Alexander. Max hat Sie mir, wie soll ich sagen, er hat Sie mir empfohlen. Wenn irgendwas ist, wenn du irgendwas brauchst, und ich bin nicht da, geh zu Alexander. Geh nicht zu deiner Sippe, hat er gesagt, ja, er hat Sippe gesagt. Geh zu Alexander.«

Sie blieben stehen, wo sich rechts die Salzstraße zwischen den spitzgiebeligen Sandsteinhäusern aus dem siebzehnten Jahrhundert öffnet und von ihr nach links der Burgweg abzweigt, der zum Polizeipräsidium und zur Prannburg hinaufführt.

»Hier weiter rechts«, sagte Swoboda, »wohnt mein Chef. Geradeaus hoch und ein bißchen rechts wohne ich. Ich könnte auf dem Nachhauseweg im Büro vorbeischauen und mich mit Akten beschäftigen. Andererseits ist es fast Abend. Und mein Magen schnappt nach einem kalten Weißwein.«

»Er schnappt?« fragte Martina.

»Ja, das tut er, wie ein Fisch auf dem Trockenen, bloß nicht nach Luft. Ich werde vermutlich in meine Kneipe am Burgweg gehen und meinem schnappenden Magen die nötige Menge Weißwein zuführen. Außerdem muß ich etwas essen.«

Er hatte Leybundgut vergessen. Wortlos schob sie ihren Arm unter seinen und lief los. Swoboda fügte sich, und während sie schweigend bergauf gingen, verknoteten sich in seinem Kopf viele unvollständige Fragen an Max Niehaus und an Lena. Ihm war bewußt, daß es sämtlich Fragen waren, die er an sich selbst zu stellen hatte. Konnte er in diesem Mordfall seine Vernunft von Gefühlen freihalten? War ihm das jemals gelungen? Hatte seine Neigung, sehnsüchtigen Träumereien nachzugeben und dafür Tatsachen zu ignorieren, nicht den härtesten Bruch in seinem Leben verursacht, die Scheidung seiner Ehe, seine Versetzung hierher, an den Ort seiner Kindheit, den er nach der Schulzeit mit Freude und herrlichen Erwartungen an die Welt jenseits der Flüsse verlassen hatte? Keine Antwort von Swoboda für Swoboda. Keine Klarheit. Als er mit der Lebensgefährtin seines ermordeten Freundes Max am Arm die Sandsteintreppe in den Burgkeller hinunterstieg, war er schon ein Gewirr aus Widersprüchen.

III

Gottfreund

Swoboda erwachte, die Erinnerung kam wie ein Schlag, und er schämte sich. Es war halb sieben. Die Hoffnung, er habe nur geträumt, war sofort unhaltbar. Er hatte alles falsch gemacht. Wieder einmal.

Er stand auf, durchquerte nackt das Atelier, sah im angrenzenden Zimmer, daß Martina ihr Laken auf dem Sofa zusammengefaltet und darauf, wie am Abend versprochen, den Schlüssel zur Galerie gelegt hatte. Er ging ins Bad, vermied den Blick in den Spiegel und duschte ausgiebig. Was geschehen war, floß nicht von ihm ab, es gehörte von jetzt an zu ihm. Sie hatten ausgiebig getrunken und waren sich einzeln einsam vorgekommen, wollten nach den vielen Sätzen, die sie sich über Max erzählt hatten, nicht schweigen und nicht allein sein; und so war Martina Matt mit zu ihm in den ersten Stock der Prannburg gestiegen, hatte verwundert auf die entlang der Wände auf dem Boden stehenden Bilder geblickt, nichts dazu gesagt, hatte mit ihm am Küchentisch noch ein Glas Grappa getrunken, eine Zigarette geraucht, sie hatten sich lange angesehen. Aus

Trauer und Sehnsucht und vielleicht auch schon Lust gemischte Blicke. Swoboda, immerhin besaß er noch diesen Rest Klarheit, hatte angeboten, ihr auf der breiten Sofalandschaft, einem ledernen Arrangement aus den sechziger Jahren, das seiner Ehe entstammte, ein Lager zu bereiten.

Zwischen dem Atelier, wo er bei seinen Bildern und im Terpentinduft schlief, und dem Wohnzimmer, wo Martina sich mangels Bettdecke unter seinen Schlafsack gelegt hatte, war ein portalartiger, türloser Durchgang.

Swoboda hatte keinen Schlaf gefunden. Wein und Müdigkeit hatten ihn, halbwach, in einen Zustand zwischen Wirklichkeit und Einbildung getragen, in dem er noch wahrnahm, daß Martina sich neben ihn legte und seine Decke zu sich herüberzog. Er war sich nicht sicher, ob das tatsächlich geschah. Auch ihre Stimme klang entfernt: »Ich kann jetzt nicht allein sein. Laß mich hier liegen.« Er spürte ihren Körper an seinem Rücken und wunderte sich, wie sehr ihn das beruhigte. Jetzt schlief er ein.

Am Morgen, vor den Fenstern begann die Nacht gerade erst zu enden, waren sie zugleich wach geworden und hatten die Wärme, die vom einen auf den anderen überging, nicht mehr ertragen, ohne sie ineinander zu steigern. Mit einer Gier, die kaum von Verzweiflung zu unterscheiden war, hatte Martina ihn besessen, und er war ihr widerstandslos entgegengekommen, während ein hinter seiner Stirn gebetsmühlenhaft wiederholtes *Nein* ohne Auswirkung auf seine Lust blieb.

Die Erschöpfung hatte ihm Schlaf geschenkt, eine Pause des Bewußtseins. Als er erwachte, erschrak er über sich. Jetzt, unter der heißen Tropfentrommel der Dusche, war ihm klar, daß er Fehler gemacht hatte, die sich zu einem Desaster summieren konnten. Er hatte mit der Frau seines Freundes Max zwei Tage nach dessen Ermordung geschlafen. Zwar war sie nicht verheiratet gewesen, zwar ließen sich psychologisch einige Gründe finden, die durchaus mit ihrer beider Gefühlen für den Toten zusammenhingen, moralisch war dieser Beischlaf dennoch höchst fragwürdig. Dienstlich gesehen war die Nacht eine Katastrophe.

Er hatte am Beginn der Ermittlungen mit einer wichtigen Zeugin, vielleicht der wichtigsten überhaupt, ein intimes Verhältnis begonnen. Er hatte vergessen, Galerie und Verlag am Neldaplatz und die Wohnung des Opfers zu versiegeln. Leybundgut würde wissen wollen, warum er sich nicht, wie verabredet, am Abend bei ihm gemeldet hatte. Und sollte jemand – obwohl Martina offenbar vorsorglich bereits im Morgengrauen seine Wohnung verlassen hatte – gesehen haben, wie sie aus dem Tor der Burg trat, in der sich außer dem Atelier des Hauptkommissars Alexander Swoboda nur das kleine Stadtmuseum im Parterre befand …

Einem Mann wie Kriminalrat Klantzammer konnte

man nicht verdeutlichen, welche Macht Gefühle haben. Er lebte vermutlich ohne Eros, seine Liebe war ganz das, was die Griechen *Agape* genannt hatten: Hingabe, Zuneigung. Daß seine alte Mutter und seine sieben afrikanischen Patenkinder davon profitierten, sprach für seinen guten Charakter. Man wußte im Präsidium, daß er einmal im Monat, stets am letzten Wochenende, nach Prag fuhr und dort, wie er freimütig erzählte, einen Abend in der Spielbank verbrachte. Seiner einzigen Schwäche schien er am Roulettetisch nachzugeben, ohne sie jedoch ins Unerfreuliche wachsen zu lassen. Disziplin auch hier. Für die Nacht mit Martina Matt konnte Swoboda von ihm nur Unverständnis erwarten. Vielleicht auch Zorn, sollte etwas Derartiges in Klantzammer vorhanden sein. Gewiß würde sein Chef einen Aktenvermerk nicht vermeiden können.

Es kam schlimmer. Die Ausgabe der Zungerer Nachrichten erschien mit einem halbseitigen Foto auf der Titelseite, das die Nagelmaske der Leiche zeigte, einen Teil des Körpers, einige Beamte, deren Gesichter unkenntlich gemacht waren, sowie seitlich, abgewandt und nach vorn gebeugt, eine Gestalt, die man als Hauptkommissar Alexander Swoboda erkennen konnte, wenn man, was in Zungen nahezu jedem möglich war, seine äußeren Merkmale mit ihm identifizierte: kräftige graue Haare, heller Mantel, die breiten Schultern, auch seine Größe im Vergleich zu den Buchenstämmen, all das wies unzweifelhaft darauf hin, daß es Swoboda war, der sich, aus welchen Gründen auch immer, vom Tatort abgewandt hatte. Über dem Bild prangte die Schlagzeile: »Wer tut so etwas?«, und darunter in noch größeren Lettern »Wir alle haben Angst«.

Der Kellner im Café *5th Avenue*, das dem Zeitungsverlag gegenüber an der Hauptstraße lag, hatte Swoboda das Blatt wie jeden Tag gefaltet neben das Frühstück gelegt. Heute trug er ein rätselhaftes Lächeln zur Schau, das Swoboda erst verstand, als er die Zeitung aufgeschlagen und die Titelseite gesehen hatte. Der Kellner blieb neben dem Tisch stehen, in einer unangemessen fordernden Stellung, so als sei ihm durch die Schlagzeile ein Recht auf Neugier, ja ein anderer sozialer Standard erwachsen, als ihm in der Situation zukam.

Swoboda blickte auf. Aus einer Eingebung heraus fragte er polizistisch scharf: »Ist das Foto von Ihnen?«

Die Reaktion war bemerkenswert. Augenblicklich verlor der Kellner seine aufstrebende Haltung, das Gesicht überzog sich mit falscher Unschuld, er schüttelte angewidert den Kopf, so als hätte Swoboda ihm etwas durchaus Unanständiges angetragen. Dann, ohne ein Wort zu sagen, drehte er seine linke Schulter vom Tisch weg, ließ seinen Körper folgen und suchte, mit wiegendem Gang zwischen den Tischen, Zuflucht hinter der Theke.

Nie in all den Jahren zuvor, in denen Swoboda nahezu täglich hier schweigend und zeitunglesend sein Frühstück einnahm, war der Kellner, dessen Name ihn nicht interessiert hatte, ihm mit einer derart hochgestemmten Arroganz begegnet. Er war ein dünner Mann von vielleicht vierzig Jahren, mit einem Gesicht, das man nur als unauffällig bezeichnen konnte. Mittelbraune Haare, mittelrunde Kopfform, mittelgroß, einer von denen, die man schwer auf Fahndungsplakate bannen konnte, weil Zeugen aus den angebotenen Zeichenvorlagen immer nur das Mittelmaß wählten. Und doch kam er Swoboda heute signifikant vor. Dem Mann wuchs eine Rolle zu. Er war nicht der Fotograf am Waldhang über der Mahr gewesen. Der hatte, selbst aus dem Augenwinkel wahrnehmbar, eine rundliche, geduckte Schnelligkeit, die nicht zu dem gestreckten Kellner und seinem Wiegegang paßte. Dennoch zog sich jetzt um ihn einer der Denkfäden, die Swoboda bei jedem neuen Fall irgendwann in seinem Kopf zu spinnen begann, kreuzte, verknotete, bis sie schließlich ein logisches Netz bildeten, in dem der Täter sich fing. Immer hatte der Kommissar den Eindruck, daß er nicht den oder die Verantwortlichen erkannte, sondern nur die Abstände der Koordinaten verengte und schließlich den Punkt bestimmte, an dem die Schuld mit einem Menschennamen zusammentraf.

Darauf hoffte er auch im Mordfall Max Niehaus. Noch

konnte sich der Täter frei zwischen höchstens zwei Längengraden und zwei Breitengraden bewegen. Klantzammer würde zu Recht fragen, welche engeren Netzvorbereitungen Swoboda plante. Und wann er mit einem Erfolg seiner geographischen Vermessung des Falls rechnete. Vor allem würde den Kriminalrat interessieren, warum Swoboda im Mahrwald nicht dem Fotografen nachgesetzt hatte. War es richtig, die Wahrheit zu sagen: »Ich mußte mich übergeben«?

Sie war eine gute Fahrerin. Sie war eine angenehme Kollegin. Sie schwieg beim Fahren. Auch das mochte Swoboda an der Kriminalhauptmeisterin Sibylle Lingenfels, die den Wagen langsam durch die eigentlich für Autos gesperrte Brückengasse auf die Kornbrücke über der Mühr gesteuert hatte und nach der Brücke links auf die schmale Uferstraße abgebogen war. Von der Brücke hatten sie den Übergang der Mühr in die Nelda sehen können, bedenklich hoch und mit Schaumlinien über den gläsernen Strudeln drängte das Mührwasser am Mäuseturm vorbei nach Norden.

Nun, am linken Ufer flußaufwärts fahrend, hatte Swoboda Zeit, nachzudenken. Neben dem Fenster zog die horizontweite Brache der alten Hopfenfelder vorbei, der Duft der Wildgräser und Kräuter drang durch die Lüftung ins Wageninnere, und der Kommissar wäre am liebsten ausgestiegen und hätte die vier Kilometer zur

Alten Mühle zu Fuß zurückgelegt. Doch die Zeit drängte.

Er war nicht dazu gekommen, Klantzammer seinen nächtlichen Fehler einzugestehen, weil das Präsidium von der Nachricht aufgescheucht worden war, daß der Fall Niehaus ab sofort in den Händen des Landeskriminalamtes lag und die Zungener Behörde lediglich zuarbeiten durfte. Morgen schon werde ein Beamter des LKA eintreffen, die Leiche des Opfers sei bereits in die Zuständigkeit der Landesbehörde und die dortige forensische Abteilung überstellt worden. Eine Begründung war unnötig gewesen, da es Klantzammer ohnehin nicht lag, als Bitten vorgetragenen Entscheidungen von höherer Stelle zu widersprechen. Auch hatte sich Leybundgut dafür ausgesprochen, seine eher begrenzten rechtsmedizinischen Möglichkeiten durch den hochtechnisierten Apparat des Landeskriminalamtes ergänzen zu lassen. So könne er auch nicht die Stichwunden irgendwelchen Messerfabrikaten zuordnen,was aber zweifellos im Sinne der Tataufklärung wünschenswert wäre.

Erstaunlich war, wie schnell nach der Zeitungsveröffentlichung das LKA zugegriffen hatte, obwohl zunächst nichts dafür sprach, daß es sich bei dem Mord an Max Niehaus um eine der klassischen Zuständigkeiten der Hauptstädter handelte, um Drogengeschäfte im großen Stil, Terrorismus oder organisiertes Verbrechen.

»Sie hatten bereits einen Nagelmord«, hatte Klantzammer in der Besprechung mit gedämpfter Stimme verkündet, so als er spräche er von Majestäten. »Sie sehen einen Zusammenhang, und sie werden uns selbstverständlich ihre früheren Erkenntnisse ebenso zur Verfügung stellen wie wir ihnen die unseren.«
Swoboda hatte den Bleistift gehoben und auf Klantzammers Blick hin etwas zu laut gesagt: »Sie werden uns gar nichts sagen. Und wir haben noch nichts, was wir ihnen sagen könnten. Ihre Labors und Pathologen in allen Ehren, aber noch nie hat irgendein Ergebnis von dort den Weg hierhergefunden. Sie fordern nur uns alles ab.«
»Sie müssen es ja wissen.« Die langgezogene Bemerkung kam von dem einzigen Kollegen im Präsidium, mit dem Swoboda nicht per du war.
Sogar Klantzammer hatte auf dem sommerlichen Betriebsfest vor zwei Jahren, seiner inneren Gesellschaftsordnung durch vier Gläser Rotwein entfremdet, in nahezu peinlichem Überschwang den älteren Alexander gedrängt, ihn Jürgen zu nennen, dabei auf dem vollständigen Ritual bestanden, ihm armverhakt zugetrunken und sich zwei Tage später auf dem Flur des Präsidiums bei Alexander hastig erkundigt, ob der denn meine, man solle der unter solchen Umständen vollzogenen Verbrüderung Dauer zugestehen. Was denn dagegen spreche, hatte Swoboda zurückgefragt, und

Klantzammer, offenbar überrascht, war ohne Argument nickend in sein Büro gegangen.
Mit den anderen hatte es sich bei der Arbeit ergeben. Rüdiger Törring, »Turbo«, war zwanzig Jahre jünger, ein A 9-besoldeter Kriminalkommissar, Junggeselle und seit Jahren angeblich mit einer Werbefachfrau in Hamburg verlobt, die in Zungen noch keiner gesehen hatte, ein schneller Mitdenker, mit dem man leider über Kultur in keinerlei Hinsicht sprechen konnte. Ihm war jegliches Sie im Grundsatz fremd.
Der Kriminalhauptmeister Bernd Viereck im mittleren Dienst, der vierzig Jahre jünger als Swoboda und ein schwerer, großer, fast kahlköpfiger Junge war, hatte sich für das angebotene Du bedankt und dennoch zwei Wochen gebraucht, sich seinem Vorgesetzten gegenüber das Sie abzugewöhnen. Ein langsamer, wenngleich gründlicher Denker. Alexander hielt ihn für schwul und liebenswert.
Und dann gab es außer Sibylle Lingenfels, die den Wagen mit Swoboda auf dem Beifahrersitz zur Alten Mühle an der Mühr steuerte, noch den A 11-besoldeten KOK Hartmut Berger. Jenen Kriminaloberkommissar, der in der Besprechung süffisant seine Bemerkung »Sie müssen es ja wissen« auf den Tisch zwischen sich und Swoboda geschoben hatte.
Jeder im Raum wußte: Berger spielte darauf an, daß der eine Besoldungsgruppe über ihm stehende Kriminal-

hauptkommissar einst selbst die höhere Laufbahn beim LKA begonnen hatte und wegen einer innerdienstlichen Frauenaffäre eine andere als die vorgesehene Karriere einschlagen mußte. Das hätte Swoboda nicht getroffen. Über diese Geschichte war er hinweg. Entscheidend war, daß er Hartmut Berger für einen korrupten und rechtsradikalen Beamten hielt, der in seinem Arbeitsfeld – vorwiegend Delikte im Bereich des tschechisch-deutschen Grenzgebietes – mehr als einmal mit Methoden von sich reden gemacht hatte, die man polizeilich als hart, allgemeinrechtlich jedoch als Folter bezeichnet. Bekannt war, daß er tschechische Bürger gern »Würmer« nannte. Berger war dreiundvierzig Jahre alt, auffallend mager, mit seinen Einssiebzig eine gute Handspanne kleiner als Swoboda oder Bernd Viereck, verheiratet mit einer ähnlich mageren Frau, die noch nie auf einem Polizeifest gesehen worden war. Und er hatte vier Kinder, die, obschon unschuldig, auf beängstigende Weise unauffällig waren.

»Sie müssen es ja wissen.« Der KOK Hartmut Berger hatte die Bemerkung hingeworfen wie einen Fehdehandschuh.

Und Swoboda hatte einen Augenblick nachdenken müssen, bevor er ins Schweigen antwortete: »Ja, Herr Berger.«

Er sah die Kollegin am Steuer von der Seite an. Im Präsidium hatte es sich eingeschliffen, daß sie »Billy« genannt wurde, weil den Männern der Name Sibylle zu schwierig schien. Anfangs hatten sie es versucht. Doch wie den meisten Menschen gelang auch den Kollegen das *i* am Anfang und das *y* danach nur in umgekehrter Folge, sodaß die Kriminalhauptmeisterin Lingenfels sich Sübille genannt hörte, was sie seit ihrer Schulzeit haßte. Weil die Verstellung der Klänge *i* und *y* allgemein und auch das Schicksal des glücklichen Sisyphos ist, der in der Lautgeschichte auf ewig *Süssifos* heißt, hatte die junge Frau den sie umgebenden männlichen Sprechwerkzeugen gestattet, den schönen Namen Sibylle auf das geschlechtsneutrale Billy zu verkürzen.
»Billy«, sagte Swoboda leise, »meinst du, wir können uns einen Moment Pause gönnen? Fahr doch mal ran. Ich muß ein bißchen laufen.«
Sie standen am Rand des fast hüfthoch von Gestrüpp überwucherten Brachfeldes. Billy rauchte. »Gibt's du mir eine?« sagte der Kommissar. »Nein«, sagte sie, »du bist Nichtraucher.«
Swoboda lachte. »Ich bin kein Nichtraucher. Nichtraucher kann man nur sein, wenn man nie geraucht hat. Ich bin kein Nichtraucher, ich bin nicht Raucher. Aber jetzt wäre ich gern Raucher. Verdammt noch mal, gib mir eine Zigarette, das ist eine dienstliche Bitte!«
Billy sah ihn ruhig an. Dann streckte sie ihm die offene

Packung entgegen, und er fingerte ungeschickt eine Zigarette heraus. Billy beobachtete sein Gesicht. »Jetzt willst du auch noch Feuer.«

»Ja, jetzt will ich, nein, ich will kein, Scheiße.« Er stieß die Luft aus. »Ich will rauchen, ich habe letzte Nacht – ich habe einen großen Fehler gemacht. Kann ich mit dir darüber reden?«

»Ich weiß nicht.«

Swoboda begriff zweierlei in diesem Augenblick. Daß er Billy noch nie als Frau angesehen hatte. Sie war Kollegin in der mittleren Laufbahn. Er hatte sie zum Kumpel oder Kameraden, zum Neutrum gemacht. Jetzt begriff er, daß Sibylle sein Geständnis, mit der Zeugin Martina Matt geschlafen zu haben, nicht hören wollte. Er schnipste die kalte Zigarette zwischen die Büsche.

Die Einfahrt zur Mühle war ein grüner Tunnel. Die Kronen der Linden und Eichen rechts und links des Weges schlossen sich über der Allee zusammen. Baumwurzeln hatten den Asphaltbelag quergesprengt und zu Inseln zerrissen. Das Dach aus sich verwebenden Ästen war dämmrig, durchsetzt von blendenden, aufblitzenden Flecken. Der Korridor mit seinem flirrenden Licht lag vor ihnen wie der Weg in eine andere Welt – so daß Billy unwillkürlich langsamer fuhr, als es der Zustand der Straße verlangte.

»Am Ende des Tunnels liegt Gottfreunds Müllhaufen«, sagte Swoboda, »erschrick nicht, es sieht grauenhaft aus bei ihm, und es stinkt, er riecht streng, wahrscheinlich ist er besoffen.«
Ein dunkles Ungetüm sprang kläffend an die Seitenscheibe. Sein Speichel flog als fetter Faden gegen das Glas. Billy hörte, daß die Krallen am Türlack abglitten. Das Bellen ging in ein Knurren über. Dann setzte der Hund sich hechelnd vor den Wagen und blickte über die Haube hinweg zur Windschutzscheibe. Seine Augen, von dicken Hautfalten umringt, sahen eher traurig als gefährlich aus. Billy fand allein schon seine Größe furchterregend.
»Ich steig da nicht aus.«
»Das Vieh heißt De Gaulle«, sagte Swoboda. »Ich geh raus, der mag mich, ich kann mit ihm umgehen, er ist nur sehr groß und vollkommen unerzogen.«
»Bist du vorsichtig?«
Die Frage überraschte ihn, noch nie hatte Billy fürsorgliche Töne angeschlagen.
»Wenn er sich nicht gut benimmt, male ich ihn, er wird schon sehen, was er davon hat.«
Der Hof vor der Mühle war peinlich sauber gefegt, und als der Mühleneigner aus der Tür trat, um den Hund zu sich zu rufen, wuchs Swobodas Verblüffung zur Verwunderung an: Peter Gottfreund, den er als verwahrlosten, meist regelrecht dreckigen und fast nie nüch-

ternen Mann kannte, trat ihm mit geschnittenem Haar, in einem fast weißen Hemd und einer ziemlich fleckenlosen schwarzen Hose entgegen. Auch fehlte der Urinduft, der ihn sonst umgab. Die Fingernägel der ausgestreckten Hand waren zwar immer noch schwarz, aber die Hände machten einen gewaschenen Eindruck. Gottfreund genoß die Überraschung und grinste. Er hatte seinen Bart und sein weißes Haar so gestutzt, daß sie einheitlich lang waren. Gewaschen und ohne den üblichen Gelbton, ließen sie den fast Siebzigjährigen zugleich jünger und würdig wirken. Als er Billy aus dem Wagen steigen sah, pfiff er frech durch die Lücke zwischen den unteren Schneidezähnen. »Was ist passiert?« fragte Swoboda. »Du siehst biblisch gut aus! Hast du eine Frau?« De Gaulle, eine großknochige Mischung aus Münsterländer und Riesenschnauzer, physiognomisch unverkennbar dem berühmten Lenker der Franzosen verwandt, saß, als wäre er folgsam, neben Gottfreunds Füßen.

Auch im Haus, dessen Erdgeschoß aus einer Halle mit dem alten Mahlwerk bestand, war der dunkelrote Steinfußboden ungewöhnlich sauber; kein Müll, keine Flaschen, keine Zigarettenasche. »Trinkst du nicht mehr?« fragte der Kommissar. Gottfreund schwieg und lud sie mit einer großen Geste ein, an dem Eichentisch Platz zu nehmen, der in der Nähe des Fensters zum Garten stand.

»Ich soll verkaufen. Sinzinger will, daß ich es ihm zurückverkaufe, bietet mir genausoviel Euro, wie ich ihm damals in DM bezahlt habe. Und weißt du, warum? Hier soll eine Fabrik für Speicherchips entstehen, hier, im letzten Flecken des Paradieses, da, wo meine Ziegen fressen und meine Hasen rammeln, soll irgendein koreanischer Konzern seine staubfreien Hallen hinsetzen dürfen. Natürlich tritt Sinzinger nur als Zwischenkäufer auf, er hält mich für blöd! Droht mir, daß die Gemeinde mir das Wasserrecht am Brunnen sperrt, will mir die Tierhaltung verbieten lassen, aber ich, verstehst du, ich werde ihm einen Knüppel zwischen die Beine werfen, einen sehr dicken, den Denkmalschutzknüppel nämlich, und wenn es Stehling gelingt, die Geschichte dieses Mühlsteins zurück ins Mittelalter zu verfolgen, dann! Ja! Dann wird das ganze Ding hier samt Mühlgrund und Hopfenbrache ein historisches Monument werden, Stehling hat es mir versprochen, das ziehen wir durch, jetzt weiß ich endlich, wozu ich das Haus pflegen soll!«
Gottfreund wohnte hier seit über zwanzig Jahren ohne Radio und Fernsehen, ohne Zeitung und Telefon, er besaß zwei Fahrzeuge, einen kleinen Traktor, mit dem er Heu machen konnte, einen Anhänger dazu, und ein Fahrrad. Er lebte in einer anderen Zeit, hatte jedes Buch seiner umfänglichen Bibliothek gelesen und antwortete auf die lästige Frage, was er den ganzen lieben

langen Tag mache, listig und ruhig: »Ich schlafe viel.« Daß der Mann, dem er dieses beschauliche Leben verdankte, ermordet worden war, konnte er noch nicht wissen.

Swoboda unterbrach Gottfreund nicht in der Schilderung der Pressionen, die Otto Sinzinger und der Bürgermeister auf ihn ausübten. Dann fiel der Name: »Auch Max sagt, daß ich die Mühle unbedingt halten soll, und ihm bin ich es schließlich schuldig. Der zieht mir die Haut ab, wenn ich verkaufe.«

Billys und Swobodas Blicke trafen sich. Jetzt mußte er Gottfreund erzählen, was geschehen war. Die schrecklichen Zeiten seines Berufs waren nicht die, in denen er einen toten Menschen betrachten mußte; furchtbar war, die Nachricht überbringen zu müssen – den Ehepartnern, den Eltern, den Freunden des Opfers. Immer hätte er gern im letzten Augenblick gekniffen; Botschafter des Todes zu sein, konnte er nicht lernen.

Max Niehaus und der sechs Jahre ältere Peter Gottfreund waren auf eine ungewöhnliche Weise zueinandergekommen. In den späten siebziger Jahren des letzten Jahrhunderts hatte Max die Marotte entwickelt, jeden Samstag einige Lottoscheine auszufüllen und zu bezahlen, die er dann in der Stadt an Bettler, streunende Säufer und Landstreicher verschenkte. »Wenn sie schon keine Chance im Leben haben, dann vielleicht Glück im Spiel«, begründete er damals seine humanitäre Verrücktheit.

In jenen Jahren trieb sich Gottfreund auf der Straße herum, ein vierzigjähriger Trinker. Am Ende des Krieges war er mit seiner Familie auf der Flucht von Kattowitz in Oberschlesien nach Zungen gekommen. Die Eltern starben rasch hintereinander, als er vierzehn war, und er fand mit seiner vier Jahre jüngeren Schwester Ursula eine Bleibe im Hotel Korn, bei Klara Matt, deren Tochter Ilse damals acht Jahre alt und dankbar für die gewonnenen Spielgefährten war. Klara ließ die Gottfreund-Kinder im Haushalt mitlaufen, Peter kümmerte sich liebevoll um seine Schwester, wuchs allmählich über kleine Hilfsarbeiten in den Hotelbetrieb hinein und war bald als Kellner wie als Hausmeister geschätzt.

1964 begann der scheinbar sichere Grund seines Lebens zu schwanken. Von einem Tag auf den anderen verschwand seine Schwester, die im Hotel die Zimmer in Ordnung gehalten und niemals Mißfallen geäußert hatte, hinterließ einen Brief, in dem sie sich bei ihrem Bruder, bei Klara und Ilse Matt bedankte und ankündigte, sie wolle nun, da Zungen ihr zu eng geworden sei, ihren Weg in ein größeres Glück finden.

Peter Gottfreund wartete, zog Erkundigungen ein. Ursula, damals zweiundzwanzig Jahre, blieb verschwunden, sandte keinen Brief, rief nicht an. Er gab sie nicht verloren, doch vor ihrem fernen Schweigen geriet das Gerüst seines Alltags aus den Fugen, er trank etwas mehr als sonst und begann damit etwas früher am Tag, wurde in kleinen Dingen nachlässig, leistete sich Fehler, versagte an wichtigen Stellen und war nach wenigen Jahren so unzuverlässig geworden, daß Klara Matt gegen den Einspruch ihrer Tochter Ilse ihm Stellung und Zimmer kündigte.

Seiner Ortsansässigkeit beraubt, wurde er Nomade im Umland, verdiente mit Hilfsarbeiten gelegentlich ein paar Mark, verdingte sich zu Erntezeiten als Saisonhelfer für Spargel, Erdbeeren, Kartoffeln, verbrachte, zurück in der Stadt, Ausnüchterungsnächte im Gewahrsam der Polizei, wurde bei kleineren Diebstählen erwischt, was ihm die Bekanntschaft und auf Dauer eine gewisse Sympathie von Swoboda eintrug. Die nützte ihm, als ihn das Glück traf.

Ein Fremder hatte ihm auf der Straße einen registrierten Lottoschein geschenkt, ihn nach seinem Namen gefragt und eigenhändig auf dem Schein »Peter Gottfreund« eingetragen. Etliche Tage später war dem Beschenkten eine alte Zeitung untergekommen, in der er die gezogenen Zahlen las. Angetrunken, traute er seinen Augen nicht. Am nächsten Morgen stand für ihn fest: Er hielt sechs Richtige in der Hand. Sofort nahm er an, daß man ihn berauben, ihm zumindest den Gewinn streitig machen werde, und suchte bei Swoboda Hilfe.

Das Sterntalermärchen füllte eine Seite in den *Z.N.* Der junge Volker Winkels selbst, damals noch nicht Chefredakteur, interviewte Gottfreund, Swoboda und Niehaus, auf den Fotos lächelten der Bürgermeister und der Sparkassendirektor in Erwartung ihrer nahenden Bedeutung, die Geschichte vom Gewinn der sechshunderttausend Mark war auch überregional für rührende Schlagzeilen gut und hinterließ nicht wenige, die Gottfreunds Lebensstrecke bis hin zum unverhofften Reichtum gelesen hatten, im Zustand gesteigerten Vertrauens auf göttliche Gerechtigkeit, wozu der Klang seines Namens nicht wenig beitrug.
Er selbst glaubte dergleichen nicht. Er nahm ein Komfortzimmer im Hotel Korn, das inzwischen von Ilse Matt geleitet wurde, und beauftragte Detektive, nach Ursula zu forschen. Sie zogen ihm das Geld aus der Tasche und lieferten keine Erkenntnisse.
Max Niehaus drängte den Gewinner, einen großen Teil der Summe in Grund und Boden anzulegen, was sich mit der Absicht Otto Sinzingers traf, die Mühle an der Mühr und möglichst viele der seit Jahren wegen besseren und billigeren Hopfens aus Amerika und der Hallertau brachliegenden Felder südlich und nördlich der Mühle zu verkaufen.
Das Gebiet von neun Hektar, das sich bis ans Ufer des Flusses hinzog und Ende der Siebziger als fast wertlos galt, hatte sein Vater, Karl-Ludwig Sinzinger, gut vier-

zig Jahre zuvor von Leo Staff erworben: in dritter Generation Eigner der Zickerbräu, eines Hopfenlagers und Maischbodens am Kornmarkt, einer Villa mit Park hinter der Prannburg und eben jener Ländereien westlich der Mühr. Zum Hopfenland mit seinen hohen Masten und Spannschnüren gehörte, am Fluß liegend, das unter Linden geborgene Mühlhaus, als solches freilich schon damals außer Betrieb.
Wie jedermann in Zungen wußte, hatten die Sinzingers, obschon Großbauern, nicht das Geld, Leo Staff den Schätzwert zu bezahlen. Man machte ihn sich, begünstigt von den Zeiten, auf damals nicht unübliche Weise gefügig. In der Staatspolizeistelle der Kreisstadt traf anonym die Mitteilung ein, der Jude Staff habe »mit einer gewissen Zirkel, ihrerseits Buchhalterin der Brauerei Staff in Zungen an der Nelda, über mehrere Jahre und bis in letzter Zeit in rassenschänderischer Weise verkehrt«. Daß er tatsächlich ein Verhältnis mit Hilde Zirkel hatte, wollte kein Zungerer beschwören. Auch das Gegenteil nicht.
Wer um sein Leben fürchtet, streitet nicht überzeugend um Besitztümer. Karl-Ludwig Sinzinger und Leo Staff einigten sich auf ein Drittel des Verkehrswertes, und zwei Tage später, als am Tor der Brauerei nächtens die Haut eines Schweinekadavers ausgespannt und festgenagelt worden war, gab Leo Staff, eingeschüchtert und in Angst um seine Familie, zum vereinbarten Preis auch

noch seine Villa mit dem Park notariell dazu, falls ihm die beschämend niedrige Summe bar ausgehändigt würde. Immerhin ließ man ihn, seine nichtjüdische Frau Magda und die Töchter Lisbeth und Sarah, elf und neun Jahre alt, mit dem größten Teil des Mobiliars ausziehen – nach Prag, verkündete Karl-Ludwig Sinzinger dem Stammtisch, »weil die Juden ja überall Verwandte haben«. Nun war er Brauereibesitzer und gedachte, es zu bleiben.

Zur Finanzierung des Preßkaufs war die örtliche Filiale der Deutschen Bank gerne bereit gewesen. Gleichsam im Vorübergehen hatte Sinzinger das miterstandene Hopfenlager am Kornmarkt an den Metzger vom Schillerplatz, Dietrich Ungureith, weiterveräußert, der auf Drängen seiner Frau Alberta dort ein Kühllagerhaus mit moderner Linde-Technik einrichten wollte. Man werde, meinte die Metzgerin, bald sehen können, daß im aufblühenden Land großer Bedarf an Konserven von Wurst, Sülze und Kochfleisch entstünde. Ihren Söhnen Willy und Matthias, beide Mitglied der schwarzen Schutzstaffel mit der Doppelrune, gelang wenig später die Ankopplung der Ungureiths an den Heereseinkauf, so daß die Zungerer Dosen im deutschen Troß neuen Lebensraum aufsuchten, Schlachtfelder durchquerten und den Siegern in der Etappe schmeckten.

An der Villa der Staffs zeigte Karl-Maria Winkels Inter-

esse, der, vorgeblich als Retter, bereits in Pachtverhandlungen mit der Jüdischen Gemeinde stand über die Synagoge und das dazugehörende Grundstück im Judenwinkel, heute »Alter Winkel« genannt. Winkels, von Haus aus begütert und ein findiger Investor, übernahm nach dem Synagogengrundstück, das ein Jahr später freilich konfisziert wurde, nun auch Haus und Park Leo Staffs aus den Händen des Zwischeneigners Karl-Ludwig Sinzinger – leicht gesteigert zwar im Preis, doch nach Größe und Ausstattung der Anlage noch immer fast ein Geschenk.
Dem neuen Bierherrn von Zungen war die Brauerei nach dem späteren Verkauf des Hopfenlagers an Ungureith und der Villa an Winkels fast umsonst zugefallen. So bestellte er das Erbe für seinen Sohn Otto.
Die Jahre hatten, wie andere zuvor und danach, ihren besonderen Charakter. Zungen hatte über die Jahrhunderte kriegerische Zeiten gesehen, dumpfe, neugierige, Zeiten des Aufbruchs und der Behaglichkeit, Zeiten entsetzlicher Erschöpfung. Einst hatten vermutlich in der Bürgerschaft mehrheitlich zu abgewogenem Urteil begabte Menschen gelebt. In der neuen Zeit lebte auf den von schwarzgrünem Wasser träge umflossenen einundzwanzig Quadratkilometern Stadtgebiet nur noch eine Minderheit menschenfreundlicher und einsichtiger Bürger, die neue Zeit war die der Gelegenheiten, die Zeit für Lungerer und Lauerer. Das Unrecht ging

mit rechten Dingen zu. Nicht wenigen Zungerern wurde das Leben plötzlich leicht. Schulden hatten sich aufgelöst, Neid hatte sich bewährt. Keine zwei Stunden nach dem Auszug der Staffs wurde das Haus von fürsorglichen Bürgern ausgeräumt, damit es nicht Dieben in die Hände fiel; ein paar Männer, viele Frauen hasteten treppauf, treppab, mit dem Blick von Jägern, grabschten nach Dingen, die von irgendeinem Wert zu sein schienen, warfen einfach in den Park, was ihnen zu schwer wurde oder schon nach wenigen Augenblicken keine Freude mehr machte. Der neue Eigner der Villa, Karl-Ludwig Sinzinger, ließ die Leute gewähren, weil er nichts mit dem »Judenzeug« zu tun haben wollte, vor allem aber, weil er sich beliebt zu machen wußte. Doch er beobachtete und schrieb auf.

In manchen Haushalten stand nun kostbares Porzellan, das man sich zu anderen Zeiten nicht hätte leisten können, schlief man fortan in Damast, der Staff'sche Bechstein-Flügel war beim Heimatchor untergekommen, und einige Ölbilder, zu unhandlich für den Umzug nach Prag, schmückten nun Bürgerwohnungen, überdauerten die »große Zeit« und den Zusammenbruch und blieben nach dem Ende des Kriegs der Einfachheit halber bei ihren neuen Besitzern. Am besten von allen freilich hatten es die Sinzingers, die Ungureiths und die Matts getroffen.

Gottfreund wußte, daß Otto Sinzinger die Hopfenfelder und den Mühlgrund 1972 von seinem Vater Karl-Ludwig geerbt hatte. Er wußte, aus wessen Besitz und unter welchen Bedingungen sie in den der Sinzingers übergegangen waren. Dennoch kaufte er und handelte nicht im Preis, behielt von seinem Lottogewinn noch hundertneunzigtausend Mark übrig, legte sie in einem simplen Sparbuch an und lebte seither von der Substanz. Er hatte nicht vergessen, daß Klara Matt ihn und seine Schwester Ursula damals aufgenommen und durchgefüttert hatte. Manchmal besuchte er sie, aß im Restaurant des Hotels und ließ sich anschließend ein Zimmer geben. Klara und Ilse gelang es stets, ihn im Gastraum so zu plazieren, daß andere Gäste seine Ausdünstung nicht wahrnahmen. Im Sommer zog er Klara Matts anderes Gasthaus, den *Fischerwirt* an der Kahnlände, vor, wo man ihn am Geländer der alten, über die Mahr hinausgebauten Holzterrasse bei einem Bier sitzen und ins fließende Wasser starren sah.

Swoboda hatte noch immer den einfachen Satz »Max ist ermordet worden« nicht aussprechen können. Er sah sich in der Halle um, deutete auf die Luftmatratze, die neben einem Deckenknäuel an der Wand unterm Fenster lag. »Wo ist dein Bett?«

»Ich habe das Läusenest verbrannt«, sagte Gottfreund.

»Erzähl mir nicht, daß du dir kein Bett leisten kannst!«

»Ich schlafe gut auf der Luftmatratze, wirklich sehr gut, und die Flöhe mögen den Gummi nicht.«
»Max hätte das gefallen, wie du dich geändert hast.«
Gottfreund überhörte den Zeithinweis. »Er war lange nicht da«, sagte er und schlug, als sei er wütend, mit der flachen Hand auf den Tisch.
Das war der Augenblick. Swoboda spürte es. Billy sah ihn an.
»Er … er wird auch lange nicht … Er wird nicht mehr kommen, Peter. Max ist tot.«
Gottfreund reagierte nicht. Er tat, als sei der Satz nicht gesagt worden, hob den Kopf, blickte zum Fenster hinaus und schwieg. Nichts an ihm bewegte sich. Plötzlich öffnete er den Mund und zog so viel Luft ein, wie seine Lungen fassen konnten. Als er ausatmete, drang ein sehr tiefes, leises Vibrieren aus seiner Brust, das wie von weither oder aus lang vergangener Zeit kam.
Er stand auf und ging zu der alten Mehltruhe an der gegenüberliegenden Wand, hob den Deckel auf, beugte sich, suchte mit gestrecktem Arm darin herum und entnahm ihr eine Flasche. Als sie auf dem Tisch stand, las Swoboda, daß es Schlehenschnaps war. Er griff nach der Flasche, zog sie zu sich und hielt sie fest. »Das macht ihn nicht lebendig, Peter. Ich brauche dich. Er ist nicht einfach gestorben. Irgendwer hat ihn umgebracht. Hörst du. Max ist ermordet worden. Auf eine besonders bestialische Art und Weise. Wir können ihm

nicht mehr helfen. Wir können nur seinen Mörder zur Strecke bringen.«

»Zur Strecke bringen«, wiederholte Gottfreund. »Die Hölle ist offen. Wir haben geglaubt, das Tor hätte sich geschlossen. Es war nur angelehnt.« Er streckte die rechte Hand nach der Flasche aus, die Swoboda vor der Brust hielt.

»Wie meinst du das, welche Hölle?«

»Den Schnaps her, er gehört mir.« Gottfreund sprach noch immer mit einer unnatürlich tiefen, leblosen Stimme, ein brummendes, kaum verständliches Keuchen. »Du wirst in die Hölle gehen müssen. Und jetzt will ich trinken. Ich will viel und lange trinken.«

Swoboda zögerte. Billy streckte die Hand herüber und berührte seinen Oberarm. Er gab die Flasche frei und stand auf. »Übermorgen«, sagte er. »Ich komme her. Du mußt mir sagen, was du weißt. Wenn du etwas weißt. Bis übermorgen kannst du trauern. Dann mußt du helfen.«

»Ja. Wenn ich getrunken habe, will ich weinen und dann hassen. Am besten, du fragst Stehling. Er weiß, glaube ich, warum Sinzinger mir nichts anhaben kann. Nicht die Bohne. Der muß selber aufpassen. Und Max ...«

»Max?«

Gottfreund dachte nach. Man sah ihm an, daß er abwog, wieviel Wahrheit Swoboda vertrug. »Max«, sagte

er, »wußte alles, was Stehling weiß, das ist mal sicher. Vielleicht mehr. Vielleicht viel mehr. Mindestens zehn Tage her, daß er hier war. Hat mich umarmt wie immer. Ich müsse mir keine Sorgen machen. Alle Trümpfe in seiner Hand. Ja. *Alle Trümpfe in meiner Hand*, hat er gesagt. So eine Scheiße, so eine Scheiße. So eine Scheiße.«
Der Atem ging ihm aus. Er zog den Korken aus der Flasche, setzte sie an und schluckte viermal. Dann stellte er die Flasche hart zurück auf den Tisch und schlug den Korken mit der flachen Hand zurück in den Flaschenhals.
»Du bist nicht schuld«, sagte Swoboda und stand noch immer am Tisch. Billy hatte sich in die Tür zurückgezogen. »Mit wem hast du gesprochen, seit Max zuletzt hier war?«
»Ich spreche nicht. Ein junges Arschloch war hier, vor ein paar Tagen, sie hatte schwarze Haare, keine Titten und Beine wie Zahnstocher, kam von der Zeitung. Fragte mir ein Loch in den Bauch. Am Ende habe ich De Gaulle auf sie gehetzt.«
»Nichts über den Trumpf, den Max in der Hand hatte?«
»Was ist das für ein Trumpf? Ein Trumpf, der nicht sticht.«
»Sondern tötet. Ich werde es herausfinden. Sei sicher. Und hör auf zu trinken. Das hätte Max nicht gefallen.«
Gottfreund stand auf, seine Augen hatten einen ande-

ren Glanz angenommen. »Gefallen, Max gefallen, nicht gefallen, was weißt du denn, hast du ihn gekannt!?«
De Gaulle, der sich neben die Tür gelegt hatte, richtete sich auf und kläffte. Zwei milchige Schleimfäden pendelten aus seinen Lefzen. Swoboda ging an dem knurrenden Biest vorbei nach draußen, wo Billy schon die Beifahrertür öffnete.

Auf der Rückfahrt durch den Nachmittagsdunst über der schmalen Mühruferstraße, deren Stahlbarriere zum Fluß schwer vom bleiglänzenden Wasser zu unterscheiden war, fuhr Billy so vorsichtig, daß Swoboda einschlief. Es waren nur zwei Kilometer, doch sie reichten für einen Traum. Er lief unter blendender Sonnenhitze einen Steinpfad aufwärts, wußte, daß er sich in der Türkei befand und auf dem Weg zu griechischen Altertümern war. Seine Fußsohlen taten weh, weil bei jedem Schritt neue Steinchen in seine weißen Leinenschuhe gerieten. Er blieb stehen und schüttelte die Schuhe über dem Weg aus. Ein Mitwanderer, jünger als er selbst und, was Swoboda nicht ungewöhnlich fand, in einen langen, vielfarbig gestreiften Rock gekleidet, bückte sich, hob die Steinchen auf und hielt sie ihm auf der flachen Hand unter die Augen. »Sieh mal«, sagte er, »das ist kein Kies, das sind Hammelzähne! Siebenunddreißig Hammelzähne!«
Billy bog rechts auf die Kornbrücke zur Stadt ein, als

er erwachte. »Fahr an der Galerie Niehaus vorbei, du mußt sie versiegeln. Entweder war es besonders listig von mir, das bisher nicht zu tun, oder ein unverzeihliches Versäumnis. Hier ist der Schlüssel. Ich gehe zur Zeitung, Volker ist mir eine Auskunft schuldig. Diese verdammten Voyeure.«

Nun, Alex. Wen zuerst? Selbstverständlich diesen Loser, diesen Säufer und Naturapostel Gottfreund, das oberschlesische Schmarotzerchen, den Ziegenficker Peter in seiner grundnassen Mühle. Er verdankt Niehaus, daß er in Ruhe sein nichtsnutziges Lebenchen mit einem Reichtum anfüllen konnte, der ihm nicht zukommt. Er kann nichts damit anfangen, bei solchen Leuten ist es vollkommen egal, ob sie reich oder arm sind, sie sind immer unfähig, ihre Tage sinnvoll zu nutzen! Wenn man bedenkt, was unsereiner mit dem Geld hätte beginnen können! Du hättest ohne Rücksicht auf das Urteil der Welt dein Leben als Maler beschlossen! Aber er? Oh je, er wird dir pißstinkig mit seinem sabbernden Köter entgegenkommen und dir die Kotflügel deines polizeisilbernen 3er-BMW eintreten. Aber du bist ja gut mit dem Abschaum. Weißt du nicht, daß der Mensch sich nicht rückwärts, sondern vorwärts entwickelt hat? Daß zum Beispiel unser Kinn, stirnparallel, von der fliehenden, das heißt äffischen Variante zur hervorspringenden, nordischen Variante sich gleichzeitig mit der Vergrößerung der Hirnmasse verändert hat? Das heißt,

je springender das Kinn, um so bestimmender der Kopf! Hey, dein Kinn ist ja nicht ganz ohne, aber das von Gottfreund ist doch, sei ehrlich, bloß der molluskische Fettrand eines verschüchterten Kieferknochens, und man kann schon heute wissen, daß sein Eigner, vom Suff bald im Sarg, eine breite Binde brauchen wird, die ihm das Kinngewabber hochhält unter die Nase für ein einigermaßen ansehnliches und vielleicht von weit hergereisten Bäuerinnen beweintes Konterfei! Er soll ja als Wanderarbeiter so mancher Landfrau aus den Hosen geholfen haben. Dieser Streuner, den du, wie alle Welt weiß, in einer Zellennacht, als er kotzend und jammernd in seiner Pisse am Boden lag, wie ein Heilsarmist aufgehoben hast und den du, wie wir aus öffentlichen Äußerungen von dir wissen, für – sagtest du nicht: besser? *hältst als alle anständigen* Gutbürger, *war das nicht dein Ausdruck für uns andere, lebenszugewandte, staatstragende, und ich meine wirklich tragende, also auf den Schultern diesen Staat und auch dich, vergiß nicht: auch dich tragende …*
Mein Bleistift ist abgebrochen. Chinesische Scheißware. Ich werde nur noch Faber Castell verwenden … HB oder B, wenn ich, nicht auszuschließen, in diesem Büchlein auch zeichnen will … Ach, Swoboda, moribundus, ich habe leider eine dritte Flasche Rotwein zu trinken begonnen und werde mich ihr ganz und gar zuwenden müssen. Gewiß warst du heute auf dem Weg zur Mühle. Wie unsinnig! Dort kannst du nichts erfahren.

Denn das Mehl, das fließt aus den Steinen,
das Mehl, das sinkt in die Mühr.
Und unten, da wölkt's wie ein Himmel,
und niemals kommt's wieder herfür …
Wenn ich guter Laune bin, kann ich einfach die Verse nicht halten, I am a poet and you didn't know it, ist das nicht komisch? Komm, lach mit mir, es ist eine deiner letzten Gelegenheiten, Humor zu beweisen!

Volker Winkels telefonierte mit der Druckerei. Die morgige Ausgabe war fertig, man wartete noch auf den internationalen Nachrichtenteil, den überregionalen Sport und die Wirtschaftsseiten, die zugeliefert wurden.
»Setz dich, nimm dir eine Havanna«, sagte Winkels nebenher und gab Anweisungen für die Auflagenhöhe.
Der Kommissar legte seinen Trenchcoat über die Lehne eines Stuhls und blieb neben dem Schreibtisch stehen. Als Winkels aufgelegt hatte, fragte er sofort: »Wo hast du das Foto her?«
Winkels lehnte sich in den voluminösen, schwarzen Ledersessel zurück, federte nach hinten und verzog das Gesicht. Gespielter Schmerz. »Ich weiß, du bist nicht gut getroffen, nicht vorteilhaft, es tut mir leid, ich konnte darauf keine Rücksicht nehmen.«
»Woher?«
»Kannst du dich nicht wenigstens setzen? Seit wann verhörst du mich, statt mit mir zu reden!«

Swoboda blieb unbeweglich stehen. »Also woher?«
»Wie lange kennen wir uns, Alexander? Ich habe dich immer bewundert, na ja, so wie Untersekundaner eben Oberprimaner bewundern, auch wenn du damals in der Schulzeitschrift meine Gedichte nicht gedruckt hast, was ich dir heute nicht mehr übelnehme.« Er lachte laut. »Ich sehe, daß du eine gute Arbeit machst. Aber meine Wertschätzung reicht nicht aus, dir meine Informanten preiszugeben. Das hab ich noch nie getan, wie du weißt. Du bist Kommissar, und ich bin Chefredakteur. Du wärst lieber Maler, ich wäre lieber Lyriker, dieses verdammte Gymnasium hat uns auf die falsche Schiene gesetzt. Jetzt bin ich ein lausiger Zeilenschinder, und du bist ein lausiger, verzeih, ein großartiger Bulle. Ich werde dir ganz gewiß, so gut ich nur kann, bei der Aufklärung dieses Mordfalls helfen, aber ich werde nicht die Regeln des Journalismus verletzen.«
Aus unerfindlichen Gründen hatte Swoboda den Eindruck, daß Winkels mit jedem Wort log. Er setzte sich. Der Besuchersessel vor dem Schreibtisch war gleichfalls ein weiches, schwarzes Lederfauteuil, in den Maßen nicht ganz so ausladend wie der Chefsessel, der Rangunterschied zwischen beiden fiel auf, doch aus dem einen wie dem anderen stieg eine behagliche Gedankenlosigkeit auf, in der man sich geborgen und unschuldig fühlte wie ein Kind. Der Kommissar spürte, daß seine Entschiedenheit korrumpiert wurde.

»Ich will nur wissen: Ist es einer von deinen Leuten, der mir an jedem Tatort auf den Fersen ist, oder kaufst du von irgendeinem Paparazzo?«

»Na, so berühmt bist du nun auch wieder nicht!« Winkels lachte gutmütig. »Nein, nein, das machen wir schon selbst. Manchmal hilft uns der Zufall. Ein Kollege hat euch ausrücken sehen, war ja auch der ganze Fuhrpark, oder?«

Swoboda schwieg. Er betrachtete Volker Winkels, den er seinerzeit wie alle Unterkläßler am Ludwigsbühler Gymnasium kaum wahrgenommen hatte, dessen Vereinsbruder im Verein der ehemaligen Gymnasiasten, Gephyra, er war, und entschied sich, ihn um Hilfe zu bitten.

»Hör zu, Volker. Du weißt, ich finde es bewundernswert, wie du in dieser beschissenen Stadt eine anständige Zeitung machst. Wir könnten uns gegenseitig etwas helfen. Wenn du mir sagst, wer der Fotograf war …«

»Ja?« Winkels lehnte sich breitarmig vor auf die Tischplatte. Er öffnete den Mund, die hasenartigen, oberen Schneidezähne traten hervor.

» … nenne ich dir den Namen des Toten.«

»Die Rotation ist angelaufen. Zwanzig Minuten früher, und ich hätte den Knüller auf dem Titel und eine wesentlich höhere Auflage gehabt.«

»Wie du meinst.« Swoboda stand auf. Plötzlich war er

sehr müde. Es war eine ihn hinterrücks anfallende Müdigkeit, die seinen Körper überschwemmte und zwischen seinen Schläfen ein wummerndes Schwingen erzeugte, als würden in seinem Kopf riesige Eisenbleche zu Wellen bewegt. Er setzte sich, hielt sich mit beiden Händen an den Stuhllehnen fest. Winkels war schnell aufgestanden.

»Was ist los mit dir? Brauchst du einen Arzt? Hey, Alex! Einen Whiskey?«

Swoboda hatte Mühe, seine Zunge zu bewegen. Aber er nickte und sah, wie Volker Winkels in der Spiegelwand eine Tür öffnete und in eine beleuchtete Flaschenbatterie griff. Das Glitzern blendete ihn. Er schloß die Augen. Eine Hand zog seine Hand von der Stuhllehne, steckte ihm ein kaltes Glas zwischen die Finger und hob Hand und Glas zu seinem Mund. Der Scotch schmeckte trocken und salzig.

»Trink aus, ein schottischer Single Isle Malt, tastes a little bit salty, danach bist du présalé, aber garantiert wieder fit!«

Es war gut, die feste, entschiedene Stimme von Volker Winkels dicht neben sich zu hören. Das Getränk tat seine Wirkung, der Kommissar fand zu sich zurück.

Winkels beugte sich vor ihn, und Swoboda sah das aufgedunsene Gesicht des Neunundfünfzigjährigen wie einen schwitzenden Mond mit Lockenperücke über sich hängen.

»Es ist Max. Nicht wahr? Sie haben Max umgebracht!«
Der Kommissar versuchte, sich zu konzentrieren. Hatte er den Namen bereits erwähnt? Hatte Gottfreund? Der besaß kein Telefon. Hatte Stehling? Ausgeschlossen. »Wie kommst du auf Max?«
»Martina Matt ist ins Städtische Krankenhaus eingeliefert worden. Ich bezahle Leute in der Patientenaufnahme. Sie ist seit heute mittag in der Klinik. Ich habe ihre Mutter angerufen, und Ilse sagte mir, Martina hätte aus Versehen zu viel von einem Medikament genommen, das sie braucht ... Jeder Volontär konnte heraushören, daß Martina versucht hat, sich umzubringen. Nun – warum? Warum will sich die Lebensgefährtin von Max plötzlich umbringen? Du traust mir doch zu, daß ich eins und eins zusammenzähle?«
»Auch zwei und zwei«, sagte Swoboda. »Danke für den salzigen Whiskey. Er ist wirklich hilfreich.«
Winkels richtete sich auf. »Einer der besten, goldhell, fast weiß, zehn Jahre, mild und salty. Und es *war* Max, nicht wahr?«
»Ja«, sagte Swoboda, »es ist Max. Es war Max. Wir werden in der Gephyra eine Erinnerungsfeier für ihn machen, was meinst du?«
»Selbstverständlich. Dafür gibt es uns. Er war, glaube ich, unser aller Freund? Es tut mir leid. Es tut mir wirklich sehr, sehr leid.«
Hauptkommissar Alexander Swoboda verließ, den

Mantel über der Schulter, das Gebäude der Zungerer Nachrichten am Alten Winkel und wählte Umwege zur Klinik am Hohenzollernufer, blieb stehen und drehte sich, sah sich um, entdeckte in keiner Fensterscheibe Verfolger, kam sich albern vor, lief schneller als gewohnt, verlangsamte dann seinen Gang vor dem erleuchteten Portal des Krankenhauses. Er fürchtete sich vor der Begegnung mit Martina Matt. Sie würde es nicht aussprechen, doch er wußte es: Er war schuld.

IV

Matt

Die Klinik stank wie alle Kliniken schon im Eingangsbereich nach Desinfektionsmitteln und Reinigern, nach Luftverbesserern und dem Gummi der Bettenräder. Eine Vermengung, die Reinlichkeit vortäuschte, dahinter verbarg sich der Geruch des Bluts und der Fäkalien. Swoboda konnte den Duft von Krankheit und Tod seit dem langen, mühsamen Sterben seiner Mutter schlecht ertragen. Nur die Geburtenabteilung roch anders, erinnerte er sich, sie roch nach Magermilchpulver. Auch die Wohnung, in die seine Frau Maria mit der einwöchigen Tochter Lena zurückgekehrt war, hatte diesen Babygeruch angenommen und fast ein Jahr behalten. Und später dann Lenas Wohnung, als sie vor sechs Jahren ihre Tochter Carla, seine Enkelin, bekommen hatte. Er mußte über sich grinsen. Etwas in ihm erinnerte ihn ständig daran, daß er Martinas Vater hätte sein können.

Ihr Bett stand in einem Dreierzimmer, die beiden anderen Betten waren nicht belegt. Das Haus, am Hohenzollernufer rechtsseitig der Mühr liegend, war in den

Gründerjahren als Mädcheninternat erbaut, zwei Jahre nach Eröffnung von den privaten Betreibern aufgegeben und verschuldet der Stadt übereignet worden, die darin, bis 1921 als Kriegsversehrtenanstalt, einen Lazarett- und Notfallbetrieb eingerichtet, dann in der Hakenkreuzzeit ein reguläres Krankenhaus und nach der Hakenkreuzzeit wiederum ein Lazarett betrieben hatte. Die hohen, saalartigen Räume, seit Mitte der fünfziger Jahre als Klinik im Zungener Stadthaushalt erfaßt, ließen sich der neuen Nachkriegsniedrigkeit kaum anpassen, und eingezogene Zwischenwände hätten kaminartige Kammern umstellt. Darum gab es nur zwei Einbettzimmer, alle anderen waren mit vier oder fünf Betten bestückt und durch ein in einem Wandwinkel aus Rigipsplatten, Dämmung und Innenverkachelung versehenes Toilettenbad ergänzt worden. In jedem der Zimmer gab es wandseits fünf Bettenanschlüsse für Sauerstoff, Telefon und Radio. Doch in den meisten, wie in Martinas, standen nur drei der in Höhe und Neigung zu variierenden, durch Fußkeile zu verlängernden weißlackierten Metallbetten mit straff über die Matratzen gespannten Laken, jedes von gummiertem Tuch unterzogen.

Martina lag mit geschlossenen Augen da und atmete ruhig. Er wußte nicht, was ihn mehr erschreckte: ihre Blässe oder ihre Einsamkeit in dem fast leeren Raum. Der Rosenstrauß in seiner Hand kam ihm plötzlich vor wie ein Klumpen Blut.

Man hatte ihm zwanzig Minuten zugestanden. Martina war außer Gefahr, stabil, sehr erschöpft. Vom Eßtisch unter dem Fenster zog er einen Stuhl zum Bett, setzte sich und legte die Rosen auf die Bettdecke. Martina erwachte.

Sie sah ihn aufmerksam und ängstlich an. »Du glaubst, es war die Nacht, unsere Nacht. Aber ich –«

»Ich glaube gar nichts. Ich habe Angst vor dem Tod. Auch vor deinem. Irgendwann wirst du mir bestimmt sagen, warum du weniger Angst hast als ich. Oder welche Angst größer ist als die vor dem Tod. Ich muß wohl noch viel lernen. Schämst du dich für die Nacht, unsere Nacht?«

»Nein. Es geht nicht um dich, und es geht nicht um Max. Bitte verzeih mir.«

Er beugte sich zu ihrem Gesicht und küßte sie. Sie nahm seinen Kopf zwischen ihre Hände und hielt ihn fest.

»Jetzt«, sagte er, »war es ein Mal zu viel. Jetzt werden wir süchtig.«

»Dafür sind wir zu alt.«

»Besonders ich.«

»Man nennt das manchmal auch Liebe«, sagte Martina.

»Ja, so nennt man das wohl.«

»Wirst du mich malen?«

»Nein. Ich male nur tote Dörfer.«

Aus den Zungener Straßen schwand das Licht, als er die Klinik verließ und sein Mobiltelefon wieder einschaltete. Er hätte zum Hotel Korn an der Landspitze mitten durch die Stadt gehen können, entschied sich aber, den Fußweg zwischen der Mühr und dem hochgelegenen Hohenzollernufer zu nehmen, wo unter den Pappeln schon Dämmerung herrschte und sich über den Fluß auszuweiten begann. Vermutlich würde ihm Ilse Matt nicht die Wahrheit sagen oder den Betrieb im Hotel und im Restaurant vorschützen. Ihre steinalte Mutter würde sich verleugnen lassen, weil sie sich nicht die Mühe machen wollte zu lügen. Klara Matt lebte in dieser Stadt, seit sie 1918 hier geboren worden war. Sie wußte über fast alle fast alles und verschwieg das meiste. Eigentlich mußte sie Zungen ebenso hassen wie er. Ihre Disziplin hielt sie am Leben. Und Martinas Versuch, sich umzubringen, hatte sie gewiß längst in ihr Verhaltensregister eingeordnet: als unverzeihlichen Mangel an innerer Haltung.

Das Wasser floß ruhig und fast lautlos zur Kornbrücke hin, hinter der es sich mit der von Südosten, aus Tschechien kommenden Mahr zur Nelda mischte. Am gegenüberliegenden Ufer der Mühr, wo die einst mit Hopfen bestandenen Felder nach Westen zogen, trieben im Himmel noch Fäden rötlichen Lichts, die Wolken trugen golden angeleuchtete Ränder. Swoboda sah, daß der Fluß dieses Restlicht nicht spiegelte, so als

läge in ihm schon die Nacht. Er bedachte seine Perspektive, versuchte Einfall- und Ausfallwinkel zu berechnen und gab auf. Warum sollte die Mühr es nicht am Ende des Tages müde sein, Reflexe auszusenden.
Das Telefon signalisierte eine eingegangene Meldung. Billy hatte ihm die Nachricht hinterlassen, sie habe vor der Versiegelung des Ateliers eine grobe Durchsuchung vorgenommen und sei in der Wohnung unterm Dach auf Verlagsakten gestoßen, die Max Niehaus offensichtlich verborgen hatte. Sie befanden sich nicht in dem Büroregal, wo andere Buchprojekte abgelegt waren, sondern in einer Wäscheschublade seines Schlafzimmerschranks. Sie bitte um Rückruf.
Er erreichte sie zu Hause, erfuhr, sie habe Galerie, Verlag und Wohnung von Max Niehaus versiegelt und die Unterlagen dort gelassen.

Klara Matt hatte nicht das größte Los all derer gezogen, die durch die Flucht von Leo Staff, seiner Frau Magda und seine beiden Töchter profitierten. Zungen war für viele ein Glücksort geworden, als die jüdischen Deutschen stillschweigend ihren Besitz geräumt und nichtjüdische Deutsche ihn sich angeeignet hatten. Die Kleinstadt war seither in Ordnung, sie war, wie eine Kleinstadt damals sein sollte, angekommen in der richtigen, der neuen Zeit, ein Ort ohne Makel und, wenn man es mit einem Wort sagen soll, befreit …

Im Schatten der redlichen Geschäfte war es Klara Matt – damals war sie erst zwanzig – und ihrem um neunzehn Jahre älteren Mann Ludwig gelungen, die von seinen Eltern gegen lebenslanges Wohnrecht überschriebenen Gasthäuser – eines am Kornmarkt mit dem Namen *Zur alten Fähre*, das andere, der *Fischerwirt*, an der Mahr unterhalb der Kahnlände gelegen – von jeglichen Schulden zu entlasten. Sie hatten bei der Brauerei seit Jahren in der Kreide gestanden, im Juni 1937 so hoch, daß beide Häuser praktisch dem Bierlieferanten gehörten. In einer Urkunde, die Leo Staff ohne Zögern unterzeichnete, wurden die aufgelaufenen Verbindlichkeiten des Ehepaars Matt auf Null gestellt, was im nachhinein den dadurch geschädigten Neubesitzer der Brauerei, Sinzinger, in seiner Ansicht bestärkte, von Juden werde man immer übers Ohr gehauen.
Glück brachte den Matts ihre neue Schuldenlosigkeit nicht. Im selben Jahr noch ertrank Ludwig Matt an einem nebligen Morgen beim Fischen in der Nelda. Ein halbes Jahr darauf wurde Klara von Otto Sinzinger, dem Sohn des neuen Brauerei-Eigners, nach einem Dorffest nicht weit vom Tanzplatz auf einer Wiese, wo auch andere Paare sich im Nachtdunkel lagerten, geschwängert, brachte im Juni 1939 das Kind, einen Sohn, zur Welt und verlangte vom Kindsvater die Ehe, obwohl der Sohn kurz nach der Geburt starb.

Otto Sinzinger hatte sich, in Bewunderung für den fünf Jahre älteren Metzgerssohn Willy Ungureith, wie jener zur SS gemeldet und gemeinsam mit ihm bereits im April des Jahres freiwillig an der Besetzung der Tschechoslowakei teilgenommen. Man konnte für die neue Zeit und ihre Hoffnungen nicht besser als schwarz gekleidet sein.

Zwar erhielt Klara Matt Briefe, einen aus Prag mit stolzen Fotos, doch traf sie Otto erst wieder 1943, als er auf Urlaub kam. In diesen zehn Tagen, in denen der Krieg um Zungen einen Umweg nahm, schien alles wie früher zu sein, wie damals auf dem Dorffest, wieder wurde sie schwanger, verlor das Kind diesmal nicht und brachte ein Jahr vor Kriegsende ihre Tochter Ilse zur Welt.

Das war den Zungerern bekannt. Darüber hinaus auch, wie Otto 1945 eines schönen Septembertages mit einer Krankenschwester am Arm leicht humpelnd über die Mahrbrücke in die Salzstraße eingebogen war, vorbei an der kaum zerstörten Brauerei seines Vaters, hin zur Sinzinger-Villa am Aengerlein, und wie er nur wenige Wochen später die brünette Rotkreuzhelferin Anna, geborene Zollich, geheiratet hatte, nun schon sicher auf beiden geheilten Beinen.

Klara Matt, mit seiner Tochter Ilse im Arm, hatte vor dem Ausgang der evangelischen Kirche nahe dem Kornmarkt sein neues Glück aufmerksam betrachtet. Die mit ihr auf der nun Friedensweg benannten Straße vor der Stadtkirche standen, konnten sehen, wie Klara sich zu Stein verhärtete, von nun an unveränderlich grau, ein ewiger Vorwurf an Otto Sinzinger, der mit einer neuen Gattin in die neue Zeit ging.

Der Kommissar konnte zwischen mehreren freien Tischen wählen. Die Kellnerin, mehr Mädchen als Frau, das schwarze Haar zur Bürste geschoren, nahm ihm den Mantel ab und brachte ihm die Speisekarte, er bestellte, ohne zu lesen, den Käseteller und ein Glas Grauburgunder. Als er gegessen hatte, bat er das Mädchen, Ilse Matt sprechen zu können. Erschrocken fragte sie, ob etwas nicht in Ordnung sei, und zerstreut nickte er.
Ilse setzte sich. Sie schien aus der Küche gekommen zu sein, ordnete mit fahrigen Fingern ihr dunkelblond gefärbtes, vom Kochdunst feuchtes Haar, das im Ansatz grau war. Die Schönheit, die man ihr nachgesagt hatte, war durch Arbeit und Lebensenttäuschung verbraucht worden und in den Gesichtszügen einer spannungslosen, tief gefurchten Blässe gewichen, so daß Ilse Matt, einst von den Zungener Gymnasiasten ihres Tanzstundenjahrgangs umschwärmt, sich zu einer, wenn auch gepflegten, so doch innerlich nachlässig gewordenen Frau gewandelt hatte – mehr durch ihre Position als Geschäftsführerin und dereinst Besitzerin des Hotels und des Restaurants Fischerwirt bestimmt als durch

ihre Erscheinung. Sie strahlte die Unnahbarkeit eines Menschen aus, der sich vom Leben nichts anderes mehr erwartet, als es durchzuhalten und zu Ende zu bringen. Swoboda forschte nach Spuren des Entsetzens über den Selbstmordversuch ihrer Tochter. Martina hatte überlebt und sich schnell erholt; doch das war, als man sie fand, ungewiß, also hätte es eigentlich Nachklänge der Angst in Ilses Gesicht geben müssen. Er fand keine, und bevor er fragen konnte, erklärte sie, einen Abschiedsbrief habe Martina nicht geschrieben, niemand könne sich erklären, was sie zu »dem Schritt« bewogen habe.

»Man kann sie fragen, Gott sei Dank. Ich war gerade bei ihr, sie ist wohlauf und bei klarem Bewußtsein.« Swoboda fühlte sich überlegen und unwohl.

»Wird man neuerdings auch verhört, wenn man sich selbst umzubringen versucht?«

»Ich mußte ihr eine Tatsache mitteilen, die sie aber schon kannte. Daß ihr Lebensgefährte Max Niehaus tot ist. Er ist ermordet worden.«

Sie hob die linke Hand und preßte sie sich vor den Mund. Die Augen weiteten sich. Der Kommissar hatte den Eindruck, daß es nicht ihr Entsetzen über die Nachricht war, das die Reaktion bewirkte, sondern daß ihr mit der Information schlagartig etwas anderes bewußt wurde, das für sie schlimmer war als der Tod von Max Niehaus und worüber sie keinesfalls sprechen durfte. Sie wandte sich um, winkte der kleinen Kellnerin mit den kurzen Haaren und ließ sich einen Cognac bringen.

»Der Tote im Mahrwald?«

»Ja«, sagte Swoboda. »Es ist Max. Und wir haben keine Ahnung, warum, oder gar, wer. Ich muß mit deiner Mutter sprechen, wenn möglich, sofort.«

»Was hat sie damit zu tun? Sie ist bestimmt schon zu Bett.«

»Könntest du das klären? Vorerst haben alle damit zu tun, die mit ihm in irgendeiner Verbindung standen. Da draußen läuft ein Irrer herum, der meinem Freund Max über hundert Zimmermannsnägel in den Schädel geschlagen und ihm acht Messerstiche beigebracht hat. Wollen wir warten, bis er sich am nächsten Opfer austobt?«

Klara trat, sorgfältig frisiert, in cremeweißer Bluse und grauem Rock am Arm von Ilse in das Gastzimmer und machte sich, als Swoboda aufstand, unwillig von ihrer Tochter los, lief, den Stock flott einsetzend, zum Tisch und nahm Platz, ohne dem Kommissar die Hand zu geben. Ilse brachte ihr einen grünen Chartreuse.

»Um es gleich zu sagen: Ich kann den Tod dieses Mannes kaum bedauern. Wer sich in solchem Alter eine junge Frau schnappt, verdient kein Mitleid. Ich war nicht einverstanden mit Martinas Beziehung.«

Ihre Stimme war seltsam gespalten, ihr fehlte, zwischen hohen, fistelnden Tönen und einer knarrenden Männertiefe die Mitte, so wie ihrem Gesicht die Nachdenklichkeit fehlte – eine Maske purer Entschlossenheit als Ergebnis von achtundachtzig Jahren.
Swoboda wählte die weiche Befragung, zu der es gehörte, dem Zeugen erst einmal recht zu geben. »Ich kann mir vorstellen, daß Sie gehofft hätten, von Martina Urenkel geschenkt zu bekommen.«
»Quatsch. Darauf kommt es nicht an. Bestimmte Dinge tut man einfach nicht. Ich hätte selbst noch andere Kinder bekommen können. Glücklich oder nicht, ich habe Otto Sinzinger über sechzig Jahre eine Art Treue gehalten, obwohl er es nicht verdient hat. Und Martina? Ist sie etwa glücklich gewesen? Liegt sie im Krankenhaus, weil sie glücklich war?«
»Ja«, sagte Swoboda, »sie war glücklich mit Max.« Er sah, daß Ilse, nachdem sie ihr Cognacglas in einem Zug geleert hatte, langsam in sich einsank, den Rücken bog und ihre Mutter ansah – mit einem Blick, den der Kommissar nicht deuten mußte. In Ilses Augen lag ein lang herangezogener Haß, während der Mund weich blieb: der eines resignierenden, unendlich schwachen Kindes.
Klara hielt dem Blick stand, sie verließ sich auf den Mund ihrer Tochter. Swoboda dachte, daß man die Alte in blendendem, steinernem Licht hätte malen müssen,

die Tochter aber in einem rotschwimmenden Dunkel. Als Kommissar ahnte er: Beide verschwiegen ihm etwas, das mit dem Suizidversuch von Martina und vielleicht mit dem Mord an Max zu tun hatte. Swoboda bildete sich ein, auf dem Tisch zwischen den beiden Frauen das Geheimnis wie ein verschlossenes Paket liegen zu sehen. Noch war es in Papier eingeschlagen und mit einer Schnur zugeknotet. Konnte er Ilse veranlassen, es zu öffnen? Klara war gewiß nicht zu bewegen, auch nur einen der Knoten zu lösen, die sie in den vergangenen Jahrzehnten festgezurrt hatte. Ihr mußte man mit Nachgiebigkeit begegnen.

»Ich danke Ihnen, Frau Matt, daß Sie zu so später Stunde noch bereit sind, mit mir zu sprechen. Sie sind bestimmt schon müde.«

»Nein. Wie soll man schlafen, wenn die eigene Enkelin versucht hat, sich zu töten.«

Sie sprach das Wort »töten« mit großer Selbstverständlichkeit aus, zögerte davor nicht den Bruchteil einer Sekunde.

»Ja, freilich«, sagte Swoboda. »Darum will ich Sie heute nicht länger quälen.«

»Quälen!« Klara lachte hell auf, trank ihren Chartreuse aus und erhob sich. »Mich, Herr Kommissar, quält nichts mehr!«

Swoboda wechselte die Taktik. Mit dem ihr hinterhergerufenen Satz »Wohl dem, der ein so gutes Gewis-

sen hat!« stoppte er sie mitten im Gang. Er sah ihren Rücken, der kleine Höcker zwischen den Schultern zeichnete sich unter der Seidenbluse ab. Dann drehte sich Klara mit überraschender Wendigkeit und lächelte ihm zu.
»Gewissen? Etwas selbstgerecht, finden Sie nicht? Ob man sich ein Gewissen leisten kann, gut oder schlecht, kommt auf die Zeit an, in der man geboren wird. Nicht jeder hat das unverdiente Glück Ihres Jahrgangs!«

Als Ilse in den Gastraum zurückkehrte, hatte Swoboda ihn bereits verlassen.
Er lief über den nächtlich leer liegenden Kornmarkt am Ziegenbrunnen vorbei, ließ die Stadtkirche rechterhand liegen und bog in den Glockenweg ein. An der Einmündung in die Wilhelmstraße hielt er sich rechts und entfernte sich von der Landspitze aufwärts in Richtung der Prannburg.
Am Neldaplatz prüfte er die Polizeisiegel an der Galerietür, wandte sich dann, einer Laune gehorchend, nach links hinunter zum Uferweg an der Mahr, dem er gegen die Strömung nach Süden folgte. Die Laternenbeleuchtung war hier spärlich, er konnte die Reflexe des Mondlichts auf den kurzen Wellen des Flusses sehen, der, breiter als die Mühr, aus seiner tschechischen Heimat, wo er Morava hieß, das nachtschwarze Wasser herführte. Swoboda ließ sich Zeit. Er stand im Halbdun-

kel in der Mitte zwischen zwei Laternen, tat, als ob er zu den Sternen aufblickte, horchte aber angestrengt in die Nacht auf dem Erdboden.

Jemand folgte ihm seit einiger Zeit und blieb stehen, wenn er stehenblieb, bemühte sich, leise zu gehen und hielt Abstand. Es gab ausreichend Nachtschatten hier zwischen hohen Weidenbüschen, Ebereschen und Ahornbäumen. Swoboda fiel ein, daß er mehr als sechs Monate nicht mehr an den Selbstverteidigungsübungen teilgenommen hatte. Er verließ sich auf seine Körpergröße und sein Gewicht, trug fast nie das Schulterholster mit der Waffe. Das Training mit Rotwaffen hatte er auch schon vier Wochen geschwänzt. Irgendwann mußte er schließlich malen. Ob seine *Walther P99 AS* noch Zutrauen zu ihm hatte? Er nahm sich vor, sie künftig mit sich zu führen.

Rund zweihundert Meter weiter kam er zur alten Kahnlände, wo im Spätmittelalter die flachen Salzschiffe anlegen mußten, damit die Ladung vermessen und besteuert werden konnte. Hier wurde der Weg schmal, rechts zur Stadt hin erstreckten sich die Hallen und Lagerplätze des Baustoffhandels »Ehrlicher«, zu denen früher ein Lastkahnzugang bestand. Die Docks hatten sich in den siebziger Jahren als unrentabel erwiesen und waren zurückgebaut worden, die Stadtverwaltung hatte die bislang unterbrochene Uferpromenade bis zur Mahrbrücke verlängern und, Sicherheit gegen Roman-

tik abwägend, endlich einem Antrag der Grünen gegen Licht-Pollution folgend, nur spärlich mit Lampen bestücken lassen.
Swoboda beeilte sich. Auch die Schritte folgten ihm schneller. Er fragte sich, ob er im Vorteil wäre, wenn er oben an der Treppe neben der Mahrbrücke in Deckung gehen und auf der an die Brücke anschließenden Salzstraße seinen Verfolger abpassen würde. Daß es sich um einen Mann handelte, schien ihm selbstverständlich zu sein. Er hatte keine Lust auf eine tätliche Auseinandersetzung. Die Salzstraße, an die linkerhand das Gelände der Sinzinger-Brauerei mit den schimmernden Kupferkesseln hinter der Glasfront des Sudhauses anschloß, führte ihn auf die breitere und hell erleuchtete Wilhelmstraße zu, und er bog nach links ein, beschleunigte seinen Gang, vorbei an der Sinzingervilla am Aengerlein, hinauf zur Prannburg, überlegte kurz, ob er im Polizeipräsidium, das am Weg lag, Zuflucht suchen wollte, verwarf den Einfall und stand bald darauf, mit kurzen Atemstößen nach Luft ringend, vor dem Burgtor. Er zog die Hausschlüssel aus seiner Hosentasche, sah sich um, doch die Schritte, die eben noch deutlich auf dem Bürgersteig geklungen hatten, setzten sich nicht fort. Angestrengt horchte er in die Stille der Sandsteingassen.
Der Schrei war kaum vernehmbar, und Swoboda hätte ihn nicht gehört, wäre er nicht auf die Geräusche der

Nacht konzentriert gewesen. Ein sofort verwehter Ruf, nicht wiederholt. Nicht aus der Richtung von Swobodas Verfolger, auch nicht vom Platz vor der Hedwigskirche, eher südlich, auf der hinteren Burgseite ausgestoßen. Der Kommissar steckte die Hausschlüssel ein und rannte, von einer Ahnung getrieben, um die Burgmauer die obere Grabengasse entlang zum Pranntum. Mit den Schritten zählte er die Sekunden. Nach einer Minute hielt er an und lehnte sich rücklings gegen die Mauer. Stille. Sein Verfolger schien aufgegeben zu haben.

Er lief weiter. Jetzt sah er unter der Beleuchtung der um den Turm gewundenen Holztreppe ein Bild aus Licht und Nacht und Blut, das ihn mitten im Lauf anhalten und erstarren ließ. In seiner Brust hämmerte ein Knochen auf eine Trommel.

Dr. Eberhard Stehling stand vor der untersten Stufe der Treppe im Licht und pendelte von einem Bein aufs andere, als gehorche er einem inneren Metronom. Das hellblaue Hemd, das Gesicht, die Brillengläser, die weißen Haare voller Blut. Blut auch an den Holzsäulen des Treppengangs, verspritztes Blut auf den unteren Stufen und, verlaufend, auf den Steinen vor Stehlings Füßen. Swoboda berührte ihn an der Schulter. Der alte Mann breitete die Arme aus, als bäte er um Verzeihung. Er stand still, öffnete den Mund und schwieg, schüttelte den Kopf, Blut troff aus den Haaren auf seine Schultern. Swoboda roch, daß es keine Farbe war, er roch Blut, nahm seinen alten Lehrer an der Hand. »Erkennen Sie mich, Dr. Stehling, ich bin Alexander Swoboda, wo sind Sie verletzt?«

Stehling blickte zu ihm auf, legte den Kopf in den Nacken, verzog den Mund zu einem schiefen Lächeln und sagte heiser: »Ich bin nicht verletzt. – Wer tut so etwas, warum, Alexander, warum?« Seine Stimme klang hoch und hilflos. Swoboda drängte ihn, sich auf die unterste Stufe zu setzen.

Er wischte seine Hände am Mantel ab, zog sein Telefon hervor und rief die Bereitschaft im Präsidium an, bestellte die Spurensicherung und den Notarzt zum Pranntturm. »Wir brauchen eine Blutbestimmung, so schnell wie möglich. Und, wenn ihr ihn irgendwo findet, soll Leybundgut herkommen. Dr. Stehling hat einen Schock, er muß vielleicht in die Klinik gebracht werden.«

Klaus Leybundgut war als erster zur Stelle, er hatte im Burgkeller gesessen, mußte nur zahlen und die dreihundert Meter zum Pranntturm laufen. Die zwei Gläser Wein, die er getrunken hatte, machten ihn offenbar immun gegen den Anblick des blutüberströmten alten Lehrers, unerschrocken zog er sofort sein Jackett aus, krempelte die Hemdsärmel hoch und begann, sehr sachlich, mit der Untersuchung.

Wie Stehling beteuert hatte, war an ihm nicht die geringste äußere Verletzung festzustellen. Er erinnerte sich, Geräusche gehört zu haben und die Treppe hinuntergegangen zu sein, nachdem er oben das Außenlicht eingeschaltet hatte. Eine Gestalt, von der er nur sagen konnte, sie sei mittelgroß und dünn gewesen, schwappte aus einem Eimer etwas über die Treppe, und als er näher kam, auch über ihn. Er habe wohl geschrien, die Gestalt sei davongerannt. Erst dann habe er gesehen, daß er und alles um ihn her rot besudelt war.

Tatsächlich konnte man die roten Schuhsohlenstempel noch bis zur Bundesstraße verfolgen, wo sie kurz hinter dem Ortsschild auf dem schmalen Trottoir der großen Burgbrücke über die Mahr linkerhand schwächer wurden und sich schließlich ganz nach Osten verloren.

»Zweifellos Blut«, sagte Leybundgut, »verdünnt und flüssig gehalten. Und zwar, wenn ich mich nicht sehr täusche, das Blut eines Menschen.«

Swoboda öffnete eine Flasche Bordeaux, Côtes de Bourg, vier Jahre alt, vom Château Bourg des Eyquems, und ließ den Rotwein in die Dekantierkaraffe rinnen. Gegenüber an seinem Küchentisch saß Leybundgut und rauchte. Er hatte sich die Zigaretten vor über zehn Jahren abgewöhnt, holte sich nur dann und wann ein Päckchen Players Navycut, das meist zwei Monate lang hielt. »Einem Arzt schadet es nicht«, behauptete er grinsend und bat Swoboda um einen Aschenbecher. Der Kommissar sah zu spät, daß darin noch Martinas Kippe mit Lippenstift am Mundstück lag, aber Leybundgut schien sich nicht einmal darüber zu wundern, daß Swoboda überhaupt noch einen Aschenbecher besaß. Der Kommissar roch am Weinkorken und rümpfte die Nase. »Preßkork, und sie behaupten noch, das verbessere die Lagerung.«

»Bist du vorangekommen in dem Fall?« fragte der Arzt.

»Nein, kein Stück, wir haben, ehrlich gesagt, weder eine Spur noch ein Motiv. Ich nehme an, daß der Überfall auf Stehling in einem Zusammenhang mit dem Mord an Max steht. Aber wenn, warum? Mich hat heute abend auch jemand verfolgt, aber zu welchem Zweck?«

Leybundgut hob sein Glas. »Danke für den Roten, genau das brauche ich jetzt.« Er dachte nach. »Morgen wird man dir den Zusammenhang nennen können. Ich fürchte, es war das Blut von Max. Dieser Irre hat es aufgehoben und unserem alten Stehling ins Gesicht geschüttet.«

»Weswegen? Außerdem hätte es doch längst gerinnen müssen. Wie hat er es flüssig gehalten?«

»Nichts leichter als das. Etwas Zitronensäure, und schon ist das Kalzium, das neben zwölf anderen Faktoren für die Gerinnung nötig ist, blockiert. Zitronensäure wird in der Ernährungsindustrie eingesetzt, da heißt sie E330.«

»Halt«, sagte Swoboda, »das muß ich mir aufschreiben.«
»Ich schicke dir eine E-Mail mit den chemischen Fakten. Das Zeug kriegst du in jeder Drogerie, als Kalklöser oder als Brausepulver. Vielleicht hat er auch Natriumcitrat genommen, das Natriumsalz der Zitronensäure. Im Labor verwenden wir Natriumcitrat, um die Gerinnung einer Blutprobe zu verhindern. Man kann es auch als Zusatz für Lebensmittel kaufen, als E331. Es ist überall. Im Schmelzkäse zum Beispiel. Und ich bin sicher, daß es auch in dem Fleckenmittel enthalten ist, in dem du gerade deinen blutverschmierten Trenchcoat eingeweicht hast.«
»Auch wenn es jeder kaufen kann«, wandte Swoboda ein, »so weiß doch nicht jeder, wie es im Blut wirkt! Ich zum Beispiel wußte es nicht! Gibt es Berufsgruppen, in denen ich suchen sollte?«
»Ja.« Leybundgut drückte die Zigarette aus. »Ärzte. Chemiker. Chemielehrer. Sanitäter. Alle, die im Blutspendedienst arbeiten. Und jeder, der einen Computer hat und im Internet nachlesen kann. Also, sagen wir, mindestens zwanzigtausend Zungener Bürger.«
»Ich hasse diese Stadt. Gib mir eine Zigarette.«
»Nein. Nicht von deinem Arzt. Die mußt du dir von der Dame geben lassen, die hier rauchen darf.«
Swoboda wußte, daß Leybundgut als Witwer gesprochen hatte. Er lebte seit dem Tod seiner Frau vor zehn

Jahren allein; den Kampf gegen ihre Alkoholsucht hatte er als Arzt und als Ehemann verloren. Jetzt suchte er selbst Befreiung im Wein: Beim dritten Glas Bordeaux verflüchtigte sich allmählich der Blutdunst, der den alten Stehling umgeben hatte. Der Kommissar war dem Arzt dankbar, daß er seiner Einladung gefolgt war. Mit Leybundgut konnte man Gedanken ordnen.
Stehling lag, wenn auch gegen seinen Protest, zur Beobachtung und Ruhigstellung in der städtischen Klinik, wo auch Martina dem Leben entgegenschlief. Morgen würde das LKA sich der Untersuchung bemächtigen, und ein hochnäsiger Polizist würde Swoboda vorschreiben, wie er den Mord an Max Niehaus aufzuklären habe. Er dachte daran, eine zweite Flasche zu öffnen. Bevor er gefragt hatte, sagte Leybundgut: »Wir sind alt genug, uns eine zweite Flasche zu genehmigen.«
»Ich hätte auch einen schönen Pomerol, sieben Jahre.«
»Zu schade für heute nacht, wir bleiben bei dem hier«, entschied der Arzt. Sie gaben einander nicht zu, daß ihnen der Blutüberfall auf ihren alten Lehrer angst machte. Die Ermordung ihres Freundes Max erfüllte sie mit einem Schmerz, der den Verstand zur Analyse der Tat und zur Offenlegung eines möglichen Motivs noch nicht in gewohnter Weise arbeiten ließ. Sie meinten zwar, sich in ihrem Wesen nicht verändert zu haben, tatsächlich aber hätte in diesem Augenblick niemand weniger geeignet sein können, das Verbrechen aufzu-

klären, als die beiden, die durch den Tod von Max Niehaus plötzlich ihre Jugend verloren hatten. Solange einige Klassenkameraden vom Abiturjahrgang 1963 in mehr oder weniger losem Zusammenhang in der Stadt lebten, Teichmann und Niehaus, Leybundgut und Swoboda, dazu der jüngere Winkels, solange ihr Latein- und Griechisch-Lehrer Dr. Eberhard Stehling noch jeden Werktagmorgen von seinem Prannturm aus durch die Gassen hinunter zum Stadtarchiv im neuen Rathaus am Schillerplatz lief oder weiter zur Landspitze, wo Mahr und Mühr sich zugunsten der Nelda aufgeben und wo ihm in den zwei obersten Stockwerken des Mäuseturms ausgelagerte Aktenbestände zugänglich waren – so lange konnten sie auf eine merkwürdig zeitentzogene Weise Gymnasiasten bleiben. Der Mord an Max hatte sie schlagartig zu alten Männern gemacht, der Blutanschlag auf Stehling ihre Tanzstundenzeit mit einem Entsetzen überschüttet, das sie nie wieder loswerden konnten. Von nun an war, was in ihnen an Bildern, Gerüchen und Geräuschen der Jugendzeit überlebt hatte, hinter einer Alterswahrheit unzugänglich geworden.

Verlierst du endlich ein bißchen von deiner Selbstsicherheit? Wie ist das mit dem Blut? Ist dir je aufgefallen, daß fremdes Blut glatter ist als das eigene? Auch dunkler. Findest du nicht?

Ach, dieser Swoboda! Manchmal glaube ich, es lohnt sich nicht, ihn in die Irre zu führen, ihm ein bißchen angst zu machen, ihm den blöden Lebensboden, den er bei einer Umfrage sein Dasein nennen würde, Stück für Stück zu entziehen. Es läuft gut. Er weiß nicht, was er tun soll. Folglich verknallt er sich. Das tun die Kerle immer. Wissen sie nicht aus noch ein, ist Ficken immer das beste. Sieben verknotete Probleme: eine Ejakulation. Und früh am Morgen trägt die Dame dein Sperma im Schoß aus der Haustür und glaubt, sie sei unsichtbar! Du müßtest wissen, Alex, daß die Probleme dir am nächsten Morgen von der Zahnbürste in den Gaumen springen und vom Gaumen ins Hirn schießen. Da können in der Nacht noch so viele Orgasmen dich und die Dame durchgerüttelt haben: Morgens Augen auf, und die Mauer der ungelösten Fragen wächst dir auf der Brust hoch bis zur Zimmerdecke! Orgasmen erlösen möglicherweise die Welt, aber nicht dich! Hör zu, Dummerchen. Wenn du Blut siehst, solltest du nicht über Blut nachdenken, sondern über – nun? Was? Über den Saft, natürlich. Den 'ganz besonderen Saft'. Falls du dich an Goethes Faust, *wenigstens den ersten Teil, erinnern solltest.*

Wann immer du Blut siehst, ist es ein Vertrag. Auch zwischen Täter und Opfer. Auch wir sind Brüder, im Sterben. Blut ist die engste Verbindung zwischen zwei Menschen. Oder war es, bevor die Amifilme uns mit ihren Gallonen von Filmblut beizubringen versuchten, daß es eine ganz normale Flüssigkeit sei, so wie Coke oder Pineapplejuice. Die verstehen nichts davon, vergießen Blut ohne jeden Grund, nur weil sie grade was Rotes im Bild haben wollen. Bock auf Rot. Du aber bist einer, der sich mit einem blutenden Opfer verbündet. Alte europäische Tradition. Habe ich nicht recht? War Max dein Blutsbruder? Oder wird er es sein, wenn du selbst bleich in einem Blutrahmen liegen wirst. Ich will dich noch ein bißchen umherirren lassen, denn ich muß zugeben, daß ich mich an deiner Angst weide. Wie du in der Nacht am Mahrufer auf meine Schritte gelauscht hast, das war sehr vergnüglich. Ich hatte allerdings nicht damit gerechnet, daß du mein Helferlein bei seiner Begießungsarbeit am Prannturm überraschen würdest. Was aber nichts machte, denn sonst hätte die Nachricht dich mitten in der Nacht überrascht, und du hättest als braver Immernochstreber aus dem Bett kriechen müssen, um dem alten Stehling beizustehen. Erstaunlich, wie man mit nur zwei, drei Litern Menschenblut – ich habe, was Max mir schenkte, nicht genau gemessen, er gab ja von seinen fünf bis sechs Litern nicht alles her – die Gefühle der Menschen manipulieren kann. Ich muß mir das unbedingt merken.

Noch eins will ich meinem kleinen Schuldbuch anvertrauen: Es war nicht geplant, Stehling direkt zu beschmutzen, der blöde alte Kerl sollte erst am nächsten Morgen die Bescherung sehen. Vielleicht auch ausrutschen auf dem roten Glibber, den Hals brechen oder wenigstens den

Oberschenkelhals. Wer kann ahnen, daß ein Mann von sechsundsiebzig Jahren noch hört wie ein Luchs? Hoffentlich hat er die Lektion begriffen. Das Alter macht halsstarrig. Wäre schade um ihn, er sieht so nett aus, finde ich.

V

Teichmann

Die Zungerer Nachrichten erschienen mit einem Bild von Max Niehaus auf der Titelseite, das bei einer Ausstellung aufgenommen worden war. Volker Winkels gedachte des Ermordeten durch einen bewegenden Nachruf im Kulturteil. Martina Matt wurde nicht erwähnt.

Swoboda vermißte beim Frühstück im Café 5th Avenue den Kellner, an dessen Stelle der Chef bediente und keinen Anlaß für eine Erklärung sah.

Im Präsidium ließ Klantzammer ihm ausrichten, daß für elf Uhr die erste Besprechung mit dem LKA angesetzt sei. Die Ergebnisse eigener Ermittlungen seien vollständig vorzulegen und mitzuteilen.

Turbo betrat Swobodas Büro und schloß die Tür hinter sich. »Zwei unangenehme Nachrichten, Chef. Berger hat sich krankgemeldet, und –«

»Was soll daran unangenehm sein?« unterbrach ihn Swoboda. Turbo grinste. »Wirklich unangenehm ist, daß die Wohnung des Opfers Niehaus aufgebrochen worden ist. Die Siegel an der Galerietür sind verletzt, aber der Täter hatte offenbar Schlüssel. Keine Spuren von Gewaltanwendung. Billy ist schon dort und sieht sich um. Das Tatortteam ist unterwegs.«

In ihrem weißen, fusselfreien Dusty-Schutzanzug mit Kapuze und Gummizug rund um das Gesicht, den Überschuhen und Handschuhen aus milchiger Plastikfolie sah Billy nicht sehr vorteilhaft aus. Man sah ihr an, daß sie sich unwohl fühlte. Swoboda war an der Eingangstür stehengeblieben, wo sich auch das Spurensicherungsteam für die Arbeit einkleidete. »Es tut mir so leid«, sagte Billy, »die Akte hier liegenzulassen, war ein Fehler. Alles ist durchwühlt worden, oben in der Wohnung herrscht das reine Chaos. Die Akte, von der ich dir erzählt habe, ist weg. Ich habe genau nachgesehen, ich täusche mich nicht, sie ist weg.«
Swoboda nickte. »Du hast auch nicht zufällig das Schloß ausgetauscht, bevor du versiegelt hast?«
Billys Augen weiteten sich, und sie schüttelte langsam den Kopf.
Der Kommissar gab den Eingang für die weißvermummten Kollegen und ihre Gerätekoffer frei. »Es gibt Spuren von Billy und mir. Alles andere will ich wissen. Auch vom Opfer selbst. Und seiner Lebensgefährtin. Aber sie kann es heute Nacht nicht gewesen sein, sie liegt in der Klinik. Also, viel Erfolg, und ich will alles, wirklich alles!«

Er ahnte, daß der Aufwand zu keiner verwertbaren Erkenntnis führen werde. Sie würden jede Menge Fasern, Haare, Schuhprofile, Straßenschmutz, dazu Biospuren und Fingerabdrücke sammeln, am Ende würden wieder mindestens fünfzig Seiten zusammenkommen, die zu den hundertzwanzig Seiten vom Fundort der Leiche geheftet würden – doch so gut und umfänglich die Befunde auch waren: Ein Täterprofil würde sich daraus nicht ergeben. Swoboda war sich sicher, daß der Mörder von Max Niehaus im Identifizierungssystem AFIS für Fingerabdrücke ebensowenig vorkam wie in den DNA-Datenbanken von BKA und INTERPOL.
Billy hatte sich aus ihrem Schutzanzug geschält und ihn den Spurensicherern übergeben. Sie wirkte niedergeschlagen. Swoboda legte den Arm um ihre Schultern. »Du hast dich ganz nach den Regeln verhalten. Nichts bewegen, nichts verändern, bevor nicht alles dokumentiert ist. Dir kann niemand einen Vorwurf machen.«
»Aber jetzt hätten wir vielleicht einen entscheidenden Hinweis. Oder wenigstens keinen Einbruch.«
»Versuche, dich zu erinnern: Was hast du in seiner Wohnung gelesen? Schreib es auf. Ich muß ins Präsidium zurück. Hoher Besuch vom LKA.«

Er kam zu spät, sieben Minuten nach elf betrat er Klantzammers Büro.

»Ach, da bist du ja«, begrüßte der Kriminalrat ihn freundlich im Ton einer Rüge.
Am Fenster stand, mit dem Rücken zum Raum, eine Frau, deren Körper sich im Gegenlicht als dunkle Kontur abzeichnete. Swoboda nahm gleichzeitig die hohen, dünnen Absätze ihrer Schuhe und das fast auf die Schultern stoßende Haar wahr, selbst im Gegenlicht ein blasses Chromgelb, glatt. Die Frau wandte sich um, Swoboda bemerkte sofort eine Ähnlichkeit mit seiner Frau, von der er seit einem Vierteljahrhundert geschieden war. Maria war damals achtunddreißig gewesen, seine Tochter Lena dreizehn. Die Erinnerung machte ihn bewegungslos und stumm.
»Frau Bossi vom LKA«, stellte Klantzammer vor. Swoboda, noch immer an der Tür, deutete eine Verbeugung an. »Entschuldigen Sie bitte meine Verspätung.«
»Sie werden bestimmt Ihre Gründe gehabt haben.« Die Beamtin lächelte ihn offen an. »Michaela Bossi.« Sie streckte ihm die Hand entgegen.
Der quer im Raum stehende Besprechungstisch im Chefbüro bot Platz für zehn Teilnehmer. Sie saßen zu dritt daran, der Kriminalrat wie üblich am Kopfende, Bossi und Swoboda einander gegenüber. Er hatte sich mit dem Rücken zum Fenster gesetzt, wollte die Frau, die ihn an Maria erinnerte, im Licht sehen. Jetzt verlor sie die Ähnlichkeit. Er schätzte sie auf Ende Dreißig, registrierte unabsichtlich: Augenfarbe Van-Dyck-

Braun, hohe Stirn unter den blonden Ponyfransen, ovale Gesichtsform, geschwungener, voller Mund, etwas breit, sorgfältiges und unaufdringliches Make-up, kleiner Doppelkinnansatz, hellblaue Bluse, zwei offene Knöpfe, kalkuliertes Dekolleté weiß, malerischer Blickfang, schöne, deutliche Schwünge unter den Revers der graphitfarbenen Jacke mit hellem Nadelstreifen.
Seine Eindrücke gliederten sich in Bruchteilen von Sekunden zu einer Kette, ohne daß er eingreifen konnte. Als urmännliches Programm war die Bildherstellung in ihm abgelaufen, während sie sich zu ihrer offenen Aktentasche neben dem Stuhl gebeugt, ihr eine Jurismappe entnommen und sie vor sich auf die Tischplatte gelegt hatte.
Jetzt hob sie den Kopf und sah ihn an. Er fühlte sich ertappt, sein Alter schützte ihn davor, rot zu werden. Ihr Blick schien zu fragen, ob er endlich genug gestarrt habe. »Wenn Sie nichts dagegen haben, beginne ich mit unseren bisherigen Ermittlungsergebnissen.« Sie sprach zu Klantzammer, der sich, in der Gewißheit, daß sie einer Besoldungsgruppe unter ihm, jedoch einer höheren Behörde angehörte, zuzustimmen beeilte.
Frau Bossi las in einem desinteressierten Ton die erhobenen Tatsachen vor, so als gehe sie der Fall im Grunde nichts an, und erweckte den Eindruck, gegen ihren Willen zu dieser Aufgabe verpflichtet worden zu sein. Wenigstens waren dem LKA mit seinen Methoden und

Instituten einige Erkenntnisse gelungen, die für Swoboda neu, sogar, was den Tod von Max Niehaus betraf, erleichternd, wenn auch nicht unmittelbar nützlich für die Aufklärung des Verbrechens waren.

»Max Niehaus wurde vermutlich mit einer Plastiktüte über dem Kopf erstickt. In seiner Lunge fanden sich Spuren von flüchtigen Kunststoff-Weichmachern, die allerdings nicht spezifisch sind. Nahezu hundert Prozent aller Kaufhaus- und Supermarkttüten bestehen aus demselben Material. Leider lassen auch die Druckfarbenpartikel in den Bronchien bisher keinen Rückschluß auf die Herkunft der Tüte zu. Das heißt, alle Stich- und Schnittwunden wurden unmittelbar nach Stillstand der Atmung zugefügt, ebenso wie – offenbar noch später oder in kalter Umgebung – jeder einzelne Nageleinschlag.«

Swoboda atmete erleichtert aus. Michaela Bossi blickte von der Akte zu ihm auf und sah ihn an. Sie begriff, daß ihre Mitteilungen ihn von der entsetzlichen Vorstellung befreiten, Max Niehaus sei langsam zu Tode gequält worden.

»Die Nägel wurden postmortal mit einem Nagelschußgerät in den Kopf geschossen, Geräte dieser Art bieten die Heimwerkermärkte an. Aber hier handelt es sich um einen professionellen Gas-Power-Nagler der Marke Hitachi, Typ NR 90 GL, einen schlauchlosen Streifennagler für papiermagazinierte Nägel bis 100 Millimeter

Länge und 3,1 Millimeter Stärke, der am Bau, vorwiegend beim Dachstuhl- und Innenausbau, zum Einsatz kommt. An den Nägeln wurde festgestellt, daß die verwendete Maschine neu ist, der Nagelgurt stammt von einem schwäbischen Hersteller, der allerdings leider auch alle Heimwerkermärkte beliefert. – Nun zu den Messern. Die Stiche lassen sich aufgrund der Metall-Blut-Oxydantien und der Eindringcharakteristik mit hoher Wahrscheinlichkeit acht verschiedenen Messern zuordnen.«

Sie entdeckte einen Schreibfehler, unterbrach sich, korrigierte. Swoboda sah, daß sie Linkshänderin war, wie seine Frau.

Sie legte den Stift ab und fuhr fort. »Die elektronenmikroskopische Gewebe-Entschlüsselung der Wundränder deutet auf folgende Fabrikate hin: Swatknife von Smith & Wesson, einen Festmessertyp von Gigand, eines von sieben feststehenden Messern der Firma CRKT, das Zwanzig-Zentimeter-Messer Modell Police von Spyderco und einen Dolch von Benchmade, vermutlich das gezahnte Modell Gotcha. Ein Puma-Messer, und zwar White Hunter 50, ein Linder-Bowie-Messer, Griffausführung und Typ unbekannt, und ein Laguiole Prestige T12, dessen Griffbelegung wir ebenso wenig kennen, Klingenlänge vermutlich elf Zentimeter, extrem scharfer, sogenannter Chirurgenstahl. Es gibt keine fremden DNA-Spuren, dafür aber Hinweise auf Schimmelpilze, wie sie vorzugsweise in Höhlen, und zwar in Kalthöhlen, vorkommen.«

Sie schlug die Mappe zu und blickte für einige Zeit auf den geschlossenen Aktendeckel. Hatte sie von einem Menschen erzählt?

»Soweit unser bisheriger Stand.« Sie sprach zur Tischplatte, hob den Kopf und sah Swoboda an. »Ich glaube, Sie kannten ihn gut. Es tut mir leid. Wir versuchen nur ...«

»Danke«, sagte Swoboda, wich ihrem Blick aus, fuhr mit der Hand über die blanke Holzplatte zwischen ihm und der Frau. Er wischte langsam auf dem Tisch hin und her, seine Hand schien sich zu verlieren. Sein Blick schweifte ab, er sah Max als Abiturienten vor sich, wie er sein Zeugnis schwenkte.

Die Beamtin holte ihn zurück. »Darf ich von Ihnen erfahren, wie weit Sie sind?«

Klantzammer sah Swoboda mit vorgestrecktem Kopf, als käme sein Blick aus dem Nacken, flehentlich an. Jetzt durfte sich die Dienststelle vor der hauptstädtischen Kollegin nicht blamieren.

Sein Kommissar aber hatte sich während des analytischen LKA-Berichts entschlossen, nur das Nötigste mitzuteilen und abzuwarten, wie Michaela Bossi die Kooperation zu gestalten dachte. Nichts an ihr hatte ihm zum Mißtrauen Anlaß gegeben, doch ihre bloße Anwesenheit erzeugte das Gefühl, bevormundet zu werden.

»Ich kann Ihnen leider nur wenig, genauer gesagt, fast nichts erzählen, was für Sie neu wäre. Wir stehen da, wo wir am Anfang waren. Keine Spur zum Täter, nicht die geringste Ahnung eines Motivs. Die – wie Sie sagen – nachträgliche, Gott sei Dank nachträgliche Zurichtung der Leiche deutet entweder auf einen krankhaften, einen nekrosadistischen Charakter hin oder aber auf eine kühl kalkulierte, abschreckende Warnung.«

»Wir haben schon einen Profiler drangesetzt. Er wird demnächst eine Tätercharakteristik liefern. Aber mich interessieren Ihre unverifizierten Vermutungen.« Sie lachte. »Man sagt Ihnen ein außerordentliches Gespür nach, intern heißen Sie ›Kommissar Nase‹!«

Kannte sie seine Akte? Schon lange hielt er den Datenschutz für ein Märchen, mit dem verglichen »Rumpelstilzchen« ein Gerichtsprotokoll war. Aus seiner Akte mußte Michaela Bossi wissen, warum er seinerzeit beim LKA aufgehört hatte. Warum er zur Kripo und hierher versetzt worden war. Sie mußte die Hintergründe kennen, seine Affäre mit der ihm zugeordneten Beamtin in Ausbildung, die sein Kind abgetrieben hatte. Schließlich auch über seine Scheidung. Kommissar Nase! Wollte sie ihn lächerlich machen?

Sie hatte sich Klantzammer zugewandt. »Wir prüfen noch, ob ein Zusammenhang mit einem unaufgeklärten Mord in Nürnberg besteht, zweitausendzwei, wo die Leiche einer Frau mit einer ähnlichen Nagelma-

schine, allerdings einer gebrauchten, zugerichtet worden ist. Es könnte sich da um einen Täter handeln, der Zugang zu einer Bauschreinerei hat.«
»Oder eine Täterin«, murmelte Swoboda.
»Ja, natürlich.«
»Nein, natürlich wäre ein Mann – es gibt kaum Maschinentäterinnen«, widersprach er.
»Auch damit haben Sie recht.« Sie ließ sich nicht provozieren, blieb eisern freundlich. Das Gegenteil seiner Erwartung. Er hatte einen dreißigjährigen, ungebildeten, karrieregeilen, gelfrisierten Schnösel erwartet, der seine Unfähigkeit durch Arroganz und einen Boss-Anzug ausgleichen würde. Statt dessen sie. Die seine Vorbehalte so beharrlich wie sanft beiseite räumte.
Ihre Stimme war tiefer geworden, ihr Atem ruhiger, sie verließ sich auf ihre Intuition und fragte ihn nach seinen Vermutungen – während er überlegte, wie er aus der Erinnerung Maria und Lena und daneben diese ihnen ähnliche Beamtin malen könnte, zwei Frauen en face und die Fremde, wie er sie zuerst gesehen hatte, als Schattenkontur vor hellem Fenster.
»Vermutungen? Meine?« Er mußte sich wie ein Schüler darauf besinnen, daß er seine Aufgaben gemacht hatte. »Ich vermute, daß das Motiv hier in der Stadt zu suchen ist. Ich kenne den Nürnberger Fall. Er hat mit diesem hier nichts zu tun. Einiges spricht dafür, daß es einen Zusammenhang mit einem Verlagsprojekt

gibt, das Max Niehaus plante. Gestern nacht sind die Siegel an seiner Galerie aufgebrochen worden, im selben Gebäude befinden sich Verlag und Wohnung von Max, alles wurde durchsucht. Der Einbrecher muß die Schlüssel des Opfers besessen haben, also wahrscheinlich der Mörder sein. Eine Verlagsakte, deren Inhalt wir leider nicht kennen, fehlt im Bestand. Sonst offenbar nichts. Im Augenblick ist das Tatortteam vor Ort.«

Michaela Bossi sah ihn erstaunt an. »Haben Sie denn vor der Versiegelung nicht die Schlösser ausgetauscht?«

»Das machen wir nie.«

Sie hielt die Lippen fest geschlossen, er konnte sehen, wie sie vermied, ihm den Fehler vorzuhalten und sich nicht einmal ein »Wie schade« gestattete. Sie schwieg einfach nur so lange, bis Klantzammer, dessen Harmoniebedürfnis überhandnahm, aufstand und sagte: »Ich schau mal nach, wo der Kaffee bleibt.« Er verließ sein Büro.

Die Beamtin lehnte sich zurück in den Stuhl. »Es tut mir leid, wirklich, ich habe mich nicht danach gedrängt, Ihnen beigeordnet zu werden. Ich bin nicht gern gekommen. Ich habe zwei Töchter zu Hause, die eine hat grade mit Ach und Krach Abitur gemacht. Und einen ungeduldigen Mann. Außerdem sind in meiner Abteilung hektische Zeiten, wir brauchen jeden, hier ist es vielleicht etwas gemütlicher.«

»Die letzten Tage waren unruhig.«
»Das kann ich mir denken. Ich habe noch nie derart widerwärtige Fotos von einem Toten gesehen.«
»Er war mein Freund. Seit unserer Schulzeit hier in Zungen an der Nelda. Einer der sanftesten Männer, die ich kenne. Vornehm und zurückhaltend. Unvorstellbar, daß er Feinde hatte.«
»Wir prüfen bei Morden im Grenzland immer unsere Zuständigkeit«, sagte sie. »Das hat nichts mit Ihnen zu tun, Herr Swoboda. Hier wie an der Grenze zu Polen gibt es jede Menge mafiose Strukturen. Und die Nagelmaske paßt in das Warnungsprofil des organisierten Verbrechens. Andere sollten abgeschreckt werden, etwas Ähnliches wie Niehaus zu tun. Nur was?«
»Max und die Tschechenmafia!« Swoboda stand auf. »Völlig undenkbar.«
»Sie wissen so gut wie ich, was alles undenkbar ist und dennoch geschieht.«
Er sah zum Fenster hinaus auf den Hof des Präsidiums. »Für so einen Satz sind Sie eigentlich zu jung. Ich kenne Max, seit wir gemeinsam die Aufnahmeprüfung zum Gymnasium bestanden haben, da waren wir zehn, ich fast elf und er gerade erst zehn. Wir haben die Schulzeit bis zum Abitur gemeinsam verbracht, wir waren in der Tanzstunde, ich kenne seine erste Liebe, die er mir ausgespannt hat, nur während der Studienjahre hatten wir uns aus den Augen verloren. Ich weiß genau, wie

er ist – wie er war. Dieses Gymnasium hat seine Schüler zum Guten und Schönen erzogen. Nicht unbedingt zum Wahren. Im Korridor am Eingang können Sie heute noch Schillers Maxime lesen, die wir alle auswendig lernen mußten: *Es gibt keinen andern Weg, den sinnlichen Menschen vernünftig zu machen, als daß man denselben zuvor ästhetisch macht.* Einige von uns haben das verstanden, ein paar haben es auch geglaubt, haben geschrieben, haben gemalt. Schultheater gemacht. Viele drängten sich danach, in der Schülerzeitschrift gedruckt zu werden. Wir waren elitär. Dann wurden wir Anarchisten. Ein paar wurden Kommunisten. Max und ich nicht. Am Ende holte uns Zungen zurück in die Provinz, und für ein bißchen persönliche Freiheit blieb wieder bloß die Kunst. Vielleicht waren wir die letzte Generation, die glaubte, der Künstler sei ein besserer, ein besonderer Mensch. Auf jeden Fall haben wir gehofft, daß wir auf die Weise dieser Stadt entkommen. Wie Sie sehen, hat es nicht geholfen. Aber versucht haben wir es immerhin. Elitär sind wir immer noch. Von Max gibt es Theaterstücke. Er hatte mehr Sinn für die Kunst als fürs Leben. Ich kann Ihnen versichern, daß jede Art von Verbrechen ihn angeekelt hat.«
Sie trat neben ihn ans Fenster. »Er hatte, soweit wir wissen, eine sehr viel jüngere Geliebte.«
»Was wollen Sie damit sagen?!« Er war laut geworden. Die Tür öffnete sich, Klantzammer trat ein mit dem

Tablett in den Händen, zögerte, seine Sekretärin schloß die Tür, er sah besorgt zu Swoboda und Michaela Bossi hinüber und entschied sich, mögliche Konflikte zu ignorieren. »Es wird bestimmt eine erfolgreiche Zusammenarbeit. Zucker? Sahne? Alexander, auf dich wartet im Büro ein Herr Teichmann. Viereck wollte ihn sich anhören, aber er besteht darauf, mit dir zu sprechen.«

Als er hörte, daß die Dame, die seinen einstigen Klassenkameraden Alexander Swoboda begleitete, vom LKA kam, war Teichmann beruhigt. »Ja, sie kann hierbleiben. Ich habe fast eine Stunde auf dich gewartet, Alex. Nicht zu viel, wenn man um sein Leben fürchtet.«
»Langsam, Philipp, bist du einverstanden, wenn ich dich aufnehme?« Er stellte das Kassettengerät auf den Schreibtisch.
»Auf keinen Fall«, sagte Teichmann. »Ich bin nicht hier, um eine Aussage zu machen, sondern weil ich deine Hilfe brauche.«
Michaela Bossi wühlte in ihrer Handtasche. »Aber mitschreiben darf ich doch, oder? Auch Polizisten sind vergeßlich.« Teichmann nickte, die Beamtin förderte endlich einen Block und einen Stift zutage, stellte die Handtasche auf den Schreibtisch und lächelte Teichmann arglos an.
»Du kannst unbesorgt sein«, sagte Swoboda, »von hier geht nichts raus. Möchtest du Kaffee?«

»Etwas Wasser.«
Der Kommissar ging zum Waschbecken und füllte ein Glas. Teichmanns Unruhe war nicht zu übersehen, er schwitzte in seinem lindgrünen Anzug, die überhebliche Selbstsicherheit, die man an ihm kannte, schien ihn verlassen zu haben. Er war wieder der Schüler, den Swoboda nicht besonders gemocht hatte, ängstlich, eifrig, in sich gekehrt. Der kleine, gedrungene Junge überstand nur mühsam die Sportstunden. Ein altes Kind. Man sah ihm an, daß er bei seinen Großeltern aufwuchs, die im Erdgeschoß ihres Hauses in der Tuchwebergasse einen Kolonialwarenladen führten. Die runden Gläser seiner Drahtbrille vergrößerten und verzerrten seine mißtrauischen Augen und trugen ihm den Spottnamen »Frosch« ein, der sich bis in die Abiturzeitung hielt. Seine Eltern waren als Schausteller sieben Monate des Jahres von Kirmes zu Kirmes unterwegs und sahen ihren Sohn nur zwischen November und März. Als er fünfzehn war, gaben sie ihr Fahrgeschäft auf, kehrten nach Zungen zurück und übernahmen den großelterlichen Laden. Philipp war da bereits in eine eigene Welt eingesponnen, verfaßte Gedichte und Schauspiele, ein Stück von ihm wurde von der Theatergruppe des Gymnasiums einstudiert. Nach dem Abitur ging er nach Berlin, um Soziologie zu studieren und dem Kriegsdienst zu entgehen, brach nach zwei Semestern ab, verschwand für Jahre, man vernahm, er

lebe in einer Hippie-Kommune in Kalifornien, dann wieder, er halte sich im indischen Bundesstaat Maharashtra auf, wo er im Ashram von Pune gesehen worden sei. Ende der Siebziger tauchte er plötzlich in Zungen auf, abgemagert und offenbar dauerhaft verwirrt, in dunkelroten Gewändern, mit dichtem Bart und hüftlangen Haaren, die er zu einer Art Turban um den Kopf geschlungen trug. Seine Eltern nahmen ihn auf, führten ihn langsam in das Leben zurück, wie es in Zungen üblich war. Er veröffentlichte ein kleines Buch mit gefälligen Reiseerzählungen und poetischen Skizzen über seine Jahre in Indien, in einem Verlag freilich, der seinen Autoren keine Honorare zahlte, sondern ihnen im Gegenteil für Druck und Publikation Geld abverlangte. Winkels besprach den Titel wohlwollend in den Zungerer Nachrichten. Teichmann schien Fuß zu fassen in der Stadt zwischen den Flüssen, schnitt sich die Haare, rasierte sich, tauschte die Brille gegen Kontaktlinsen, kleidete sich wie alle anderen. Dann starb sein Vater. Wieder verschwand Philipp aus Zungen. Zuvor schon war er durch seine Geschichten aus Indien mit einer Kölner Fernsehproduktion in Verbindung gekommen, suchte dort Arbeit und wurde versuchsweise beauftragt, Drehbücher nach vorgegebenen Stoffen zu entwickeln. Wenige Jahre später machte er sich selbständig, konnte als Dialogschreiber für Fernsehserien gut leben. Nach dem Tod der Mutter, die ihr

Geschäft längst einer Handelskette unterstellt hatte, kehrte er ein zweites Mal nach Zungen zurück, schloß den Laden und ließ das Haus seiner Großeltern und Eltern in der Tuchwebergasse, ein innen wie außen vernachlässigtes, aber geräumiges Sandsteingebäude aus dem achtzehnten Jahrhundert, aufwendig für seine Bedürfnisse renovieren. Mit seinen ehemaligen Schulfreunden hielt er, außer bei Veranstaltungen des Vereins »Gephyra«, wenig Verbindung. Bei Treffen ließ er die anderen spüren, daß er sich in einer Welt bewegte, von der die Zungerer nichts wußten, in der Welt der Medien, von deren Telenovelas und Vorabendsoaps er lebte. Das hinderte ihn nicht, das Fernsehen zu verachten. Aus dem furchtsamen Kind, dem in sich gekehrten Jungen, dem Hippie und Ashramjünger war ein bürgerlicher Zyniker geworden, selbstgefällig und beleibt, seine ohnehin gestauchte Gestalt näherte sich der Form eines Fasses. Das einst lang fallende Haar war verschwunden und hatte eine eiförmig zulaufende, nackte Kuppel hinterlassen.
Die Schweißperlen darauf waren deutlich zu sehen. Philipp Teichmann fürchtete sich, und wieder entdeckte Swoboda die vergrößerten Augen des Quintaners hinter stark gewölbten, kreisrunden Gläsern: kein Versuch mehr, die Schwäche zu verbergen; Teichmanns Hand zitterte, als er nach dem Wasserglas griff.
»Ich habe heute gelesen, es war Max, die Leiche im

Mahrwald, die Nägel. Jemand hat das Foto in meinen Briefkasten gesteckt, hier!«

Er zog die zusammengefaltete Titelseite der gestrigen Ausgabe der *Z.N.* aus der Innentasche seines Jacketts und warf sie auf den Schreibtisch. »Ich lese dieses Blättchen nie, aber nachdem ich das Foto in meiner Post gefunden habe ...«

Der Kommissar griff mit zwei Fingern nach dem Papier, entnahm der Schreibtischschublade eine Plastiktüte und verstaute darin das Beweisstück.

»Das ist doch eine Warnung, nicht?!« rief Teichmann.

»Sieht so aus.«

»Oder ein dummer Jungenstreich«, sagte Michaela Bossi.

Teichmann sprang auf und gab seiner Empörung in Gängen durch das Bürozimmer Raum. »Dummer Jungenstreich! Dummer Jungenstreich! Das ist kein dummer Jungenstreich, wir sind nicht mehr in den Fünfzigern, wir sind im dritten Jahrtausend, gnädige Frau, im globalisierten Verbrechen! Sie sollten ernst nehmen, was ich sage!«

»Danke, daß Sie mich darauf aufmerksam machen, und jetzt setzen Sie sich und versuchen Sie, konzentriert mit uns zusammenzuarbeiten, Herr Teichmann. Sonst kann Ihnen nämlich niemand helfen.«

Sie hatte ruhig und ohne Pause gesprochen, in einem einzigen Bogen, der sich am Ende jeder Widerrede ver-

schloß. Teichmann, gemaßregelt, verblüfft, entschied sich zu gehorchen, setzte sich und entnahm der Jackentasche eine Packung Papiertücher, trocknete sich die Glatze, die Stirn, die Oberlippe, den Nacken.
Swoboda fand Vergnügen daran, der Kollegin die Initiative zu überlassen. Schon in der Gymnasialzeit hatte er Philipp Teichmann als unangenehm empfunden, ohne sagen zu können, weshalb, und dieses Gefühl bestand, seit er wieder hier lebte, unbegründet fort. Ihn eingeschüchtert vor der LKA-Beamtin sitzen zu sehen tat gut.
»Wo lag der Zeitungsausschnitt?« fragte Michaela Bossi.
»Heute im Briefkasten. Das sagte ich schon.«
Sie sah auf ihren Schreibblock. »Nein, das sagten Sie noch nicht. Erinnern Sie sich, ob er auf der Post, unter der Post oder zwischendrin lag?«
»Unten drunter, das weiß ich.«
»Und wann kommt die Post? Um zehn?«
»Um halb elf, elf hole ich sie raus.«
»Gestern auch?«
»Gestern? Wieso?« Teichmann dachte nach. »Nein, gestern habe ich sie erst gegen Abend rausgeholt, so gegen sechs, vielleicht halb sieben.«
Sie nickte. »Die Zeitungsseite ist also zwischen gestern abend etwa halb sieben und heute früh vor der Postlieferung gegen halb elf bei Ihnen eingeworfen worden.«

Swoboda stand auf. »Ist dir in diesen Stunden irgend etwas Ungewöhnliches aufgefallen? Eine Person in der Nähe des Hauses, die dort sonst nicht zu sehen ist, oder jemand, den du kennst, aber da nicht erwartest?«

»Ich achte doch nicht auf die Leute in der Tuchwebergasse! Ich habe mich noch nie bedroht gefühlt. Ich schreibe keine politischen Texte, ich schreibe für die Freunde der seichten Unterhaltung und des schlechten Geschmacks, bei mir geht es nur um Liebe, Erbschaft, Betrug, nichts als Kitsch und Talmi. Ich habe noch nie gehört, daß jemandem nach dem Leben getrachtet wurde, weil er Kitsch produziert!«

»Obwohl das kein schlechtes Motiv wäre …« Swoboda lachte.

»Du nimmst mich nicht ernst, Alex! Ich habe eine Scheißangst, ich spüre, daß da draußen ein Wahnsinniger frei rumläuft, der mich genauso grausam umbringen will, wie er Max umgebracht hat! Ich erwarte, daß du mich schützt! Du wirst von meinen Steuern bezahlt!«

»Und du von meinen Fernsehgebühren«, sagte Swoboda. »Wir nehmen durchaus ernst, was du sagst. Ich kann Polizeischutz für dich veranlassen.«

Das Wort Polizeischutz besänftigte Teichmann. Der Kommissar nickte seiner Kollegin zu, die begriff, daß er das weitere Gespräch ihr überlassen wollte. Er kannte Teichmann zu gut und reagierte zu emotional. Für diese

Befragung war sie besser geeignet. Vielleicht fielen ihr Fakten auf, die er für selbstverständlich hielt. Jetzt begannen sie, zusammenzuarbeiten. Michaela Bossi fand sich in ihre Rolle; Swoboda verlor seine Vorbehalte.
Als Ergebnis der fast einstündigen Unterredung, die streckenweise einem Verhör glich, wenn Teichmann weitschweifig wurde, stellte sich heraus, daß es eine dünne Motiv-Linie zwischen ihm und Niehaus gab. Seit geraumer Zeit saß er am Entwurf einer Familienserie, die über vier Generationen in einer Kleinstadt wie Zungen, freilich fiktiv, spielen sollte. Niehaus hatte ihm dafür Hilfe durch das ortshistorische Material in Aussicht gestellt, das Stehling und er für die in einigen Jahren geplante umfängliche Chronik der Stadt Zungen sammelten, die dann in seinem Verlag reich bebildert erscheinen sollte. Im Gegenzug würde Teichmann, sollte die Serie Erfolg haben, Niehaus die Buchrechte daran einräumen. Diese Verbindungslinie streifte auch Eberhard Stehling.
Nach seiner Ankündigung, er werde noch heute Zungen verlassen und sich so lange zwischen Florenz und Lucca in seinem toskanischen Domizil Lamporecchio aufhalten, bis der Kommissar ihm Entwarnung signalisierte, beendete Philipp Teichmann unter Hinterlassung einer Visitenkarte seinen Besuch im Präsidium.
Michaela Bossi atmete hörbar auf, als er die Tür hinter sich schloß. Dann hob sie ihre Handtasche von Swo-

bodas Schreibtisch, entnahm ihr ein kleines Aufnahmegerät und schaltete es aus.
»Für alle Fälle haben wir den ganzen Wortlaut.« Swoboda pfiff anerkennend. Jetzt berichtete er ihr von dem nächtlichen Blutüberfall auf Stehling.
»Gerade hatte ich noch Hunger«, sagte sie. »Jetzt ist mir eher nach einem Schnaps. Die Linie Teichmann-Niehaus erweitert sich mit Stehling zum Dreieck. Vielleicht können wir den Täter in eine der Ecken treiben.«
Swoboda schlug ihr vor, ein italienisches Lokal am Hohenzollernufer, mit Blick auf die Mühr, aufzusuchen. Dort könne sie sich entscheiden zwischen Grappa und Pasta.

Im *Da Ponte* mit seiner Glasfront zum grünen Fluß waren an Werktagen um die Mittagszeit immer Tische frei. An den Wänden hingen unter Neonlicht, das rund um die Uhr italienische Ungemütlichkeit verbreitete, reproduzierte Porträts des Dichters und Opernlibrettisten Lorenzo Da Ponte, Stiche zumeist, und in der Speisekarte hatte der aus Venetien stammende Wirt nicht ohne Stolz die wesentlichen Lebensdaten des ursprünglich jüdischen Emmanuele Conegliano aus Vittorio Veneto aufgeführt, der 1763 vom Bischof von Venedig adoptiert wurde, als die Familie zum christlichen Glauben übertrat. Auch wenn viele Gäste hier vielleicht wußten, daß er zu Mozarts Opern »Figaros

Hochzeit«, »Don Giovanni« und »Così fan tutte« die Libretti geschrieben hatte, überraschte die meisten doch die Information, daß er in New York gestorben war, 1838, im damals biblischen Alter von neunundachtzig Jahren.

»Und Ihre Vorfahren?« fragte Swoboda.

»Aus Neapel – und noch rund hundert Jahre früher. Die meines Mannes. Ich komme aus Ütersen.«

Ihm fiel ein, daß Max und er in ihrer hochchauvinistischen Zeit, als sie zwischen Tanzstunde und Abitur taumelten, Mädchen, wie Michaela wohl eines gewesen war, als blonde Stuten bezeichnet hatten. Das Bedürfnis, sich jetzt zu entschuldigen, rührte aus dieser Vergangenheit:

»Ich wollte nicht aufdringlich sein.«

»Sie können ruhig zugeben, daß Sie nicht wissen, wo Ütersen liegt.« Sie lachte. »Jedenfalls gibt es dort sehr viele Rosen und nicht viele Swobodas.«

»Ja, vermutlich. Die Swobodas und Slobodans und wie sie alle heißen, die sich die Freien nennen, sind eher im Osten zu Hause, von der Ostseeküste bis zu den Karpaten und in den Balkan runter. Aber was Freiheit ist, wissen wir genausowenig wie die Bossis.«

»Glauben Sie bloß nicht, mein Mann hätte was mit diesem Separatisten Bossi zu tun, der, glaube ich, die italienische Nationalfahne auf der Toilette benutzen wollte. Nein, mein Mann ist ein deutscher Steuerbera-

ter, so ungefähr das direkte Gegenteil eines Neapolitaners.«
Er schlug ihr vor, Linguini Da Ponte zu bestellen, Pasta mit Flußkrebsen und frischen Kräutern, von einer leicht getrüffelten Sahnesoße und grob gemahlenem roten Pfeffer überzogen.
»Krebse aus der Mühr?« fragte sie mit Blick auf den Fluß. Swoboda winkte ab. »Schon lange nicht mehr. Damals, ich war vielleicht vierzehn oder jünger, haben wir aus den Höhlen in der Uferböschung oft welche mit der Hand gefangen.«
»Sie und Max Niehaus.«
»Max hätte das nicht getan. Ihm taten die Viecher viel zu leid. Nein, es waren Klaus und ich, Klaus Leybundgut, Sie kennen ihn aus den Akten, er ist als Rechtsmediziner für uns tätig, obwohl die Forensik nun wirklich nicht sein Hobby ist.«
Sie sah ihm in die Augen. »Und Ihnen hat das nichts ausgemacht? Ich meine, Krebse zu fangen, die zwicken doch, oder?«
»Nein, nicht sehr, wir haben sie gekocht, ausgepult und gegessen, bei Klaus zu Hause, meiner Mutter durfte ich damit nicht kommen.«
»Wissen Sie, was mich wundert, Herr Swoboda? Daß Sie gleich drei Klassenkameraden in dieser Stadt haben – hatten. Bei meinem letzten Klassentreffen stellte sich heraus, daß keine einzige Mitschülerin in der Rosen-

stadt Ütersen geblieben ist, und wenn sie nur die paar Kilometer nach Hamburg gezogen waren. Liegt das nun an Ütersen? Oder an den Frauen, die ihren Männern folgen?«

»Es liegt an dieser verdammten Stadt hier«, sagte Swoboda. »Lachen Sie nicht, ich meine es ernst. Zungen an der Nelda ist ein fettes Chamäleon, das zwischen den Flüssen hockt, und wenn jemand wegwill, richtete es sich auf, dreht seine Augen in alle Richtungen, bis es ihn findet, schnellt seine Zunge in die Welt hinaus, klebt den Flüchtenden fest und verleibt ihn sich wieder ein. Außer den eingesessenen Familien, den Ungureiths und Sinzingers und Winkels, wollte keiner, den ich kenne, in dieser Stadt bleiben. Wir sind abgehauen. Wir spürten, daß man hier an der falschen Freundlichkeit und den vereinbarten Lügen zugrunde geht. Wir waren schon mit sechzehn innerlich Flüchtlinge. Keine Abenteurer. Das Gymnasium hat uns beigebracht, daß in der Welt nur der etwas gilt, der in der Kunst zu Hause ist. Hochachtung erwirbt man sich durch Kunst. Und hier in Zungen war das unmöglich. Folglich zogen wir hinaus. Im Frühtau zu Berge, fallera … Aber die Stadt hat uns mit ihrer Zunge wieder eingefangen. Und wir haben uns arrangiert.«

Michaela Bossi schwieg. Etwas am Bild des Chamäleons schien ihr bedeutsam für den Mordfall zu sein. Noch konnte sie nicht einordnen, was ihr auffiel, die

Farbanpassung des Tieres an seine Umgebung, seine unheimlich wendigen Augen, seine Zunge, die aus dem Maul schoß und die Opfer einfing. Eine oder mehrere dieser Fähigkeiten hatten mit dem Tod von Max Niehaus zu tun.
Sie hatte gelernt, ihren Gefühlen zu vertrauen, und damit erstaunliche Aufklärungserfolge erzielt. Und wenn sie vom Ergebnis zurückdachte an die Anfänge einer Untersuchung, wußte sie, daß da oft nur ein diffuses Gespür, mehr Ahnung als Einfall, den Weg vorgegeben und sie endlich auf die Spur gesetzt hatte. Dieser Swoboda, der ihr gegenübersaß und für einen Mann Anfang Sechzig passabel aussah, war vielleicht ein guter Polizist; aber besser war, ohne daß er das wußte, sein Gespür. Das Wichtigste in seinen Äußerungen sprach er nebenher aus, die kleinen Vergleiche, Farben, Stimmungen, scheinbar unbedeutende Adjektive. Er bedurfte keiner Hilfe im Register der Polizeitechniken. Doch man mußte ihm aufmerksamer zuhören, als er selbst es konnte. Sie nahm sich vor, seine Sätze zu beobachten wie junge Tiere, die nicht wissen, was sie durch ihre Bewegungen von sich preisgeben.

Während Michaela Bossi im Restaurant Da Ponte am Ufer der Mühr sich gegen Linguini mit Flußkrebsen entschied, weil sie noch nie Flußkrebse geknackt hatte und sich zu blamieren fürchtete, trat Volker Winkels, einen an der Straße gekauften Strauß gelber Rosen in der rechten Hand, ins Krankenzimmer von Martina Matt ein, obwohl auf dem Flur über der Tür eine runde Leuchte anzeigte, daß hinter der Tür ein Patient untersucht oder behandelt wurde und der Eintritt deshalb unerwünscht war. Er sah die Ärztin, die ihr Stethoskop zwischen Martinas Brüsten anlegte. Er sah Martinas Blick und das wütende Gesicht der Ärztin. Er hob den Rosenstrauß vors Gesicht und murmelte eine Entschuldigung, drehte sich und verließ das Zimmer.

Im Da Ponte bestellte die LKA-Beamtin Bossi Kalbsleber auf venezianische Art mit Salbei und eine Flasche stilles Wasser, Swoboda Linguini mit Krebsen, dazu einen halben Liter offenen Verdicchio.

Winkels hatte auf der Bank gegenüber der Zimmertür Platz genommen. Als die Ärztin aus der Tür kam, versuchte er, zerknirscht auszusehen. Sie ignorierte ihn, er betrat zum zweiten Mal Martinas Zimmer.

Swoboda und Michaela Bossi ließen die Gläser aneinanderklingen. »Auf unseren Erfolg«, sagte er. Sie nickte, trank, sah ihn an und setzte das Glas ab. Ihr Mobiltelefon meldete sich mit Mozarts *Kleiner Nachtmusik*, sie stand vom Tisch auf und ging auf die Terrasse am Fluß hinaus.

In Martina Matts Krankenzimmer streckte Winkels seinen Blumenstrauß wie zur Abwehr vor sich hin, entschuldigte sich für seinen »Überfall«, zog, ohne die

Patientin gefragt zu haben, einen Stuhl an ihre Bettkante und setzte sich. Er lächelte devot, zeigte seine zu groß geratenen Schneidezähne und legte den Strauß auf dem Nachttisch ab. Martina schwieg.
»Ich komme natürlich nicht nur, weil ich einen Krankenbesuch mache«, sagte Winkels.
»Warum sollten Sie auch.«
»Dennoch tut es mir leid, Sie so zu sehen. Man hört aber, daß Sie sich gut erholen.«
»Hört man das.«
»Ja. Martina, Sie wissen, wie sehr ich Sie seit Jahren schätze. Um so mehr schmerzt mich, daß Ihnen offenbar jemand nicht wohlgesinnt ist und möglicherweise Schwierigkeiten bereiten will.«
»Welche Schwierigkeiten denn noch, ich habe weiß Gott genug davon«, sagte Martina in abweisendem Ton. Winkels' Ankündigung hinterließ keine Spur von Interesse in ihrem Gesicht. Er zog einen Briefumschlag aus der Innentasche des Sakkos und legte ihn auf die Bettdecke. »Das hat man mir in die Redaktion geschickt. Heute. Sehen Sie nach, Frau Matt!«
Sie öffnete, ein paar Fotos fielen heraus. Der verschlossene Ausdruck ihres Gesichts wich Neugier. Die Blässe färbte sich. Martina gab ihre Teilnahmslosigkeit auf, blätterte die Fotos durch, warf sie auf die Bettdecke zurück und wandte Winkels den Kopf zu.
»Was zahlen Sie dafür?«

»Ich bitte Sie, Frau Matt! Wäre ich hier? Das sind nur Abzüge, solche Bilder macht jeder Idiot heute mit dem Handy und kann sie beliebig oft im Computer reproduzieren. Es sind ja sogar Datum und Uhrzeit eingestempelt! Mich geht es nichts an, warum Sie morgens um zehn vor sechs aus der Tür der Prannburg kommen, wo Kommissar Swoboda wohnt.«

»Allerdings!«

»Ich will nur nicht dulden, daß irgend jemand Sie belästigt und verfolgt. Mit diesen Bildern werde ich überhaupt nichts tun. Ich gebe Sie Ihnen, und ich biete Ihnen meinen Schutz an. Ich habe Ihnen schon einmal gesagt, Martina, mein Haus steht Ihnen offen – mit allem, was sich darin befindet. Ich habe die Pflegerin meines Vaters entlassen, ich lebe allein. Ich bin ein Romantiker und sehr geduldig. Nein, sagen Sie nichts. Denken Sie nach. Falls dieser Paparazzo sich bei mir meldet, werde ich ihn eigenhändig verprügeln, glauben Sie mir, ich bin gut trainiert.«

»Das glaube ich Ihnen aufs Wort, Herr Winkels. Und nun gehen Sie bitte.«

»Habe ich verdient, daß man mich hinauswirft?«

»Ich bitte Sie nur zu gehen. Damit ich nachdenken kann. Das erwarten Sie doch von mir.«

»Nachdenken«, wiederholte Winkels, »ja, in aller Ruhe. Ich bin jederzeit für Sie zu sprechen.« Bevor sie es verhindern konnte, hatte er ihre neben den Fotos auf der

Bettdecke liegende Hand gepackt und geküßt. Als er die Tür hinter sich geschlossen hatte, rieb sie den Handrücken an der Bettdecke, als müsse sie ihn säubern.

Als Michaela Bossi von der Terrasse ins Restaurant zurückkam, hatte Swoboda bereits zu essen begonnen. »Die Krebse wären kalt geworden«, entschuldigte er sich. Sie nickte. Der Wirt servierte die von ihr bestellte Leber auf venezianische Art, der Salbei duftete. »Wir lagen nicht schlecht mit den Messern. Nur ein Fabrikat ist anders, als wir vermutet haben. Fünf sind bei einem Einbruch im Frankfurter Hauptbahnhof gestohlen worden. Ein Kiosk, der Tabakwaren, Feuerzeuge und Messer führt. Die Nagelmaschine übrigens in derselben Nacht bei einem Einbruch in einen Frankfurter Werkzeughandel. Beide Taten hochprofessionell, ohne Spuren, keine Fingerabdrücke, keine DNA, keine Fasern. Vermutlich Schutzkleidung. Absolute Könner.«

»Irgendwo müssen die Waffen geblieben sein.« Er unterbrach das Essen, weil sein Mobiltelefon Beethovens *Hymne an die Freude* erklingen ließ, stand auf und lief auf die Terrasse hinaus. Der Wirt, der sie von der Bar aus beobachtete, schüttelte den Kopf. Frau Bossi begann zu essen, Swoboda telefonierte auf der Terrasse an der Mühr, seine Linguini Da Ponte wurden kalt, der Wein wurde warm. Der Kommissar kehrte zurück, setzte sich und fragte: »Frankfurt? Wieso Frankfurt, das sind über dreihundert Kilometer!«

»Profis legen immer falsche Spuren.«

»Ein Auftrag also«, sagte Swoboda.

»Ja. Alles sieht danach aus. – Oder soll danach aussehen.«

VI

De Gaulle

Er lief durch das Ufergras neben dem Fluß. Seinem federnden Paßgang hätte niemand ansehen können, daß er verwirrt war. Schon manches Mal war er hiergewesen, weit von der Mühle mit Freßnapf und Wasserschale, weit von seinem Herren mit Fellkamm und Zeckenzange. Doch das waren übermütige Stunden gewesen, wo ihn die Lust am Herumstromern antrieb, wo er Katzen und Feldhasen auf der Spur war, tiefe Löcher grub und Stunden später manchmal eine Maus im Maul nach Hause trug. Diesmal war alles anders. Die Gerüche der Tiere verlockten ihn nicht. Er lief mit dem fließenden Wasser der Mühr am Uferweg nach Norden, blieb plötzlich stehen, hob den Kopf, stellte die Ohren auf, witterte, kehrte um und jagte in gestreckten Sprüngen zur Mühle zurück. Schnürte durch das leere Haus. Lief hinunter zur Anlegestelle und schnüffelte, watete ins Wasser, stieß mit der Schnauze gegen das Boot. Bellte. Wartete. Dann, als besänne er sich, lief er zum Uferweg zurück und wieder nach Norden, der Kornbrücke zu, links von ihm zogen die Felder der Hopfenbrache vorbei, rechts begleitete ihn der Fluß. Über ihm Wolken, Flecken Mittagslicht auf dem Weg, er begann zu hecheln, ließ die Zunge seitlich aus dem Maul hängen, von den Lefzen flog Speichel nach hinten, blieb im schwarzen, gelockten Fell auf der Kruppe hängen, der befiederte Schwanz mit weißer Spitze wogte auf und ab, kein Einhalten mehr jetzt, weiter zur Stadt, doch ohne Ziel, nur aus Ratlosigkeit, weil alles verändert war. Herrenlose Zeit. De Gaulle lief über die Kornbrücke, durch die Brückengasse auf den Kornmarkt, pißte am Ziegenbrunnen, jagte durch die Glockengasse auf die Wilhelmstraße und in ihrer Mitte nach Süden.

Er versuchte nicht auszuweichen, hatte den Lieferwagen vielleicht nicht gesehen oder für ungefährlich gehalten. Der Postfahrer stand hilflos vor dem großen schwarzweißen Tier, das reglos wie ein Kadaver auf dem Asphalt lag, nicht blutete. Passanten sammelten sich. Jemand telefonierte mit der Polizei. De Gaulle öffnete die Augen. Das Maul. Hob den Kopf und erwartete, daß sein Körper gehorchen würde. Der Körper gehorchte nicht. De Gaulle scharrte mit den Vorderpfoten. Der Körper hinter den Pfoten blieb still liegen. Die Polizeistreife kam. Sie legten De Gaulle auf eine Decke. Er schrie wie ein Kind. Sie hoben ihn mit der Decke in den Kofferraum. Er paßte kaum hinein.

Der Tierarzt, dessen Praxis im Hämmerling lag, nicht

weit vom Neldaplatz, sah auf der Röntgenaufnahme, daß das Rückgrat gebrochen war. Er schläferte den Hund ein.

»Er möchte wirklich, daß du zu ihm ziehst in diese Riesenvilla?« Swoboda versuchte, seine Empörung zu verbergen, und Martina Matt hatte Lust, ihn zu provozieren.
»Das war zweifellos ein Heiratsantrag, und nicht der erste. Früher war er dezent, jetzt ist er direkt.«
Der Kommissar setzte sich auf die Bettkante. »Er sollte sich schämen, der alte Sack. Gib mir die Fotos mit. Ich muß leider gehen, im Wagen wartet eine Kollegin vom LKA, ich bringe sie in euer Hotel. Sie bleibt ein paar Tage.«
»Ist sie hübsch?«
»Ausnehmend, ganz allerliebst.«
»Wie alt?«
»Viel zu jung. Wie du. Darf ich dich küssen?«
»Das wäre das dritte Mal im Bett. Eine Serie.«
»Ja«, sagte er, »ich finde, wir sollten uns einschränken.«
Bevor er die Tür hinter sich schloß, rief sie: »Heute nachmittag werde ich entlassen. Ich kann mich ja dann in unserem Haus um deine Kollegin kümmern ... Damit ihr nichts fehlt ...«
Swoboda wandte sich um. »Das wäre mir sehr lieb ...«
Er lief die Kliniktreppen hinunter und spürte eine un-

gewohnte Leichtigkeit in den Beinen. Es lag wohl an der Jahreszeit. Die vier Fotos, die Martina zeigten, wie sie in aller Frühe seine Wohnung verließ, machten ihm keine Sorgen. Im Gegenteil: Er freute sich, daß es Bilder von ihr gab, an jenem Morgen, von dem er geglaubt hatte, es sei der Beginn einer Katastrophe. Eigentlich war es anständig von Winkels, die Bilder herzugeben. Auch wenn er damit hoffte, Martinas Zuneigung zu erschwindeln. Was bildete der Kerl sich ein, nur weil er zwei Jahre jünger war? Swoboda blieb am Treppenabsatz stehen, um seinen Gedanken Einhalt zu gebieten. Er stellte sich in eine Fensternische. Was war das für ein Weg, auf den er geriet? Eifersucht? Ein seit Jahrzehnten aus ihm verschwundenes Gefühl. Er machte sich lächerlich. Nimm dich zusammen, Swoboda, behalte deine fünf Sinne beieinander, du bist der Maler dunkler Bilder, mit Blütenträumen hast du schon lange abgeschlossen! Wer mit sechzig nicht erwachsen ist, stirbt einen Kindstod. – Und wenn es so war? Wenn er ein Kind bleiben wollte, jetzt, und irgendwann ein verrückter Greis sein, keine würdige Figur, sondern ein kindischer, alter Spieler? Und den Preis annehmen, der dafür zu zahlen war? Da war sie wieder: seine Unzuverlässigkeit sich selbst gegenüber. Kaum hielt er sich für endgültig kühl und abgeklärt, ja kaltblütig, flammte irgendwo in seinem Seelenhaus ein Feuer auf, das er zweifellos als gefährlich erkannte, doch gern betrachtete, sich daran wärmte und es, obwohl es bald von Zimmer zu Zimmer sprang, nicht sofort löschen wollte, nicht gleich, nicht heute. Er behielt es ja im Blick und unter Kontrolle.

Einmal hatte er zu lange gewartet, das Dach hatte in Flammen gestanden, das Haus war eingestürzt. Seine Frau und seine Tochter hatten Brandwunden davongetragen und ihm niemals verziehen. Sie hatten ihn zu Asche erklärt, er hatte den Phoenix gespielt und sich mühsam wieder erhoben. Sich geschworen, jedes aufflackernde Feuerchen als Vorzeichen des eigenen Scheiterhaufens zu erkennen. In seinen Bildern gab es seither weder Rot noch Gelb. War jetzt die Zeit, die Blau-Grün-Schwarz-Phase des Malers Swoboda abzuschließen? Woher kam die Lust, auf den Zehenspitzen zu wippen?

Aus dem Fenster sah er, daß auf dem Krankenhausparkplatz ein Wagen des Präsidiums neben dem seinen hielt, zwei gewaltig groß geratene Silberfischchen blinkten einträchtig in der Sonne. Er erkannte Rüdiger Törring, der mit Michaela Bossi sprach. Warum war Turbo gekommen?

Er löste sich von seinem Gedankenversteck am Fenster, fast tanzte er über die Stufen zur Halle hinunter, sah die Reflexe des warmen Nachmittagslichts auf dem Steinboden und fand den Glanz passend zu seinem angenehm wehrlosen Zustand.

Die Gesichter von Törring und Frau Bossi waren ernst, Swoboda fragte sich, was ihre Mienen trotz Mittagslicht so verdunkeln konnte. Sie waren ja nicht abgewandt von der Sonne, wie die Hintergrundfiguren Rembrandts oder Caravaggios, auch wenn letzterer gelegentlich der Dramatik zuliebe ins hinterste Dunkel ein bißchen Licht mogelte, nein, sie standen beide im prallen Tag und hatten dennoch eine Schattenschwere, die ihm seine helle Laune zerstörte. Er entschied sich zu lächeln.

»Es hat eine Minute länger gedauert, oder?« Turbos Miene hellte sich nicht auf. »Es geht um einen Hund, Chef«, sagte er und zog die Augenbrauen hoch, als erwarte er eine Entgegnung.

»Ja. Und?«

»Es ist –« Turbo blickte zu Boden. Solches Zögern kannte der Kommissar an seinem Assistenten nicht. Frau Bossi sprang mit ihrer Sachlichkeit ein. »Ein Hund wurde auf der Wilhelmstraße überfahren, reingelaufen in einen Postwagen, Wirbelsäulenfraktur, der Tierarzt mußte den Hund einschläfern, ein Bastard, sehr groß, schwarzweiß, keine Steuermarke – das ist, was ich weiß, dabei war ich nicht.«

Swoboda sah Turbo an, der das Gesicht hob und mit seinem Blick die Vermutung des Kommissars bestätigte.

»Es ist der Köter von Gottfreund, ja?«

»Ja. Ich war mit Billy beim Tierarzt, und sie hat gesagt, es ist De Gaulle.«
»Und Peter? Weiß er's?«
»Nein.« Turbo senkte den Kopf wieder. »Bisher nicht. Hat ja kein Telefon.«
»Richtig«, sagte Swoboda. »Jemand muß es ihm beibringen. De Gaulle war das einzige Lebwesen, das er außer Flöhen und Läusen in seinem Bett duldete. Vielleicht will er ihn draußen begraben. Habt ihr den Hund dabei?«
Turbo sah ihn entsetzt an. »Der Tierarzt muß ihn doch zur Tierkörperverwertung ...«
»Ja. – Diese Stadt ist wirklich zum Kotzen.«
»Das ist überall so«, sagte Michaela Bossi.
»Finden Sie das tröstlich?« Swoboda stieg in seinen Wagen. »Ich fahre Sie im Hotel ›Korn‹ vorbei. Die Chefin Ilse Matt erwartet Sie. Wir machen dann um fünf eine Gesamtbesprechung bei mir, ja?«
Weder er noch Törring oder die LKA-Beamtin sprachen aus, was jeder von ihnen befürchtete.
Sie weigerte sich, am Hotel Korn auszusteigen, und fuhr in Swobodas Wagen weiter mit über die Kornbrücke auf die andere, die linke Seite der Mühr. Der schmale Uferweg mündete zwei Kilometer flußaufwärts in die Allee zu Peter Gottfreunds Mühle. Törring folgte in seinem Wagen, über die beiden BMWs huschten die Schatten und Lückenblitze aus den jungen Laub-

kronen, die Räder rüttelten in den Asphaltlöchern. Swoboda fuhr schneller, von zunehmender Gewißheit bedrängt, seit sich der Baumtunnel über den Wagen wölbte. Er rief sich die zu dem Grünton gehörenden Ölfarben ins Gedächtnis, *Echtgrün hell*, *Chromoxydgrün*, *Kobaltgrün*, und lenkte sich damit ab. »Ich habe den Hund noch nie in der Stadt gesehen«, sagte er. »Zumindest nicht ohne seinen Herrn.«
»Haben Sie Ihre Waffe dabei?«
»Vergessen.«
»Wie ich«, sagte Michaela Bossi, »Ihr Kollege hat seine bestimmt mit.«
»Turbo immer«, grinste Swoboda, »weil er weiß, daß ich meine vergesse.«
Der Boden im Hof war feucht und weich, Michaela Bossis Stöckelabsätze sanken sofort ein. Sie hielt sich am Wagen fest. »Kann ich an meinen Koffer?«
Als sie sich Turnschuhe angezogen hatte, registrierte Swoboda *Zinkweiß* und fand, daß sie jünger wirkte. Die Haustür war angelehnt. Der Kommissar rief nach Gottfreund. Sie warteten in der Stille. Törring trat als erster ein. Er hielt seine Walther P99 schußbereit am fast ausgestreckten Arm vor sich und sicherte den Raum, bevor er Swoboda zurief, er könne hereinkommen.
»Danke, Turbo, ich fühle mich immer so sicher bei dir.«
Rüdiger Törring kannte die laxe Einstellung seines

Chefs zu Gefahrensituationen, um so strenger hielt er sich selbst an die Vorschriften. Im Haus herrschte eine kalte Leere. Die Stille war nicht unheimlich, zeugte nur von Verlassenheit. Keine Gläser auf dem Tisch, im Waschbecken der Küchenzeile an der Nordwand wenig Geschirr. Törring stieg, noch immer mit der Waffe sichernd, die Holztreppe zum Dachgeschoß hinauf. Durch ein Giebelfenster fiel diffuses Licht in den Raum, und schien auf dem Holzboden zu zerfließen. Der etwas über einen Meter hohe, umlaufende Mauersockel unter den Dachpfetten war mit Regalen zugestellt, auf denen sich die Bücher drängelten. Einige waren herausgerissen und auf die Dielen geworfen worden. In der Mitte stand ein hochlehniger Ledersessel, mit einem Sitzkissen, daneben ein kleiner Tisch, eine alte Stehlampe. Man konnte sich Gottfreund vorstellen, wie er hier in aller Ruhe im Lampenlicht saß und sich in Phantasien hineinlebte.
Swoboda und Törring waren im Eingangsbereich stehengeblieben, um keine Spuren zu verwischen. Der Kommissar sah im Sessel ein kleines Buch auf dem Kissen liegen, so als sei es dort absichtsvoll hinterlassen worden. Er trat näher und konnte den Titel lesen.
»Notier mal, Turbo: ›Wo Kafka und seine Freunde zu Gast waren‹, Hartmut Binder, Hartmut beide Male mit einfachem T, Vitalis Verlag.«
Michaela Bossi hatte ihre Durchsuchung des Erdge-

schosses abgeschlossen, ohne Hinweise zu finden, und rief von unten herauf, sie wolle sich die anderen Gebäude auf dem Grundstück ansehen.

Törring öffnete vor ihr den Geräteschuppen, die Garage, wo der Traktor stand, eine Remise, in der sie den Anhänger und den Mähvorsatz fanden. Von Peter Gottfreund keine Spur.

»Er hat ein Fahrrad«, sagte Swoboda. Sie fanden es nicht. Neben der Haustür standen die beiden Hundenäpfe, Wasser im einen, im anderen ein Brei aus Gemüseflocken und Fleisch, das De Gaulle nicht angerührt hatte. Törring rümpfte die Nase.

»Das lassen wir heute nacht den Katzen oder Igeln oder Mardern«, sagte der Kommissar.

In konzentrisch wachsenden Kreisen liefen sie das Grundstück ab. Die Hasen duckten sich im halbdunklen Stall. Die rotbraunen Ziegen standen auf der Wiese unter den Apfelbäumen, deren Knospen noch geschlossen waren. Eine hob sich im Gegenlicht auf die Hinterbeine, stützte die Vorderbeine an den Stamm, streckte den Kopf hoch und fraß die jungen Triebe des Baumes. Ein tröstlicher Frieden lag über diesem Stück Land, der Lichtton der Sonne verschob sich allmählich hin zum kräftigeren Gelb: *Neapelgelb*, wußte Swoboda, war die Farbe des Nachmittags von nun an bis in den frühen August hinein, es war das Gelb van Goghs in Südfrankreich. Der Maler Swoboda hatte die Ölfarbentube mit der Aufschrift »Neapelgelb« seit Jahren nicht angefaßt.

Er ging voran auf dem Pfad hinunter zum Fluß, betrat den Steg, neben dem der alte Holzkahn an einer Leine lag, vertäut wie immer an einem Poller und wie immer halb ins Schilf geschoben. Das Boot schaukelte mit den Bewegungen des Flusses, die Wellen blitzten und schmatzten leise am Heck, das mit einem flachen Brett abschloß.

Jetzt waren sie nahe genug, um über die Schilfspitzen in den Kahn blicken zu können. »Oh, mein Gott«, sagte Michaela Bossi leise.

Swoboda schwieg.

Turbo wandte sich ab, zwang sich dann wieder hinzusehen.

Kadmiumrot. Krapplack dunkel. Der Kommissar spürte, daß in ihm etwas zu wachsen begann. Wie ein rasend anschwellender Tumor wuchs in ihm eine nicht einzudämmende Wut, still, bösartig, die alle anderen Gefühle auffraß, wenn es ihm nicht gelang, sie durch Rache zu erlösen. Sie fraß seine Trauer auf, sie wollte, daß er ganz und gar ihr diente, besinnungslos, als tödliche Maschine. Er beugte sich vor und betrachtete den geschlachteten Menschen, der in den Himmel starrte mit Augen aus Stein. Dieses Bild würde von nun an die unerschöpfliche Nahrung seiner Wut sein.

Peter Gottfreund lag im Boot auf dem Rücken, Schultern und Kopf ruhten auf dem Sitzbrett am Heck, der linke Arm hing über die Bordwand ins Wasser hinab. Sein weißes Hemd stand offen, über dem blutigen Kragen klaffte der Schnitt weit auf, der den Hals von der Gurgel bis zu den Nackenwirbeln durchtrennt hatte. Gottfreunds Blut schwappte, vom Bilgewasser verdünnt, am Boden des Kahns. Der Mörder hatte ein Zeichen hinterlassen: Er hatte Unter- und Oberkiefer seines Opfers zertrümmert. Anstelle des Mundes war eine breite, aus Knochensplittern, Fleischfetzen, Zähnen und Blut gespurte Wunde zurückgeblieben und mit ihr ein entsetzliches, von Ohr zu Ohr reichendes Grinsen.

Swoboda lief auf dem Steg ans Ufer zurück, arbeitete sich durch das knietiefe Wasser zum Boot, legte Peter Gottfreund die Hand auf die Augen und schloß ihm die Lider.

»Das dürfen Sie nicht, bitte!« sagte die LKA-Beamtin. »Wir müssen uns zurückziehen, bevor wir noch mehr Spuren vernichten.«

»Ich weiß, was ich darf«, sagte Swoboda, »vor allem, was ich muß. Turbo, ruf Viereck und Leybundgut an, das Tatortteam, ich will alle hier haben, sofort, aber ohne jedes Aufsehen, ich möchte nicht morgen früh ein Bild von Peter in der Zeitung finden.«

»Nein«, sagte Michaela Bossi. »Ich möchte, daß meine Leute herkommen, mit dem Hubschrauber können sie in einer Stunde hiersein, Landeplatz ist genug. Wir werden dabei zugleich die Gegend absuchen und Lagefotos anfertigen.«

»Ach!« Swoboda kletterte auf den Steg. »Sie glauben, wir hier in der Provinz sind zu blöd für eine richtige Spurensicherung. Da müssen schon die Helden vom LKA her, um uns auf die Sprünge zu helfen! Wer kennt den Toten, Sie oder ich?«

»Nein, bitte, nein, nein. Ich bitte Sie, Swoboda!« Fast flehentlich bat sie ihn, sich zu mäßigen. »Unsere Experten sind nur etwas umfänglicher ausgerüstet, und ich möchte genau wie Sie, daß alles, wirklich alles, was in unseren Kräften steht, getan wird. Bitte lassen Sie uns darin einig sein. Es ist mir sehr wichtig, daß Sie mich richtig verstehen.«

Alexander Swoboda stand stumm und staunend vor ihr. Plötzlich nahm er wahr, daß ihm von den Knien ab das Wasser aus den Hosenbeinen troff. Wortlos wandte er sich ab und lief über die Holzplanken zurück zum Vorplatz des Hauses, wo die Wagen standen. Weil Törring und Frau Bossi hinterherkamen, lehnte er sich mit dem Rücken an die von ihnen abgewandte Seite des BMWs, zog seine wassernassen Schuhe aus und entleerte sie. Seine Kollegen verstanden, daß er für sich sein wollte, und hielten Distanz.

Sie hörten seine geflüsterte Litanei nicht, seinen immer wieder gestammelten Schwur, er werde töten, er werde jagen und töten. Sie hörten nicht, wie er den Gegner,

den er nicht kannte, ansprach, ihn duzte, nicht aus Vertrautheit, sondern aus Verachtung, und ihm einen qualvollen Tod jenseits von Recht und Gesetz ankündigte, eine mittelalterlich verfeinerte gliederbrechende Vorarbeit bis zum Torso und dann – »dann öffne ich dir die Brust und reiße dir das Herz raus, langsam, ich will spüren, wie sich die Adern dehnen und sich dagegen wehren, zu zerreißen. Ich schwöre dir, ich werde nicht Ruhe geben, bevor ich nicht in meiner Hand gespürt habe, wie dein Herz aufgibt.«
Er richtete sich auf, löste sich vom Wagen und kam barfuß ums Heck auf Törring und die Beamtin zu.
»Gibst du mir eine Zigarette«, bat er seinen Assistenten.
»Aber, Chef, ich hab' doch noch nie geraucht.«
»Richtig, ja. Gut so.«
Michaela Bossi lief zu Swobodas Wagen und holte ihre Handtasche. »Aber ich rauche. Ab und zu.«
Sie gab ihm eine Zigarette und Feuer. Es war eine amerikanische Filterzigarette, wie er sie früher, als er noch rauchte, verachtet hatte. »Sie klauen uns den Geschmack und schenken uns dafür die Sucht«, war seine stehende Redewendung, wenn er die schwarzen badischen Rothändle gegen den süßlichen Virginiaverschnitt rühmte. Jetzt liebte er den Duft dieser Zigarette, sog den Rauch tief in die Bronchien, schloß die Augen und spürte, wie ihm das Nikotin in Arme und Beine schoß. Ein Gefühl, das vierzig Jahre zurücklag, dachte er; der erste

Joint hatte ähnlich in ihm gewirkt und ihn dann sehr müde gemacht.

Der zweite Zug war schon Gewohnheit. Sein Körper erinnerte sich. Michaela Bossi hatte sich auch eine Zigarette angezündet. »Ich möchte nicht dazu beitragen, daß Sie wieder –«

Er unterbrach sie. »Ihnen hätte ich keine Schwäche zugetraut.«

Sie lachte kurz und verzweifelt. »Davon gibt es noch viele.«

Törring ging zu seinem Wagen, um seine Kollegen und Leybundgut zur Mühle zu rufen. Die LKA-Beamtin griff zu ihrem Mobiltelefon. So kam es, daß nach dem Tatortteam des Polizeipräsidiums von Zungen an der Nelda, das den Ort des Mordes weiträumig abgesperrt und nach allen Regeln der Spurensicherung untersucht hatte, ein zweites Team des LKA eintraf.

Leybundgut teilte seine Beobachtungen dem anderen Gerichtsmediziner mit; sie waren sich einig, daß Peter Gottfreund vermutlich mit einer Art Machete geköpft worden war. Nur die Halswirbel waren nicht durchtrennt. »Ich hoffe«, sagte Leybundgut, »daß man ihm das Gesicht erst nachher zertrümmert hat.« Der Kollege nickte: »Vermutlich ist dazu dieselbe Waffe benutzt worden, mit der stumpfen Rückenkante.«

Das LKA-Team führte die Tatortsicherung noch einmal durch, verstand sich mit den Zungener Beamten aber sehr viel besser als erwartet, tauschte die Eindrücke und ersten Erkenntnisse aus und konnte schließlich mit dem Helikopter das Fahrrad von Peter Gottfreund orten. Es lag rund vier Kilometer in südsüdwestlicher Richtung von der Mühle entfernt neben einem Feldweg. Auf dem ließen sich Spuren eines Pkw feststellen und ausgießen. Später stellte sich heraus, daß das Reifenprofil von einer malaysischen Billigmarke stammte, die weltweit verkauft wurde. An sofort erkennbaren Biospuren wurden nur Samen von Löwenzahn festgestellt, die im europäischen Frühjahr vom Ural bis zur Küste des Atlantik vorkommen.

Leybundgut rief den Tierarzt an, um ihm mitzuteilen, daß der Kadaver von De Gaulle zur forensischen Untersuchung beschlagnahmt würde. Der Veterinär sicherte Vertraulichkeit zu.

Die Feier in der Aula das Ludwigsbühler Gymnasiums war vom Schulorchester mit dem ersten Satz, Largo, von Vivaldis »Concerto funebre« eröffnet worden. Man hatte die Halle nicht bestuhlt, sondern einige Bartische aufgestellt, Stühle nur den Wänden entlang, weil der Direktor und Vorsitzende des Vereins »Gephyra« fürchtete, der Saal könnte halbleer bleiben. Aber nun waren doch fast hundert Personen gekommen, um an Max Niehaus zu erinnern und den Abschied von ihm so zu begehen, wie Volker Winkels es in den *Z.N.* angekündigt hatte: »Wir werden diesen großen Freund der Kunst und der Bücher würdig ehren und niemals vergessen.« Das Vivaldische Largo hatte zweieinhalb Minuten gedauert und mit seiner Düsternis, dem bedrohlichen Stakkato der Celli und des Cembalos unter den klagenden Violinen und Oboen nicht nur auf Trauer eingestimmt, sondern auch die Gewalt dieses Todes in Erinnerung gerufen. An den Stehtischen waren die Familien versammelt. Willy Ungureith, tadellos aufrecht im schwarzen Anzug mit schwarzer Fliege, das weiße Haar frisch geschnitten, das Kinn glänzend rasiert und die blauen Äderchen auf Nase und Backen, wie es schien, von unauffälligem Make-up übertönt; nicht die geringste Beugung zeigte sein Alter von vierundneunzig an. Neben ihm seine Tochter Liesel, die, unverheiratet und nun schon dreiundfünfzig, den väterlichen Betrieb seit Jahren leitete und aus der Großmetzgerei einen Fleischgroßhandel mit globalen Importen und Exporten gemacht hatte, der für die Stadt ebenso wichtig war wie die Brauerei Sinzingers. Ungureith schien die Schläge, die ihm die Jahre versetzt hatten, ohne Seelennarben überstanden zu haben: den Tod seines ein Jahr älteren Bruders Matthias, der noch in den letzten Kriegstagen Ende April 1945 als siegesgewisser Waffen-SSler bei Gefechten um Zungen von einer amerikanischen Granate zerrissen wurde; den frühen Tod des Vaters, der 1958 an einem Infarkt starb, und den Verlust seiner Frau Marlies, einer geborenen Schildkraut, Apothekerstochter aus Zungen, die er spät, 1948, geheiratet hatte, die ihm die Tochter Liesel gebar und schon mit sechsundsechzig starb; das war nun fast zwanzig Jahre her. Er hatte sie alle überlebt. Manche glaubten, er sei mit jedem Tod stärker geworden.

Liesel Ungureith, eine ähnlich stattliche, wenn auch gerundete Figur neben dem Vater, das flächige, rosige Gesicht von grellblonden Locken umrahmt, sah zu den drei Frauen an einem anderen Bartisch hinüber. Wie aufgereiht dort: Klara, Ilse und Martina Matt, die sich bewundernswert hielten, war doch die von ihrem Bukkel gezeichnete Klara, wenn auch sorgfältig onduliert und ganz in schwarzer Seide, keineswegs mehr so stehfest wie der sechs Jahre ältere Willy Ungureith, und galt doch Martina allen hier gleichsam als Witwe und Trauernde. Ältere Zungererinnen in schwarzen Kostümen aus schwerem, sperrigem Stoff fanden unpassend, daß Martinas dünnes Wollkleid zwar gleichfalls schwarz, doch tief dekolletiert war, und äußerten mimisch ihr Mißfallen. Das störte Martina nicht. Unruhig schien allein Ilse Matt, vielleicht, weil sie an diesem Abend ihr Hotel den Bediensteten überlassen mußte, vielleicht auch, weil unter den Trauergästen, neben einigen früheren Verehrern, ihr leiblicher Vater Otto Sinzinger war. Der Ehrenvorsitzende des Zickerbräu-Aufsichtsrats trug die schwarzrotgoldene Ordensminiatur am linken

Revers, die das ihm verliehene Bundesverdienstkreuz bezeugte, dazu am blauen Seidenband um den Hals die Ehrenmedaille der Stadt Zungen. Die goldene Medaille des Deutschen Brauerbundes hatte er zu Hause gelassen. Neben ihm stand sein Sohn Xaver, achtundfünfzig, der die Geschäfte der Brauerei leitete und ebenso eine Vollglatze trug wie sein Vater, wenn auch nicht von deren leuchtendrotem Glanz, sondern von bleicher, schweißiger Nacktheit. Beide Männer waren vom Hals abwärts gleichartig mit Schwere bepackt, wobei der Vater sich gerader hielt als der Sohn und, anders als dieser, bemüht war, den Bauch einzuziehen.

Sinzingers übrige Kinder aus der Ehe mit der einstigen Krankenschwester Anna Zollich, die das aus der Textilwirtschaft stammende Vermögen ihrer Bielefelder Familie eingebracht hatte und 1993 an Krebs gestorben war, konnten an diesem Abend nicht hiersein. Sein Sohn Karl war schon in den frühen siebziger Jahren nach Indien gegangen, hatte dort, in Pune, eine deutsche Brauerei gegründet, führte inzwischen sieben Bierfirmen auf dem indischen Subkontinent, dazu eine in Nepal und hatte wiederum seinen Sohn ermuntert, den zentralasiatischen Markt mit einer Brauereigründung im kasachischen Almaty, dem einstmals sowjetischen Alma Ata, zu erobern. Eine rundum lebenstüchtige Sippe, wäre nicht die eheliche Tochter Otto Sinzingers gewesen, Ulrika, die nach einem Selbstmordversuch mit dreiundzwanzig Jahren in psychiatrische Behandlung gegeben wurde und nach weiteren Versuchen, sich das Leben zu nehmen, seit 1976, seit ihrem sechsundzwanzigsten Lebensjahr also, in der Krankenanstalt Hunneberg lebte, einem Sanatorium mit luxuriöser, wenngleich geschlossener Psychiatrie. Was Ulrika in ihre Todesgasse getrieben hatte, galt allgemein als unverständlich, und doch hielten sich Gerüchte, ihr Rückzug aus dem Leben habe mit dem Vater zu tun, seinem Verhalten oder seiner Geschichte oder seiner unumschränkten Herrschaft in der Familie. Alte Leute in Zungen wußten noch, daß Ulrika ein auffallend schönes junges Mädchen war, die allzu schlanke Ausnahme in der gewichtigen Familie, und daß sie, es muß um das Jahr 1969 gewesen sein, mit neunzehn, eines Nachts von der elterlichen Villa am Aengerlein in die Wilhelmstraße gerannt sei und, nach Norden zum Kornmarkt laufend, wie von Sinnen immer nur einen Schrei in den Straßen wiederholt habe, ein einziges, verzweifelt herausgebrülltes Wort: »Mörder!« Mörder, habe sie damals durch Zungen gerufen, daß alle an ihrem Weg erwachten und hören konnten, wie sie zwischen den Schreien weinte, bis sie dann, am Ende des kleinen Fährwegs, der vom Kornmarkt an die Böschungsmauer zur Nelda führt, von ihren Brüdern Xaver und Karl eingefangen und beruhigt werden konnte. Man sagte, sie habe gewiß geplant, sich dort ins Wasser zu werfen.

Seine nichteheliche Tochter Ilse, die er in einem Fronturlaub 1943 gezeugt hatte, stand keine sechs Meter neben ihm. Er sah nicht zu ihr hin, auch nicht zu Klara, seiner einstigen Geliebten, die schon 1938 einen Sohn von ihm zur Welt gebracht und wenige Tage nach der Geburt durch einen rätselhaften Atemstillstand verloren hatte und die seither darüber nachdachte, ob alles ganz anders gekommen wäre, wenn dieser Sohn überlebt hätte – das alles lag eine Ewigkeit hinter Otto Sinzinger, kaum, daß er sich erinnerte. Auf einer Strecke von fast neunzig Jahren verliert sich vieles im Nebel, und manches wird auch gern irgendwo auf dem Weg liegengelassen.

Er sah zu Willy Ungureith hinüber, dem älteren Freund seit der Jugendzeit. Swoboda hatte beide im Blick. Seine Mutter, lange Jahre Haushälterin in Sinzingers Villa, hatte ihm einmal erzählt, daß Willy Ungureith gelegentlich zu Besuch kam, daß dann groß gekocht und viel getrunken wurde, daß die beiden Männer sich zurückzogen in die Bar, die Sinzinger im Keller seines Hauses eingerichtet hatte. Und daß tief in der Nacht von dort unten alte Soldatenlieder durchs Haus schallten, chorweise von Schallplatten, übergrölt aber von den Stimmen der verschworenen Freunde.

Der Bürgermeister war auf die Bühne der Aula gestiegen, sprach, flankiert von Buchsbaum und Lilien, hinter dem Stehpult über den »Verstorbenen«; in seiner

Ansprache, einem unwesentlich variierten Text aus der Sammlung »Reden für den Bürgermeister«, kam Gewalt nicht vor. Heinz Ehrlicher, parteifrei, der den Baustoffhandel an der Mahr betrieb und dessen Gegner kalauerten, als ehrlicher müsse sich nur ausweisen, wem das einfache ehrlich nicht gegeben sei, bekam Trauerton und Mordwahrheit nicht zusammen. Er würdigte, ohne sich über Max Niehaus informiert zu haben, den Toten so allgemein, daß man den Eindruck haben konnte, ein Fremder sei dahingegangen. Immerhin, dachte Swoboda, daß der Bürgermeister auf ihn eine Rede hält, hätte Max nicht erwartet. Wohl auch nicht gewollt. Ehrlicher faltete sein Manuskript zusammen und sagte: »Ich muß bekennen: Ich kannte Max Niehaus nicht gut, obwohl wir viel besprochen haben, als es um die Stadtchronik des Mittelalters ging. Auch wegen der großen Zeitgeschichte der Stadt, die in Vorbereitung ist oder, muß man jetzt wohl sagen, war. Ich kannte ihn nur als Partner in der Kulturarbeit der Stadt. Jetzt, da er einen so entsetzlichen, für uns alle unbegreiflichen Tod erleiden mußte, tut es mir leid, daß ich ihn nicht näher kennenzulernen versucht habe. Nun kann ich nur unsere Polizei bitten, uns schnell von der schrecklichen Gewißheit zu erlösen, daß hier in unserer liebenswerten und lebenswerten Stadt ein geisteskranker Mörder herumläuft.«
Ein Raunen war zu vernehmen, ein Tongewebe aus Ver-

wunderung und Zustimmung, Ablehnung, Ärger und aus Bemerkungen, die lediglich geäußert wurden, um zu verstehen zu geben, daß man zugehört hatte. Einige sahen sich zu Swoboda um, der in einem schwarzen Cordanzug an der Seitenwand, nicht weit von der Bühne, neben Leybundgut stand und die Versammlung beobachtete.

Das Schulorchester hinter dem Rednerpult stimmte sich ein auf den zweiten Musikteil. Der dirigierende Studienrat hatte die nur einminütige Eingangspassage aus Monteverdis »La passione dell' anima« ausgewählt und zu einem hängenden Ende gebracht, bevor diese in die kleinen Paukenschläge der zweiten Sequenz überging. Danach trat Volker Winkels als stellvertretender Vorsitzender des Vereins »Gephyra« hinter das Pult und hielt eine kulturgeschichtlich ausholende, über Galeristen und Kleinverleger fleißig referierende, zum Leben von Max Niehaus freilich nicht ergiebige Rede, der die meisten im Saal nach etwa fünf Minuten zwar nicht die Höflichkeit, aber die Aufmerksamkeit verweigerten. Er sprach in eine taube Stille. Man hörte ihm erst wieder zu, als er mit vibrierender Stimme bekannte, Max Niehaus sei mehr als ein Schulkamerad gewesen, er sei ihm »bleibend ein Freund im humanistischen Geiste, ein Vorbild ästhetischen Mutes« und unvergeßlich als ein Mann, der »die Liebe zu seinem Lebensprinzip erhoben hat. Die Liebe zur Kunst!« Hier richtete er den

Blick auf Martina Matt. »Ich hoffe und wünsche uns allen«, schloß er seine frei gesprochenen Ausführungen, »daß sein geplantes Werk, die Geschichte unserer Stadt, von anderen fortgeführt und einst zu seinem Ruhm erscheinen wird.«

Leybundgut mußte plötzlich husten. Swoboda spürte unter der Kontaktlinse des rechten Auges einen stechenden Reiz, wandte sich ab, griff mit Daumen und Zeigefinger ins Auge, um die Lider zu spreizen und die Linse in die hohle linke Hand fallen zu lassen, steckte sie sich in den Mund, lutschte sie zwischen Gaumen und Zunge sauber, spuckte sie in die Hand und setzte sie, die winzige Glasschale auf der Kuppe des Mittelfingers balancierend, ins Auge zurück. Als er wieder sehen konnte, nahm er mitleidige Blicke älterer Damen wahr, die sein Fremdkörpergefühl auf der Bindehaut als verschämtes Weinen gedeutet hatten. Er hielt Ausschau nach Dr. Stehling, der in der hintersten Ecke des Saals still auf einem Stuhl saß, den Kopf gesenkt hielt und vielleicht als einziger hier sich ganz der Erinnerung an Max Niehaus überließ. Ein Beamter in Zivil stand in seiner Nähe, und Swoboda beschloß, den Polizeischutz, den er nach dem Blutanschlag auf Stehling ohne dessen Wissen angeordnet hatte, fortbestehen zu lassen.

Das Schulorchester verringerte sich auf fünf Abiturienten und schloß mit dem ersten Satz des »Streichquintetts Opus 78« von Georges Onslow, das fast zehn

Minuten dauerte, viele Menschen im Saal ergriff, zugleich aber eine Art Lockerung des Rituals ermöglichte, wie man daran sehen konnte, daß in seinem Verlauf die starren Zuordnungen an den Stehtischen sich langsam auflösten.

Klaus Leybundgut verabschiedete sich von Swoboda. Er mußte das Protokoll der Leichenuntersuchung vom Nachmittag schreiben. »Ich glaube, ihr solltet euch allmählich nach einem Jüngeren umsehen. Vielleicht habe ich mein Mordkontingent seelisch überschritten. Ich halte es nicht mehr aus. Den armen Gottfreund abzuschlachten macht doch genausowenig Sinn wie die Hinrichtung von Max. Oder siehst du irgendeinen Zusammenhang?« Der Kommissar schüttelte den Kopf und klopfte dem Arzt auf die Schulter. Er blickte ihm hinterher, besorgt um den zerbrechlich wirkenden, nach vorn geneigten Freund, der in den letzten Monaten immer deutlicher den Eindruck eines einsamen, müden Mannes machte, so als habe seine Frau ihn erst jetzt allein im Leben zurückgelassen und nicht schon vor fast zehn Jahren, als er sie, machtlos gegen ihre Sucht, verloren hatte.

Swoboda wandte sich dem Saal zu. Otto Sinzinger schritt, nachdem er sich ruckartig von der Seite seines Sohnes gelöst hatte, zum Tisch der Damen Matt hinüber und küßte Klaras Hand, die ihm, schon als er sich zu nähern begann, entgegengehoben worden war. Swo-

boda war von der Szene der beiden Alten gerührt, auf rätselhafte Weise sah man dabei der Liebe zu, die eine lange Zeit des Hasses überstanden hatte.
Sinzinger versuchte, Ilse väterlich zu umarmen, die ihn gewähren ließ, ohne sich zu bewegen. Swoboda entschied sich, zu Martina zu gehen, wurde aber von hinten durch Volker Winkels am Arm gehalten und reagierte auf dessen Frage »Nun? Und?« mit einem unwirschen »Was? Und?«.
Winkels lachte leise. »Hat es dir gefallen?«
Swoboda nickte. »Ich genieße es, wenn Freunde zu Grabe getragen werden. Im übrigen möchte ich von dir wissen, welche Journalistin du in den letzten Tagen zu Peter Gottfreund hinausgeschickt hast. Er hat mir von dem Besuch erzählt. Ich kann mich nicht erinnern, in den *Z.N.* ein Interview gelesen zu haben.«
»Zu Gottfreund? Ach ja, das war unsere Anfängerin, Karin, sie steht dort drüben, Karin Maiwald, möchtest du sie kennenlernen? Jung und unerotisch. Germanistin mit Magister. Und noch ganz vom freiheitlichen Auftrag der Presse überzeugt. Ich habe sie zu seinen Hasenställen und Ziegen geschickt, damit sie ein Stück über Mensch und Natur schreibt ...«
Er nahm den Kommissar am Arm und zog ihn mit sich zwischen den Stehtischen hindurch zu einem mädchenhaften, kaum eins siebzig großen, mageren Geschöpf, an dem zuerst die schwarzen Fransen auffielen,

die in unregelmäßigen Zipfeln über die weiße Stirn hingen, dann die großen, runden, wasserhellen Augen, der bordeauxrot geschminkte Mund, zuletzt der nahezu flache Oberkörper in einem schwarzen Leinenjakkett, unter dem ein Seidentop glänzte: Karminrot. Swoboda sah getrocknete Farbe auf einem Hemd, *Krapplack dunkel*, Bilgewasser und Blut auf dem Boden des Kahns, *Krapplack hell* …

»Darf ich vorstellen? Karin Maiwald. Alexander Swoboda, Kriminalhauptkommissar und Leiter der Mordkommission.« Winkels schien den Anlaß des Abends vergessen zu haben. Unverhohlen stellte er gute Laune zur Schau. Der gesellige Teil der Trauerfeier begann. Die Familie Sinzinger hatte für Getränke gesorgt, die Ungureiths für das Catering, die Stadt für Bedienstete, die Wein und Platten mit Canapés herumtrugen. Swoboda ignorierte die junge Journalistin, die an einem Scampispießchen knabberte, und sagte zu einer vorbeistreichenden Weinträgerin, er hätte gern ein Bier, und zwar ein Zickerhell, kühl. Sie nickte und versprach wiederzukommen.

»Sie sind Kommissar Swoboda?« fragte das magere Germanistenmädchen.

Er nickte und sah sie an und schwieg.

»Haben Sie eine Zigarette?«

»Ich rauche nicht«, sagte er. »Seit elf Jahren!«

»So lange versuche ich es auch schon.« Sie lachte und

ließ das abgegessene Holzspießchen versteckt aus ihrer Hand auf den Boden fallen. »Nicht wirklich. Aber ich möchte es gern versuchen.«

Aus einem unerfindlichen Grund kam sie ihm raffiniert, ja verschlagen vor. Eine Flasche Bier und ein Glas wurden ihm zugereicht. Er bedankte sich und sah neben dem Kopf der Bedienung im Hintergrund Martina Matt stehen, die aufmerksam zu ihm herblickte. Er hob die Hand und grüßte. Karin Maiwald drehte den Kopf in die Richtung seines Grußes.

»Weshalb haben Sie mit Peter Gottfreund gesprochen? Sie haben doch ein Interview mit ihm geführt?«

»Das kann er dir am besten selbst sagen!« Volker Winkels lächelte.

»Ja. Aber er ist, wie wir alle wissen, ein notorischer Säufer. Ich möchte gern von Frau Maiwald hören, ob Gottfreund sich zu Max geäußert hat.« Er nickte ihr zu. »Zu Max Niehaus, meine ich. Dem Mordopfer.«

Die Journalistin starrte ihn an, er konnte in ihren Augen sehen, wie ihr Denkapparat an seiner Frage arbeitete und zu keinem Ergebnis kam. Sie wandte den Blick ab und sah Winkels an, als ob sie von ihm Hilfe erwarten dürfte. Er hob die Schultern. »Sag mal, Alex, muß das eigentlich mitten in der Trauerfeier sein? Ermittlungen schön und gut, aber Max ist noch nicht mal unter der Erde.«

»Daran mußt du mich nicht erinnern. Ich würde mit

Frau Maiwald gern unter vier Augen sprechen. Was dagegen?«
»Wie sollte ich!« Winkels verließ den Tisch und gesellte sich zu einer Gruppe um den Bürgermeister. Swoboda bat Karin Maiwald, ihm zum Ausgang der Aula zu folgen. Im Vorraum saß eine grauhaarige Frau mit geschlossenen Augen hinter dem Tresen der Garderobe und schnarchte leise.
»Also, wann waren Sie bei Gottfreund?«
»Vor fünf Tagen. Hat er sich beschwert? Er hat mich rausgeworfen, obwohl ich ihm wirklich keine unverschämten Fragen gestellt habe.«
Der Kommissar entschied sich, möglichen Widerstand durch die brutale Wahrheit von vornherein zu unterbinden. »Er ist tot. Ermordet. Wir haben ihn heute nachmittag gefunden. Man hat ihm den Hals durchgeschnitten. Ganz durch, vom Adamsapfel bis zu den Nackenwirbeln.«
Sie hob die Hand vor den Mund und zog die Schultern hoch. »Entschuldigung, Entschuldigung!« Sie drehte sich und lief in die Damentoilette. Die Tür schlug zu. Die Garderobenfrau schrak hoch, sah Swoboda fragend an, er schüttelte den Kopf. »Wir bleiben noch, schlafen Sie ruhig weiter.«
»Schon aus?« fragte sie.
»Nein.«
Es dauerte, bis Karin Maiwald aus der Toilette zurück-

kam, die schwarzen Haarfransen klebten naß in der Stirn. Ihr Gesicht war noch bleicher als zuvor. »Sie sind die erste, der ich das erzähle«, sagte Swoboda. »Sie werden es für sich behalten, bis wir morgen die Presse informieren. Ich sagen es Ihnen, damit Sie richtig einschätzen, wie wichtig Ihre Aussage ist. Vielleicht sind Sie die letzte Person außer seinem Mörder, die ihn lebend gesehen hat. Sie werden mir jetzt genau sagen, was bei dem Interview geredet wurde. Es ging nicht um Hasen und Ziegen, nicht wahr?«
Sie nickte heftig. »Warum hat ihn sein Hund nicht beschützt?«
»Das wissen wir noch nicht. Vielleicht hat der Mörder ihn mit einem Spray betäubt oder mit einem Steak geködert. Aber das ist nicht unsere wichtigste Frage. Wir wissen nicht, warum man diesen harmlosen, alten Mann umgebracht hat. Und ob und wie der Mord mit der Tat an Max Niehaus zusammenhängt. Werden Sie mir helfen?«
Wieder nickte sie mehrmals. Noch immer atmete sie kurz und stoßweise. Jetzt sah er, daß sie zitterte.
»Beruhigen Sie sich. Niemand will Ihnen etwas Böses.« Er nahm sie am Arm und führte sie nach draußen. »Sie haben doch Literatur studiert? Na also, dann müßten Sie Schlimmeres gewohnt sein, allein die Bibel, nichts als Mord und Totschlag. Haben Sie das Interview aufgezeichnet oder mitgeschrieben?«

»Die Aufnahme ist in der Redaktion. Aber ich habe alles abgeschrieben. In meinem Notebook, wenn Sie wollen, kann ich Ihnen morgen den Text –«

»Heute, jetzt«, sagte Swoboda. »Ich fahre Sie nach Hause. Wo wohnen Sie?«

»Zur Untermiete, in der Tuchwebergasse, Nummer vier.«

»Bei Teichmann!« Sie nickte verwundert. »Ja, unterm Dach.«

Swoboda bog vom Gymnasium nördlich auf die Hauptstraße ein. Die Stadt lag wie ausgestorben im weißen Straßenlicht, selbst am Schillerplatz, wo im Rathaus Kommissionen und Fraktionen ihre Sitzungen oft in die Nacht ausdehnten, war die gläserne Front bis auf den Eingangsbereich dunkel. Die gepflasterte Tuchwebergasse, die hinter dem Rathaus links abging, war, der geringeren Laternendichte wegen, dunkler als die Hauptstraße, und ihre Sandsteinfassaden mit Erkerschatten, Fensternischen und meist dreistufigen Treppen zu den Haustüren wirkten nachts wie die Kulisse einer fernen Vergangenheit.

Das Sträßchen, das den Schillerplatz mit dem Hohenzollernufer an der Mühr verbindet, war für den Verkehr gesperrt, nur für Anlieger befahrbar. Als der Kommissar vor Teichmanns Haus hielt, fragte die bis dahin schweigend neben ihm sitzende Journalistin, ob er mit hinaufkommen wolle.

»Nein, danke. Sie drucken mir bitte den Text aus, ohne jede Kürzung, und bringen ihn mir herunter. Ich warte.«
Sie nickte und stieg aus. Er sah durch die Windschutzscheibe, ihm fiel ein, daß am Ende der Gasse, dort, wo sie ans Hohenzollernufer stieß, auf der anderen Seite des Flusses die Mühle lag. Und daß ihr toter Besitzer längst in einer Kühlkammer des Landeskriminalamtes in der Hauptstadt ruhte. Er schloß die Augen, der Tag hatte ihn erschöpft. Das Gespräch mit Frau Bossi am Morgen, dann Teichmanns Auftritt, die entsetzliche Entdeckung in der Mühle, die Trauerfeier für Max. Er stöhnte leise.
Plötzlich sah er Teichmanns Geste vor sich: wie er die Zeitungsseite aus dem Jackett gezogen hatte. Swoboda öffnete die Augen. Wenn die Drohung nun gar nicht Teichmann gegolten hatte, sondern Karin Maiwald? Bestimmt gab es nur einen gemeinsamen Briefkasten ...
Er stieg aus. Nach wenigen Schritten über die kleine Außentreppe stand er vor der Haustür. Ein Briefschlitz. Er beugte sich hinunter. Messingschild *Teichmann*. Darüber ein weißes Klebeetikett, handschriftlich *Maiwald*.
Die Tür wurde geöffnet, das Licht vom Hausflur traf ihn, und die junge Frau trat einen Schritt zurück. »Suchen Sie etwas?«
»Ja, Ihren Namen, ich wollte wissen, ob Ihr Name an der Tür steht.«

Sie reichte ihm das Manuskript. »Das ist alles, viereinhalb Seiten, unkorrigiert mit allen Fehlern. Genauso, wie ich es von der Aufnahme abgeschrieben habe.«
»Danke.« Er deutete eine Verbeugung an. »Dann also, gute Nacht. Ich melde mich. Sie sind ja in der Redaktion erreichbar. Wenn Sie mich sprechen wollen, hier sind die Nummern, Büro und Mobil.« Er gab ihr seine Karte. »Und, wie gesagt: kein Wort zu Winkels. Versprochen?« Sie lächelte. Zum ersten Mal an diesem Abend.
Während der Heimfahrt dachte er daran, den Wagen im Hof des Polizeipräsidiums abzustellen und die kurze Strecke nach Hause zu Fuß zu gehen. Die Müdigkeit siegte, er fuhr in die Grabengasse und parkte im absoluten Halteverbot direkt vor der Tür, die ins Doppelportal der Prannburg eingelassen war. Er kramte in der Hosentasche nach seinen Hausschlüsseln. Wenige Meter entfernt löste sich ein Schatten von einem Mauervorsprung und kam auf ihn zu. Er straffte sich. Noch vor der Gestalt erkannte er die Stimme.
»Jetzt bist du da.«
»Hast du mir nachspioniert?« fragte er.
»Ja«, sagte Martina Matt.
Er öffnete ihr die Tür. »Dann solltest du mich jetzt befragen. Aber ich werde dir schreckliche Dinge erzählen. Das tun Polizisten immer. Und Maler erst recht.«
»Erzähl mir, laß nichts aus«, sagte sie und trat ein.

VII

Sinzinger

WAR DAS NICHT EIN WÜRDIGES, *geschmackvolles Begräbnis für unseren lieben Max? Als ich euch da so rumstehen sah, du als Freund, doch deine Kollegen in ihrer unbeholfenen Trauerverkleidung, auf dreißig Meter sieht man ihnen den Beobachter an, der hofft, es könnte den Mörder zum Opfer zurückziehen, oh, diese Komödie von Gut und Böse, von Asche zu Asche, vom trotz allem und dennoch immer weitergehenden Leben! Was für ein besonderes Vergnügen, unter euch zu stehen, wenn auch nicht im innersten Kreis der intimsten Freunde, aber nahe bei euch, und mit der absoluten Gewißheit, daß die Schnüffler ihre Nasen noch so gebläht in den Wind stecken und ihre Augen noch so fischrund in die Gegend rollen konnten – sie würden mich nicht entdecken, oder sollte ich sagen: erkennen? Und war ich etwa schlechter als all die Lügner an der Grubenkante? Den alten Sinzinger, gäbe es einen Gott, hätte am Grab von Max der Blitz treffen müssen! Zugegeben: mich auch. Und Karla Matt, mit ihrer amerikanisch gebläuten Dauerwelle, als sie an das Grab trat, um ihr Schäufelchen Dreck zusammen mit ihrer*

Moral, wenn sie je eine hatte, auf den Sarg und ins Jenseits zu werfen: Warum brach die Erde nicht unter ihr ein? Wo, wenn nicht an den Gräbern, muß man an Gott verzweifeln! Ich habe mich so unendlich wohl gefühlt, daß ich mich nur mühsam daran hindern konnte, vor die immerhin zahlreiche Trauergemeinde zu treten, meinen Mantel auszubreiten und zu gestehen! Ja! Zu gestehen, voller Lust und Übermut ins herrliche Frühlingslicht dieses Begräbnismorgens zu gestehen, daß ich es war, der euch alle hier zusammengeführt hat, daß es diesen würdigen Abschied nicht gäbe ohne mich! Ah, und eure Gesichter zu sehen, diese Schafsnasen und Hasenblicke, wie euch vor lauter Ungläubigkeit lange Wimpern gewachsen wären wie den Kamelen und wie ihr an eurem Verstand gezweifelt hättet, da plötzlich alles offensichtlich war! Eine Versuchung, fast zu groß, ihr nicht nachzugeben. Und welche Erlösung es gewesen wäre. Begreifst du? Wie man sich sehnen kann, gewürdigt und bestraft zu werden. Durch einen öffentlichen Prozeß, der ja ein wundervolles Sprachereignis ist, Teil einer Aufzeichnung zu sein und damit namentlich in Archive einzudringen, die jedem anständigen Bürger mit seinem kleinen moralischen Schlendrian verschlossen bleiben. Ich will nicht mißverstanden werden, ich sehne mich nicht nach jenen fünfzehn Minuten Berühmtheit, die Andy Warhol unseren Zeitgenossen als Sehnsucht unterstellt. Ich will in Erinnerung bleiben als eure dunkle Kehrseite, als Gesicht eures Abgrunds. Ich will,

daß noch eure Kindeskinder schreiend aus dem Schlaf hochschrecken, wenn ihnen mein Name im Schulheft ihrer Prüfungsträume erscheint. Töten ist einfach. Das kann jeder Soldat. Morden ist eine Kunst, zu der es Strategen des Geistes bedarf. Das Einfache gehört zur vergänglichen Gegenwart. Die Kunst zur Zukunft der Vergangenheit.
Muß ich mir vorwerfen, daß meine Kunst einem einfachen, gegenwärtigen Zweck dient? Die haben mir ja nicht vorgeschrieben, wie ich ihre Interessen vertreten sollte. Ich habe ihnen ja nicht gesagt: Auf jene und diese Weise werden ich diesen und jenen stumm machen. Es ist eine Vereinbarung auf wechselseitige Unwissenheit.
Wie auch hätten sie mir meine Kunst vorschreiben können? Wollen sie doch nur einen naheliegenden Zweck erreicht sehen, ich hingegen will den Zweck übersteigen. Ich möchte, daß sie dann, wenn sie sehen, daß ihr Wunsch erfüllt wird, durch die ungeheure Schönheit des Mordes belehrt werden: Das also habt ihr bezahlt! Denn es reicht nicht, daß ein Mensch stumm sei und sein Wissen auf ewig mit hinunternehme! Ich verlange, daß man ihm Mordkunst zukommen läßt, wenn er denn schon sein Leben enden muß! Das hat er doch, meine Herren Auftraggeber, verdient!
Nun, lieber Alexander, lasse ich dir und deinen schnüffelnden Mardern Zeit, um nachzudenken. In die falsche Richtung. Vielleicht, wenn ich allzu euphorisch werde, kann ich euch noch ein Häppchen Wahrheit zuwerfen. Ich

muß mich bezähmen. Am Ende erwischt ihr mich, bevor ich dich in die eisige Welt meiner letzten Tat locken konnte. Jener Tat, die meine Auftraggeber nicht vorgesehen und nicht bezahlt haben. Die ich jedoch unter dem großen Mantel ihres Auftrags unterbringen kann. Und die mir seit so vielen Jahrzehnten am Herzen liegt: dich atemlos zu machen, so lange atemlos, bis du gedankenlos wirst, so lange gedankenlos, bis du leblos bist. Und dir vorher zu beweisen: Ich bin der Dichter des Lebens und des Todes geworden. Du, mit all deinem Kunstgetue, nur Polizist. Du findest mich nicht. Ich schreibe dich zugrunde. Man wird mir zubilligen müssen, daß mein kleines Schuldbuch hier ein Stück Literatur ist. Da es erst nach meinem Tod öffentlich werden kann, wird mein Ruhm postum sein. Das ist der haltbarste Ruhm. Und ihr alle, die ihr hier verzeichnet seid, ihr alle werdet mit mir in den Himmel der kollektiven Erinnerung steigen. Hättet ihr ohne mich dort einen Platz? Keinesfalls! Ihr wäret Staub vom Staub in den Abfalltonnen des Paradieses! Jetzt seid ihr erwähnt, Namen in den Annalen des Teufels. Herausgehoben aus dem Nichts der Skelette unter den verwitterten Grabsteinen auf den Friedhöfen der Welt! Mir verdankt ihr Dauer! Durch mich seid ihr registriert!

Bin ich es nicht wert, daß ihr mich liebt? Euch selbst zuliebe euren Mörder liebt? Nur die Dümmsten können glauben, Leiche sei gleich Leiche, zumindest sei es ihr gleich, ob sie hohe oder niedere Leiche sei. Nein! Nein!

Nichts unterscheidet uns besser, als der Aufwand der Begräbnisse! Wie heißt es in dem Lied? »Ob niedres Pack, ob hohe Herrn, am Ende sind wir Brüder doch, es leuchtet uns der Abendstern ins gleiche finstre Loch ...« Idealistischer Unfug. Besser als durch all unsere Geburtstage und Jubiläen schreiben wir uns der Erinnerung der Überlebenden durch unser Begräbnis ein. Und je unheimlicher der Todesfall, um so mehr Voyeure im Totenzug. Ich verschaffe euch Publikum, Trauergäste, Leidlügner und jene zahllosen von ihrem eigenen Leben Gelangweilten, die am gewaltsamen Tod dessen, der vor ihnen auf dem Weg im Sarg getragen wird, ein Stückchen Glück lernen wollen: »Wie gut, daß ich nicht geschlachtet wurde, wie gut, daß ich hier hinterherlaufen kann, wie gut, ein Leben zu haben, auch wenn es sterbenslangweilig ist.«
Wenn ich es recht bedenke, bin ich als Mörder ein Erzieher: Ich erziehe zur Dankbarkeit. Ja, zur Gottesfurcht. Bin ich ein Werkzeug Gottes? Bin ich ein Engel? Was für ein gräßlicher Verdacht.

Die Tage der kriminalistischen Routine kamen ihm wie vertane Tage vor. Man verglich alte Spuren mit neuen, ließ Vermutungen zu, verfolgte sie und konnte beobachten, wie sie in die Reuse mangelnder Beweise trieben, wo sie sich unrettbar verfingen. Dieses Einfällevernichten war ein einsames Geschäft.
Er zeichnete Untersuchungsergebnisse ab, ohne sie

genau gelesen zu haben. Er beobachtete seine Kollegen bei ihrem Eifer und ihren Enttäuschungen. Er gab sich freundlich und interessiert, war aber nicht einmal auf die eigenen Spekulationen hinreichend neugierig, die sich Mal um Mal vor den erhobenen Fakten als falsch erwiesen. Am Ende einer abgebrochenen Spur fühlte er sich wie in der schalltoten Kammer beim Ohrenarzt.

Swoboda war kein Mensch, der Einsamkeit empfand, wenn er allein war. Im Gegenteil, die Nächte vor seinen Leinwänden waren ihm kostbar; in der Stille, wenn er versuchte, zwischen dem halbgeahnten Bild und der eigenen Hand eine Verbindung herzustellen, war er zu Hause, angekommen in der für ihn richtigen Welt.

Dann schien zwischen ihm und der Leinwand eine Schicht kalter Luft zu stehen, die er einmal, nach zwei, drei Schnäpsen, als Gebiet des Todes erkannt hatte, das er mit dem Pinsel durchqueren mußte, um dahinter das Leben zu malen. Seither wußte er, daß er seine Bilder durch den Tod hindurch ansah.

In seinem Büro ging es nicht um diesen Tod zwischen Leben und Kunst, hier ging es um gewaltsam verursachtes Sterben, um getötete Menschen, um Max, um Peter Gottfreund – und die Gedanken, die er an die Mordmotive verwendete, taten eine Zeitlang so, als seien sie vielversprechend, rannten sich kurz darauf fest und gingen in einer logischen Falle zugrunde. Das waren die Augenblicke, in denen Alexander Swoboda sich einsam fühlte, verlassen. Er hätte nicht sagen können, von wem. Von seiner Intelligenz? Von seinem gerühmten Spürsinn? Vom Glück, das jeder Kriminaler braucht?

Seine Kollegen kannten die Phase. Er trank mehr Espressi und redete weniger als sonst. Die Schatten um seine Augen wuchsen. Er saß an seinem Schreibtisch, sah zum Fenster hinaus in den Himmel, hob die Arme und verschränkte seine Hände über seinem Kopf. Er legte seine Hände auf die borstigen, grauen Haare, durchfuhr sie nach hinten, zurück zur Stirn, wiederholte die Bewegung, hin und her durch den Haarwald. Er nahm kein Telefon ab und blätterte lustlos in den Akten. Wenn Kriminalhauptkommissar Swoboda einsam war, hatte er offenbar ein gewisses Jucken an den Haarwurzeln und kein Bedürfnis nach Gesprächen. Anschließend gab es nicht selten eine neue Perspektive in der Betrachtung des gerade behandelten Mordes oder, auch das war vorgekommen, die plötzlich erkannte Lösung eines Jahre zurückliegenden Falls. Keiner konnte sich erklären, wie seine Erkenntnisse zustande kamen; auch er selbst nicht. Er war danach nur froh, nicht mehr einsam zu sein.

Von der heutigen Lagebesprechung in Klantzammers Büro erwartete Swoboda keine Fortschritte. Seit Tagen schleppten die Ermittlungen sich von einer Theorie zur nächsten, ohne daß konkrete Bausteine zusammenpassen wollten. Michaela Bossi referierte, das LKA habe jetzt das letzte der Messer, mit denen Max Niehaus zerstochen worden war, nicht nur, wie bisher schon, dem Hersteller, Linder, zuordnen können, sondern auch den genauen Typ ermittelt: das Linder Kentucky Bowie mit zwanzig Zentimeter langer Klinge aus 440C-Stahl. Außerdem sei die Tatwaffe im Fall Peter Gottfreund ermittelt: wahrscheinlich eine Machete des Herstellers Herbertz, und zwar das Jaguar-Haumesser, 35er Klinge, das aber, ebenso wie das Kentucky-Bowie-Messer, nicht aus dem Frankfurter Einbruch stammte. Die Gesichtswunden seien mit dem stumpfen Rücken der Machete beigebracht worden. Todesursache aber war, wie im Fall Niehaus, Atemstillstand infolge Erstickung mittels einer Plastiktüte unbekannter Herkunft.

»Das Täterprofil«, fuhr Michaela Bossi fort, »ist folglich einigermaßen umrissen. Mit hoher Wahrscheinlichkeit hat derselbe Täter beide Morde begangen. Also muß das Motiv der Taten zusammenhängen. Unser Profiler kommt bisher zu folgendem Ergebnis: Es handelt sich nicht um einen krankhaften sadistischen Täter, sondern um eine kühl und brutal arbeitende, nicht zum ersten Mal mordende, männliche Person zwischen vierzig und fünfzig. Er schändet nach der Tat die Opfer, um andere mögliche Opfer zu ängstigen. Wir nehmen an, daß er ein professioneller Killer ist, der im Auftrag arbeitet, einer bewährten Methode folgt und nichts anderen überläßt. Die Frankfurter Einbrüche, um sich Tatwaffen zu besorgen, müßte er demnach selbst begangen haben. Jeder Mörder, der aus persönlichen Motiven und emotional handelt, hinterläßt ja irgendwelche Spuren. Dieser hier nicht. Wir setzen darum voraus, daß er kein Motiv hat, sondern gegen Bezahlung arbeitet. Dafür spricht vor allem die postmortale Zurichtung der Opfer, die abschrecken soll.«

»Aber wen?« fragte Bernd Viereck langsam. »Wen soll die Methode abschrecken? Ich meine, der Täter muß doch wissen, daß wir das herausfinden. Wer soll Angst kriegen vor dieser Schlachterei? Und warum?«

»Das ist, glaube ich, die entscheidende Frage«, sagte Swoboda. »Es gibt noch andere potentielle Opfer, die eingeschüchtert werden sollen. Das heißt, daß sie in Gefahr sind. Der Täter nimmt an, daß wir die wahre Todesursache nicht veröffentlichen werden.«

»Für das Motiv hilft uns das nicht weiter!« Törring warf seinen Bleistift auf den Tisch. »Wer hat einen Vorteil davon, daß zwei so unterschiedliche Leute wie Max Niehaus und Peter Gottfreund unter der Erde liegen!«

Kriminaloberkommissar Hartmut Berger, seit drei Tagen wieder im Dienst, betrat das Büro, Klantzammer nickte ihm zu, er setzte sich neben Sibylle Lingenfels, legte seine Akten vor sich auf den Tisch, richtete sie mittig aus und sah Swoboda an, ohne ihn zu grüßen. Der Kommissar wich dem Blick aus, er fühlte den Schwindel wieder in sich aufkommen wie vor Tagen im Chefzimmer von Volker Winkels. Ein dumpfer, tiefer Ton klang zwischen seinen Schläfen, der Ton einer großen, leisen Glocke, und bei jedem Anschlag des Klöppels verlor Swoboda für den Bruchteil einer Sekunde das Gleichgewicht. Er holte die Tabletten aus seiner Jackett-tasche, drückte, unter der Tischkante verborgen, ein Dragee aus der Folie und schluckte es mit Kaffee. Als er die Tasse absetzte, sah er, daß seine Hand zitterte. Alle hörten das Klappern der Untertasse. Berger grinste.

»Du kannst so nicht weitermachen«, hatte Leybundgut ihm vor zwei Tagen nach der Untersuchung gesagt. »Du hast extremen Unterdruck, das ist zwar besser als Überdruck, aber deine Hörstürze werden massiver. Du weißt, was dir droht. Mit einer unaufhörlich pfeifenden Lokomotive im Kopf kann man nicht malen. Geschweige denn komplizierte Mordfälle lösen. Ich will dir keine Angst machen, aber es haben sich schon Menschen umgebracht, weil ihr Tinnitus unerträglich war. Du bist noch in einer sehr milden Phase.«

»Ich fühle mich manchmal wie eine dünne Plastiktüte, in der Wasser schwabbelt.«

Der Arzt hatte genickt. »Du bist fertig. Deine Arterien, ich sage dir das nicht gern, deine Arterien sind deutlich älter als du.«

»Und was soll ich tun?«

»Aufhören zu arbeiten. Frühpension. Du bist eigentlich

fertig. Auch wenn dein Belastungs-EKG sehr viel besser aussieht als vor acht Monaten. Treibst du neuerdings Sport?«
Swoboda hatte gelacht, Leybundgut hatte ins Lachen eingestimmt.
»Frühpension«, murmelte der Kriminalhauptkommissar vor sich hin. Klantzammer sah zu ihm her. »Alexander?« Swoboda zuckte zusammen. »Der LKA-Bericht ist offenbar abgeschlossen.«
»Nicht ganz«, sagte Michaela Bossi. »Der Hund des Opfers Peter Gottfreund wurde mit einem Elektroschocker außer Gefecht gesetzt, den Kontaktspuren im Fell nach mit dem Modell Quasar 130 KV – ein Gerät, das Stromschläge von 130000 Volt abgibt und überall frei zu erwerben ist. Erstaunlich, daß das Tier den Schlag überlebt hat. Auf jeden Fall war es lange genug bewußtlos, um seinen Herrn nicht vor seinem Mörder schützen zu können.«
Swoboda schlug seine Akte auf. »Wir wissen, daß Gottfreund bedroht worden ist. Er sollte dazu gebracht werden, seine Mühle und den dazu gehörenden Grund zu verkaufen, weil die Stadt dort ein Industriegebiet ausweisen will.«
Kriminalrat Klantzammer richtete sich auf. »Was wird das? Eine politische Debatte? Dazu sind wir nicht hier, Alexander. Bitte konzentrier' dich auf die Motivsuche für den Mord!«

»Ich bin dabei. Hier ist die Abschrift eines Interviews, das Gottfreund eine Woche vor seinem Tod der Journalistin Karin Maiwald von der *Z.N.* gegeben hat. Warum es nicht gedruckt wurde, weiß ich noch nicht. Beziehungsweise ich weiß nicht, warum es überhaupt gemacht wurde. Jedenfalls steht hier drin, daß Gottfreund von Otto Sinzinger, sagen wir, gebeten worden ist, ihm seinen gesamten Grund zu verkaufen. Zu einem respektablen Preis. Sinzinger hat die Summe in Euro geboten, die ihm Gottfreund damals für den Kauf in DM bezahlt hat. Aber er wollte nicht verkaufen. Er wollte partout nicht. Sinzinger soll gedroht haben, ihm durch die Gemeinde das Wasserrecht am eigenen Brunnen entziehen zu lassen. Ihm sollte die Tierhaltung untersagt werden. Ihm war klar: Wenn er aufgibt, entsteht auf seinem Mühlengrund und seinen ehemaligen Hopfenfeldern eine Chipfabrik. Die Gemeinde ist längst in Verhandlung mit einer amerikanischen Elektronikfirma namens »Comcons«, die hier Speichermedien produzieren will. Und wenn das mal genehmigt ist, baut die Sinzinger-Brauerei da draußen eine neue Abfüllanlage. Die Firma Ungureith braucht neue Kühlhäuser für die Fleischlagerung. Auch die Baustoffhandlung Ehrlicher könnte durchaus expandieren. Der Außenbereich als neue Wirtschaftszone. Für alle ein Geschäft. Auch für den OB und die Kommune.«
Kriminaloberkommissar Berger lehnte sich in seinen

Stuhl zurück und verschränkte die Arme vor der Brust. »Das ist ja alles hochinteressant. Ich bin gespannt darauf, ob der Kollege Swoboda jetzt unserem Stadtoberhaupt einen Mord anhängen will. Und wenn nicht, was dann diese ganze Geschichte soll?«

Swoboda überlegte. Er hielt die Stille gut aus, spürte die Spannung, die sich in ihr ausdehnte. Klantzammer fühlte sich unwohl. Michaela Bossi begriff nicht, was vorging, die internen Gereiztheiten zwischen den beiden Kommissaren waren ihr nicht vertraut.

»Wissen Sie, Kollege Berger, was dem Erfolg in unserem Beruf im Weg steht? Das ist die Voreingenommenheit. Die legt einen Nebel über alles. Sie möchten gern einen einfachen Fall mit einem tschechischen Mörder, der irgendwie mit alten kommunistischen Seilschaften zu tun hat und eigentlich ein levantinischer Verbrecher ist. Aber das paßt hier gar nicht. Das ist ganz daneben. Sie sollten das, was ich gerade erzählt habe, ernsthaft bedenken, damit wir in diesem Fall so gut zusammenarbeiten können, wie wir das immer tun – nicht wahr? Also: Gottfreund hat nicht klein beigegeben. Er kam auf die Idee mit dem Denkmalschutz und hat sich mit unserem Stadthistoriker Dr. Eberhard Stehling zusammengetan. Der hat ihm Mut gemacht. Er arbeitet an einer umfänglichen Stadtgeschichte und datiert vorerst die Grundmauern der Mühle auf das fünfzehnte Jahrhundert.«

»Aha«, sagte Berger. Klantzammer sah zweifelnd zu Swoboda hinüber. Billy blickte auf die Tischplatte. Turbo starrte seinen Chef mit hochgezogenen Augenbrauen an. Michaela Bossi vermied jeden Blickkontakt und zupfte an ihrer Unterlippe. Sie nahmen ihn sämtlich nicht ernst. Nur der jüngste im Team, Bernd Viereck, vertraute darauf, daß der Kriminalhauptkommissar seine Vermutungen in eine einleuchtende Kombination münden lassen würde.

»Die Stadtchronik, in der auch von der Mühle erzählt werden soll, war geplant im Verlag von Max Niehaus, dem ersten Opfer. Dr. Eberhard Stehling wiederum wurde wenige Tage nach dem Mord von einem Unbekannten vor seiner Wohnung im Pannturm mit Blut überschüttet, menschlichem Blut, das, wie wir inzwischen wissen, von dem getöteten Max Niehaus stammt. Und wem dieser Zusammenhang nicht reicht, Kollege Berger: Eine eindeutige Drohung hat sich im Briefkasten von Herrn Philipp Teichmann befunden. Ich wußte lange nicht, was er mit der Sache zu tun hat. Bis ich erfuhr, daß die Journalistin Karin Maiwald im Haus Teichmann zur Untermiete wohnt. Die deutliche Warnung hat wahrscheinlich ihr gegolten, wegen ihres Interviews. Ich fasse zusammen: Wer immer mit dem Besitzer des Mühlengrunds kooperiert hat, ist in Gefahr. Der Historiker wird bedroht, sein Verleger ermordet, die Journalistin gewarnt, schließlich der Eigner des

Gebiets, Peter Gottfreund, umgebracht. Sollte er kein Testament gemacht haben, was anzunehmen ist, fällt das Anwesen der Stadt zu, die es versteigern lassen muß und natürlich einem Strohmann wie Sinzinger die Möglichkeiten verschaffen kann, darauf zuzugreifen.«
Klantzammer war schnell aufgestanden. »Das müßte ja ein, ein, wie soll ich sagen, eine Verschwörung, ein sozusagen Komplott sein! Nein, Alexander, nein, nein, nein. Ich gebe zu, daß da manches zusammenpaßt. Aber wir sind hier doch nicht in Chicago!«
»Auch hier hat es schon Streit um Grund und Boden gegeben, der tödlich ausging«, sagte Viereck. »Ich finde das einleuchtend.«
»Ich auch«, stimmte Michaela Bossi zu. »Schade nur, daß wir nicht wissen, was in der entwendeten Akte in der Wohnung von Max Niehaus war. Wenn die Mühle darin als historisches Denkmal beschrieben wird: Das wäre der Schlußstein im Gewölbe.«
Billy zuckte mit den Schultern. »Ich habe leider nicht richtig reingesehen, aber an den Namen Gottfreund oder an Mühle oder Denkmalschutz kann ich mich überhaupt nicht erinnern. Es stand was von Prag darin. Prag. Und noch ein Wort fiel mir auf: Kampa. Aber ich weiß nicht, was es heißen soll.«
»Das ist einfach«, rief Klantzammer. »In Prag gibt es eine Insel an der Moldau, die Kampa heißt, die Kampainsel! Ich bin am Wochenende wieder dort. Die

Kampainsel soll sehr schön sein. Fürs erste sehen wir uns Swobodas Theorie genauer an. Es wäre gut, wenn du mit Sinzinger reden würdest, Alexander. Aber nicht allein und bitte mit aller gebotenen Vorsicht. Frau Bossi wird dich sicher gern begleiten. Du weißt, diese Herrschaften sind empfindlich, und ich müßte mich sehr täuschen, wenn da nicht längst höheren Orts Aufmerksamkeit bestünde.«

Die Lagebesprechung war beendet, man stand auf, Berger verließ als erster den Raum. Swoboda legte seinem Assistenten Törring den Arm auf die Schulter. »Sag mal, Turbo, wie hieß das Buch, das oben in der Bibliothek bei Gottfreund im Sessel gelegen hat. Irgendwas mit Kafka.«

»Den Titel vergesse ich nie: *Wo Kafka und seine Freunde zu Gast waren.*«

»Ja. Und wo waren die zu Gast?«

»Keine Ahnung.«

»In Prag, du ahnungsloser Engel, du. In Prag! Gottfreunds letzte Nachricht! Er wollte uns nicht auf Kafka hinweisen, sondern auf Prag! Und ich fürchte, das versaut mir meine Theorie.«

Etwas in ihm brannte. Es brannte im Magen, in der Lunge, im Herzen, in der Kehle, hinter der Stirn. Es war nicht die Scham, bisher keine schlüssige Verbindung zwischen den beiden Morden, die zweifellos zusammenhingen, gefunden zu haben, außer den möglicherweise bestehenden Wirtschaftsinteressen an der Mühle und den zu ihr gehörenden neun Hektar Grund. Leuten wie Sinzinger oder auch Ungureith traute er eine Menge zu. Aber Mord? Die alten Männer hätten jedenfalls nicht selbst handeln können. Und Oberbürgermeister Ehrlicher als Komplize? Er konnte hören, wie sie ihn auslachten.

Was in ihm brannte, war etwas anderes. Er schämte sich vor den Opfern. Ihm war, als sähen Max Niehaus und Peter Gottfreund auf ihn herab, als liefen sie mit ihm durch die Straßen, als stünden sie neben seinem Stuhl am Schreibtisch. »Warum tust du nichts? Warum denkst du nicht richtig? Wie lange sollen wir warten, bis du unseren Mörder dingfest gemacht hast? Bist du nun ein Freund oder nicht? Was ist los mit dir, Swoboda?«

Vom Präsidium zur Wilhelmstraße waren kaum fünfzig Meter zu gehen. Michaela Bossi konnte ihm nur langsam folgen, weil die Stiftabsätze ihrer schwarzen Pumps von den runden Kuppen der Pflastersteine in die Ritzen abrutschten und ihre Schritte darum etwas Unsicheres, fast Taumelndes, bekamen. Er sah das nicht, er lief zügig voran, nahm keine Rücksicht, sah sich nicht um. Auf der Hälfte der Strecke blieb sie stehen und rief ihm seinen Namen nach. Erst jetzt schien er zu bemerken, daß sie mit ihm in der mittelalterlichen

Gasse war, und wandte sich um. Er sah, daß sie seinen Trenchcoat über dem Arm trug, und lief zu ihr zurück.
»Ich brauche keinen Mantel.«
»Herr Törring meinte, es sei noch nicht Sommer.«
Swoboda nahm ihr den Mantel ab und warf ihn sich über die Schulter. »Womit er zweifellos recht hat. Er könnte mein Sohn sein und tut, als wäre er mein Vater.«
»Ich kann auf diesem blöden Pflaster nicht laufen.«
Er bot ihr seinen Arm. »Dieses Pflaster ist sechshundert Jahre alt, dem sind Ihre Stilettos egal.«
Schweigend standen sie an der Einmündung zur Wilhelmstraße. Von hier aus zur Stadt hinunter war der Weg leicht, das Trottoir mit Platten ausgelegt, und fünf Minuten später hatten sie die hohe Mauer erreicht, die Sinzingers Garten zur Straße hin abschirmte.
»Wollen Sie wirklich in diesem Zustand den Herrn Sinzinger befragen?«
Swoboda entzog ihr seinen Arm. »Mein Zustand ist vollkommen okay.«
»Natürlich. Sie sind aufgeregt, nicht bei der Sache, es geht Ihnen nicht gut, und, verzeihen Sie bitte, ich sage das als Kollegin: Sie wollen sich rächen. Dieses Bedürfnis ist vollkommen okay. Aber hinderlich für eine Vernehmung.«
Er lehnte sich an die Mauer. Die Kälte drang langsam durch sein Cordsakko, berührte zuerst seine Schulter-

blätter und breitete dann langsam eine wohltuende Kühle in seinem Rücken aus. »Ich hasse diese Stadt«, sagte er leise.
»Warum? Sie ist doch ganz hübsch.«
Er nickte. »Hübsch und charakterlos. Ich weiß nicht, warum, aber ich habe hier immer das Gefühl, belogen zu werden.«
»Sie sind ungerecht, Swoboda. Wenn die Stadt so wäre, wie Sie sagen, würden Sie längst woanders leben.«
»Nein!« Er löste sich von der Mauer. »Diese verdammte Stadt hat mich eingefangen, ich habe Ihnen doch gesagt, sie ist das Chamäleon, wir sind das Futter. Warum ich hier lebe? Sie wissen sehr gut, daß ich zurück in meine Jugendzeit strafversetzt wurde, weil man meinen Haß auf Zungen kannte. Sagen Sie jetzt bloß nicht, Sie hätten meine Akte nicht gelesen, bevor Sie herkamen!«
Sie sah ihm in die Augen. »Nun sind Sie auch noch mir gegenüber unfair. Glauben Sie mir jetzt, daß Sie in so einer Stimmung keine Befragung durchführen sollten?«
»Wenn ich sagen würde, daß Sie recht haben, was würden Sie dann vorschlagen?«
Sie hatte sich eine Zigarette angezündet. »Daß wir uns vor dem Besuch bei Sinzinger irgendwo hinsetzen und einen Cognac trinken.«
»Ich hasse Cognac.«
»Dann eben einen Calvados.«

»Ich trinke nie vor achtzehn Uhr.«
»Heute machen Sie eine Ausnahme.«
Er mußte lachen. »Das wußte ich nicht. Kommen Sie.«
Im 5th Avenue bediente der Kellner, der für ein paar Tage verreist gewesen war, und wieder hatte Swoboda das deutliche Gefühl, daß der unauffällige Mann mit dem wiegenden Gang etwas wußte und verbarg, das mit den Morden zu tun hatte.
»Jetzt kennen wir uns seit so vielen Jahren«, sagte der Kommissar mit aller Freundlichkeit, die ihm zur Verfügung stand, »und ich weiß immer noch nicht, wie Sie heißen. Ich bin Kommissar Swoboda von der hiesigen Mordkommission.«
Der Kellner deutete eine Verbeugung an. »Polenz, Georg. Wir haben leider keinen Calvados. Ich kann Ihnen Scotch anbieten, Grappa, Williams, Bourbon, Fernet Branca und Aquavit. Nur leider keinen Calvados.«
»Bringen Sie uns zwei doppelte Bourbon ohne Eis.« Frau Bossi hatte schneller reagiert als Swoboda, der in den Augen des Kellners zu lesen versuchte und fündig wurde. Etwas Lauerndes glaubte er zu sehen, und die zu weit geöffneten Lider deuteten auf Furcht.
Als der Kellner Georg Polenz die beiden Gläser Whiskey an den Tisch brachte und den kleinen Teller mit dem Rechnungsbon dazwischen abstellen wollte, packte Swoboda sein Handgelenk, der Teller klirrte auf die

Marmorplatte, und mit einer leichten Drehung zwang der Kommissar den Mann, sich auf den dritten Stuhl am Tisch zu setzen. Der gewalttätige Eingriff war durch nichts zu begründen, Swoboda selbst hatte, bevor er die Hand mit dem Tellerchen vor sich gesehen hatte, nicht daran gedacht, Polenz anzurühren. Etwas in ihm handelte und wurde dadurch bestätigt, daß der Kellner nicht überrascht zu sein schien, sich ohne Widerstand fügte, nur ein jämmerliches, halb erstauntes »Was soll das?« von sich gab und den Kommissar mit einem Ausdruck anstarrte, den dieser gut kannte: Es war das Gesicht eines erwischten Täters.

Michaela Bossi begriff so wenig, wie er selbst, aus welchem Motiv Swoboda handelte. Nichts als ein seltsames Flackern in seinem Gehirn, das kaum Verdacht genannt werden konnte, hatte beim Anblick der Hand mit dem weißen Rechnungsteller den Zugriff ausgelöst.

»Beruhigen Sie sich, Polenz.«

»Ich bin ruhig.«

»Nein, das sind Sie nicht. Und das beunruhigt wiederum mich. Denn ich weiß nicht, wie ich Ihnen den Anlaß Ihrer Unruhe nachweisen soll.«

Es war schiere Buschklopferei. Er ließ das Handgelenk des Kellners los und sagte: »Schade, daß Sie nicht früher zu mir gekommen sind. Dann wären Sie jetzt nicht unruhig.«

»Ich bin überhaupt nicht unruhig.«

»Sie sind innerlich bereits auf der Flucht, und ich weiß auch, warum!« Der Kommissar hatte die Lautstärke erhöht, um zu übertönen, daß er mit der Stange im Nebel stocherte.
Polenz kniff die Augen zusammen. »Ich habe nichts damit zu tun!«
Swoboda lächelte. »Womit haben Sie nichts zu tun? Und warum denken Sie an dasselbe wie ich. Ich habe noch nichts gesagt, oder?«
Der Kellner senkte den Blick. »Sie können mir gar nichts nachweisen.«
Michaela Bossi traute ihren Ohren nicht. Der Mann redete sich in ein Geständnis hinein, ohne daß Swoboda offenbar wußte, was er hören wollte.
»Das ist richtig«, sagte der Kommissar, »aber wenn man etwas nicht nachweisen kann, fragt man sich doch sogleich: Was ist dieses Etwas, das man nicht nachweisen kann. Was gibt es da Nichtnachweisbares? Und wäre es nicht besser, Sie würden mir das, was ich Ihnen nicht nachweisen kann, freiwillig erzählen, bevor ich es Ihnen nachweisen kann? Denn daß ich es Ihnen irgendwann nachweisen kann, ist sicher.«
Polenz hörte den Sätzen nach. Als er verstanden hatte, stand er langsam auf.
»Sie sind ja verrückt!«
»Keineswegs, Herr Polenz, Sie haben mir nur soeben selbst gestanden, daß es etwas gibt, das ich Ihnen nicht,

noch nicht, nachweisen kann. Möchten Sie am Montag ins Präsidium kommen?«
»Warum?«
»Weil ich Sie hiermit vorlade. Aus Neugier. Acht Uhr.«
Der Kellner setzte sich. Swoboda schob ihm schweigend seine Visitenkarte zu. Polenz nahm sie, stand auf und lief hinter die Bartheke, wo er tatenlos stehenblieb und zu den beiden Beamten herübersah.
»Was wird das?« fragte Frau Bossi leise.
»Keine Ahnung. Aber haben Sie nicht auch den Eindruck, daß er etwas verbirgt?«
»Ja. Ich weiß aber nicht, wie Sie das eben aus ihm rausgekriegt haben.«
»Weiß ich auch nicht«, sagte der Kommissar. »Ich vermute, es hat mit Kafka zu tun. Ich habe viel Kafka gelesen in letzter Zeit. Man lernt, daß jeder schuldig ist. Prost.«
Sie hoben ihre Gläser und tranken, der Kellner löste sich vom Tresen, kam zu ihrem Tisch zurück und setzte sich.
»Was wollen Sie wissen?«
Swoboda mußte nachdenken. Ihm fiel der Morgen ein, an dem Polenz im Restaurant gefehlt hatte, der Morgen nach dem Blutanschlag auf den alten Eberhard Stehling.
»Zum Beispiel wüßte ich gern, warum Sie neulich plötzlich für Tage verschwunden waren. Ich meine, ich habe Sie beim Frühstück vermißt.«

»Ich mußte zu meiner Schwester. Ein Todesfall in der Familie ihres Mannes. Sie wissen ja, man –«
»Ich weiß«, unterbrach Swoboda ihn, »daß Sie keine Schwester haben.«
»Woher wissen Sie das?!«
Der Kommissar grinste breit. »Von Ihnen, gerade eben. Also, warum sind Sie wirklich verschwunden und wohin?«
Polenz zog Luft durch die Zähne ein.
Swoboda neigte sich vor und sah ihm ins Gesicht. »Schlechtes Gewissen macht die Menschen dumm. Und Sie haben ein schlechtes Gewissen. Hier geht es nicht um einen Griff in die Kasse oder ähnliche Kleinigkeiten. Hier, Herr Polenz, geht es um Mord.«
»Ich habe nichts mit den Morden zu tun!«
Der Kommissar lehnte sich zurück. »Genau das wollte ich hören. Ich glaube Ihnen, Herr Polenz. Montag früh kommen Sie bitte in mein Büro, dann nehmen wir das zu Protokoll.«
»Ja, aber was denn?«
Swoboda legte ihm beruhigend die Hand auf den Arm. »Genau das, was Sie eben gesagt haben. Nur für die Akten. Ohne Bedeutung.«

Auf der Straße schwiegen sie, bis sie weit genug gegangen waren, um nicht mehr gehört zu werden. Das Mittagslicht stand fahl und schattenlos in der Gasse,

die seit den dreißiger Jahren Alter Winkel hieß; nur Leute, die dem Tod nah waren, kannten den früheren Namen Judenwinkel. Wolken waren über die Stadt gezogen. Noch stieg kein Dunst von den Flüssen auf, doch spürbar war das Wetter zurückgefallen in Kälte und Feuchtigkeit, eine Schwäche des beginnenden Frühlings. Swoboda dachte daran, wie schwer es war, starke Luftfeuchtigkeit zu malen, Kälte und Dunst ins Bild zu bringen, bis die Impressionisten darauf gekommen waren, die Farbe der Luft anzumischen und sie jeder anderen Farbe im Bild beizugeben, für die entfernten Objekte mehr, die nahen weniger. Die Valeurs, die Caspar David Friedrich durch milchiges Zwischenfirnis erreichte, hatten die Impressionisten aus der nassen Farbmischung gewonnen.
Er zog im Gehen seinen Mantel an. Die Farben, die er sah, die Überlegungen zur Maltechnik kreisten ständig in ihm; es war nicht so, daß die Kriminalfälle ihn beim Malen gestört hätten, sondern umgekehrt die Fragen der Kunst dazwischentraten, wenn er Kommissar zu sein hatte und den Kriminalisten Swoboda denken und handeln lassen sollte. Er konnte sich dabei ertappen, daß ihm die genaue Farbbestimmung des Blutes wichtiger war als die Tatsache, daß er ein blutiges Opfer vor sich sah. Daß Blut nie denselben Farbton hatte, entschuldigte ihn nicht. Er schämte sich, wenn er feststellte, daß seine Gedanken in eine Farbenlehre des Blutes

abgewandert waren, über Trocknungszustände, Alterungsverbräunungen, schwarze Verkrustungen, rosenfarbene Verdünnungen, farbverändernde Untergründe wie Bettlaken, saugende Teppiche, Hemden spekulierten, das Rot einzuordnen versuchten auf dem gesetzmäßigen Farbenkreis von Johannes Itten, bevor sie zurückkehrten zu der scheußlichen Wirklichkeit einer Leiche.

Er blieb stehen und sah zum Himmel. »Wird noch mal Winter. Dieses Wassergrau.«

»Ja«, sagte Michaela Bossi. »Verraten Sie mir, was Sie von Herrn Polenz wollten?«

»Der Mann steckt bis über beide Ohren in dem Fall«, sagte der Kommissar, »ich habe keine Ahnung, wie und warum.«

»Wir haben zu zahlen vergessen!« Sie wollte umkehren.

»Nein, er hat vergessen zu kassieren, er war verstört, und er hat von *den* Morden gesprochen, von beiden, aber wir haben den zweiten noch nicht veröffentlicht.«

»Ich konnte mich gerade noch zurückhalten, ihn danach zu fragen.«

Swoboda dankte. »Dafür lade ich Sie ein. Ich werde die Whiskey-Zeche zahlen. Und er wird gestehen. Ich weiß nur noch nicht, was.«

Sie hatten Sinzingers Villa erreicht. Die hohe Eingangstür war dem Original aus der Barockzeit nachgeschnitzt worden. Auf das Klingeln öffnete eine magere, schwarzgekleidete Dame, ließ die Besucher nach einem Blick auf die Ausweise in die Halle ein, taxierte die beiden mit einem Gesichtsausdruck, der Beleidigtsein und Verachtung auf geübte Weise verband, und bat zu warten. Dann stieg sie, langsam und mit kaum verborgener Mühe, die geschwungene Eichentreppe hinauf, deren wulstige Geländer sich oben nach rechts und links zur Begrenzung einer Galerie vor den Zimmern im ersten Stock teilten.

Das Haus war eines der wenigen erhaltenen großen Bürgerhäuser aus den Jahrzehnten nach dem Ende des Dreißigjährigen Krieges, als der Marktflecken Zungen sich allmählich von den Verheerungen erholte und die Naturalienwirtschaft fast ganz von der Geldwirtschaft verdrängt wurde. Es war zweistöckig aus massivem Sandstein erbaut, doch, wie damals üblich und durch die Zeiten beibehalten, mit einem gelben Anstrich versehen. Türrahmen und Fenster trugen noch ihre ursprünglichen Bekrönungen in Form von Sprenggiebeln. Die bügelförmige Bleiverdachung, die an den Enden überstand, hatte man in jüngerer Zeit durch Kupferblech ersetzt, dessen Patinagrün mit dem Gelb der Fassade harmonierte. Das ganze Anwesen zeugte vom Kunstsinn und Wohlstand seiner Besitzer.

Die Deckenstukkaturen über der Empfangsdiele waren in kaltem Weiß belassen worden, das in hartem Kontrast zu der über die Jahrhunderte nachgedunkelten

Holzvertäfelung der Wände stand. Das Parkett, wohl in jüngerer Zeit abgezogen und neu versiegelt, spiegelte über dem hellen Eichenton die Lichter eines ausladenden Kristallüsters; Swoboda registrierte die Farbe als Lichter Ocker mit einer winzigen Beimengung von Olivgrün, Sepiabraun und Weiß, während die gewachste und gebohnerte Treppe einschließlich der gewundenen Geländersäulen und Handläufe in einem Braun gebeizt und poliert waren, das er als Caput mortuum kannte.

Er sah auf, als sich oben eine Zimmertür zur Galerie öffnete.

Wieder spürte er den leichten Schwindel, der sich hinter seinen Augen entrollte. Wie gut hatte er dieses Haus gekannt, in den Jahren, in denen seine Mutter hier den Haushalt geführt hatte und er nach der Schule hergekommen war, um am Küchentisch zu essen und seine Hausaufgaben zu machen!

Damals war die Eingangsdiele der Innenhof eines riesigen Palastes gewesen, und die Bewohner waren ihm wie ernste Könige vorgekommen. Dem alten Sinzinger war er nur wenige Male begegnet. Immer voller Furcht. Mit gesenktem Kopf, die Hand ausgestreckt, hatte er seinen ganzen Körper für den ordentlichen Diener angespannt und gehofft, daß die Fingernägel sauber waren. Sinzinger haßte schmutzige Fingernägel. Der Diener, den der Junge vor ihm machte, mußte

ordentlich sein, tief gebeugt, zackig, sonst galt er nicht.
Es dauerte bis in die frühen sechziger Jahre, bis Swoboda begriff, was man mit ihm und den Jungen seiner Generation angestellt hatte: einen ordentlichen Diener machen und den inneren Schweinehund überwinden. Das hieß, sich unterzuordnen und die eigenen Bedürfnisse zu unterdrücken. Je schmutziger die Hände der Alten waren, um so sauberer hatten die Fingernägel der Jungen zu sein. Max Niehaus hatte kurz vor dem Abitur einen Text für die Schülerzeitschrift *Proszenium* verfaßt, mit dem Kernsatz: »Den Diener und den Inneren Schweinehund nehmen wir nicht mit ins Leben, die lassen wir den Eltern und den Nazis.«
Der Ärger mit dem für die Kontrolle des Blättchens zuständigen stellvertretenden Direktor namens Klinger war zu erwarten gewesen, und nur der Intervention von Dr. Eberhard Stehling, der als Altphilologe auch in Fragen der Pädagogik unumstrittenes Ansehen genoß, war es, nach seinem Hinweis auf Generationenkonflikte im sokratischen Athen, zu danken, daß der Text von Niehaus unzensiert erscheinen durfte und Swoboda als Redakteur des Heftes ungetadelt blieb.
Sinzingers Schädel leuchtete über dem Geländer der Galerie auf. Der einstige Herrscher über die Zickerbräu war auf die Entfernung trotz seiner bewundernswerten Haltung und makellosen Kleidung zu einer klei-

nen Greisenfigur geschrumpft; auch die Ausmaße des Raums waren, anders als in Swobodas Kindheit, auf ein erträgliches Maß zurückgestuft. Jetzt verlor er sich nicht mehr in diesem Haus, er war kein Bittsteller mehr, und doch schienen seine Beine das noch nicht zu wissen. Sie fühlten sich schwach, kurz, unerwachsen an, auf ihnen konnte er unmöglich die Treppe ersteigen. Der Schwindel wogte jetzt als lange, starke Dünung hinter seiner Stirn, und als habe er seine Mutter nötig, griff er unwillkürlich nach der Hand seiner Kollegin. Michaela Bossi spürte seine Unsicherheit und hielt ihn. Der Schwindel verebbte. Swoboda hatte plötzlich Durst.
»Aber so kommen Sie doch herauf!« Sinzinger lud ein, zu ihm emporzusteigen, und die beiden Beamten folgten, sich an der Hand haltend wie Hänsel und Gretel.

Die über vier Quadratmeter große, grundierte Leinwand hatte allmählich Tiefen und Höhen gewonnen, in den Grün- und Blautönen waren Konturen sichtbar geworden, Häuser hatten sich aus dem Dunkel geschält, eine Straße mit ihrem Nachtschatten. Der Himmel, selbst ein lastend düsterer Raum, war dennoch am Horizont heller als die Dächer der Stadt, und von dort, aus einem fahlen Sonnenuntergang, kam der Rest einer Tageshelle, die in der Stadt ein paar sichtbare Kanten, wässerig spiegelnde Fenster und grünspanglimmende Giebel hervorhob. Die Häuser, fast aus der Vogelper-

spektive gesehen, blieben schemenhaft, versunkene Gebilde. Das meiste, bleichblaue Licht aber lag auf dem Schädel und dem krummen Rücken eines riesenhaften Chamäleons, das in der Straße hockte und sein schwarzes Lochauge auf den Betrachter gerichtet hielt. Der Kopf, dessen Kamm sich als Zackenlinie bis zum Schwanz zog, ragte über die Dachfirste hinaus. Das Maul war leicht geöffnet, als habe das Tier den Entschluß gefaßt, die Leimzunge auf den erspähten Betrachter zu schleudern. Die Echse mit dem fetten Leib beherrschte die Stadt, besaß sie mit all ihren Bewohnern, hatte sie sich einverleibt. Sie *war* die Stadt. Obwohl der Maler sie nach einem Foto in Grzimeks »Tierleben« entworfen hatte, war sie kein Wesen der Natur, sondern ein Ding aus dunkler Zeit, das nicht biologischen Gesetzen gehorchte, sondern den Regeln eines vormals ausgesprochenen Fluches folgte. Auch das Wasser im Vordergrund, das der Stadt gleichsam die Fundamente entzog und aus Reflexen des fernen Restlichts bestand, schien weniger als eine Ahnung, nur eine Vermutung des Betrachters zu sein.
Swoboda schwitzte. Er steckte die Pinsel in das Glas mit Terpentin, legte die Palette ab, warf den Mallappen auf den Tubentisch, trat einige Schritte zurück, betrachtete das Bild, zog den Kittel aus, ließ ihn auf den Boden fallen und schob ihn mit dem Fuß zwischen die zwei Staffeleien, auf denen die Leinwand stand. Fast drei Stun-

den hatte er gearbeitet, während Martina Matt an seinem Küchentisch Michaela Bossi gegenübersaß, die eigentlich nur kurz hatte bleiben wollen, bevor sie übers Wochenende zu ihrer Familie fuhr. Die Frauen rauchten, tranken Swobodas Weißwein und aßen Brotstückchen, die sie in einen Plastikbecher mit Kräuterquark tauchten.

Sie ließen den Kommissar mit seiner Unruhe und seinem Zorn auf die Stadt allein. Nach dem Gespräch mit Sinzinger hatte er unmißverständlich klargemacht, daß er jetzt für sich sein wollte, ganz für sich: Maler Swoboda.

Was er schweigend im Bild auszudrücken versuchte, sprach Michaela Bossi aus. Die Unterhaltung mit Sinzinger war unangenehm gewesen. Martina bestätigte den Eindruck, den die LKA-Beamtin gewonnen hatte. Sinzinger sei ein von den Zeitläuften unbeeindruckter Herrenmensch geblieben; ohne den geringsten Selbstzweifel halte er alles, was er je getan hatte und noch tun würde, nicht nur für gerechtfertigt, sondern für richtig.

Für die Befragung hatte er hinter seinem ausladenden Schreibtisch mit Ledereinlage in einem Lehnstuhl Platz genommen; die Gründerzeitmöbel und ihre anmaßende Gewichtigkeit schienen ihm jene Macht zurückzugeben, die er sich bereits als junger Mann mit der schwarzen Uniform angeeignet hatte. Später dann,

als auch die SS das kriegsmäßige Feldgrau trug, hatte er sich einen knöchellangen, dunkelgrünen Ledermantel schneidern lassen, der ihn furchteinflößend und dickhäutig umhing und ihn aussehen ließ wie ein Tier. Anfangs hatte er das Gespräch mit freundlichen Floskeln garniert, hatte, vergebens, Zigarren angeboten und Portwein, darauf hingewiesen, daß er selbst leider auf ärztliches Gebot hin diesen »Lebensfreuden entsagen« müsse, ohne freilich auf Mitleid zu spekulieren; davon hielt er anderen und sich selbst gegenüber nichts.
Was man denn von ihm wolle. Als der Kommissar so vorsichtig, die eigenen Fragen abwägend, auf Peter Gottfreund zu sprechen gekommen war, daß seine Kollegin vom LKA spürte, hier war sie gefordert, ein Machtverhältnis zu durchbrechen, entschied sich Michaela Bossi, Sinzinger rundheraus zu fragen: »Peter Gottfreund ist in seiner Mühle ermordet worden. Standen Sie in geschäftlichen Beziehungen zu ihm?«
»Mit diesem Landstreicher?« Sinzinger hatte langsam die rechte Hand gehoben und sie, bevor man die Geste als altgeübten Gruß mißverstehen konnte, flach auf die Ledereinlage der Tischplatte klatschen lassen.
»Das ist ja wohl nicht zu fassen! Wer sind Sie eigentlich? Ich frage dich, Alexander, weiß diese Dame, mit wem sie es zu tun hat?«
Im Halbrund der Stühle vor dem Schreibtisch, wo Swoboda neben Frau Bossi saß, fühlte er sich plötzlich, als

sei *er* der Verhörte. Er versuchte, den alten Mann zu beschwichtigen. »Frau Bossi ist vom Landeskriminalamt. Ich bitte Sie zu bedenken, daß die Morde an Max Niehaus und Peter Gottfreund von uns ans LKA abgegeben worden sind. Also, antworten Sie bitte auf Frau Bossis Fragen genauso, als hätte ich sie gestellt.«

Otto Sinzinger brauchte ein paar Sekunden, bevor er sich zu reagieren entschloß. Er schien verblüfft und empört zu sein, aber beide Beamten hatten den Eindruck, daß er die Augenblicke des Schweigens zum Überlegen nutzte.

»Antworten? Ich? Auf Fragen? Hast du vergessen, daß ich dich durchgebracht habe? Glaubst du, deine Mutter hätte dich aufs Gymnasium und auf die Universität schicken könne, wenn ich nicht immer wieder –«

Das Du, das Sinzinger dem Kommissar gegenüber anwandte, empfand Michaela Bossi als Einschüchterung und unterbrach schon bei dem Wort Gymnasium den Versuch des alten Mannes, Dankbarkeit einzufordern. »Sie wollten Gottfreund den gesamten Mühlengrund und die Felder abkaufen, um dort Industrie anzusiedeln. Ist es richtig, daß er um keinen Preis verkaufen wollte?« Sinzinger schnappte nach Luft. Sie fuhr fort: »Und ist es richtig, daß Sie gedroht haben, ihm mittels der Stadtverwaltung Schwierigkeiten zu machen?«

Hier hatte Sinzinger mit beiden Händen auf den Tisch

geschlagen. »Das ist ein Bubenstück der Sonderklasse mit Eichenlaub und Schwertern! Alexander! Wie kommt diese Dame dazu, in meinem eigenen Haus solche Unterstellungen zu verbreiten?!«

»Wir unterstellen nichts.« Swoboda hatte wieder sicheren Grund in sich gefunden und sprach laut und entschieden. »Wir führen eine Untersuchung durch. In zwei Mordfällen. Es ist unsere Pflicht, keine Rücksicht zu üben, schon gar nicht aus privaten Erwägungen.«

»Für Pflicht habe ich viel übrig, junger Mann!« Sinzinger stand auf. Einen Moment lang hoffte Swoboda auf eine Auskunft. Der große alte Mann seiner Kindheit, dem er sein Abitur und alle Chancen seiner Jugend verdankte, hätte noch einmal kooperativ sein können. Doch Sinzinger sagte leise: »Sie sind entlassen. Und betreten Sie dieses Haus nie wieder ohne die Erlaubnis meines Anwalts.«

Es war ein seltsam schwächlicher, gebrochener, vielleicht abirrender Ton in seiner Stimme, so als habe er soeben einen zweiten Stimmbruch erlitten. Beide Beamten begriffen, daß sie keine Aussage bekommen würden, und standen auf. Sinzinger drehte sich zum Fenster hinter dem Schreibtisch um.

Michaela Bossi und Alexander Swoboda waren zur Tür gegangen. Als sie sie geöffnet hatten, wandte Sinzinger sich vom Fenster ab und ihnen zu. Im Gegenlicht war er ein Schattenriß ohne Gesicht. Seine Stimme war jetzt

wieder fest. »Dein Leben ist mir wichtig gewesen, Alexander. Ich hoffte, du würdest lernen, daß es wichtige Leben gibt und weniger wichtige und unwichtige und die meisten sogar ganz …?«
Der Kommissar zögerte keine Sekunde mit der Antwort. »Das werde ich nie lernen, Herr Sinzinger, niemals, und ich hoffe, niemand mehr wird das lernen.«
Michaela Bossi hätte beinahe applaudiert. Aber dann sah sie, daß Swoboda, bevor er die Tür schloß, vor dem erstarrten Hausherrn einen ordentlichen Diener machte.

»Ihr raucht hier, trinkt meinen Chardonnay, und ich mache drüben meinen Tausendmeterlauf für die Kunst.« Er setzte sich an den Küchentisch. Martina holte ein Glas für ihn.
»Wie ungerecht«, sagte sie leichthin, »doch wer für die Kunst lebt, muß leiden!«
»Für die Kunst kann man nur sterben. Habe ich recht?« Swoboda trank das Glas in einem Zug aus.
»Ich hoffe, nicht«, sagte Michaela Bossi, »aber wenn Sie eine Zigarette haben wollen, hier bitte.«
Martina Matt legte ihre Hand auf die Schachtel, ehe Swoboda die seine ausstrecken konnte. »Er raucht ja nicht mehr, seit neun Jahren. Wissen Sie, daß er schon seit neun Jahren nicht mehr raucht?«
»Mit *wem* raucht er nicht?« Martina begriff die ver-

steckte Gemeinheit. Swoboda spürte die Spannung zwischen den Frauen und schlug vor, gemeinsam essen zu gehen, bevor Michaela Bossi für das Wochenende zu ihrer Familie fuhr.
»Kann man das Bild vorher noch sehen?« fragte die Beamtin.
»Bist du denn schon so weit?« fragte Martina.
»Ich bin ein Mann ohne Geheimnisse«, sagte Swoboda. »Ihr müßt euch mit dem Lichteinfall hinstellen, wegen der Blendung, die Nässe, und das Xenon sieht weiß aus, aber es macht die Farben etwas blauer, als sie sind. Bei Tageslicht wirkt das Bild eher grün.«
Sie standen schweigend vor der Chamäleonstadt, lehnten mit dem Rücken an der Wand neben Swobodas Bett, vier Meter von der Leinwand entfernt.
»Sehr unheimlich«, sagt Michaela Bossi leise. »Ich könnte das nicht jeden Tag sehen.«
»Wir werden es in die Galerie hängen!« Martina hatte einen Tonfall gewählt, der keinen Widerspruch zuließ und zugleich klarstellte, daß sie dem Maler näherstand als seine LKA-Kollegin.
Später liefen sie durch den dunkelnden Abend zum Da Ponte am Ufer der Mühr. Beim Essen erwähnte Martina, daß Otto Sinzinger wenige Wochen vor dem Tod von Max Niehaus nachmittags im Hotel gewesen war, zugleich mit Willy Ungureith und dem alten Winkels, der nachts darauf gestorben war. Angeblich sei dieses

Treffen eine Geburtstagsfeier gewesen. Doch gefeiert wurde nicht. Was da im Beisein von Klara Matt, ihrer Großmutter, besprochen worden war, entziehe sich, sagte Martina, ihrer Kenntnis.
Michaela Bossi sah Swoboda an. »Es könnte um den Grundbesitz von Gottfreund gegangen sein.«
»Es könnte. Wenn unsere Theorie stimmt. Wenn sie nicht stimmt, stehen wir wieder am Anfang. Und was schlimmer ist: Wir wissen nicht, wen wir inzwischen durch die Untersuchung in Gefahr gebracht haben. Stehling steht unter Schutz, Teichmann ist in der Toskana. Trotzdem. Ich fürchte mich vor dem nächsten Toten.«
Martina stand auf und entschuldigte sich. Als sie außer Hörweite war, sagte die Beamtin. »Sie lügt, zumindest weiß sie mehr, als sie sagt.«
»Das hätte ich längst spüren müssen.« Swoboda hatte unabsichtlich einen besserwisserischen Ton in der Stimme.
»Was immer Sie spüren, in diesem speziellen Fall spüren Sie nicht mit Ihrem berühmten Gespür, sondern fühlen mehr, nehme ich an.«
Sie klang gereizt. Swoboda wunderte sich, hätte gern etwas entgegnet, wußte nicht, was, und schwieg, um nicht in eine weitergehende Erörterung seiner Gefühle verwickelt zu werden. Michaela Bossi blickte interessiert auf ihre Serviette. So kam Martina von der

Damentoilette in ein Schweigen zurück, das sie irritierte.

Irmela Schuldenzucker kramte im schwachen Licht der Außenlampe in ihrer Handtasche nach dem Hausschlüssel. Auf ihr Läuten an der Tür der Winkelsschen Villa hatte sich nichts gerührt. Sie schloß leise auf, trat ein. Das bei Nacht und Tag wohlbekannte Haus nahm sie widerstandslos auf wie einen lang zu ihm gehörenden Gegenstand, der sich einer Reparatur wegen andernorts aufgehalten hatte und nun zurückgekehrt war.

Eine Ahnung hielt sie davon ab, den Namen des Hausherrn zu rufen. Sie legte die Schlüssel auf dem Garderobentischchen ab und folgte dem Licht, das aus der Tür zum Kellergeschoß in den Flur schien.

Die Treppe war ihr vertraut. Dort unten lagen nicht nur Schwimmbad, Sauna und Fitneßraum, auch ein aus Ziegeln gewölbeartig gemauerter Weinkeller, dem sich an der Nordseite im Fundament ein kühler Vorratsraum anschloß, hatte hier Platz.

Frau Schuldenzucker blieb auf der zweiten Stufe stehen und versuchte, die Geräusche zu unterscheiden. Dies waren die Umwälzpumpen für das Schwimmbecken, das die beiden Dampfdruckerzeuger für das Türkische Bad, das die auf und ab knisternden Kadenzen der Steine im Saunaofen, dies das Plätschern im Whirlpool – aber da war noch ein anderes, ihr unbekanntes Geräusch, ein menschliches, fast regelmäßiges und dennoch nervös klingendes Luftsaugen oder Luftstoßen, das ihr angst machte. Ihr Herz steigerte seine Frequenz. Dort unten mußte ein Mensch sein, und sein Atem verriet, daß er in Not war.

Sie stieg hinunter bis zur Kurve der steinernen Wendeltreppe, von der aus sie das Bad überblicken konnte. Neben dem Bassin, an dessen Rand eine Champagnerflasche stand, saß eine Frau, deren Gesicht sie nicht kannte. Sie war nackt, stützte sich hinterrücks auf die Arme, spreizte die angewinkelten Beine weit, hatte den Oberkörper halb aufgerichtet und hielt ihren Kopf mit geöffnetem Mund einem Mann entgegen, der vor ihr stand, auch er nackt, mit dem Rücken zu Irmela Schuldenzucker. Die Zuckungen seines rechten Armes, den er vor seinem Körper bewegte, ließen die Beobachterin auf der Treppe begreifen, daß sie sich zurückziehen mußte, als sei es ihr verboten, weiter zuzusehen. Dennoch schob sie sich nur ein wenig in den Schatten, den die Treppenspindel in der Biegung anbot. Sie hatte Volker Winkels erkannt, wollte nicht abwarten, bis er seine Hand ruhen lassen würde. Doch was sie neben den beiden Körpern wahrgenommen hatte, ließ ihre Augen nicht los: Da lag der quadratische Rasierspiegel auf den Kacheln zwischen der Frau und der Champagnerflasche, Linien von weißem Pulver, eine Rasierklinge, daumennagelgroße Tütchen, die wie Barbiepuppenkissen aussahen. Die Frau schien in ihrer ergebenen Haltung erstarrt zu sein. Die Atemstöße von Winkels, die zuvor wie in Not geklungen hatten, wurden nun schneller und kürzer. Irmela schob sich rückwärts eine Stufe höher, wandte sich dann um und stieg die Treppe hinauf.

Vom Flur aus betrat sie die Bibliothek, zog an der Schalterschnur der Stehlampe und setzte sich in den Brokatsessel, in dem sie ungezählte Stunden auf ihren Patienten Karl-Maria Winkels gewartet hatte, der kein Patient zu sein vorgab und sie für ihre Pflege täglich beschimpft, doch gut bezahlt hatte.

Sie wunderte sich, wie sehr sie die wenigen Schritte auf der Treppe und zur Bibliothek angestrengt hatten. Hier, in diesem Raum aus dunklem Holz, war sie zu Hause gewesen. Hier hatte sie geduldig in Bereitschaft gesessen und gelesen oder geschrieben, bis ihre Hilfe verlangt worden war. Sie kannte viele der Bücher in den Regalen hinter Glastüren. Sie kannte dieses Haus wie ihr Leben. Sie kannte das obere Bad, den Treppenlift für den Rollstuhl, das Schlafzimmer des alten Winkels, wo er sie einige Male um Handreichungen bat, die sie mit Selbstverachtung erledigt hatte. Sie war immer leise durch die Korridore und über die Stufen gelaufen, niemals mit festem Gang, der sie als zur Familie gehörig ausgewiesen hätte. Jetzt war sie neunundsechzig Jahre

alt, arbeitslos, bezog eine Rente, deren Höhe der Verachtung des Staates für alte Menschen entsprach. Volker Winkels, den sie seit seinem siebzehnten Lebensjahr versorgte, hatte die Rente um denselben Betrag aufgestockt. Zugleich hatte er Irmela Schuldenzucker aus dem Haus geworfen.
Das Hotel Korn, wo sie sich für den Übergang ein Zimmer genommen hatte, würde auf Dauer zu teuer werden. Und doch war in diesem Zimmer etwas geschehen, das ihr den Lebensabend sichern konnte. Beim Ausräumen der Koffer und Einordnen ihrer Kleider hatte sie im bemalten Bauernschrank Schubladen vermißt und erst dann, dem Bettfußende gegenüber, die Kommode wahrgenommen, gleichfalls ein bäuerliches, mit Ranken und Blüten bemaltes Fichtenmöbel, in dem sich drei über die ganze Breite eingelassene Schubladen befanden. Deren unterste, eigentlich brauchte Frau Schuldenzucker nicht mehr als zwei Schübe für ihre Wäsche, hatte sie – aus Neugier – ebenso wie die übrigen zu öffnen versucht. Doch so leicht die erste und zweite sich, durch langen Gebrauch eingeschliffen, öffnen ließen, so hartnäckig hielt die dritte den Bemühungen stand, und als die alte Dame sich davorgehockt, die Absätze gegen den Teppichboden gestemmt und mit altersstarrer Beharrlichkeit den Widerstand der Schublade überwunden hatte, erkannte sie die Ursache der Verklemmung: Ein zwischen die linke Bordwand

und die obere Führungsleiste geratener Brief hatte sich, vielleicht aus der mittleren Schublade in der seitlichen Fuge zur unteren gerutscht, derart festgesteckt, daß der bräunliche Papierumschlag nun durch Frau Schuldenzuckers Anstrengung aufgerissen war und sein Inhalt, zwei Fotografien und ein Zettel, auf dem Schubladenboden offen dalag.
Verwundert hatte sie die zwei Schwarzweißbilder betrachtet. Sie waren etwa sechs mal vier Zentimeter groß, trugen helle Rahmen mit wellig geschnittenen Rändern und waren in jenem gelbbräunlichen Ton gehalten, den man früher Chamois genannt hat. Jedes zeigte einen anderen jungen Mann. Irmela Schuldenzucker kannte die beiden nicht. Doch die Uniformen waren ihr nicht fremd. Es handelte sich um SS-Männer, fröhliche, angenehme, jugendliche, zukunftsfrohe Gesichter. Der Zettel, vergilbtes, liniertes Papier, schien aus einem Notizbuch gerissen zu sein, und die Sätze waren mit einem Wort für Wort angeleckten Tintenstift geschrieben: »Dies jetzt ein für alle Mal erledigt. Bald wieder daheim. Sei stolz!« Eine flüchtige Sütterlinschrift mit überwiegend lateinischen Bögen.
Irmela Schuldenzucker hatte die Fotos genau betrachtet. Hinter den jungen Männern, die sich offenbar wechselseitig aufgenommen hatten, waren in leichter Unschärfe vier Menschen sichtbar, an einem Tisch, drei in Stühlen schief und verrenkt nach hinten gelehnt,

einer kopfvoran auf die Tischplatte gesunken. Die schwarzen Flecken an ihrer Kleidung und die Blutlachen auf dem Tischtuch bestätigten den Eindruck, den ihre Körperhaltungen anzeigten: Sie waren sämtlich tot. Ein Mann, eine Frau, zwei Mädchen. Das stolze, noch nicht ganz gefestigte, doch schon von der Größe der eigenen Heldentat überstrahlte Lächeln der beiden SS-Jungen im Vordergrund ließ keinen Zweifel zu, wer die Familie im Hintergrund an ihrem Tisch umgebracht hatte: den Mann in dunkler Jacke, Weste und Fliege, die Frau in einem mittelgrauen Kleid, zwei Mädchen in sehr hellen, vielleicht weißen Kleidern. Sechs Gläser auf dem Tisch. Zwei Weinflaschen. Die Frisur der Frau aus langen, seitlich in Kranzform hochgewölbten Haaren, die Haare des einen Mädchens lang auf die Schultern fließend, die des anderen auf dem Tisch mit einer schwarzen Pfütze verklebt, der Vater der Familie offenbar grauhaarig, an den Schläfen hochgeschoren.

Je länger sie auf die beiden Bilder sah, um so näher kamen ihr die Toten. Um so ferner waren ihr die Mörder. Sie weigerte sich, die Gesichter zu erkennen. Eine Schwäche überkam sie, große Müdigkeit, sie griff hinter sich, zog die Daunendecke vom Bett und stopfte sie sich unter den Kopf, bevor sie sich zurücklehnte und auf dem Fußboden einschlief. Die Tragödie, die in den kleinen Bildern Platz gefunden hatte, weitete sich in ihrem Schlaf aus. Niemand schrie. Mädchen liefen durch ein Zimmer, ein Mann urinierte in die große Diele der Winkels-Villa, er hielt einen lackglänzenden, schwarzen spanischen Fächer in der Hand, aus dem sein Urin kam.

Sie erwachte, weil sie fror. Raffte sich auf, machte sich zurecht fürs Bett und lag lange mit offenen Augen in der Dunkelheit. Erst jetzt, als sie nichts mehr sah, wußte sie, wer die beiden waren. Im Halbschlaf meinte sie sogar die Namen zu hören. Willy Ungureith. Otto Sinzinger.

Am Morgen kam ihr langsam zu Bewußtsein, was sie in der Schublade gefunden hatte. Der Umschlag trug einen Poststempel aus Prag. Von dort hatten die SS-Männer ihre Bilder und das Geständnis gesandt. Die Honoratioren der Stadt. Die bedeutenden Familien. Die Hochgeachteten, Vielgeehrten. Mörder.

Sollte es ihnen nicht wert sein, Irmela Schuldenzuckers Lebensabend ruhig und angenehm zu gestalten? Nicht, daß sie an Erpressung gedacht hätte, wie man allgemein daran denkt: Geld gegen Dokumente, noch mehr Geld, weil Kopien existierten. Irmela Schuldenzucker wußte: Hier genügten Andeutungen. Doch nicht sie selbst durfte mit Forderungen auftreten. Sie brauchte einen Helfer. Volker Winkels fiel ihr ein. Sie schätzte ihn nicht sonderlich, seine Angeberei, seine Nächte mit tschechischen Damen. Aber ging sie das etwas an? Er

hatte die Pressemacht in der Stadt. Er konnte durch sanfte Hinweise Druck ausüben. Mit ihm mußte sie sich besprechen. Sie hatte sonst niemanden.
Mit einem Mal keimte wieder Lebensmut in ihr, die Zukunft hellte sich auf. Sie hatte sich immer alles gefallen lassen, glaubte sie. Und nun? Mit siebzig irgendwo zur Untermiete? Langsam mit sich selbst schlampig werden, weil es ja doch nicht darauf ankam? Das war nicht ihr Weg.
Sie legte beide Hände um ihre Handtasche. Die Fotos und das Bekenntnis im Seitenfach würden die Jahre, die ihr noch blieben, vergolden. Sie wollte aufstehen und zu der Werkausgabe von Kleist gehen, zwischen deren Bänden sie ihr schmales Tagebuch versteckt hatte. Vor Scham und Wut über Winkels' Kündigung war sie überstürzt ausgezogen und hatte keine Gelegenheit gefunden, es unbemerkt mitzunehmen. Dort würde sie die Bilder und den Zettel einlegen. Ein besseres Versteck als dieses Heft unter den Tausenden von Büchern gab es nicht. Sie hatte es nicht regelmäßig geführt, aber in den vielen Wartestunden in dieser Bibliothek immer wieder Zeit für Eintragungen über Vater und Sohn Winkels gefunden, von denen sie nicht wollte, daß die darin Beschriebenen sie lesen könnten.
Sie wußte, zu welchem der von Glastüren geschützten Regale sie gehen mußte. Plötzlich schien ihr die Entfernung zu groß. Sie versuchte, aus dem Sessel aufzu-

stehen. Es war schwer, den Körper aus den tiefen Polstern herauszuheben. Die Arme sollten helfen und auf den breiten Holzlehnen Halt und Stütze finden. Aber sie schoben den Oberkörper nur voran in die Leere, und Irmela Schuldenzucker gab die Bewegung auf, um nicht vornüber aus dem Sessel zu fallen. Sie lehnte sich zurück. Sie griff nach der Schnur des Lampenschalters, bekam die Quaste zu fassen und zog daran. Das Licht ging aus. Sie öffnete den Mund. Sie schwieg. Sie spürte, wie ihr Herz langsamer wurde. Es stolperte nicht. Es tat nicht weh. Es wurde nur langsamer, leistete sich wachsende Pausen zwischen den Schlägen und kam mit nach vorn fallenden Schritten wieder in Gang. Sie war nicht beunruhigt. Keine goldenen Jahre vielleicht. Vielleicht ein helleres Licht? Es sollte so sein. Wenn eine Pause zwischen den Schlägen groß genug sein wird, dachte sie, mache ich mich davon. Niemand wird in meiner Handtasche nachsehen. Schade, daß ich mein Tagebuch nicht holen kann. Aber er wird es nicht lesen. Er denkt nicht an Kleist. Und vielleicht fliegt es mir ja auch nach. Über diesen seltsamen Einfall mußte sie lächeln.

Sie teilten die Rechnung durch drei. Am Ufer der Mühr liefen sie zum Kornmarkt. Dort, im Hof des Hotels Korn, hatte Michaela Bossi ihren Wagen geparkt. »Schön, daß Sie mich begleitet haben. Sie, Frau Matt, sind ja hier auch zu Hause… Dann also bis Montag, zehn Uhr, Lagebesprechung. Oder um acht, Vernehmung Polenz?«

»Wenn er kommt. Gute Fahrt.« Swoboda sah sie zu ihrem kleinen Citroën gehen, wandte sich um und lief langsam auf den Markt. Martina folgte ihm zögernd ein paar Schritte und blieb stehen, als er den Ziegenbrunnen erreicht hatte. »Möchtest du, daß ich hier in meinem Zuhause, wie Frau Bossi so richtig bemerkte, bleibe?«

Er ging zu ihr zurück. »Ich möchte, daß du mitkommst. Und daß du aufhörst, mich ständig vor ihr zu beschützen.«

»Oh, ich wollte euch nicht stören, verzeih bitte.«

Er nahm sie an beiden Händen. »Das klingt nach Eifersucht. Dafür gibt es keinen Grund.«

»Eifersucht braucht keine Gründe.«

»Liebe auch nicht.«

Sie umarmten einander und überließen sich der Gewißheit, daß Zeit und Ort aufgehoben waren. Sie standen reglos im Laternenlicht des Kornmarkts, über den sich die Nacht spannte. Ein anderer Fußgänger lief, den Kopf in den Kragenschatten gesenkt, quer über den Platz. Michaela Bossi fuhr auf dem Hohenzollernufer stadtauswärts, wo sich vom Fluß her Nebel über die Straße schob.

So sah ich euch stehen, ein nettes, angejahrtes Paar. Man möchte neidisch werden auf so viel trauliche Alterserotik. Aber man wird es nicht. Man möchte nicht in den hängenden Gärten der Semiramis spazierengehen, sondern zwischen Auroras frisch aufgegangenen Hügeln! Und deinen gewiß ausrundenden Speckgürtel, Alex, der auch mit gewagtem Euphemismus nicht mehr als poignées d'amour zu bezeichnen wäre – wer will denn so was um die Hüften tragen? Sieht sie deine Altmännerbrüstchen schlackern, deine Hamsterwangen fallen, wenn du dich auf sie beugst? Ach, wie wird sie weinen um dich, Alexander, wie wird sie wiederum trauern müssen, erst Max, dann du, womit hat sie das verdient? Das arme Mädel, ob sie noch einmal einen abbekommt? Schließlich ist sie nicht mehr ganz frisch, und die Männer sind wählerisch, allerjüngste Haut steht an jeder Ecke zu annehmbaren Preisen, Früchtchen der Jugendarbeitslosigkeit, man nimmt und kann nicht klagen.

Na, irgendein Greis wird sich finden, sie tröstet sich ja schnell, nur: Ist sie erst sozusagen doppelt verwitwet, hat sie ihren schlechten Ruf weg. Man kann dann wirklich nicht sagen, sie bringe ihren Männern Glück!

Ich habe übrigens mit meinem privaten Countdown für dein Leben begonnen, Alex! Ich zähle deine Tage herunter, deine Hoppereiternächte mit Fräulein Matt, deine so emsige wie erfolglose Suche nach dem Mörder, ohne daß du weißt: Er ist auch dein Mörder, ja deiner ganz be-

sonders, mit besonderem Vergnügen, denn diesen letzten Mord werde ich selbst ausführen, den kann ich unmöglich einem gefühllosen Profi überlassen, der gleichermaßen kaltblütig wie beziehungslos tötet.
Mich wirst du im letzten Lichtbild, das deine Netzhaut empfängt, erkennen! Ich zähle! Und wenn es dann heißt: Drei, Zwei, Eins, Null! Dann hebt deine Seele ab! Der lächerliche Satellit deiner kleinen Anima wird in die Kälte der Ewigkeit geschossen. Und in klaren Nächten bei Neumond werde ich in den Gassen der Stadt stehen und hinaufsehen – und lachen! Erleichtert. Und voller Freude.
Denn mein Haß auf dich, Alex, ist seit den Tagen, an denen du großkotzig und hochmütig entschieden hast, ich könne nicht schreiben, ich sei absolut untalentiert, meine Gedichte seien peinlich, erinnerst du dich, ausgelacht habt ihr mich, Max und du, rumposaunt habt ihr unter den Ludwigsbühlern, daß ich mich verstiegen hätte, ich, der kleine Herr Nichts, Poesie einzureichen für das Schülerblatt, für die Bühne, Proszenium, *wo jeder seinen Furz lassen konnte, wo jeder Analphabet sich in der Schule und der Stadt wichtig machen konnte. Nur ich nicht! Ich Unterkläßler, ich Unterunterunterunternichtberührbarer, ich Nichtsschreiber, ich ridiküles Subjekt – – mein Haß auf dich und Max war damals mindestens so groß wie meine Träume. Ihr wart die Entscheider. Ich der Bittsteller. Ich weinte Nächte durch. Ich wußte, daß ich ein Dich-*

ter bin, ihr bloß hochnäsige Redakteure – nein, ich wußte es nicht, ich hielt euch für … Halbgötter, ihr hattet mein Leben in der Hand und habt es auf den Müll geworfen. Max und du, du und Max, hättet ihr nur ein Gedicht gedruckt, eines meiner weiß Gott nicht raumgreifenden Gedichte, vier Zeilen wenigstens hätte ich meinem Vater zeigen können, hätte sagen können, hier! Hier! Hier! Siehst du, ich bin das, ich bin Poet, Dichter, Lyriker, hier steht es gedruckt, mein Name über dem Gedicht, siehst du, wer ich bin, ich bin größer als du, ich beherrsche die Sprache besser, ich bin dein Sohn, auf den du verdammt noch mal endlich stolz sein könntest, solltest, müßtest … Aber ihr wart wie er. Wo er sagte: »Lerne erst mal die Grammatik!«, sagtet ihr: »Solange du die Grammatik nicht vergißt, wird das nie was!« Ihr hattet alles. – Die Macht. – Die Kunst. – Die Mädchen. Ilse. Die anderen … Und so ist es geblieben. Bis ich begriffen habe, was mir im Weg steht. Max entmannen zu lassen, hat mich unendlich erleichtert! Siehst du, Alex, das Schicksal waltet mit seiner herrlichen Grausamkeit in jedem Leben, und daß sich das Allgemeine so günstig zum Privaten fügte, hätte ich nie vermutet. Als die Angsthasen mich baten, dafür zu sorgen, daß ihre Jugendsünden nicht ans Licht kommen – was habe ich da gedacht? Ihnen helfen? Warum? Sie haben Jahre dafür gezahlt, daß ich nicht sage, was ich weiß. Und nun? Die Summen steigen um so höher, je kleiner die Vergangenheit werden soll.

Manchmal überkommt mich der Wunsch, zu dir zu gehen und zu gestehen. Alles! Nur um zu sehen, wie du an dir zu zweifeln beginnst, weil du nichts wußtest, nichts ahntest, weil deine Nase taub war. Ah, dich zweifeln zu sehen, dich selbstgerechtes, arrogantes, besserwisserisches Arschloch zweifeln zu sehen!! Ich würde mein linkes Bein dafür geben und dir auf dem rechten noch nachhumpeln an den Rand deiner Grube. Aber noch muß dein Porträt vollendet werden, noch gibt es ein paar Windungen des Weges, bevor ich dich so hilflos, wehrlos, ängstlich und bettelnd vor mir haben werde, wie du mich vor dir hattest mit meinen Zeilen in der Hand, die mein Leben waren! Und ich war ein Kind! Ich war ein singendes Kind! Ein Kind, das von einem Traum lebte! Wie leicht war ich zu vernichten … Und du hast mich getötet. So seltsam dir das vorkommen mag. Damals hast du mich getötet.
Ich habe mich nach langer Überlegung für ein Gift entschieden. Es wirkt so sicher wie langsam. Du wirst sehr verzögert sterben … Man kennt den Ablauf gut. Schrecklich qualvoll. Ricin ist ein bösartiger Stoff. Du wirst dich durch alle Schmerzen deines Körpers hindurcharbeiten müssen, bis endlich die Erlösung erfolgt. Aber ich gewähre dir Einblick. Ich bin fair. Ich lese dir, wenn es soweit ist, vor, wie der Ablauf sein wird. Damit du dich darauf einstellen kannst. Innerlich …

VIII

Klantzammer

Bei gebackenem Zander und mährischem Veltliner ahnte Kriminalrat Jürgen Klantzammer noch nicht, daß die gezügelte Spielleidenschaft am letzten Wochenende des Monats, die er mit seinem Prager Kollegen und Freund Peter Karlach teilte, auch seinen beruflichen Interessen dienen würde.

Karlach hatte ihn zum Abendessen ins *Blaue Entchen* auf der Kleinseite einladen wollen, jedoch zu reservieren vergessen, und so fanden die beiden Herren sich an der Moldauseite der Kampainsel im *Rybarski Klub* ein, wo für Karlach stets ein Tisch frei war.

Zwei Stunden zuvor hatten sie im Casino *Palais Savarin* beim American Roulette einiges Geld gewonnen, es nach und nach wieder verspielt und das Barockpalais, Na Prikope 10, schließlich mit gehörigem Defizit verlassen. Fast immer verliefen ihre Besuche nach diesem Muster, keiner von beiden war spielsüchtig; es machte ihnen Freude, miteinander im Ambiente des Palais Savarin diszipliniert das Glück herauszufordern und anschließend auf wechselseitige Einladung gut zu speisen.

Für Klantzammer waren die Aufenthalte nicht billig, zumal er, gegen seine Gewohnheit großzügig mit sich selbst, im *Esplanade* an der Washingtonova abzusteigen pflegte, das er wegen der Jugendstil-Ausstattung und zentralen Lage, nur unweit vom Wenzelsplatz, schätzte und wo man ihm seit Jahren zum letzten Wochenende im Monat ein Zimmer für zwei Nächte reservierte.

Er war am frühen Samstag morgen in seinem penibel sauberen VW Passat nach Prag gefahren, gegen Mittag im Hotel eingetroffen und hatte sich, im Nachklang der Lagebesprechung tags zuvor, auf den Weg zur Kampainsel gemacht, ein längerer Fußmarsch über den Wenzelsplatz und durch die Narodni bis zur Brücke der Legionen, an deren anderem Ende er sich nach rechts wandte und zunächst das westliche Ufer der Insel an dem Flüßchen Certovka, dem Teufelsbach, bis auf die Höhe der Karlsbrücke durchstreifte.

Dann lief er an der Moldauseite zurück. Nichts an der Kampa, die in tschechischem Überschwang auch Klein-Venedig genannt wurde, fiel ihm als ungewöhnlich auf; eine reiche, offenbar in den letzten Jahrzehnten solide renovierte und von betuchten Leuten übernommene Wohngegend mit gepflegten Villen, würdigen Bürgerhäusern – kein Ort, der zu den Zungener Morden zu passen schien. Klantzammer verließ die Insel mit dem Gefühl, aus einer Idylle in die gesellschaftliche Wirklichkeit auf der anderen Moldauseite zurückzukehren.

Er beeilte sich. Gegen achtzehn Uhr war sein Treffen mit Karlach vereinbart, er wollte sich noch umziehen, die langen Wege hatten ihn zum Schwitzen gebracht; wenigstens lag das Casino nicht weit vom Hotel.
Peter Karlach, der die Prager Mordkommission II leitete, war ein Mann von grundfreundlichem Charakter. Die allgemeine Rundlichkeit seiner Erscheinung ließ ihn älter wirken als Mitte Fünfzig, verlieh seinem Gesicht aber den Ausdruck innerer Ruhe, ja Zufriedenheit. Das Grauen, dem er seine Berufserfahrung abgewonnen hatte, milderte er mit Schwejkscher Lebensweisheit sowie durch sein grenzenloses Vertrauen in die böhmische Küche: Sie erhielt ihm, ganz gleich, wie schlecht es auf der Welt zuging, die Freude am irdischen Dasein.
Ihm hier, im Rybarski Klub, beim Verzehr einer Portion Hecht zuzusehen, konnte den größten Misanthropen davon überzeugen, daß es eine Lust sei zu leben. Karlachs breitgewölbter, ganz haarloser Schädel schimmerte in kindlichem Rosa, die Lippen glänzten buttrig, und wenn er sein Weinglas hob, lächelte er dem Kelch zu wie einem Verbündeten. Dann hob er das Glas seinem Gast entgegen, sah ihn aus seinen kleinen, hellblauen Augen an und sagte, was er jedesmal sagte: »Was für eine schöne, gute Zeit! Möchte sie uns bleiben.«
Die beiden Männer hatten einander in mißtrauischen Zeiten kennengelernt, als sich beide wegen einer Mord-

serie im Grenzland gezwungen sahen, die strikten Einschränkungen für jede Art von Kooperation zwischen Ost und West gleichsam privat zu unterlaufen. Damals, lange nachdem der Prager Frühling mit all den in ihm aufgeblühten Hoffnungen zerschossen worden war, hatte Karlach bei der Kooperation mit dem Westler seine Stellung riskiert. In Kriminalrat Klantzammer war ihm ein verständiger, politisch diskreter Kollege gegenübergetreten, und sie hatten den Fall gelöst, ohne die Machtgelüste der Blöcke und die Widersprüche zwischen ihnen zu gefährden. »Macht«, hatte Karlach damals seinem Besucher auf einem Spaziergang durch die Gassen der Kleinseite erklärt, »Macht nehmen wir hier vielleicht anders wahr als Sie drüben. Wir halten die Macht für Verdauungsstörungen des alten Mütterchens Rußland, Flatulenzen, wenn Sie gestatten, nur halt stark wie Naturkatastrophen. Nun ja, manchmal bezahlen wir mit dem Leben. Aber das Leben, wenn Sie mir ein wenig Philosophie gestatten, Herr Kriminalrat, ist doch, seien wir ehrlich, ein Schlingern am Abgrund, nicht?«
Klantzammer hatte wenig verstanden, aber er hatte gespürt, daß dieser Kollege, der damals noch einzelne blonde Schläfenhaare quer über den Schädel zu legen sich bemühte, ein angenehmer Mensch war. Erstaunt hatte er bemerkt, daß unterhalb der großen Auseinandersetzungen über die bessere Welt die konkreten Fragen von Gut und Böse, jedenfalls was die allgemein

menschlichen Delikte betraf, sich auf der Ebene der Polizei diesseits und jenseits des Eisernen Vorhangs nicht unterschieden. Not und Habgier, Angst und Eifersucht, Wut und Verzweiflung waren unanfällig für Systemtheorien.

»Sie werden doch nicht glauben«, hatte Karlach ihn auf einer Bank am Moldauufer gefragt, »daß ein Mörder im Sozialismus andere Motive hat als im Kapitalismus?« Damals hatte der Prager Kommissar ihm zum ersten Mal von seiner Verachtung für die politische Polizei erzählt. »Wissen Sie, Herr Klantzammer, *die* interessiert, was ein Mensch denkt, und *uns* interessiert, was ein Mensch tut. Mich interessiert schon auch, was ein Mensch denkt. Aber nicht als Polizist. Sondern als Mensch. Wenn Sie verstehen. Ich glaub halt, ein Polizist, der die Gedanken von Leuten verfolgt, ist selbst einer, der was tut, was ich schon wie ein Delikt zu verfolgen geneigt wäre – unter anderen Umständen. Weil ich es ja mit dem Tun zu tun habe, nicht mit dem Denken.« Er konnte nach solchen Sätzen derart deutlich zugleich lächeln und nicht lächeln, daß Klantzammer ihn still bewunderte.

So hatte sich langsam unter ihnen ein westöstlicher Diwan ausgebreitet, und als die westliche Welt über den Sturz des sowjetischen Kolonialsystems jubelte, saßen die beiden Herren schon längst im gemeinsamen Fauteuil ihrer Freundschaft.

Nach den fünf Vierteln Veltliner hatte nun jeder noch einen Becherovka genommen – Klantzammer mußte nach diesem Karlsbader Becher der Klebrigkeit wegen viel Wasser trinken –, worauf beide, nachdem sie die Toilette aufgesucht und sich der angesammelten Flüssigkeit entledigt hatten, betont aufrecht dem Ausgang zustrebten, Karlach mit einer Schnörkelei seiner rechten Hand dem Kellner bedeutend, daß die Rechnung anzuschreiben sei, Klantzammer mit ratlosem Blick durchs Lokal, weil er fälschlich vermutete, einen Hut dabeigehabt zu haben. Aber wichtig schien es ihm nicht zu sein.

Sie standen am Ufer des Flusses, sahen das Goldlicht der Karlsbrücke in der Nacht und auf dem schwarzen Wasser. Die schnell fließende Moldau zerbrach allen Schein, der von der Brücke und von der Stadt auf sie fiel, zu treibenden Splittern; der unbeständige Glanz stimmte, je nach innerer Lage des Betrachters, nachdenklich oder froh, tieftraurig oder rührselig.

Die beiden Helden der Rechtsordnung, die schulterumarmt der Brücke zustrebten, hatten während des Essens alle Phasen ihres Glücksspiels im Savarin noch einmal nachvollzogen und für künftige Spielnachmittage tödlich sichere Varianten ersonnen, beruflich jedoch keine Fallgeschichten ausgetauscht, bis auf eine winzige Bemerkung Karlachs, er habe derzeit einen großen Zugriff vor und werde, aufgrund einer zufälligen

Information, dem Bandenwesen in Prag demnächst einen Tiefschlag versetzen.
Auf der Brücke fast schon zur Mitte gelangt, blieb Karlach stehen, beugte sich über die Steinbrüstung und deutete ins Wasser hinunter. »Da, siehst du, genau hier!«
»Was hier?« Klantzammer sah dem Blick Karlachs nach in den Fluß.
»Na, da hat der Junge sie gefunden. Man muß sich überlegen, was das Schicksal tut. Da wirft einer ein Bündel über die Brüstung in die Moldau, denkt, es sinkt auf ihren Grund, aber es fällt nicht ins Wasser, sondern es hängt unten fest, da, auf dem Mauervorsprung bei der Strömungsableitung des Pfeilers. Und einer von den armen Jungen, die hier immer rumlungern und drauf warten, was klauen zu können, sieht das, klettert unter Lebensgefahr hinunter, schnappt sich das Bündel, und siehe da: Es sind Messer! Messer der feinsten Sorte! Teure feststehende Messer. Der Junge schafft sie heim, wäscht sie, poliert sie, wienert sie, sie sind wie neu. Und was meinst du, tut er damit?«
»Was tut er damit?«
»Natürlich verkauft er sie.«
»Natürlich.«
»Und wird erwischt natürlich.«
»Natürlich.« Mit einem Mal war Klantzammer, als habe er eine Tür verpaßt und müsse noch einmal zurückgehen.

Jetzt sah er das Wort vor sich und sprach es aus. »Messer!«
»Sag ich doch!« Karlach klang gekränkt. »Hörst du mir überhaupt zu?«
»Wenn ich Glück habe, Peter, ist das die wichtigste Nachricht des Tages. Kann ich die Akte sehen?«
»Jetzt?«
»Sofort.«
»Oh bitte, nein, ich muß nach Hause! Wenzel ist schon seit vier Stunden allein, der pißt mir die Wohnung voll, du ahnst nicht, was so ein kleines Viech in der Blase hat, zumal er jetzt bald neun wird!«

Eine halbe Stunde später saßen sie in Karlachs Büro. Der Rauhhaardackel Wenzel lag auf seiner Hundedecke unter dem Tisch, Karlach hatte Kaffee gemacht, und die beiden Herren lasen die Aussage des zwölfjährigen Hanuš nach, der an der Karlsbrücke die Messer gefunden hatte. Klantzammer zweifelte nicht, daß es sich um die Tatwaffen im Fall Max Niehaus handelte. Karlach fluchte auf den Jungen, der seine Funde auf Hochglanz gebracht und vielleicht vorhandene Spuren vernichtet hatte.
»Aber wir wissen, wer sie runtergeworfen hat. Dieser Junge, dieser Hanuš, ist ein guter Beobachter. Wir kennen den Mann, den er beschrieben hat. Er hat rechts am Kopf nichts, das Ohr ist ihm irgendwann abge-

schlitzt worden. Ein Este, seit zwanzig Jahren Prager Bürger, pendelt zwischen Tallin und Bratislawa, Kiew und hier hin und her. Er heißt Neeve Kallasmaa, ist vierunddreißig Jahre alt, lebt luxuriös. In den hiesigen Kreisen heißt er Cervenka. Das Rotkehlchen. Du kannst dir denken, warum. Zwischen der Ostsee und der Moldau werden ihm mindestens acht aufgeschlitzte Hälse angelastet. Manchmal ist er mit einem Pasak zusammen, du weißt schon, Zuhälter! Sie nennen ihn Sekyra, die Axt, auch kein guter Mensch. Nachweisbar war bisher nichts, gar nichts, aber diesmal kriege ich Cervenka dran. Ich pflücke zuerst seinen engsten Kumpel von der Straße, Broucek, den Käfer, der ist ein Feigling, und dann koche ich das Rotkehlchen mit einem angeblichen Geständnis des Käfers weich. Ich weiß, das ist nicht so ganz zulässig, aber was Cervenka macht, ist erst recht verboten, oder?«

»Ich weiß nichts von deinen Methoden«, sagte Klantzammer langsam. »Ich habe einen Kollegen, der recht gut Tschechisch spricht, einen Herrn Berger, ich schicke ihn vorbei.«

»Ich mach dir von der Hanuš-Akte eine Kopie.«

Als Karlach vom Nebenbüro zurückkam, trug er in der linken Hand die Akte und ihre Kopien, in der rechten eine farblose Flasche.

»Das ist eigenartig. Steht neben dem Kopierer ein Kühlschrank. Zufällig sehe ich hinein, was liegt da im Eisfach? Ein unschuldiger Wodka. Weiß ich, wie er da hineingekommen ist? Keine Ahnung hab ich, ehrlich. Aber wo er sich nun einmal aufgedrängt hat …«

Aus den Hosentaschen zog er zwei Gläser hervor. »Siehst du, nun weiß ich auch, warum ich immer die Gläser mit mir herumschleppe …«

Er löschte das Deckenlicht.

Die beiden Kommissare saßen einander gegenüber, prosteten sich zu. Die Flasche bestand darauf, leer zu werden. Im Halbdunkel leuchtete der kalte Schein der Tischlampe, von der Akte Hanuš und den Kopien zurückgeworfen, ihre Gesichter von unten an.

Karlach rollte mit seinem Stuhl zum Ablageregal unterm Fenster und schaltete das Radio ein. Ein Chanson erklang, rauh und aufbegehrend, ein russischer Sänger, soviel verstand Klantzammer.

»Das ist Alexander Rosenbaum«, sagte Karlach. »Stammt aus Petersburg, der Nachfahre von Bulat Okudjawa und Wladimir Wissotzkij. Gut, daß wir allmählich wieder die Lieder der Russen einfach als Musik hören können. – Erzähl mir von euren Morden.«

Und der Kriminalrat aus Zungen an der Nelda berichtete von Max Niehaus und Peter Gottfreund. Er berichtete von dem Blutanschlag auf den alten Dr. Stehling, von der Drohung, die dem Dialogschreiber Philipp Teichmann oder der Journalistin Karin Maiwald gegolten hatte, und er erzählte von der Vermutung Alex-

ander Swobodas, im Hintergrund der Taten gehe es um Geld und Geschäfte.
»Na«, murmelte Karlach, »wenn er sich da mal nicht täuscht. Cervenka wird uns erzählen. Das Beste ist, du bleibst hier. Prag ist so schön. Und es hält dich sowieso fest, wie Kafka gesagt hat: Dieses Mütterchen hat Krallen.«
Klantzammer antwortete nicht. Er hatte das Gefühl, nachzudenken, doch er dachte nicht nach. Er fragte sich noch immer, ob er eigentlich einen Hut mit ins Fischrestaurant gebracht hatte. Oder ins Casino? Besaß er denn überhaupt einen Hut? Ja, einen weißen, Panamastroh, für den Sommer. Aber es war nicht Sommer. Er legte seine Ellenbogen auf Karlachs Schreibtisch, bettete seinen Kopf darauf und nahm sich vor, die Hutfrage und all die anderen ungelösten Fälle noch einmal in aller Ruhe, Tatsache für Tatsache, durchzugehen.
Sein Kollege hatte sich in den Stuhl zurückgelehnt, die Beine gestreckt und die Hände über dem Bauch gefaltet. In der Gewißheit, daß niemand irgendwo auf ihn wartete, konnte er überall schlafen. Alexander Rosenbaum sang zur Gitarre sein Lied von der Newa, die durch Petersburg fließt, für die Liebenden auf den Brücken.
Unter dem Tisch schnarchte Wenzel.

Auf dem Höhenrücken über dem Ostufer des Flusses fiel das Licht tief in den Mahrwald ein. Noch waren die Blätter an den Buchen jung, noch traf die Helligkeit fast unvermindert auf den Boden wie an Föhntagen im Winter. Die Mahr glänzte hart und silbern an diesem Sonntag morgen, die Luft war gläsern, farblos, kalt. Dennoch sah Swoboda bereits kommende Lichttöne angelegt: kühles Zitronengelb von Mai bis Juni, das langsam rötliche Wärme aufnehmen und von August bis Oktober hellem Honig, dann Bernstein ähneln würde.
Er sah den Widerschein der Felder und Weiden in der Luft voraus, das Grünlicht der nächsten Wochen, Wintergerste, nachwachsende Wiesen; alles, was grün aufkeimte, färbte auch die Luft. Nie in seinem Leben hatte er Staffelei, Farbkasten, Palette und Pinsel ins Freie getragen, die Plein-air-Malerei kam ihm touristisch vor. Doch während er mit Martina Matt durch die Felder oberhalb des Mahrwalds lief, streifte sein Blick auf der Suche nach Farben übers Land, die er in seiner Phantasie aus den Grundtönen mischte. Ein fast reflexhafter Vorgang, die Palette im Kopf hatte unbegrenzt Platz für Variationen, er spürte die Stimmung der Natur und führte sie ausschließlich auf Zwischentöne zurück, denen er Namen zuordnete: Hechtgrün, Milchgrün, Schimmelgrün, Junggrün, Laubfroschgrün, Eisgrün. Auf seine Weise war auch er Plein-air-Maler,

einer, der ohne Leinwand malte, ohne mit Daumen und Bleistift Maß zu nehmen an Baumhöhen, Häusern, Horizont und Perspektiven anzulegen. Scheinbar unbeschäftigt und wortlos lief er an Martinas Seite, während er malte. Den Farbton des Feldwegs fand er schwierig: nicht grau, nicht braun, nicht beige, farblich ein Zwischennichts.

Er sah zum Horizont auf, über den sich unbewölkt das Barockblau hob. Er liebte dieses Blau, weil ihm schien, daß seine Himmelshelle gesättigt war vom Dunkel des Weltalls dahinter. Dieses Blau kam dabei heraus, wenn man die Nachtschwärze der Unendlichkeit mit Licht und immer mehr Licht verdünnte. Und das bedeutete: Der Raum zwischen den Galaxien konnte nicht schwarz sein, sondern nur von einem unendlich tiefdunklen, lichtentleerten Blau, einem Blau ohne Restlicht. Vielleicht war das die Farbe Gottes.

Welch ein Tag, dachte Swoboda, welch ein Leuchten, welch eine heitere Stimmung! Ich war schon ewig nicht in dieser Laune, und über die Felder hier bin ich seit Monaten nicht gelaufen. Welch ein Duft! Man sollte sich häufiger Zeit nehmen, sich bewegen, sich mit dem Himmel wieder vertraut machen! Warum muß mir das eine Frau sagen, warum komme ich nicht selber darauf?

Martina lief schweigend neben ihm her. Sie hatte ihn zu der kleinen Wanderung gedrängt. Sie sah, daß er in die Luft lächelte, und es gefiel ihr, wie er sich hier draußen verwandelte und die düsteren Gewichte, die ihm in der Kindheit angehängt worden waren, in der Chamäleonstadt zurücklassen konnte. Manchmal legte er übermütig kleine Kurven in seinem Gang ein, maß schrittweise verschlungene Arabesken aus, die ihn vom geraden Weg abbrachten, zu Martina zurückführten. Er legte die Arme um sie, und sie war dankbar für seine überflüssigen Ausschreitungen, die ihr zeigten, daß er Lust hatte, bei ihr zu sein.

Zugleich beneidete sie ihn um seine Freude. Sie hatte sich vorgenommen, diesen Tag für ein Geständnis zu nutzen. Nichts mehr aufzuschieben, auch wenn die Ahnungen, die sie beschwerten, ihn von ihr entfremden konnten. Er hatte sie nie nach Gründen für ihren Selbstmordversuch befragt. Nicht weil er ihn ignorierte, sondern weil er wußte, eines Tages würde sie sprechen. Wenn sie soweit war.

Heute war dieser Tag. Aber war es der richtige Zeitpunkt?

Es wird keinen richtigen Zeitpunkt geben, dachte sie. Für das Falsche gibt es nur falsche Augenblicke. Der richtige Augenblick wird nicht kommen. Ich muß den falschen Augenblick riskieren. Aber jetzt? Für Geständnisse dieser Art ist die Gelegenheit nie günstig. Es geht uns gut. Wie wird es nachher sein? Vielleicht zerstöre ich alles.

Frühling, unabweisbar. Um sie herum ein allgemeiner Entschluß, neu zu leben. Sie zögerte. Dann entschied sie sich zu sprechen. Was immer daraus folgen würde. Sie dachte nach über den Anfang. Sie fand das erste Wort: Max. Wenn sie Max sagte, würde Alexander ruhig zuhören.

Plötzlich sah Swoboda die Leiche vor sich. Die Leiche mit der Nagelmaske. Über ihr war damals das gleiche Leben verheißende Licht. Es war derselbe Duft von Aufbruch und kühnem Beginnen. Er sah das Nagelvisier des Toten vor sich, von dem er noch nicht wußte, daß Max es trug. Jetzt, auf dem Feldweg, schon Stunden entfernt vom Höhenrücken des Mahrwalds, drängte sich plötzlich der Tote vor – der abfallende Bergrücken, die Böschung zum Fluß. Jetzt sind wir noch drei, hatte Leybundgut gesagt. An jenem entsetzlichen Morgen.

»Wir wissen nichts von diesem Hingehn, das nicht mit uns teilt.« Er sprach laut. Zu seinen Schuhen hinunter auf den Weg.

Der Lebensaufbruch des Sonntag vormittags schien innezuhalten. Swoboda lief langsamer. Er blieb stehen. Er sah sich nach Martina um.

»Was hast du gesagt?« fragte sie.

»Weiß nicht, ein Zitat, plötzlich war das in meinem Kopf, entschuldige, bloß so ein Einfall.« Er schämte sich, gewiß hielt sie sein Gemurmel zu sich selbst für eine Altmännermarotte. Sie liefen weiter.

Am gestrigen Abend, am Samstag, hatten sie im Wohnzimmer eines Anwalts gesessen und gesehen, wie die Hände des alten Herrn beim Öffnen des Umschlags zitterten. Vor Jahren hatte Max ihm seinen Letzten Willen anvertraut, als der Anwalt noch in einem Notariat praktizierte. Er war längst aus der Kanzlei ausgeschieden und empfing die wenigen Klienten, die ihn noch brauchten, privat. Alexander und Martina hatten wie Kinder vor seinem Schreibtisch gesessen. Der Alte sah sie an wie Verräter. Max hatte sie als seine Erben miteinander verbunden.
Mittags kehrten sie ein. Das Wirtshaus *Kürbenzäuner*, von allen Siedlungen umher gleich weit entfernt, lag auf einer Anhöhe, von Ahornbäumen umgeben. Ein beliebtes Ausflugsziel. Das Essen kostete hier halb soviel wie in den Zungener Gaststätten, die Portionen waren doppelt so groß – ungeachtet des Namens, denn die Korbflechterfamilie, nach deren Gewerbe vor Jahrhunderten dieses Anwesen benannt worden war, hatte vermutlich zeitlebens mit dem Hunger zu kämpfen. Jetzt standen kräftige und schwere Gerichte auf der Karte, niemals mehr als fünf und selten variiert. Swoboda schätzte die faustgroßen Leberknödel auf Kraut so sehr, daß er sie hier jedes Mal wählte. Martina bestellte ein Kalbsschnitzel, nach Wiener Art paniert und so groß, daß der Teller es nicht faßte. Ein Wasser für sie, für ihn ein Zicker Weißbier.

Sie hatten sich an einen der wettergrauen Holztische auf dem Vorplatz gesetzt, die Bänke waren warm.
»Warum hat er es gewußt?«
Martina blickt ihn an, und in ihren Augen sah er, daß sie ahnte, wovon er sprach. Im Mittagslicht leuchteten die Farben an ihr: der karmesinrote Pullover unter dem offenen weißen Anorak, ihr Haar blendete fast in der Sonne.
»Warum hat Max gewußt, daß wir beide ... Das Testament ist über zwei Jahre alt. Ich habe keine Ahnung, was ich mit dem Verlag machen soll. Du wirst die Galerie führen, aber was mache ich? Ich verstehe vom Büchermachen soviel wie ein Elefant vom Ballett. Warum war er so sicher, daß wir mit seinem Erbe gemeinsam umgehen könnten?«
»Er hat es gehofft. Er wollte es. Max war sehr krank. Er hatte einen Gehirntumor, und er hat abgelehnt, sich operieren zu lassen. Die Chancen standen schlecht. Er fürchtete, als geistiges Wrack zu überleben. Der Mörder hätte sich die Arbeit sparen können, er hätte nur ein halbes Jahr warten müssen.«
»Das hat er mir nicht gesagt.«
»Niemand außer mir hat es gewußt. Er schwieg oft, ich glaube, das tat er überhaupt am liebsten. Schweigen. Du mußt sein Erbe annehmen. Das ist sein Wunsch gewesen, sein Vermächtnis. Es ist doch richtig so, oder?«

»Ja. Ja, schon. Ich finde mich bloß nicht in dieser Rolle. Verleger – wie soll das gehen?«
»Man kann alles lernen ...«
»Ja, du kannst noch alles lernen. Aber ich? In meinem unbeweglichen Alter!«
»Und mit einer so unbeweglich alten Frau an deiner Seite ...«
»Natürlich bist du zu schön und zu jung für mich.«
Sie legte den Kopf schief. »Deine Knödel werden kalt.«
Er hob sein Glas und nickte ihr zu. Bevor er trank, sagte er: »Ich fürchte, ich habe mich in dich verliebt, ich meine richtig verliebt.«
»Gut, daß Sie sich nicht falsch verliebt haben, Herr Verleger.«
»Gewiß, Frau Galeristin, aber vorgesehen war das nicht.«
Inzwischen hatten Gäste die übrigen Tische besetzt, und als Swoboda und Martina ihren Kaffee tranken, schob sich ein behäbiges Ehepaar im Lodenpartnerlook, ohne zu fragen, zu ihnen auf die Bank.
Martina stand auf, ging ins Haus und zahlte an der Theke.
Als sie vom Kürbenzäuner aufbrachen, um nach Zungen zurückzulaufen, hakte sie sich bei ihm ein und drückte sich an ihn. »Laß uns den langen Weg nehmen, zum Nelda-Ufer, und von da zurück an der Mahr, ja?«

»Hätte mein Einspruch Aussicht auf Gewährung mildernder Umstände?«

»Kaum.«

Nach einer Stunde rasteten sie, abseits des Feldwegs. Am Saum eines Wäldchens, das wie eine Insel zwischen den Wiesen lag, breitete Swoboda seinen Mantel mit dem Futter nach außen auf dem Gras aus. Martina fand seine Fürsorge angenehm.

Sie legten sich. Die Nachmittagssonne wärmte ihre Gesichter. Über ihnen ragten blühende Äste der Schlehenbüsche in den Himmel. Sie schlossen die Augen. Nach einer Weile richtete sich Martina auf, stützte sich auf den Ellenbogen und sagte: »Ich muß dir etwas erklären oder gestehen, und ich bitte dich, einfach nur zuzuhören, nichts zu fragen.«

»Ich bin nicht sicher, ob ich das hören will.«

»Vielleicht bin ich schuld am Tod von Max.« Sie machte eine Pause. Swoboda hielt den Atem an. Er spürte, daß die Erde unter ihm kalt war.

»Ich habe Max etwas erzählt, was du nicht weißt. Unser Hotel und das Restaurant an der Mahr, der Fischerwirt – das alles gehört uns eigentlich nicht. Jedenfalls nicht, wenn es nach Recht und Gesetz zugegangen wäre. Mein Großvater Ludwig hatte die beiden Gasthäuser geerbt und mit Klara, die ja sehr viel jünger war als er, bewirtschaftet. Es lief nicht gut. Bald waren sie bei der Zicker-Brauerei so hoch verschuldet, daß sie eigentlich beide Häuser dem Brauereibesitzer hätten überschreiben müssen. Aber dann war Nazizeit. Die Familie Staff ist aus der Stadt vertrieben worden. Leo Staff war Jude. Den Staffs gehörte nicht nur die Brauerei, auch die Villa hinter der Prannburg, der Hopfenspeicher und der Mälzboden am Kornmarkt, der jetzt den Ungureiths gehört, und das ganze Land um die Mühle an der Mühr. Staff hat seine Familie retten wollen. Und meine Großeltern haben seine Lage ausgenutzt. Auf einmal hatten sie keine Schulden mehr. Die Staffs durften bei uns Möbel unterstellen. Einen Tölzer Bauernschrank und eine bemalte Schubladenkommode. Sie haben sie nie abgeholt. Mein Großvater ist wenig später gestorben, und am Ende des Kriegs stand Klara vor dem Nichts, hatte ihre Tochter Ilse, keinen Mann und zwei heruntergewirtschaftete Gasthäuser. Jemand muß ihr geholfen haben, all das aufzubauen, was wir heute haben. Man kann mit ihr nicht darüber reden. Ich bin sicher, daß Sinzinger meine Großmutter unterstützt hat. Nicht, weil er Ilses Vater ist. Klara schien diesen Greisenclub irgendwie in der Hand zu haben. Ich weiß es nicht, aber vielleicht hat auch Ungureith Geld gegeben. Oder der alte Winkels. Am Tag seines Todes war er noch bei uns. Es war ein Treffen der uralten Männer. Angeblich wurde Otto Sinzingers Geburtstag nachgefeiert. Aber sie feierten nicht. Sie brüllten sich an. Ich hörte was von Fotos, von Geld, von *genug*, von *seit sechzig Jahren*, von *ein für alle Mal*. Ich wollte zu ihnen reingehen, meine Mutter zog mich von der Tür weg. Sie sagte: Mach dich nicht unglücklich, Kind. In dieser Nacht habe ich Klara zur Rede gestellt. Ich werde das nie vergessen. Ich bin einfach in ihr Zimmer gegangen. Das hatte ich noch nie getan. Sie saß im Nachthemd auf der Bettkante, als hätte sie mich erwartet. Sie sah so winzig aus, so zerbrechlich. Aber ich konnte sie nicht schonen, ich brauchte Gewißheit und fragte sie, was am Nachmittag beredet worden war, worum der Streit ging, und sie – sie lachte mich an, nein, sie lachte mich aus! *Du bist in goldene Schüsseln geboren worden und hast immer noch nicht genug?* Ich schrie sie an: *Du lügst, du belügst mich schon mein ganzes Leben!* Da stand sie auf, ging auf mich zu, hob ihren Arm und schlug mich ins Gesicht. Sie war darüber selbst erschrocken, sie lehnte ihren Kopf an meine Brust, umarmte mich. Dann sagte sie: *Frag nie wieder. Nie wieder!* In derselben Nacht habe ich mit meiner Mutter gesprochen. Sie hat mir erzählt, was 1937 in Zungen passiert ist. Sie haben alle profitiert. Wie die Geier haben sie die Familie Staff ausgeraubt, die seit vier Generationen hier gelebt hat.«

Swoboda wandte ein, daß dies nichts war, was nur in Zungen üblich gewesen wäre. »Jeder, der sich damals den Besitz von Juden aneignete, war sicher, daß sie nie etwas zurückfordern würden.« Martina legte ihm die Hand auf die Brust, er schwieg.

»Das ist nicht alles. Bei den Fotos muß es um Bilder aus jener Zeit gehen. Meine Mutter sagte, sie seien bares Geld wert. Meine Großmutter wußte nicht mehr, wo sie waren. Karla wirkt so wach und entschieden. Aber sie vergißt alles. Sie hat auch vergessen, daß ich ... Daß ich in der Klinik war. Ich habe Max von dem Streit erzählt. Von meinen Vermutungen. Max hat mit Dr. Stehling gesprochen. Stehling arbeitete ja an der Stadtchronik, und er las die ausgelagerten Aktenbestände in den oberen Stockwerken des Mäuseturms durch. Ein Stockwerk drunter hatten wir einige Möbel des Hotels untergestellt, weil wir renovieren mußten. Und Stehling benutzt einen Schrank für seine Unterlagen. Und da, sagte Max, da sei es passiert: Unterm Schrankpapier fühlte Stehling etwas und fand einen Umschlag mit Fotos. Ich weiß nicht, was drauf war. Aber Max sagte, die Chronik müsse umgeschrieben werden. Ich habe bei Max nach seinem Tod alles durchgesucht. Erinnerst du dich? Du bist in die Galerie gekommen, als ich seine Aufzeichnungen auf den Graphiktisch gelegt hatte. Keine Fotos. Angeblich hat Stehling sie zurückgelegt. Aber als unsere Möbel wieder ins Hotel transportiert wurden, waren sie leer.«

Swoboda richtete sich auf und hockte sich neben Martina. »Darf ich jetzt was sagen?«

Er legte den Arm um sie. »Du glaubst, wenn du ihm nichts erzählt hättest, wäre er nicht ermordet worden. Aber er ist nicht deswegen ermordet worden. Er ist ermordet worden, weil er die Bilder gesehen hat. Er wurde ermordet, weil jemand anderer wußte, daß er die Fotos kannte. Weil jemand anderer fürchtete, daß er die Personen darauf erkannt hat. Weil er irgend jemandem davon erzählt hat. Er oder Stehling. Nur das kann das Motiv sein. Max wird ermordet, und Stehling erhält eine blutige Drohung. Um den alten Lehrer mußt du dir keine Sorgen machen, Törring und Viereck sind immer in seiner Nähe. Aber wer weiß das alles? Wer ist bei Max eingebrochen, drei Nächte nach dem Mord? Warum nicht früher? Du bist nicht schuld. Ich sehe jetzt ein Stück weiter. Es geht gar nicht um die Zukunft von Zungen. Es geht um die Vergangenheit. Warum zum Teufel hat Stehling mir nichts von den Bildern erzählt?«
Martina stand auf. »Er hat das Blut von Max in seinem Gesicht, an seinen Händen gehabt. Meinst du, ein alter Mann hat keine Angst vor dem Tod?«
Swoboda versuchte, sich zu erinnern. Als er Stehling besucht hatte, um ihm zu berichten, daß Max ermordet worden war – hatte der Studienrat da nicht seltsam entschieden gesagt: Man muß in der Galerie suchen. Und im Verlag?
Martina streckte ihm die Hand hin. Er griff danach und

zog sich an ihr hoch. Sein Kreuz tat ihm weh, und er stöhnte leise. »Überleg dir rechtzeitig, ob du die Stütze eines Greises sein willst, der ich morgen vermutlich schon bin!« sagte er und blinzelte in den Himmel.
Sie wartete, bis er sie ansah. »Was ich nicht leiden kann, ist Selbstmitleid, Larmoyanz, Hypochondrie und Koketterie mit dem Alter.«
»Aber falsche Selbstvorwürfe bis hin zum Entschluß, aus diesem Leben zu scheiden, sind akzeptabel?«
»Nein. Nie mehr. Selbst wenn du deine Anfälle von Einsamkeitssucht bekommst: Ich werde mich bestimmt nicht dafür verantwortlich fühlen.«
Er machte einen Diener. »Und für plötzliche Anfälle von Liebessucht und Leibeslust?«
»Jederzeit!« Sie lächelte. Er fand erstaunlich, daß sie ihm in das Wäldchen folgte. Er fühlte sich jung.

Der frühe Abend spielte mit überfließenden Glutströmen am Himmel, als sie vom Höhenrücken abstiegen zum Ufer der Nelda. Auf dem steilen Hang gab es keinen Pfad, das Laub des letzten Herbstes schob sich unter den Schuhen zusammen, und sie glitten in weit ausholenden Schritten durch das raschelnde Geschütte hinunter, ohne sich loszulassen. Daß Martina seine Hand so fest hielt, als hinge von dem sicheren Griff mehr ab, als nur mit wechselseitigem Vor- und Nachlauf Halt zu finden auf dem unsicheren Grund, um dem übermütigen Glück, mit dem sie beide den Abstieg begonnen hatten, Verzögerungen zuzumuten: denn rutschte sie voran, blieb er als Anker zurück, und rutschte er nach, hielt sie ihn im Schwung auf; daß also mehr in diesem vereinbarten Wechsel aus Bewegung und Einhalt lag, wurde Martina Matt erst bewußt, als sie in sich einen Walzertakt vorfand, der – Swoboda hätte das niemals nachvollziehen können – für sie das einzig untrügliche Zeichen für Liebe war. Atemlos und lebenszuversichtlich kam sie auf dem Uferweg an der Nelda an, und ihr durchs Laub nachrutschender Gefährte konnte sehen: Ihr Gesicht hatte den Sterbewillen verloren, der nach dem Tod von Max wie eine Maske darüber gelegen hatte.

Auf dem feurigen Glanz des Flusses schwammen die Scherenschnitte von Enten. Er dachte an den harten Farbkontrast von Alizarin-Krapplack und Elfenbeinschwarz. Das verschwieg er, weil er fand, daß sein Malerhirn in dieser Situation unpassend reagierte. Wenn sein Gefühl ihn nicht hinterging, was er als Mann freilich immer für möglich hielt, dann war dies jetzt kein Augenblick der Kunst, sondern einer des Lebens. Und darin war Alexander Swoboda nicht wirklich geübt.

»Komm«, sagte Martina, »ich zeige dir die Höhle!«

Am Ostufer der Nelda führt der Weg südlich zur Stadt. Wo die Mahr ihr schnelleres Wasser mit dem der trägen Mühr verwirbelt, liegt die Nordspitze von Zungen mit dem ziegelroten Mäuseturm zwischen den Flüssen, und auf gleicher Höhe windet sich vom Uferweg an der Mahr, unter Knöterichwucherungen kaum erkennbar, ein Weg nach Osten zum Waldhang hin.

Auf diesem Pfad führte Martina den Kommissar bis zum Eingang eines Stollens, der, mannshoch, mit einer wuchtigen, im oberen Drittel der Stollenrundung angepaßten, eisernen Gitterpforte verschlossen war.

»Hier war ich glücklich!« Martina lachte. »Nicht, was du denkst. Wir sind als Mädchen hierhergekommen, wir haben über die Jungs geredet, über uns, wir haben geraucht, vom Leben geträumt, wir haben uns geschworen, immer zusammenzuhalten. Weißt du nicht, was hier ist? Das ist die alte Eishöhle. Ganz früher gehörte sie zur Brauerei. Im Winter haben sie das Eis vom Mührsee in Stangen geschnitten und hier eingelagert. Es hat sich über den ganzen Sommer gehalten!«

»Ich weiß«, sagte Swoboda. »Nicht, weil ich hier glücklich gewesen wäre, wir haben hier nur getrockneten Knöterich vom Vorjahr, der bei uns Rauchholz hieß, abgeschnitten und am Ufer unten gequalmt, aber noch lieber haben wir damals im Kino die Mädchen angefaßt, wenn sie uns ließen.«

»Darum ging's nicht! Hier trafen sich nur Mädchen! Ein einziges Mal ist uns einer hinterhergeschlichen. Wir haben ihn mit Steinen in die Flucht geschlagen!«

»Die Zungerer Amazonen!« Swoboda grinste. »Weißt

du nicht, daß ich zu einer Generation gehöre, die noch den Eismann kennt? Der einmal die Woche mit seinem Opel Blitz kam und Stangeneis verkaufte. Ganze, halbe, Viertelstangen? Aber die kamen schon aus der Fabrik. Er hatte einen Schutz aus Leder an, eine Art Kapuze, die breit über die Schultern und den ganzen Rücken reichte.« Was für ein Braun hatte dieses Leder eigentlich, fragte er sich, ich weiß nur noch, daß es fleckig war. »Und er hatte einen scharfen, gebogenen Eisenhaken, den er in die Eisstangen schlug und mit dem er sie vom Wagen auf seinen Rücken zog. Er hackte vorwärts ins Eis, drehte sich, den Arm über Kopf, und zog die Eisstange von der Ladefläche auf seinen gebeugten Lederrücken. Das waren Akrobaten!«

Martina starrte ihn an. Er wußte nicht, was er falsch gemacht hatte. »Das klingt gräßlich«, sagte sie leise. »Ich weiß nicht, warum, aber es macht mir angst.«

Er schlang den Arm um sie, spürte ihre Nachgiebigkeit und dachte an seine Kindheit, in der es Eismänner, Scherenschleifer, Lumpensammler und Rauchholz gegeben hatte und einen schrecklichen Kapitän Hook, der anstelle seiner Hand einen Eisenhaken trug …

»Ihr seid doch in die Höhle gar nicht reingekommen«, sagte er, »so ein Bügelschloß können nicht mal Prinzessinnen knacken, und der Schlüssel ist längst irgendwo in den Tiefen eines Verwaltungsschreibtischs verschwunden.«

»Wie dumm ihr seid«, sagte sie. »Ein Tor ist zu, und ihr gebt auf. Komm, im Wald oben ist der Mädchenzugang.«
»Ich folge, Ariadne«, sagte er.

Nicht die Kälte fiel ihm zuerst auf. Er spürte die Größe des Dunkels. Hatte man sich durch den Felsspalt, vor dem eine mehrfach in sich gedrehte, knotige Hainbuche stand, hindurchgezwängt und ein steiles Stück nächtlichen Wegs in eine nicht sichtbare Tiefe überwunden, stand man auf sicherem Boden. Sobald man sich an die Stille gewöhnt hatte und der eigene Atem hörbar geworden war, wuchs die Ahnung von den Ausmaßen dieser tief in den Berg reichenden Höhle. Hier also hatte der Bierbrauer Leo Staff sein Eis gelagert.
»Wenn ich noch rauchen würde, hätte ich Streichhölzer«, sagte der Kommissar.
»Du mußt abwarten!« Martinas Stimme war links vor ihm.
Langsam gewöhnten sich seine Augen. Vom Stolleneingang her drang Licht ins Innere vor, es schien zu wachsen und seine schimmernden Reste zur Höhlendecke hin auszuweiten. Nach einigen Minuten sah Swoboda, wie groß die Leere im Berg war.
Er lief auf jenes unverminderte Schwarz zu, das die Tiefe der Höhle zu bezeichnen schien. Weil er ganz aufs Sehen konzentriert war, entging ihm das Geräusch. Als

es ein zweites Mal auftrat, blieb er stehen. Ein heller, frischer, metallischer Klang, den er mit seinen Schritten ausgelöst hatte. Er horchte, bückte sich, tastete mit der Hand den Staubboden um seine Schuhe ab. Dann hatte er den Klang zwischen den Fingern.

Um zu wissen, was er in der Hand hielt, war es nicht nötig, zu sehen: ein eiserner, dünner, stabförmiger Gegenstand. So lang wie Swobodas Mittelfinger. Stärker und schwerer als eine Kugelschreibermine. Der Kommissar zog sein Mobiltelefon aus der Hosentasche, und im blauen Lichtschein des Displays sah er den Zimmermannsnagel: silbrig verzinkt. Und augenblicklich hörte er die Stimme seines Freundes Leybundgut: Entweder war der Tatort sehr kalt …

»Martina?«

Plötzlich war sie an seiner Seite. »Außer Max habe ich diesen Platz noch nie jemandem gezeigt.«

»Er war hier.«

»Ja. Ich wollte, daß er weiß, wo ich glücklich war.«

Ihr zu sagen, daß Max an dem Ort ermordet worden war, der in Martinas Kindheit Glück bedeutet hatte, an dem Ort, an den sie Max und jetzt ihn als Zeichen ihrer Liebe geführt hatte – das überforderte die Fähigkeit des Kommissars, schlechte Nachrichten mitzuteilen. Er nahm Martina an der Hand.

Unwillig folgte sie ihm hinauf zu der Felsspalte, hinter der der Frühlingsabend glimmte. Draußen umarmte

Swoboda die Frau, die er gern vor alldem geschützt hätte, was jetzt kam. Die Glut am Himmel wurde schon kühl, Blau würde Rot durchdringen, nichts daran war anders, als es immer war an solchen Abenden, wenn der Mai begann, den April zu übertreffen.
»Ich werde jetzt ein paar andere von dieser Höhle informieren. Verzeih. Es muß sein.«
Ratlos sah sie ihn an. Hatte er nicht verstanden? War sie ihm zu nah gekommen?
Er telefonierte das Team zusammen. »Nein, Leybundgut brauche ich nicht. Es geht nur um den Tatort. Und Turbo soll kommen, auch Viereck. – Solange kann doch wohl eine Streife auf Stehling aufpassen! Ich will, daß hier alles haarklein untersucht und dokumentiert wird. Sonntag? Und wenn heute Weihnachten wäre: Jeder Kopf, der gleichzeitig sehen und denken kann, muß her!«
Ohne die Augenlider zu schließen, hatte Martina ihm zugehört. Als er das Display des Telefons über die Nummerntasten zurückschob, fragte sie: »Hier?«
Kaum eine Stimme mehr. Schon Gewißheit. Noch kein Glaube.
In Swobodas Kopf schwirrten tausend Neins. Nur eines davon hätte er einfangen und überzeugend durch seinen Mund hinauslassen müssen, um Martina zu täuschen. Es gelang ihm nicht. Schweigend und ratlos stand er vor ihr.

Sie beugte sich wie unter Schmerzen im Leib und schrie: »Hier?!«
Er nickte und sah wieder in ihrem Gesicht den Sterbewillen, den es vor wenigen Stunden vergessen hatte. Der Ausdruck war zurückgekehrt. Martina wandte sich ab und ging zwischen den Bäumen in den Mahrwald hinauf.

IX

Stehling

Was denkt ihr euch *eigentlich dabei, Gottfreunds Tod zu verschweigen? Hat man kein Anrecht auf eine öffentliche Würdigung seiner Bemühungen? Abscheu wäre doch wohl das mindeste, was man erwarten darf! Empörung über die Verkommenheit der Welt, Angstmache in den Gazetten der Boulevards! Wer gibt euch das Recht, den Menschen jenen herrlichen Schauder vorzuenthalten, der sie bei einer so entsetzlichen Zurichtung des menschlichen Körpers durchfährt? Die durchschlagene Gurgel des Penners in der Mühle habt ihr doch gewiß auch farbig fotografiert, und nun wollt ihr denen, die es verdienen, die Wahrheit des Todes zu sehen, das Kunstwerk vorenthalten? Ich habe den Täter genau instruiert, wie er diesmal zu verfahren hat. Ich hoffe, er war wieder folgsam und professionell. Aber er genießt nicht. Er kostet nicht aus, er führt aus. Er ist eben nur Täter. Ich hingegen bin Mörder. Hat dieses Wort nicht einen wunderbaren Klang?* Mörder*! Ein Wort, das keinen Reim hat, wie das Wort* Mensch. *Nicht nur in ihrer Reimlosigkeit gehören sie zusammen. Wo las ich den Satz:* Das Gute bewegt uns, aber das Böse hat unser Interesse*? In irgendeinem Roman, doch der Satz ist keine Fiktion, er ist die schlichte, genaue*

Wahrheit unserer Existenz. Also werft ihnen doch bitte endlich meine Leichen vor!
Ihr gönnt mir die Angst der Bürger nicht? Ihr wollt mich demütigen, wollt mir durch das Schweigen mitteilen, daß ich es nicht wert bin, mit dem publizistischen Adelstitel Bestie *ausgezeichnet zu werden? Womit habe ich verdient, Alex, daß du mich mit Nachrichtensperre belegst? Noch habe ich dir doch gar nichts getan. Noch mache ich mich nur kundig. Dieses Ricin ist wirklich ein Teufelszeug. Inzwischen weiß ich eine Menge darüber, das bin ich dir schuldig, schließlich ist es die Aufgabe des Mörders zu wissen, wie sein Opfer eigentlich stirbt: Eine blöde Kugel aus einem Eisenrohr schießen kann jeder Idiot. Aber ein Gift wie Ricin will erst erkannt werden, bevor man es anwendet. Man kann es sich bei jedem Vorgarten-Rizinus-Busch besorgen. Die Früchte sind es, genau gesagt, die Kerne, in ihnen sitzt das preiswerte Gift. Es wird übrigens durch Verdauungsenzyme nicht beeinträchtigt und verträgt für ein Eiweiß erstaunlich viel Hitze. Die tödliche Dosis für dich liegt bei einem Milligramm für jedes Kilogramm deines noch lebenden Körpers. Überleben kannst du nicht, Ricin gilt nicht ohne Grund als biologischer Kampfstoff. Ich kann es dir zu schlucken geben oder injizieren. Ich könnte es dich auch inhalieren lassen, was angeblich noch sicherer wirkt. Soll ich diese Methode wählen? Chemisch handelt es sich übrigens um ein Lektin. Du weißt nicht, was ein Lektin ist? Hatten wir das nicht in*

der Schule? Ein Lektin ist ein Glykoprotein. Ricin wählt sich im Körper sein Ziel selbst aus. Ist das nicht phänomenal? Ein einziges Molekül Gift reicht aus, um eine Zelle komplett lahmzulegen. Verstehst du? Das eigentliche Gift ist also ein Enzym. Enzyme hören nun einmal erst auf, die Zelle zu zerstören, wenn sie vollkommen hin ist. Das nenne ich mir eine preußische Substanz! Die Folgen sind in der einschlägigen Literatur beschrieben: Übelkeit, Erbrechen, Durchfälle aus Schleim und Wasser, Herzjagen, Unterleibsschmerzen. Der Körper trocknet aus. Du wirst Krämpfe in den Händen und den Beinen bekommen, blutige Koliken, Fieber und gegen Ende kurz vor dem Tod Tremor und epileptische Krämpfe. Sterben wirst du an einer Atemlähmung. Das Ganze ist sehr unangenehm.

Zumal ich dir dies alles vorhersagen werde. Nur das informierte Opfer kann seinen Tod würdigen. Und eine kleine intellektuelle Anstrengung sollte dir dein Ableben doch wert sein. Ich würde mir nicht verzeihen, dir die letzten und überaus wichtigen Informationen über deine Passion zum Grabe vorenthalten zu haben. Aber bitte! Bitte! Gebt endlich Gottfreunds Tod an die Presse. Es macht doch keinen Spaß, ein so wundervolles Ereignis immer verschweigen zu müssen!

Michaela Bossi war erstaunt, welche Fortschritte sich während des Wochenendes ergeben hatten. Erschöpft

von den zwei Tagen mit ihrer Familie, war die LKA-Beamtin in Zungen eingetroffen, rechtzeitig zur Lagebesprechung im Präsidium, in der sicheren Erwartung, den Ermittlungsstand von Freitag vorzufinden.
Statt dessen präsentierte Jürgen Klantzammer den mutmaßlichen Täter. »Er heißt Neeve Kallasmaa, ein Este, und ist vierunddreißig Jahre alt. In Prag nennen sie ihn Cervenka. Das Rotkehlchen.«
Es gab ein Fahndungsporträt, die Tatwaffen im Fall Niehaus würden demnächst nach Zungen übersandt werden; sogar der Tatort war am Sonntag abend entdeckt und auf Spuren hin untersucht worden. Im hinteren Teil der Höhle, tief im Mahrberg, hatten die Ermittler Schuhabdrücke, einen Nagelgurt und Blut im Erdboden sichern können. Man hoffte, ihr den Bericht gegen Mittag übergeben zu können. Sie telefonierte mit dem Landeskriminalamt und ließ die Daten, die Aufnahmen vom Tatort und das Bild des Rotkehlchens an ihre Abteilung übermitteln.
Vor Beginn der Lagebesprechung hatte Klantzammer die Akte Gottfreund nach Prag faxen lassen, und Karlach hatte ihn sofort angerufen: »Auf Cervenka sind zwei Fahrzeuge zugelassen, ein Cabrio, Volvo C 70, schwarz, und ein Rangerover, blaumetallic, du kannst sicher sein, daß keiner der Wagen auf malaysischen Billigreifen rollt. Das Vögelchen ist übrigens ausgeflogen, aber keine Sorge, einer, der so viele Feinde unter seinen

Freunden hat, wird von denen, die ihn decken, leicht verraten, du verstehst.«

Der Kriminalrat verstand nicht, doch er genoß, daß er diesmal bedeutende Tatsachen zur Aufklärung beigetragen hatte. »Wir können jetzt immerhin die überfällige Pressemitteilung vom Mord an Peter Gottfreund mit Erfolgen in der Mordsache Niehaus verbinden!«

»Ich bin beeindruckt«, sagte Frau Bossi. »Und das Motiv dieses Herrn Kallasmaa, das haben Sie auch?«

»Nein.« Törring nahm seinem Vorgesetzten die unangenehme Aufgabe ab, die schwächste Stelle im derzeitigen Ermittlungsstand zuzugeben. »Ein Motiv, das ihn mit Niehaus oder Gottfreund verbindet, haben wir bisher nicht. Wir können nicht einmal beweisen, daß er hier war. Aber das kommt noch.«

»Ein Auftragskiller«, sagte Berger. »Das sieht man dem doch an. Der braucht kein Motiv.«

»Sehen Sie das an seiner Nasenwurzel oder an hohen Backenknochen und fliehender Stirn? Oder am fehlenden rechten Ohr?« Michaela Bossi hatte plötzlich einen scharfen Ton in der Stimme. »Wir haben den Gottfreund-Leichnam noch nicht freigegeben. Also bitte kein Wort nach draußen. Wo ist eigentlich Herr Swoboda?«

»Kriminalhauptkommissar Swoboda ermittelt«, sagte Törring. Bevor sie ihn fragen konnte, was und wo sein Chef ermittelte, klingelte sein Telefon. Er nahm an,

hörte zu, flüsterte zu Klantzammer hinüber: »Viereck« und schaltete das Gerät auf Lautsprecher um. Dann hörte man Bernd Viereck laut und vernehmlich sagen: »Scheiße. Da ist *noch* einer. Oh, Scheiße!« Von dem schweren jungen Mann, dessen Körpergröße seiner Langsamkeit entsprach, war niemand Ausbrüche gewohnt. Um so erschreckender wirkte, daß er, der Bedächtige, derart aus sich herausging. Kriminalrat Klantzammer faßte sich als erster. »Nun sagen Sie schon, Viereck«, rief er, »was ist los, wo sind Sie?«
Quäkend kam aus dem Telefonlautsprecher die Antwort: »Im Turm. Unten im Mäuseturm am Kornmarkt. Ich erreiche Swoboda nicht! Schickt das Team. Ich warte. Mein Gott. Ich bin schuld. Nur ich bin schuld.«

Der Kommissar besuchte diesen Teil der Stadt nicht oft. Alles, was hinter der Prannburg nach Süden ins flache Land hinausgebaut war, hatte sich dem Plan der ersten Einfamilienhaus-Siedlung aus der Nazizeit angepaßt. Zwar waren die meisten der kleinen Volkshäuser mit den stark geneigten Dächern inzwischen durch höhere Reihenhäuser ersetzt worden, Dreispänner und Doppelhäuser hatten auf den alten Grundstücken die Gärten eingenommen, in denen sich einst die Deutschen selbst versorgen sollten; es gab alle möglichen Dachformen, postmoderne Erkerchen, Wintergärten und gläserne Gauben – doch die Struktur war geblieben und hatte auch durch eine schneisenartige Verkehrsplanung in den sechziger Jahren, als zwei große Achsen durch die Stadt geschlagen worden waren, sowie durch den fünfstöckigen Betonklotz des »Kaufhofs« an ihrem Schnittpunkt keine Änderung ihres Charakters erfahren. Zungen-Neustadt war und blieb eine provinzielle Wucherung, randlos und so eintönig in die Fläche gewachsen, daß es schwer war, sich in ihr zu orientieren. Der einzige Bau, der Swoboda gelegentlich hierherlockte, war der alte Bahnhof, ganz im Süden gelegen, einst fern der Stadt, inzwischen von Wohnvierteln umschlossen; ein wilhelminisch wuchtiges Sandsteingebäude, das seit 1959, als die Strecke stillgelegt wurde, kein Reisender mehr betreten hatte. Zwanzig Jahre später hatte die Stadt Zungen den Bau für den symbolischen Preis von einer Mark erworben und ihn, mit Hilfe generös überlassener Geldspenden der Sinzingers und Ungureiths, seinem neuen Zweck als Kulturstätte entsprechend renoviert, ausgerüstet und verpachtet. Seither beherbergte er ein Kino, ein Restaurant, das seinem Namen »Bahnhofsgaststätte« hartnäckig entsprach, und einen Saal, in dem Veranstaltungen, zumeist musikalischer Art, Platz fanden.

Hinter dem Rondell, in dessen Mitte der Zungerer Kulturbahnhof stand, waren Mitte der fünfziger Jahre dreistöckige Mietshäuser mit Flachdächern und winzigen Balkonen errichtet und so angeordnet worden, daß sich zwischen ihnen Höfe mit Rasen, Teppichstangen und Spielplätzen für Kinder ergaben. Als die Bewohner Staubsauger kauften, wurden die Stangen zum Ausklopfen der Teppiche abmontiert. Damit verschwanden die Turnrecks für die Kinder, bald die Kinder selbst, und ohne spielende Kinder machten die Rasenstücke keinen Sinn mehr. Zug um Zug nahmen Teerflächen und Garagen die Zwischenräume ein. Müllcontainer zur Sortierung waren hinzugekommen, Fahrradständer und eine ganze Reihe Verbotsschilder. Die Häuser standen als verwahrloste Mahnmale der Profitgier an der baumlosen Straße, Farbe blätterte großflächig von den Fassaden, rissiger Lack splitterte von den Fensterrahmen, und an den Unterkanten der Balkone sah man an abgebröckelten Stellen das Moniereisen rosten.

Den Straßen im verwahrlosten Viertel um den ehemaligen Bahnhof hatte der Stadtrat Namen deutscher Dichter gegeben. Swoboda ließ sich von Billy zur Adalbert-Stifter-Straße 4 e fahren. Laut Einwohnermelderegister wohnte dort im zweiten Stock eines der Mietshäuser ein Kellner des 5th Avenue, Georg Polenz, der sich an diesem Morgen um acht Uhr im Präsidium hätte einfinden sollen.

Billy war nicht einverstanden mit der Art, wie Swoboda sich Zutritt verschaffte. Er stieß die kleinwüchsige, junge Frau, die geöffnet hatte, mit der Tür nach innen und war schon im Flur, bevor Polenz begriff, was ge-

schah. Der stand im weißen Trägerunterhemd und zu kurzer dunkelblauer Trainingshose barfuß vor einer geöffneten Zimmertür. Blitzartig wandelte er sein Erschrecken in Unterwürfigkeit um. »Aber Sie hätten sich doch nicht herzubemühen brauchen, Herr Kommissar. Ich war grade auf dem Weg zu Ihnen!«
»Ich bringe Ihnen die Vorladung.« Mit wenigen Schritten war Swoboda bei ihm, schob ihn beiseite und betrat das Zimmer, aus dem Polenz gekommen war: offenstehender Kleiderschrank, ungemachtes Bett, darauf ein halbgepackter Reisekoffer. »Wollten Sie im Präsidium übernachten? Noch hatte ich nicht vor, Sie dazubehalten.«
»Nein, nein«, sagte Polenz, »wir fahren morgen für ein paar Tage zur Schwester meiner Frau!«
Der Kommissar hob den Koffer, drehte ihn und kippte den Inhalt auf das Bett. »So viele Sachen für ein paar Tage?« Zielsicher griff er nach einer schwarzen Fototasche und zog den Reißverschluß auf.
»Billy!« Die Beamtin drängte sich an der jungen Frau vorbei in das Schlafzimmer. »Was glaubst du, sind das fünftausend oder eher zehntausend?« Er hielt das Bündel Euroscheine in die Höhe. »Eher zwanzig«, sagte Billy. Polenz streckte die Hand aus. »Das sind unsere ganzen Ersparnisse!«
»Nehmen Sie die immer alle mit, wenn Sie für ein paar Tage zur Schwester Ihrer Frau fahren, die vermutlich

gar keine Schwester hat, so wie Sie selbst? – Oder haben Sie eine Schwester, und wenn, wo lebt die?« Er hatte sich zu der jungen Frau umgewandt. Sie trug einen ehemals weißen Bademantel, auf dessen Kragen und Schultern ihre fettigen dunklen Haarsträhnen fielen. Ihr Gesicht war ein bleicher Fleck aus Angst.
»Sie versteht Sie nicht«, sagte der Kellner. »Sie ist aus Rumänien, ich habe sie adoptiert.«
»Ach ja? Nennt man das heute so?« Swoboda wedelte mit dem Geld. »Ich bin nicht von der Ausländerbehörde und nicht von der Sitte. Aber das hier müssen Sie mir erklären. Ausführlich, ich meine mit allem, was an diesem Geld klebt. Und damit das klar ist, Herr Polenz: Ich untersuche keine Vermögensdelikte, ich beschuldige Sie der Beihilfe zum Mord.«
Der Kellner setzte zu einer gespielten Empörung an, doch der Kommissar sprach weiter, scheinbar ohne den Protest seines Gegenübers zu bemerken. »Sie haben damals, als wir uns mit Ihnen im 5th Avenue unterhalten haben, von *den* Morden gesprochen, Plural, erinnern Sie sich? Aber zu dem Zeitpunkt und bis jetzt ist nur der Mord an Max Niehaus bekannt. Was folgt daraus? Na? Kapiert? Zumindest für den Mord an Peter Gottfreund kommen Sie sogar als Täter in Frage.«
Er hatte richtig spekuliert. Überraschung und Einschüchterung bewegten Georg Polenz zu einem umfänglichen Geständnis. Es wurde am Küchentisch ab-

gelegt, auf dem schmutziges Geschirr stand; Soßenreste klebten an der hellgrauen Plastikdecke wie das Mündungsdelta eines braunroten Flusses. Billy hielt den Protokollblock auf ihrem Schoß. Die adoptierte Rumänin rauchte fortwährend.

Vier Mal habe er, sagte der Kellner aus, die Nachricht bekommen. Beim ersten Mal habe sie auf der Theke im Restaurant gelegen. Jemand mußte sie dort abgelegt haben, während er bei anderen Gästen kassierte. Ein Umschlag, in dem sich zwei weitere Umschläge befanden. Und ein Zettel, DIN A4, mit gedruckten Anweisungen: das innenliegende Kuvert mit siebentausend Euro solle er in ein Spielcasino im tschechischen As bringen, das gleich hinter der Grenze liege und von Selb aus leicht zu erreichen sei. Nach einem Bahnübergang werde er das Schild sehen: Casino *Le Jeton*. Dort solle er die siebentausend in Jetons umtauschen und diese beim Chefcroupier auf den Namen Carol hinterlegen. Das zweite Kuvert mit dreitausend sei für ihn bestimmt. Sollte er den Auftrag ablehnen, müsse er in der Nacht sein Auto unabgeschlossen lassen und den Umschlag mit allem darin hinter den Beifahrersitz legen. Sollte er versuchen, das ganze Geld an sich zu nehmen, werde er das keine Woche überleben.

»Wir finden dich überall, stand am Schluß, überall war unterstrichen. Was sollte ich tun?«

»Ja«, sagte Swoboda. »Man läßt sein Auto nicht gern in

der Nacht unabgeschlossen draußen rumstehen. Was hast du mit dem Brief gemacht?«

»Zerrissen und in die Mahr geworfen, wie es auf dem Zettel verlangt war.«

»Und dann bist du nach Selb und von da nach As gefahren. Wann war das?«

Er erinnere sich nicht mehr genau, etwa fünf Wochen müsse das her sein. Am selben Abend noch sei er zurückgefahren. An einen Zusammenhang mit dem Mord an Niehaus habe er nicht gedacht.

»Was hast du überhaupt gedacht? Daß dir jemand einfach so für einen Botengang ins Casino dreitausend schenkt?«

Geldwäsche habe er vermutet. Und daß die Sache nicht ganz legal sein könne. Aber Mord? Niemals. Erst als der zweite Umschlag dagewesen sei. Im Briefkasten. Mit achttausend im einen Kuvert und zweitausend im zweiten. Dieselbe Anweisung. Nur mit dem Zusatz: »Diesmal keine Wahl. Der Tote im Mahrwald. Du hängst mit drin!« Er habe, sagte der Kellner – und dabei zitterten seine Hände, die er zwischen den Knien eingeklemmt hielt – den Auftrag wieder ausgeführt, so wie beim ersten Mal. Niemand im Casino Le Jeton in As habe ihn gefragt. Einen Tag später der dritte Umschlag, unter der Wohnungstür durchgeschoben, wohl in der Nacht, ein Kuvert nur mit eintausend Euro und der Anweisung, einen Kübel Farbe, der draußen im Hof neben dem Papiercontainer stehe, nachts auf die äußere Holztreppe am Pranntturm zu schütten. Das sei ein leichter Auftrag gewesen. Leider sei da ein Mann die Treppe hinuntergekommen, und er habe in Panik die Farbe auch über den Mann geschüttet.

»Die Farbe«, sagte Swoboda.

»Ja, rote Farbe.«

»Das war Blut. Du wußtest, daß es Blut war! Blut von Max Niehaus!« Swoboda war aufgesprungen. »Du hast sein Blut einem alten Mann ins Gesicht geschüttet, du Schwein!« Er schlug bei den Worten mit der flachen Hand auf den Tisch. Das Soßendelta verschmierte zu einem Blutfleck. Billy sah, daß ihr Chef sich nicht mehr in der Hand hatte. Sie stand auf und warf den Protokollblock auf den Tisch. Weil ihr nichts anderes einfiel, schrie sie den Kellner an: »Und wohin wollten Sie jetzt fahren?«

Polenz war in sich zusammengesunken, die Stirn lag auf der Tischkante. Er schluchzte. Swoboda, wieder bei sich, sah Billy dankbar an. Sie zuckte mit den Schultern.

»Er zurück. Nicht weg. Zurück.« Die Rumänin hatte sich nur vom Türrahmen fort und wieder zurück bewegt, wenn sie die Asche ihrer aneinander angeglühten Zigaretten ins Spülbecken abstreifte und die Kippen hineinwarf. Ihre Stimme klang tief, beruhigend.

Der Kommissar hörte die Worte nur undeutlich. Als

er Billy den Kopf zugewandt hatte, schien sein Gehirn die Bewegung nicht mitzumachen, es drehte sich entgegengesetzt. Der Schwindel ließ ihn zurück auf den Stuhl sinken. Mit beiden Händen faßte er nach der Tischkante. Jetzt war er im Sturm auf hoher See. Irgendwer pfiff Notsignale erst im rechten, dann im linken Ohr. Eine Frau, die weit entfernt an der Reling stand, rief: »Er zurück. Nicht weg. Zurück.« Ein Mann saß ihm gegenüber, verbarg sein Gesicht unterm Tisch und heulte. Neben sich sah er Billy. Sie hielt sich gut im Sturm. Offenbar ohne Probleme. Die Farben im Raum waren sämtlich nur Variationen von Graugrün. In seiner rechten Handfläche ein brennender Schmerz. Langsam beruhigte sich die See. Sein Gehirn hörte auf zu rotieren, schien sich entschieden zu haben, folgsam zu sein. Er sah sich um. Polenz, die Adoptierte, Billy starrten ihn an, als ob sie darauf warteten, daß er einen Vorschlag machte, eine Entscheidung traf oder eine Handlung befahl. Die Frau von der Reling sah vom Türrahmen zu ihm her und rauchte. Zurück. Er nicht weg. Er zurück? Swoboda besann sich auf seine Grundfähigkeit: Menschen in die Enge zu treiben.

»Also woher, Georg? Im Moment stehst du bei zwölf Jahren Knast. Wenn du kooperierst, können wir die Zeit halbieren. Woher bist du gekommen? Und wann?«

»Gestern. Wieder in As. Zehntausend für die Jetons und in meinem Kuvert nur fünfhundert. Ich hab mich

geärgert. Ich hab, ja, ich hab was abgezweigt für mich.«
»Wieviel?«
»Fünftausend. Pari pari. Carol fünf, ich fünf. Wieso ich nur fünfhundert? Das ist doch Scheiße!«
»Es ist schlimmer als Scheiße. Du hast das System nicht begriffen. Je tiefer du in der Scheiße steckst, um so weniger muß man dir bezahlen. Denn am Ende machst du alles, nur damit dich keiner hinhängt. Jetzt aber hast du sie beklaut. Das nehmen sie übel. Du verstehst doch, wie die übelnehmen? Möchtest du von der Polizei geschützt werden? Gewiß. Aber warum sagst du mir dann nicht, worum es diesmal geht? Wer jetzt dran ist? Für wen du jetzt den Judaslohn überbracht hast, jedenfalls zum Teil?«
»Ich weiß es nicht!«
Swobodas Telefon meldete sich mit der »Hymne an die Freude«. Er ignorierte es. »Ist dir nicht klar, was geschieht? Der geplante Mord wird ausgeführt werden oder auch nicht, weil ja nicht genug Geld bezahlt wurde. Aber du, du wirst garantiert über die Klinge springen, denn du hast Kerle betrogen, die sogar die Polizei fürchtet. Du hast Killer um ihr Geld gebracht. Du bist eigentlich schon tot. Um so einen kümmern wir uns nicht mehr. So einen wie dich zu schützen ist Verschwendung von Steuergeldern. Allenfalls ließe sich im Gefängnis ein gewisser Schutz garantieren. Aber ich habe keinen Haftbefehl für dich.«

Der Kellner begann, um seine Verhaftung zu betteln. Der Kommissar brachte Einwände vor, um sich von weiteren Details überzeugen zu lassen; der Geständige beschrieb Form und Farbe der Umschläge, der Kuverts, der Briefe, die sämtlich als kleine Schnitzel von der Mahr in die Nelda getrieben waren, er schilderte das Casino, überließ dem Kommissar die Banknoten als Beweismittel und willigte ein, sich zu seinem Schutz ins Zungener Untersuchungsgefängnis einsperren zu lassen. Billy legte ihm das Protokoll vor. Er schlotterte am ganzen Leib, die Papiere flatterten in seinen Fingern, er war kaum fähig zu lesen. Die Adoptierte suchte in einem leeren Lederbecher neben dem Telefon nach einem Kugelschreiber. Swoboda reichte seinen eigenen Stift über den Tisch.

Seit er wußte, daß ein neuer Mordauftrag erteilt worden war, hatte er seine Gedanken von dem Kellner gelöst. Um wen ging es? Wer war das Opfer? Sich weiter mit Polenz zu beschäftigen war sinnlos. Er hatte in seiner Angst vor den Auftraggebern alles gestanden, was er wußte, mehr war bei ihm nicht zu holen. Wer also? Stehling stand unter Schutz. Wer dann? Jemand, der die Fotos kannte. Plötzlich begriff er, daß es um Martinas Leben ging.

Noch während der Tatortuntersuchung in der alten Eishöhle hatte er nach ihr gesucht, sie telefonisch nicht erreicht und sie schließlich in der Galerie am Nelda-

platz vorgefunden, wo sie in den Manuskripten von Max las.
Sie war mit ihm nach Hause gekommen und bei ihm geblieben. Als er am Morgen sein Atelier verließ, schlief sie noch; er hatte gesehen, wie sie sich im Schlaf hinüber auf seine Bettseite streckte, die nun leer, aber noch warm von ihm war. Ihre Bewegung hatte ihn fast dazu verleitet, sich wieder zu ihr zu legen, und für einen glücklichen Augenblick schien ihm ein ganz anderes Leben möglich: ein Leben ohne Polizei und Verbrechen, nur zwischen seinen Bildern und mit Martina.
Er mußte sie warnen, griff zum Telefon, das im selben Moment mit der »Hymne an die Freude« einen eingehenden Anruf signalisierte. Es war Viereck. Er meldete sich aus dem Mäuseturm.

Das Tatortteam arbeitete noch. Zwischen den großen Zahnrädern und Seiltrommeln im Halbdunkel sahen die Männer in den weißen Schutzanzügen wie Gespenster aus.
Vom Brackwasser, das den Kellerboden des Turms bedeckte, stieg ein fauliger Geruch auf. Ölschlieren schimmerten im Licht der weißen Lampen, die für die Untersuchung der Leiche und ihrer Umgebung aufgestellt worden waren. Die Flanke eines toten Fisches schimmerte herauf. Nicht weit davon lag ein Mann im Wasser, mit dem Gesicht nach unten. Swoboda hielt

sich auf dem Eisensteg über dem Wickelwerk der alten Seilfähre am Geländer fest. Die Arbeitsgeräusche und Stimmen der Spurenermittler hallten in den runden Turmmauern wider, ihre platschenden Schritte im Wasser und der Metallklang auf den eisernen Treppen und Stegen wurden in Echos vervielfacht. Hier, im tiefsten Teil des Turms, der einen halben Meter unter der Wasserlinie der Nelda lag, befanden sich die Reste jener Maschinerie, die einst die Seilfähre vom Mahrufer zur Anlegestelle am Kornmarkt und zurück befördert hatte und vorrangig zum Transport des Eises aus der Höhle im Mahrberg eingesetzt worden war.

Nach dem Ausbau des Mahrufers zur Straße und der Verbreiterung der Mahrbrücke direkt gegenüber der Zicker-Brauerei war die Fähre für schwere Transporte überflüssig geworden, und als man südlich des Restaurants Fischerwirt eine weitere, für Autos nicht befahrbare, jedoch überdachte Holzbrücke über den Fluß gespannt hatte, war der Fährverkehr, bis dahin noch für Fußgänger und Touristen betrieben, eingestellt worden. Im Maschinenhaus des Turms kehrte Ruhe ein, niemand kümmerte sich mehr um die Räder und Trommeln, die Sperrklinken, Rückwickler und Stahlseile. Die beiden Elektromotore, 1912 nach Abwrackung der ursprünglichen Dampfkraftanlage eingebaut, wurden vom Netz abgeklemmt und auf ihren gemauerten Sockeln belassen. Getriebe und Walzen rosteten im feuchten

Dunst der Nelda. Vom katastrophalen Hochwasser im Jahr 2002 waren sie überspült worden. Der Turm aber, mit seinem soliden Fundament aus Sandsteinquadern von eineinhalb Metern Stärke, hatte standgehalten. Neben dem inneren, hölzernen Treppenaufgang zu den oberen Stockwerken befand sich die Gitterluke, hinter der Eisentreppen in die Tiefe zur Fährenmaschinerie führten. Diese Luke war offenbar mit einem Brecheisen geöffnet worden. Als Swoboda eintraf, saß Kriminalhauptmeister Bernd Viereck, sechsundzwanzig Jahre alt, schulterbreit wie ein Ringer und eins zweiundneunzig groß, als Häufchen Elend auf der geriffelten Eisenstufe über dem zweiten Treppenabsatz, und als er seinen Chef kommen hörte, stand er auf, um zu ihm hochzusteigen. Der Kommissar wehrte mit einer Handbewegung ab und kam zu ihm hinunter. »Bleiben Sie. Was ist passiert, wer liegt da unten?«

»Es ist alles meine Schuld.« Viereck stand eine Stufe unter Swoboda, dennoch waren sie auf gleicher Augenhöhe. »Ich habe Stehling seit heute um sechs rund um die Uhr bewacht.«

»Ist das Stehling?« Der Kommissar deutete ins Wasser. Auch in der Plastikverkleidung erkannte er in der Tiefe Klaus Leybundgut, der sich über den Toten beugte und ihn untersuchte.

»Nein. Wer das ist, weiß ich nicht. Stehling haben sie schon weggebracht. Ich habe versagt.«

»Verdammt noch mal«, schrie Swoboda, »ob Sie versagt haben oder nicht, werden wir klären – ich will wissen, was mit Stehling ist!«
Viereck senkte den Kopf wie ein ertappter Schuljunge. »Ich habe geglaubt, er ist tot.«
Von unten rief Leybundgut herauf: »Stehling kommt durch, Alex! Aber der hier kann nicht mehr ertrinken.«
Solange die rotweißen Plastikspannbänder der Spurensicherer hinter der Plattform die beiden weiteren, rechtwinklig abbiegenden Eisentreppen absperrten, konnte auch Swoboda nicht tiefer hinuntersteigen. Er legte Viereck die Hand auf die Schulter. »Tut mir leid. Hier können wir jetzt sowieso nichts tun. Laß uns einen Kaffee trinken, ich muß auch was essen, ich hab noch nicht mal gefrühstückt.«

Viereck wunderte sich darüber, daß sein Vorgesetzter in einer Bäckerei am Kornmarkt zwar drei gebutterte Laugenbrezeln kaufte, den hier angebotenen Kaffee aber nicht zu sich nehmen wollte und, seine Schritte beschleunigend, durch den Fährweg am Hotel Korn vorbei zur Brückengasse, von dieser links durch den Hämmerling und, mit Martina telefonierend, auf den Neldaplatz lief, von da durch die Hauptstraße zum Schillerplatz eilte und sofort ins 5th Avenue eintrat, das leer war, dort zielgerichtet einen bestimmten Tisch ansteuerte und ins Lokal rief: »Espressi! Zwei doppelte!«

Niemand kam. Der Kommissar donnerte mit der Hand auf den Tisch. Dann riß er die Tüten auf, schob Viereck eine der Brezeln hin und brach aus seiner ein dickes, weiches Stück aus dem unteren, aufgeplatztten Bogen.

Aus einer Spiegeltür im Barregal trat betont langsam ein auffällig kleiner Mann, dem die Bartheke bis zur Brust reichte – ein perfekt in schwarzem Anzug, grauem Hemd und weißer Fliege gekleideter Türke, der Besitzer des 5th Avenue. Swoboda wartete ab, bis er sich entschloß, zum Tisch zu kommen.

»Herr Kommissar?«

»Espressi, zwei, jeweils doppelt. Ich habe es bereits gesagt.«

»Sie haben gerufen.«

»Nein, ich habe gebrüllt, Herr Erdem. Und ich kann noch viel lauter. Wir haben heute Ihren Kellner, Georg Polenz, aus dem Verkehr gezogen. Was wissen Sie von ihm?«

Der kleine Herr Erdem kniff die Augen zusammen. »Polenz? Immer gut, pünktlich, sauber abrechnet. Was ist mit ihm?«

»Ich habe ihn verhaftet wegen Beihilfe zum Mord in zwei Fällen, vielleicht drei. Sie werden lange auf ihn verzichten müssen und können das gern jedem Gast erklären, egal wem, ich möchte sogar, daß Sie darüber sprechen. Ich meine, wer hat schon einen Kellner in sei-

nem Lokal, der Beihilfe zum Mord geleistet hat? Das bringt doch eine ganz neue Farbe in den Laden! Kriegen wir jetzt endlich Kaffee?«
Erdem ließ sich nichts anmerken. Mit einer Millimeterverbeugung entfernte er sich vom Tisch und trippelte hinter die Theke. Er mußte den Arm ganz strecken, um den Hebel der Kaffeemaschine am Griff fassen und herunterziehen zu können.
Swoboda dachte über sich nach. Er war ebenso verblüfft wie Viereck, der seinen Chef als leisen, häufig in sich gekehrten, jedenfalls ruhigen Mann mit Bedenken kannte. Der Kommissar fand sich selbst ungewöhnlich zupackend, schnell, laut, ja frech, er dachte, durchaus mit Anerkennung, über seine augenblickliche Farbe nach. Keiner der schwarzgrünen Düstertöne, kein dumpfes Braunviolett, das er als Farbe der Depression kannte, kein sattes Milchkaffeebraun, dem er manchmal die Melancholie zuordnete. Heute, dachte er, gibt es Rot, Gelb, Orange auf der Seelenpalette. Feuerfarben. Und ich habe nichts getrunken …
Als Erdem die beiden Tassen Espresso brachte, sagte er: »In letzter Zeit manchmal unruhig, Polenz, hatte auch plötzlich Reisen, kurz. Sonst nichts. Wollen Sie Kuchen? Man ißt hier nicht, was mitkommt. Man ißt hier, was hier ist!«
Mit einem verächtlichen Blick auf die Tüten mit den Butterbrezeln wandte er sich, ohne eine Antwort abzu-

warten, um und verschwand hinter der Spiegeltür im Flaschenregal der Bar. Viereck begann zu berichten.
Er habe die Streife um sechs Uhr früh abgelöst und Stehling verfolgt, als der gegen acht aus dem Pannturm gekommen, mit dem Fahrrad durch die Stadt gefahren und schließlich im Mäuseturm verschwunden sei. Er sei im zweiten Stock, wo das Archiv untergebracht ist, am Fenster zu sehen gewesen. Er selbst habe fünf Minuten später den Turm betreten, sei die Holztreppe hinauf bis zur Tür des Archivs gegangen, habe gehorcht, die Tür leise geöffnet und gesehen, wie Stehling mit dem Rükken zu ihm, über Akten gebeugt, saß.
»Ich war beruhigt und bin wieder runter. Draußen vor dem Turm war niemand zu sehen. Ich habe gewartet. Nach einer halben Stunde bin ich wieder in den Turm gegangen. Da stand die Tür zum Maschinenhaus offen. Ich habe gleich gewußt, daß ich zu spät kam.«
Auf der großen Seilwickeltrommel habe Stehling gelegen, mit dem Rücken nach oben, blutüberströmt. Links vom Hals sei das Jackett durchtrennt gewesen, darunter habe eine große Wunde geklafft, tief gespalten wie von einem Schwert. Es sei schwer gewesen, zu Stehling zu gelangen, er habe am Hals den Puls gefühlt, aber nichts mehr feststellen können. Als erstes habe er den Notarzt gerufen. Er habe Swoboda zu erreichen versucht. Erfolglos. Dann Turbo, den er auch als Schnellwahl eingespeichert habe. Und während er mit ihm

telefonierte, habe er die zweite Leiche unten im Wasser liegen sehen. Er sei hinuntergestiegen und habe auch bei diesem Mann keinen Puls mehr gefühlt. Inzwischen sei der Notarzt gekommen. Dann endlich habe er den Kommissar erreicht.

»Inzwischen hatte der Notarzt mir Hoffnung gemacht, daß Stehling vielleicht durchkommt. Ich weiß nicht, wie mir das passieren konnte. Seit heute früh habe ich ihn nicht aus den Augen gelassen. Dann dachte ich, laß den alten Mann in Ruhe arbeiten, und schon passiert es. Warum ist er unten in das alte Fährwerk gegangen?«

»Wenn wir Glück haben, wird er es uns sagen.« Swoboda klopfte Bernd Viereck auf den Unterarm. »Beruhige dich, schreib dir möglichst bald auf, was war. Klantzammer wird dich nach jeder Minute fragen, das wird unangenehm, aber ich glaube, du hast dir nichts vorzuwerfen.«

Er legte einen Fünfeuroschein auf den Tisch. »Du gehst ins Präsidium. Mach deine Hausaufgaben. Ich sehe nach Stehling. Betest du eigentlich?«

»Nicht oft.«

»Dann tu es jetzt. Stehling kann es bestimmt brauchen.«

Auf seinem Weg zurück zum Kornmarkt nahm er zum ersten Mal das Grau dieses Tages wahr. Ein häßliches, schmutziges Grau, Putzwassergrau, Lumpengrau, es war ein Grau, das direkt durch die Augen in die Seele floß und deren Farben wegwusch. Swoboda spürte, wie die Feuertöne, die er im 5th Avenue eben noch in sich gesehen hatte, ausbleichten. Am Denkmal auf dem Schillerplatz blieb er stehen und telefonierte lange mit Klantzammer. »Danke«, sagte er schließlich, »ich werde jetzt genau das tun, was ich für richtig halte.« Er lief langsam, versuchte, die Bewegung seiner Füße und seine Gedankenschritte zu koordinieren, wählte einen kleinen Umweg durch die Goethestraße, die Brückengasse, den Fährweg, bis er wieder auf dem Kornmarkt stand, wo er seine Überlegungen beendete und zu einem Entschluß gelangte.

Der Turmeingang war inzwischen weiträumig abgesperrt. Leybundgut stand vor der Tür und rauchte eine filterlose Players. Er hatte die weiße Schutzkleidung ausgezogen, und in dem grauen Anzug, den er trug, sah seine magere Gestalt aus wie eine Figur aus Edward Hoppers Einsamkeitsbildern. Während Swoboda auf ihn zuging, fiel ihm ein, daß Max einmal gesagt hatte, Hopper sei der Caspar David Friedrich unserer Zeit. Er hatte das auch begründet, doch die Argumente waren Swoboda entfallen.

Leybundgut sog den Rauch tief in die Lungen. »Ein Scheißberuf, ich hasse ihn immer mehr.«

»Entschuldige, aber wir haben keinen andern Gerichtsmediziner, und ich will mit keinem andern arbeiten.

Vielleicht hören wir zusammen auf, was hältst du davon?«
»Viel!« Leybundgut lachte. Bevor der Kommissar fragte, gab der Arzt ihm die Antworten, die er brauchte. »Dr. Stehling ist sehr schwer verletzt, der Schlag mit der Machete hat links vom Hals den ganzen Nackenmuskel durchtrennt und das Schlüsselbein gebrochen. Offenbar hat der Täter versucht, die Halswirbel zu treffen. Stehling hat viel Blut verloren. Ein Wunder, daß er lebt. Und sollte er durchkommen, was bei seinem starken Herzen möglich ist, wird er sehr lange brauchen, bis er wieder einigermaßen beweglich ist. Ich fürchte, der linke Arm wird zumindest gelähmt bleiben, ich kann nicht sagen, wie stark das Schultergelenk betroffen ist und wieviel Nervengewebe zerstört ist. Trotzdem hat er alles in allem Glück gehabt. Er war sofort bewußtlos, ist vornüber auf die Seiltrommel gefallen und hat ausgesehen wie tot. Der Täter ist vom zweiten Treppenabsatz etwa vier Meter in die Tiefe gestürzt und hat sich das Genick gebrochen. Die Machete lag neben ihm im Wasser. Übrigens hat er rechts kein Ohr.«
Er warf die halb gerauchte Zigarette auf den Boden und trat sie aus. »Noch etwas mußt du wissen. Es gibt ein zweites Hämatom am Kopf des Täters, das meiner Ansicht nach nicht von dem Sturz kommt, denn er ist mit der Stirn zuerst auf dem Boden aufgeschlagen. Die zweite Schlagstelle liegt aber am Hinterkopf, von einem

stumpfen, runden Gegenstand, hart, aber nicht kantig, der starken Unterhautblutung nach mit großer Wucht ausgeführt.«

»Das heißt, wir haben es mit einer dritten Person zu tun.«

»Die ihn möglicherweise umgebracht hat, ja.«

Eine dünne, schwarzhaarige Frau lief vom Ziegenbrunnen her auf die beiden Männer zu, und erst als sie ihn ansprach, erkannte Swoboda Karin Maiwald. Sie hielt ihm einen Minirecorder entgegen.

»Geben Sie mir ein paar Informationen? Bitte!«

»Wo ist Ihr Chef?«

»Er ist schon drin, er spricht mit einer Dame vom LKA!«

Swoboda dankte Leybundgut, tauchte unter dem Sperrband durch und betrat den Mäuseturm. Ein Beamter hatte Winkels daran gehindert, die Eisentreppe zum Maschinenraum zu betreten. Immerhin aber war ihm gelungen, in den Turm zu gelangen, wo er sich angeregt mit Michaela Bossi unterhielt. Als der Kommissar hinzukam, meinte die Beamtin, ihm Winkels vorstellen zu müssen: »Das ist Herr Winkels von der Staatsanwaltschaft.«

»Ach ja?« Swoboda grinste. »Dann weiß er sicher, was auf Irreführung der Behörden, die Erschleichung von vertraulichen Informationen, das Führen falscher Titel et cetera steht. Frau Kollegin, dieser Mann hat mit der

Staatsanwaltschaft höchstens gemein, daß sein Stil zuweilen dem der staatsanwaltschaftlichen Akten gleichkommt.«

»Das war unfair!« rief Winkels, verbeugte sich vor Frau Bossi und versuchte, schuldbewußt auszusehen. »Ich bin Herausgeber der hiesigen Zeitung Zungerer Nachrichten, *Z.N.*, und zur Zeit auch deren Chefredakteur. Da die Polizei ganz offensichtlich ihrer Pflicht zur Information der Öffentlichkeit nicht nachkommt, dachte ich, mit einer Notlüge …«

»Was heißt hier, Informationspflicht nicht nachkommen? Was willst du wissen? Ich werde dir alles erzählen, was unserem gegenwärtigen Kenntnisstand entspricht!« Swoboda hatte sehr laut gesprochen und Winkels dabei am Arm nach draußen geführt.

Frau Bossi, eben noch empört darüber, von Winkels übertölpelt und lächerlich gemacht worden zu sein, blickte ihm fassungslos nach. Hatte der Kommissar alle Regeln und Absprachen vergessen? Wollte er sich ins Rampenlicht drängen? Sie sah, daß einer der Tatortermittler aus dem Turm zu Swoboda kam und ihm leise eine Mitteilung machte. Der Kommissar nickte.

Volker Winkels rief Karin Maiwald zu sich, hieß sie, ihren Recorder einzuschalten, einige Fußgänger, die an der Absperrung gewartet hatten, scharten sich um die Gruppe, zu der nun Michaela Bossi trat und Frau Maiwald bat, das Gerät wieder auszuschalten. »Die Ermitt-

lungen des Landeskriminalamts sind nicht abgeschlossen. Um den Erfolg unserer Untersuchungen nicht zu gefährden, können wir gegenwärtig keine Informationen geben. Ich bitte Sie, das zu verstehen.«
Winkels ließ nicht locker. »Das heißt, unsere hiesige Polizei ist mit dem Fall überfordert?«
»Das heißt es ganz und gar nicht. Wir vermuten Bandenkriminalität, und dafür sind wir zuständig. Ich habe allerdings zur Untersuchung der Tatorte auch das Spurenteam des LKA angefordert, damit alles getan wird, was möglich ist. Im übrigen arbeite ich mit der Mordkommission vor Ort vollkommen harmonisch zusammen.«
»Wie man sieht«, ergänzte Swoboda. »Und nun schalten Sie wieder ein, Frau Maiwald, damit Sie nachher auch jedes Detail richtig beschreiben können.«
Er blickte Michaela Bossi in die Augen und begann zu erzählen, ausführlich und so laut, daß die Umstehenden jedes Wort hören konnten. Er berichtete von Max Niehaus, der Nagelmaske, dem Fundort im Mahrwald und der Eishöhle, in der er ermordet worden war; von Peter Gottfreund und dem Kahn, in dem seine Leiche lag; von dem Blutanschlag auf Dr. Eberhard Stehling und von dem Versuch, ihn hier im Mäuseturm zu ermorden; von den Messern in der Moldau und dem Toten mit nur einem Ohr, der neben seiner Machete im Brackwasser des Turmbodens lag.

»Ich habe soeben erfahren, daß es sich um einen tschechischen Bürger estnischer Abstammung mit Namen Neeve Kallasmaa handelt, der in tschechischen Verbrecherkreisen unter dem Spitznamen Rotkehlchen bekannt war und allem Anschein nach die Morde an Max Niehaus und Peter Gottfreund sowie den Mordversuch an Dr. Stehling begangen hat. Warum, wissen wir nicht. Mit anderen Worten, wir haben einen Täter, aber kein Motiv. Ebensowenig wissen wir, warum er nun selbst mit gebrochenem Genick am Tatort liegt. Wir werden sein Bild veröffentlichen und bitten die Bevölkerung um Mithilfe. Das war's.«

Kaum hatte er seine Erzählung beendet, liefen Winkels und Karin Maiwald grußlos über den Kornmarkt davon, und während der trainierte Zeitungsmann im Dauerlauf mit der Redaktion telefonierte, um die Planung für die morgige Ausgabe umzuwerfen, wurde Frau Maiwald, die kurzatmig in wachsendem Abstand folgte, klar, daß sie auf ihrem kleinen Recorder den Grundstein ihrer Karriere in Händen hielt: Das technisch perfekte Gerät zeichnete in einer Qualität auf, die man im Rundfunk senden konnte. Sie würde das Interview noch für die *Z.N.* abschreiben, dann Kopfschmerzen vorschützen und in die Hauptstadt fahren. Mit dieser Story hatte sie die Wahl: zum Radio, zum Fernsehen, zur Boulevardpresse? Eine solche Mordserie in der Provinz öffnete alle Medientüren der Großstadt. Hoffnungsfroh plante die Germanistikstudentin ihren Sündenfall.

Bei Swobodas improvisierter Pressekonferenz war kalter Wind aufgekommen, stärker geworden und hatte Frau Bossi, deren blonde Haare ihr vors Gesicht wehten, gezwungen, sich abzuwenden. Sie verlor den Kommissar aus dem Blick, hörte, was er sagte, doch ihre Gedanken schweiften ab. Warum fühlte sie sich gekränkt? Konnte sie ihre Enttäuschung beruflich begründen? Daß er sie hinterging, indem er den Erkenntnisstand öffentlich machte, war unkollegial, unprofessionell, zumindest grob fahrlässig, undiszipliniert ... Sie sammelte die Wörter, um mit ihnen eine Empfindung zu verdecken, die sie sich nicht zugeben wollte.
Die ersten Regentropfen fielen. Michaela Bossi hatte nicht gehört, wie Swoboda seinen Bericht beendete. Jetzt legte er ihr seinen Mantel um die Schultern, um sie aus dem Regen zu führen. »Das wird ein Frühlingsgewitter, kommen Sie.« Er behielt die Hand auf ihrem Rücken, sie spürte den Impuls, sich zu entwenden, fand das albern, hätte dadurch ihr Gekränktsein demonstriert. So lief sie an seiner Seite in die Bäckerei hinter dem Ziegenbrunnen, wo sich schon andere Regenflüchtlinge auf Stehtische lehnten und durch die offene Tür hinausstarrten. Die Tropfen wurden dick und schwer. Blitze ließen die Wasserwand weiß aufleuchten,

mit kurzer Verzögerung rollte der Donner über die Stadt und übertönte das Rauschen.
Swoboda ließ seinen Mantel auf den Schultern der Kollegin hängen und ging zum Tresen, um zwei Tassen Cappuccino zu holen. Sie sah ihm nach, versuchte, wütend zu werden oder ihn wenigstens zu verachten. Es gelang ihr nicht. Sie streifte mit der Hand über den Staubmantel, und als sie den Stoff spürte, fiel ihr ein, daß sie Swoboda diesen Mantel letzte Woche nachgetragen hatte, vor ihrem gemeinsamen Gespräch mit Sinzinger.
Als der Kommissar zurückkam und die beiden Tassen absetzte, straffte Frau Bossi ihre Gestalt und sagte so sachlich wie möglich: »Sie werden mir Ihr Verhalten der Presse gegenüber erklären müssen. Und nicht nur mir. Das kann man als Behinderung der Ermittlungen auslegen.«
»Kann man.«
»Man wird es so auslegen.«
»Wer?«
»Sie glauben doch nicht, daß die Interne Prüfung das einfach so hinnimmt!«
Swoboda zuckte mit den Schultern. »Ich glaube nicht, daß *Sie* das einfach so hinnehmen.« Er blickte in den Regen hinaus, der auf das Pflaster des Kornplatzes niederging und eine dünne Wasserschicht gebildet hatte, von der die Tropfen handbreit nach oben zurückspran-

gen und im Gewitter aufleuchteten wie gläserne Stalagmiten. Der Kommissar meinte zu sehen, daß in den Lichtreflexen des Wassers winzige Regenbögen enthalten waren, und wandte sich, während er an die Spektralfarben dachte, Frau Bossi zu.
»Die Interne ist mir, um ehrlich zu sein, vollkommen egal. Ich werde mit diesem Beruf sowieso aufhören. Ich bin Maler. Ich war immer Maler. Ich war eigentlich nie Polizist. Aber weil ich Polizist war, war ich nie Maler. Die Jahre, die ich noch habe, will ich sein, was ich bin. Also kommen Sie mir nicht mit der Internen Abteilung. Was die denken, geht mir am Arsch vorbei. Was Sie denken, ist mir wichtig, auch wenn Sie glauben, es sei nicht so. Ich entschuldige mich bei Ihnen. Ich wollte die Situation so aussehen lassen, als hätten wir Streit. Ich mußte endlich dem Mörder, der sich in dieser Stadt aufhält, mitteilen, daß wir so nah an ihm dran sind, daß wir ihn schon atmen hören und nur noch nicht wissen, wie er aussieht.«
Er hatte leise und eindringlich zu ihr gesprochen. Einmal hatte sie angesetzt, ihn zu korrigieren oder zu ergänzen, doch er hatte nicht darauf reagiert.
»Es war keine Zeit, das abzusprechen. Interessant ist, was ich *nicht* gesagt habe. Ich habe heute morgen einen Mann verhaftet, der die Aufträge und den Lohn des Mörders an das Rotkehlchen Kallasmaa in einem Spielcasino gleich hinter der tschechischen Grenze über-

bracht hat. Perfekte Geldwäsche. Unser Kollege Berger ist bereits auf dem Weg dorthin. Der Bote hat auch das Blut über Stehling geschüttet. Ich brauchte keinen Haftbefehl; der Mann hat seinen oder seine Auftraggeber um viel Geld betrogen und ist so verängstigt, daß er mich angefleht hat, ihn zu seinem Schutz einzubuchten. Wir wissen jetzt, wie die Dinge gelaufen sind. Leider kennt dieser Bote seinen Auftraggeber nicht. Ich glaube nicht, daß es die beiden Alten sind, weder Singinger noch Ungureith. Der Täter, Neeve Kallasmaa, ist nämlich im Turm drüben nicht unglücklich gestürzt, als er seinen dritten Auftrag erledigen und Stehling töten wollte. Er hat, bevor er stürzte und sich das Genick brach, einen Schlag auf den Hinterkopf erhalten. Das heißt: Rotkehlchen war überflüssig geworden. Sein Auftraggeber hat ihn beseitigt. Er hielt Stehling für tot, jetzt mußte der Mitwisser sterben. Weitere Morde haben wir voraussichtlich nicht zu befürchten. Das scheint mir logisch. Aber wer ist der Auftraggeber, der sein treues Rotkehlchen beseitigt hat? Er muß einen harten Schlag haben.«

»Folglich keiner der beiden Alten, zumindest unwahrscheinlich«, sagte Michaela Bossi. Sie hatte ihren Ärger vergessen und dachte in Swobodas Spur weiter. »Wir suchen einen Dritten. Einen, der im Auftrag der Alten morden soll und die Morde an einen Profi delegiert hat. Es geht nicht ums Industriegelände an der Mühr.«

»Es geht nicht um die Zukunft. Wir suchen einen ebenso skrupellosen wie kräftigen Mann, der verhindern will, daß die Vergangenheit die Gegenwart verändert. Und wir suchen die Fotos, die eben dazu in der Lage wären.«

Er trank seinen Kaffee aus. »Der Regen hat aufgehört. Ich sehe nach Stehling, vielleicht kann er schon reden.«

»Danke für den Cappuccino«, sagte Michaela Bossi. »In einer Stunde ist mein Team hier. Ich melde mich, wenn wir fertig sind. Ach ja, Ihr Mantel!«

Als sie ihm den Mantel übergab, schien ihm, daß sie den Stoff einen Sekundenbruchteil zu lang festhielt. Und erneut, wie schon einige Male in seinem Leben, wunderte er sich darüber, wie rasch die Stimmung einer Frau wechseln konnte; schneller jedenfalls, als er seine eigene überhaupt bemerkte.

Wie leicht es war! Man stellt sich das Töten eines Menschen immer viel zu schwierig vor. Dabei geht es nur darum, die Hand zu heben, einen geeigneten Gegenstand in ihr zu halten, der ihre Schlagkraft verstärkt, und den Entschluß, den man doch lange abgewogen und hin und her gewälzt, schließlich für richtig befunden hat, in eine physikalisch erfolgreiche, das heißt, dem erwünschten Zweck entsprechende Bewegung umzusetzen und den Menschen an der Stelle zu treffen, die man als die geeignete erkannt hat. Das ist auf dem Amboß mit dem zu schmiedenden

Eisen nicht anders als bei dem Schädel, den man zum Tod hin verformen möchte.
Ich habe ein kurzes, sentimentales Zögern in meinem Oberarmmuskel verspürt. Einen treuen Diener schmeißt man nicht so ohne weiteres weg. Erstaunlicherweise habe ich es sofort überwunden und dem moralisierenden musculus den großen Schwung mit der Hantel befohlen, die dann auch folgerichtig Rotkehlchens Hinterkopf traf. Interessant fand ich die unmittelbare Wirkung. Mir war, als ob ein Erstaunen seinen ganzen Körper erfaßt hätte, er reagierte nicht auf den Schlag, solange er noch nicht wußte, daß er getroffen war. Andere mögen diese Verzögerung für eine Kleinigkeit halten angesichts der darauf folgenden Ewigkeit, mich aber hat dieses Ritardando des Bewußtseins noch lange beschäftigt, und ich mußte jetzt eine größere Menge des köstlichen Schnees dafür aufwenden, um mir klarzuwerden: Es ist nicht die Moral, welche die Opfer zögern läßt, das Bewußtsein zu verlieren! Es ist nicht die Moral, die mich nach der ersten selbst ausgeführten Tat unablässig an diesen Augenblick zu denken zwingt! Es ist nicht die Unmoral, die den Schnee in meinen Nasenhöhlen und Stirnhöhlen schmelzen läßt! Es ist nicht die Moral, die die Anständigen anständig macht! Es ist nicht Unmoral, die uns treibt, die Grenzen zu überschreiten! Es ist die Erziehung zur Gewöhnlichkeit, die uns in allem zögern läßt, was wahrhaft groß ist. Ich habe das Zögern überwunden. Schnee für mich! Ich habe Rotkehlchens Kör-

per gezwungen, sein Zögern zu überwinden und sich in den Tod zu stürzen! Schnee für mich! Endlich fliege ich wieder über all den Unterwesen, endlich gilt meine überragende vokabulare Manifestation: Ich habe mit eigener Hand ein Lebensende geschrieben! Poesie! Schnee! Endlich habe ich nicht nur gemordet, sondern getötet. Bisher lieh ich mir Hände, jetzt sind meine eigenen folgsam. Poesie! Schnee! Wie lange bin ich mir das schuldig geblieben … Schnee, komm, schmilz in meinem Blut. Du bist mir treu, Schnee, nur du bist mir treu – – –

X

Winkels

Volker Winkels erwachte mit dem Gefühl, daß die Welt sich anders drehte als am Tag zuvor.

Er wußte, daß er diese Gegenbewegung verursacht hatte. Und er wußte, daß sie für ihn und sein Wohlbefinden nicht günstig war. Dennoch räkelte er sich, weil er glaubte, geschützt zu sein vor den Verwerfungen, die ihn erschüttern sollten, aber nicht erreichten. Vor den hohen Fenstern streute der Maitag Licht in den Park, den Winkels, ohne aufzustehen, vor sich sah: sein Besitz, sein Revier, sein Land. Ihm fiel ein, daß um zehn Uhr eine Tschechin kommen wollte, um sich als Putzfrau vorzustellen.

Frei von Zweifeln und unberührbar lag er unter seiner Daunendecke, der ganze Körper grinste, sein Glied war morgendlich aufgerichtet, er spielte daran herum ohne Lust zum Onanieren, und langsam kehrte der gestrige Tag in sein Bewußtsein zurück. Der Tag, den er in einem tiefen, warmen Kokainfluß beendet hatte, in dem er durch die Nacht trieb und auf alle Fragen die Antwort kannte.

Jetzt blieb nur noch Swoboda auf der Liste. Dies würde der schönste, der größte, der erlösende Mord werden. Endlich, wenn er Swoboda sich winden und sterben sah, würde der quälende Haß verlöschen, den er seit seiner Jugend in sich trug. Ein Haß, den er verbergen mußte, weil seine Stärke und seine Dauer unverhältnismäßig waren. Weil niemand verstand, wie aus einem so winzigen, scheinbar nichtigen, ja lächerlichen Anlaß ein so haltbares, verzehrendes Gefühl entstehen konnte. Die Demütigung, die er als Schüler, nein, nicht Schüler, als Dichter erlitten hatte, war durch keinen späteren Erfolg gemildert oder gar dem Vergessen überantwortet worden, nichts seither hatte ihn so tief verwundet. Kein gelungener Text, keine Würdigung seiner Zeitungsarbeit, keine Zuwendung einer Frau hatte die Wunde heilen können, die mit den Jahren überkrustet worden war, darunter aber weiter eiterte und aufbrach, wenn Swoboda nah war und, schlimmer noch, an seiner Seite die Frau, die ihm, Winkels, gehören sollte, wie in jenen Träumen, in denen er der junge Poet der Stadt war, der von allen Frauen heimlich vergötterte, von allen Männern beneidete, der fahle, stille Dichter, sechzehn Jahre jung, der in schwarzem Mantel, den Kragen hochgeschlagen, durch die Stadt lief und schweigend Metaphern in die Ecken streute, der nachdenklich war wie Camus und eines Tages auch dessen Vorliebe für schnelle Wagen teilen würde, er, der Lyriker Volker

Winkels, dessen Poesie in wenigen Jahren höher geschätzt werden würde als die Gedichte all jener, die jetzt hoch im Kurs standen. Denn er hatte einen schärferen Ton als Enzensberger, schrieb lakonischer als Günter Eich, sehnsüchtiger als die Bachmann, verfügte über mehr hintersinnigen Witz als Rühmkorf. Und Benn, der alte Benn, du lieber Gott, ein Stümper gegen den Zungener Hölderlin, dessen Namen bald in allen Buchhandlungen zu lesen sein würde: Volker Winkels, »Gedichte I«. So viel mußte von Anbeginn klar sein, ein Werk begann mit Band I, da lag keine Eintagsfliege auf dem Büchertisch, sondern ein Aufbruch! Noch wußten sie es nicht ... Doch ein Poem, ein einziges, würde sie überzeugen und staunen lassen, welches Talent in ihrer Stadt aufgeblüht war, in ihrem Land, in der Welt.
Er hatte sich nächtelang überlegt, welches Gedicht er der Schülerzeitschrift *Proszenium* anbieten würde. Es mußte eine gewisse Länge haben, um eine ganze Seite zu beanspruchen, sonst klemmten sie es irgendwo zwischen die Schulnachrichten. Zu lang durfte es nicht sein, das gäbe ihnen ein Argument, es abzulehnen. Als er sich endlich entschieden hatte und hoffen durfte, sich zum ersten Mal gedruckt zu sehen, wußte er: Danach würde er die lächerliche Schülerkladde nicht mehr nötig haben, denn dann kamen die Verleger und rissen sich um das junge Talent.
Swoboda und Niehaus. Ihnen mußte er sein Werk vor-

legen. Und sie ließen ihn scheitern. Sie, die Abiturienten und sogenannten Redakteure, lehnten sein Gedicht nicht einfach ab. Sie lachten. Lachten ihn aus! Verlachten seine Metaphern und Binnenreime, sein Versmaß, die Zeilenbrechungen. Warfen es ihm mit der Bemerkung zurück, er solle seine Ergüsse in die Poesiealben der Sextanerinnen schreiben, denn da gehörten sie hin. Eine Reportage könne er vielleicht verfassen, über das anstehende Schulfest.
Er hatte ihnen das Kostbarste anvertraut, was er besaß. Und sie machten sich über ihn lustig wie über einen pubertierenden Blender. Im nachhinein begriff er, warum sie verhindert hatten, daß er erkannt und gewürdigt wurde: Sie selbst hatten nicht das Zeug zum Künstler, nur die Neigung, und wie alle, die im Mittelmaß feststecken, war ihre vordringliche Sorge, daß kein anderer seine Größe zeigen konnte. All ihre Energie richteten sie darauf, ihn kleinzumachen, ihm den Ruhm vorzuenthalten und die Bewunderung der Frauen, denn beides gehörte zusammen. Sie stahlen ihm die Gestalt des Dichters und warfen ihn ins Schülerdasein zurück, dem er längst entwachsen war. Sie zerstörten sein Selbstbildnis und wollten ihn zu einem Journalisten erniedrigen, er sollte tun, was sein Vater tat: Zeilenschinderei! Wie tief lag dieses Schreibhandwerk unter den Sphären der Poesie! Eines Tages hätte er seinem Vater wortlos den Band – Volker Winkels: »Gedichte I« –

auf den Tisch gelegt und keine Reaktion abgewartet, er hätte sich abgewandt und wäre aus dem Raum gegangen. Er hätte seinen Vater mit der Scham allein gelassen, den Sohn ganz und gar unterschätzt zu haben. Swoboda und Niehaus hatten ihm dieses Leben gestohlen, sie hatten Ilse Matt, die er in seinen Nachtphantasien besaß, für ihn unerreichbar gemacht, und nun war der gescheiterte Pseudomaler Swoboda mit Ilses Tochter Martina im Bett. Er würde büßen. Es war seine Schuld, daß der abgewiesene junge Dichter damals sterben wollte und gestorben war. Er hatte sich Zugang zum Mäuseturm verschafft, war in den Dachboden gestiegen und hatte aus der Luke in der Kupferhaube hinausgeblickt auf die Nelda, die grabkühl nach Norden zog und ihn lockte.

Er sah sich im Fluß treiben, seine Manuskripte lagen am Ufer unter einem Stein, er starb, die ganze Stadt weinte um ihn. Jetzt verstanden sie seine Poesie, zu spät. Man hatte ihn umgebracht. Man hatte ihm Schmerzen zugefügt, die nur der Tod besänftigen konnte. Als er im Turm hinunterstieg, schwor er, sein ganzes Talent der Rache zuzuwenden. Mit dem Rücken an die Mauer neben der Holzstiege gelehnt, sagte er: »Ich weiß, daß es dich gibt, und ich gehöre dir ganz.« Nach diesem Pakt war der Schüler nach Hause gelaufen, zu seinem verachteten Vater, hatte sich in sein Zimmer eingeschlossen und begonnen, vom Tod zu träumen.

Über vierzig Jahre lag das zurück. Der Dichter Volker Winkels hatte sterben müssen, der Journalist Volker Winkels lebte. Vierzig Jahre eines verpaßten Lebens. Vierzig Jahre seelefressender Haß. Jetzt war der Zeitpunkt der Erlösung gekommen, jetzt endete Swobodas Hochmut.

Alles andere war bedeutungslos. Was scherten ihn die beiden SS-Greise! Natürlich hatte er sie erpreßt und ihnen gedient, sie hatten seit Jahren gut bezahlt. Immer hatte er bekommen, was er wollte; das Wissen, das ihm sein Vater überlassen hatte, reichte, um die Eskapaden zu finanzieren: ein Porsche hier, eine Reise da, elegante Garderobe – die Herren waren notgedrungen schon Jahrzehnte spendabel gewesen. Bei der Abiturfeier hatte er den alten Ludwigsbühler Otto Sinzinger beiseite genommen und angedeutet, daß ihm die Herkunft seines Besitzes bekannt war. Sinzinger lachte ihn aus, beriet sich aber noch auf der Feier mit Ungureith. Beide wußten, daß dem jungen Kerl, der soeben das Zeugnis der Reife erhalten hatte, in wenigen Jahren die Zeitung gehören würde. Zwei Tage später luden sie ihn ein. Eine Woche darauf verfügte er über ein Konto in der Hauptstadt, von dem sein Vater keine Ahnung hatte.

Jetzt war trotz Schweigekauf die Angst bei den alten Herren eingekehrt. Der anderen Erpresserin, Klara Matt, waren die Bilder aus den Augen geraten, mit deren Hilfe sie ihr Hotel Korn renoviert, ihr Restaurant Fischerwirt ausgebaut hatte. Fotos, Beweise der Tat in Prag. Wo waren sie? Warum verbreitete sich in Zungen das Wissen darüber? Plötzlich machte der verlumpte Peter Gottfreund seltsame Andeutungen, man könne ihn nicht zwingen, seinen Mühlengrund zu verkaufen, es sei denn, man wolle, daß er öffentlich etwas erzähle, über schwarze Uniformen, über Prag. Plötzlich äußerte Stehling gegenüber dem Bürgermeister, die Stadtchronik könne erst später erscheinen, wichtige Teile müßten nachgeprüft, vermutlich umgeschrieben werden. Willy Ungureith wurde nervös und beschimpfte seinen alten Kumpanen Otto Sinzinger, er habe all das zu verantworten, er mit seiner verfluchten Angeberei. Hätte er damals nicht die Fotos zu seiner Geliebten nach Zungen geschickt, oder hätte er die Matt wenigstens nach dem Krieg geheiratet, man stünde nun nicht nach fünfundsechzig Jahren vor der drohenden Anklage wegen vierfachen Mordes.

Sie bedurften der Hilfe ihres Vertrauten Volker Winkels. Mit niemandem waren sie so vertraut wie mit dem Erpresser. Durch ihn mußten sie handeln. Und er überließ wiederum einer fremden Hand die Tat.

Winkels hatte sich Bedenkzeit ausgebeten. Man verstand das, gerade erst war ja sein Vater gestorben, und der Sohn stand vor vielfältigen Aufgaben.

Es ging ihm nicht darum, die Greise zu retten. Als er

die Chance begriff, seine Rache mit ihrem Auftrag zu verbinden, und sah, daß er sein Motiv ihrem Motiv unterschieben konnte, hatte er zugesagt, den Auftrag zu übernehmen. Zu ihrer Verblüffung hatte er keinen Lohn, nur die Bereitstellung der Auslagen verlangt. Von jetzt an hatte er sie ganz in der Hand. Und nicht nur sie. Ihre Familien. Ihre Geschäfte. Er, Volker Winkels, würde der Herrscher von Zungen sein, nicht der provinzielle Pressezar, wie sie alle glaubten, nein, der wahre Lenker der einzigen Großbetriebe am Ort, und niemand, sei er gewählt oder nicht, habe er ein Amt oder nicht, würde über so viel Macht verfügen wie er. Wer die Geschichte beherrscht, beherrscht die Gegenwart. Der Rest war ein Kinderspiel. Er hatte nicht erwartet, daß es so leicht war, sich via Internet und anonym einen Henker zu engagieren.

Er setzte sich auf, zog das Kissen hinter seinem Rücken hoch und lehnte sich an die gepolsterte Kopfwand des Bettes. Das Licht des Frühlingstages füllte das herrschaftliche Zimmer ganz aus und brachte seine hellgelb gestrichene Decke zum Leuchten. Volker Winkels lächelte sich im mannshohen Spiegel, der an der gegenüberliegenden Wand in einem barocken Nußholzrahmen ihn und das Bett doppelte, zustimmend an. Der Spiegel war den Zeitläuften untertan, willig wie er: Früher hatte er die Juden wiedergegeben, jetzt ihn, der ihre Ermordung ungesühnt sein ließ, indem er die alten

Morde durch neue verdeckte, die ebenfalls ungesühnt bleiben würden. So war die Welt. Und dies war sein Tag. Die Verbrechen verhalfen der Zeitung zu einem satten Gewinn, er hatte gestern Anweisung gegeben, die heutige Auflage der *Z.N.* um dreißig Prozent zu steigern. Vier ganze Seiten Blut, Tod und Schrecken in der eigenen Stadt, wer sollte da widerstehen?
Er liebte die Geschichte dafür, daß sie ihm dies Geschenk in den Schoß legte. War es nicht am Ende die größte Form einer Dichtung, aus der Gegenwart eine Metapher für die Vergangenheit und aus der Vergangenheit einen Alptraum für die Gegenwart zu gewinnen? Einen Tod ganz aus Phantasie erzeugt und in Wirklichkeit verwandelt zu haben? War nicht das, was er getan hatte, das wahre, das vollendete Kunstwerk? Die Verneinung der Schöpfung als Niederlage der Moral zu feiern und aus dem Tod der anderen ein neu gestaltetes, eigenes Leben zu gewinnen?
Ihm fiel nicht auf, daß dies exakt das politische Programm war, nach dem Sinzinger und Ungureith als junge SS-Leute gehandelt hatten. Er ahnte, daß seine Gedanken an diesem Morgen nicht streng nach den Regeln des mathematischen Dreisatzes arbeiteten, daß ein Teil von ihm noch immer auf jenem Fluß dahintrieb, den er am gestrigen Abend aus dem Schnee geschmolzen hatte. Er spürte ein Pathos in seinen Fingern, das er jederzeit in Worte hätte fassen können.

Wozu Worte, er hatte es in Taten verwandelt, und welche Tat hätte mehr Pathos als die Verfertigung des Todes? Nie wieder würden sie ihn für klein halten, nie wieder als das Söhnchen des reichen Vaters belächeln, wenn sie erst, in ferner Zeit, sein schwarzes Beichtbuch veröffentlichen und lesen würden. Es hätten Gedichte sein können – nun war es der Monolog eines Mörders. Er war nicht schuld daran. Er stellte sich den Schauder seiner zukünftigen Leser vor und mußte lachen. Inzwischen wußte er, daß der Ruhm der Bestien länger vorhält als der der Poeten.

»Sie sind ein mutiger Mann, Herr Dr. Stehling«, sagte Swoboda leise.

»Gegen Sokrates bin ich ein Schlappschwanz.« Der alte Mann keuchte in kurzen Stößen, und der Kommissar ahnte, daß die Schmerzen ihn zu dem flachen Atem zwangen.

»Ich hätte nie gedacht, daß Sie ein solches Wort in den Mund nehmen würden.«

Stehling versuchte zu lächeln und fuhr mit der rechten Hand langsam über die Bettdecke. »Schüler wissen nichts von ihren Lehrern.«

»Warum sind Sie in den Maschinenraum hinuntergegangen?«

»Ein Mann wollte mir Akten hinterlegen. Aus Prag.«

»Er kam aus Prag. Aber er war ein Killer, er ist tot.«

Stehling schwieg. Swoboda sah die dünne Haut, Titanweiß mit sehr wenig Chromgelb und noch weniger Van-Dyck-Braun, die längsgefächerten Sehnen unter den Altersflecken, das Pflaster, das die Infusionsnadel hielt, und die Adern, Kobaltblau dunkel mit Ultramarin, die wie Flüsse den Handrücken durchzogen. Eine milde, fast zärtliche Neigung erfaßte ihn für den alten Mann, und er dachte daran, daß er sich als Schüler ein solches Gefühl nicht hätte vorstellen können, schon gar nicht für einen Lehrer.

»Ich bin sehr froh, daß Sie wieder zu mir sprechen können. Ich weiß, ich darf Sie noch nicht fordern, und das Trauma dieses Anschlags wird sicher noch lange anhalten. Aber irgendwann einmal werde ich Sie fragen müssen, wieviel Sie eigentlich wissen und warum Sie geschwiegen haben, nach dem Tod von Max. Es muß nicht jetzt sein.«

»Man hat jetzt ja so sehr gute Mittel, ich soll nichts spüren und soll bloß schlafen.« Das Sprechen machte dem Verletzten sichtlich Mühe. Das Oberteil des Bettes war aufgerichtet, so daß er auf der Schräge im Kissen lehnte. Der Kopf war mit einer Halskrause stillgestellt, der ganze linke Schultergürtel umfänglich verbunden, der linke Arm vom Oberkörper leicht abgewinkelt und auf einer Rahmenkonstruktion fixiert. Man hatte gestern in einer Notoperation die Muskulatur wieder zusammenfügen, die an der Brustwirbelsäule fast abgeris-

sene erste Rippe und das zerhackte Schlüsselbein mittels Stiften und Verbindungsgittern in seine ursprüngliche Form zurückversetzen können; doch die Ärzte ließen keinen Zweifel an der nach wie vor hohen Gefahr, die von der tiefen Verwundung ausging. Eine Sepsis befürchteten sie nicht mehr, aber sie schlossen weder wandernde Knochensplitter und eine Lungenembolie noch eine Lähmung von Arm und Hand aus, und Swoboda gegenüber hatte der Chirurg des Klinikums am Hohenzollernufer sogar von der Möglichkeit gesprochen, daß der Arm überhaupt nicht mehr von Nerven und Adern versorgt werden würde, was eine Amputation zur Folge hätte. In zwei bis drei Tagen würde man den Patienten verlegen können, in eine Unfallklinik, wo tiefe Thoraxverletzungen zum Alltag gehörten. Hier lag er nur zur Erstversorgung, ein Monitor zeigte seine Pulskurve, die Herzschläge piepsten regelmäßig. Stehling war froh, die rechte Hand trotz der dort gelegten Infusionsnadel einigermaßen frei bewegen zu können.
»Ich kann sehen und bald schreiben und ein Buch halten. Was will man mehr. Man hat mir sogar selbst überlassen, wieviel Schmerzmittel ich will.« Er deutete auf ein Kabel mit Schalter unter seiner rechten Hand. »Wenn ich hier drücke, spritzt oben das Mittel in die Infusion, ist das nicht großartig, ich meine in bezug auf die Eigenverantwortlichkeit des Menschen, findest du nicht? Der Arzt sagt, die Kranken geben sich selbst

weniger Schmerzmittel als die Schwestern. Man hat bisher die Kranken unterschätzt, so wie die Schüler!«
Swoboda nickte. »Strengen Sie sich nicht an. Ich komme morgen wieder, dann sprechen wir etwas länger, ja?«
Er stand von dem Stuhl neben dem Infusionsflaschenhalter auf und wollte gehen, doch der Verletzte winkte ihn mit der Rechten zu sich heran. Der Kommissar beugte sich über Stehlings Gesicht. Der alte Lehrer sah ihn mit weit offenen Augen an und flüsterte: »Du mußt dich um die Fotos kümmern, ich habe sie in eine Bauernkommode zurückgelegt, sie muß im Hotel Korn sein, weißt du?« Swoboda sah, daß die rechte Hand den Schmerzmittelknopf drückte. »Wir brauchen die Fotos«, sagte Stehling, »sonst können wir nichts beweisen. Und frage nach dem Schicksal der Bierjuden, du weißt schon, nein? Leo Staff. Zwei Töchter, eine Frau, nicht Jüdin. Man hat ihn denunziert, hier in Zungen, Rassenschande. Erstunken und erlogen. Ich habe die Akten. Suche die Staffs in Prag! Vielleicht gibt es ... Hol die Akten, in meiner Wohnung, Gemoll und Stowasser, du weißt schon ... die Schlüssel ...«
Die Augen waren, während er leiser sprach, klein geworden und hatten sich langsam geschlossen. Die Lippen blieben geöffnet, und Dr. Stehling begann zu schnarchen. Die Haut seines Gesichts verlor ihre Spannung, glitt nach hinten, senkte sich in die Gruben des Schädels. Der Unterkiefer fiel, der Mund öffnete sich

ganz. Ein Todesbild, in dem nur das regelmäßige Schnarchen von Leben zeugte.
Swoboda wandte sich ab, ging zum Einbauschrank und durchsuchte Stehlings Kleider. Er nahm die Hausschlüssel an sich, machte seine Schritte leise und verließ das Zimmer. Dennoch hörte Stehling ihn gehen. Eine seltsame, klirrende Wachheit hielt sich unter der Betäubung. Das Medikament nahm ihm die Schmerzen und machte ihn müde – seine Gedanken aber blieben frisch und klar, er glitt in seine Erinnerung zurück, sah deutlich sich selbst an jenem Nachmittag im Mäuseturm, als er einen Stapel von Akten, die er dem Archiv entnommen hatte, ablegen wollte und den Tölzer Bauernschrank entdeckte, ein ideales Depot für die ausgewählten Schriftstücke aus der Stadtgeschichte. Beim Einlegen hatten seine Finger die leichte Erhebung unter dem gelben, mit Vergißmeinnichtblüten gemusterten Schrankpapier gespürt, er hatte die Reißzwecken gelöst, das Papier vom Brett abgehoben und den kleinen bräunlichen Umschlag entdeckt. Ein Brief aus Prag. Poststempel 15. 4. 1939. *Vier Wochen nach dem Einmarsch*, dachte er. Ein Notizzettel mit der Botschaft: »Dies jetzt ein für alle Mal erledigt. Bald wieder daheim. Sei stolz!« Um die Fotos erkennen zu können, mußte er zum Turmfenster gehen. Er hielt die beiden Bilder ins Licht, betrachtete lange die Gesichter, die SS-Uniformen, sein Blick schweifte von ihnen ab, durchs

Fenster, hinunter aufs Wasser der Nelda, kehrte zurück zu den Burschen, die stolz wie Helden in die Kamera schauten. Unruhe erfaßte ihn, nicht die freudige Neugier des Historikers, sondern eine ängstliche, nervöse Stimmung, am Rand der Panik.

Er hatte damals den Turm verlassen, war zu Max Niehaus in die Galerie gefahren, hatte ihm die Fotos gezeigt. Sein einstiger Schüler hatte rasch und bestimmt die beiden SS-Männer identifiziert. »Das sind Otto Sinzinger und Willy Ungureith. Und dahinter – diese Menschen am Tisch sind doch tot? Oder was meinen Sie? Natürlich sind sie tot. Sie sind tot! Ein Mann, eine Frau, zwei Mädchen. Ein Ehepaar und seine Kinder? Sie sehen doch auch, daß sie tot sind?« Stehling hatte stumm genickt. Max hatte lange geschwiegen, seinen eigenen Schlußfolgerungen nicht vertraut. Er wollte nicht glauben, was doch unübersehbar war und ausgesprochen werden mußte. Endlich hatte er wieder Worte. »So wie die da im Vordergrund stehen, sind sie Mörder. Sie sind stolz und fotografieren sich gegenseitig vor ihren Opfern. Oder sehen Sie das anders, Dr. Stehling?« Der Stadthistoriker hätte gern widersprochen. Er mußte zustimmen. »Ja. Es sieht so aus. Und wahrscheinlich war es so. Was jetzt?«

»Wenn Sie es nicht wissen?« Niehaus war wieder Schüler, schob Stehling die Verantwortung zu, und der gab sie zurück: »Lieber Max, ich bin gekommen, um von

dir einen Rat zu erhalten. Dafür habe ich dich ausgebildet, damit du besser im Leben zurechtkommst als ich. Ich weiß nur: Die Stadtchronik kann so nicht bleiben, ich habe einen Verdacht, ich kann ihn noch nicht beweisen. Was ich bereits geschrieben habe über die Bierbrauerfamilie Staff, muß ich vielleicht fortsetzen bis zu ihrem Tod, ihrem gewaltsamen Tod. In Prag. Irgendwann zwischen dem 14. März 1939, als die Deutschen in Prag einmarschiert sind, und dem 15. April, als der Brief auf der Post war.«
Unter der Betäubung, die den Schwerverletzten wie eine innere Hülle vor Schmerzen schützte, lebte er in einem farbigen Film voller Sätze und Geräusche, saß in der Galerie von Max Niehaus, und Max riet ihm, die Fotos so bald wie möglich zurückzulegen. Sie seien nicht verwendbar, solange man nicht zweifelsfrei sagen könne, wo sie aufgenommen worden waren, wer die Toten am Tisch im Hintergrund seien. Andererseits: Keiner von ihnen beiden, weder Stehling noch er selbst, könnten von nun an so tun, als wüßten sie nicht, daß es diese Bilder von Sinzinger und Ungureith gab, den beiden großen Greisen der Stadt, ohne deren Zustimmung fast nichts in Zungen entschieden wurde. »Ich will ja nicht den Teufel an die Wand malen, Herr Dr. Stehling, aber solange die Bilder nicht wieder in ihrem Versteck liegen, sind Sie vielleicht in Gefahr. Heute nacht lege ich sie hier in den Safe.«

Stehling hatte gelacht, ein bißchen zu laut, zu grell. Was Max aus Sorge geäußert hatte, war ihm längst bewußt. Nichts schien ihm so gefährlich wie das plötzliche Auftauchen der Vergangenheit in der Gegenwart.
Als er am nächsten Tag die Bilder bei Niehaus abgeholt hatte und sie wieder zurücklegen wollte, kamen ihm auf der Treppe im Mäuseturm Möbelpacker entgegen, die den Schrank hinuntertrugen.
»Na, ins Hotel zurück!« antwortete der untere der beiden auf Stehlings Frage.
»Fertig renoviert!« ergänzte der obere, »wir haben Ihre Papiere auf den Tisch gelegt. Nachher holen wir noch die Kommode, und dann haben Sie wieder Ruhe, Herr Professor.«
Nichts war wieder ruhig. Der alte Mann stieg schnell hinauf, setzte sich im Archiv auf einen der alten Stadtratsstühle, versuchte, seinen Atem zu verlangsamen und nachzudenken. Nach einer Weile hörte er, wie unten die Träger den Turm wieder betraten. Er stand auf, zog eine der Schubladen in der bemalten Fichtenkommode auf und warf den Umschlag mit den Fotos hinein. Als die Packer kamen, stand er am Fenster und sah hinaus. Sie stellten die Kommode hochkant, um sie durch den engen Treppenwinkel zu drehen und trugen sie hinunter.
Was geschah mit ihm? Er hörte Stimmen, spürte Hände, jemand deckte ihn auf, ihm war kalt. Träumte er?

Er war jetzt schnell wie eine Hausmaus, flitzte über die Stufen der Turmtreppe, rannte über den Kornmarkt – grün war der, wie Winterweizen grün – und saß unter dem Galerietisch. Auch Max saß unter dem Tisch, ziemlich geschrumpft, bot ihm ein sehr kleines Glas Rotwein an und sagte: »Trumpf! Das ist ein As. Der Sinzinger soll bloß mal wagen, unsern Peter aus seiner Mühle rauszuekeln. Wissen Sie was, Herr Oberstudienrat? Wir klopfen mal kräftig auf den Busch, dann werden die Toten schon herausfallen und uns sagen, wo ihr Eßtisch gestanden hat!«
Etwas piepste. Piepste ausdauernd wie eine sehr laute Maus in Not. Piepste mit einem unverändert hohen Ton, ohne Atem zu holen. Stehling wunderte sich. Max war nicht mehr unter dem Tisch, sondern stand in der Tür. Hinter ihm eine blendende Sonne.

Michaela Bossi hatte das Stoffdach, das sich bis zur Oberkante des Rückfensters in Ziehharmonika-Falten zusammenschieben ließ, ganz geöffnet und genoß den sonnenleichten Maitag auf der Landstraße, die seit der Abbiegung von der Autobahn in Richtung Innsbruck durch ein von Steilwänden eingeengtes, mit Warnschildern vor Steinschlag bestelltes Flußtal geführt hatte. Dann mündete sie in eine Ebene aus Viehweiden zwischen auseinandergerückten Bergen und zog sich schließlich, nach Süden hin ansteigend, durch helles,

frühlingsgrünes Licht und Laubwald in eine sanft hügelige Voralpenlandschaft hinauf, wo der Karte nach das Sanatorium Hunneberg mit seinem Park zu finden sein sollte.
Sie hatte versucht, sich vorzustellen, wie die Tochter Sinzingers, die hier seit ihrem sechsundzwanzigsten Jahr lebte, aussah. Sie hatte errechnet, daß sie einer Frau von sechsundfünfzig Jahren begegnen würde. Einer Kranken. Oder an Krankheit Gewöhnten. Zum Kranksein Erzogenen? Michaela Bossi ordnete, während sie den weichgefederten Wagen durch die Kurven steuerte, ihre Vorstellungen von seelischen Erkrankungen. Sie neigte nicht zu der Ansicht, daß psychiatrische Anstalten aufgelöst gehörten, und war nicht bereit, jeden auch noch so auffälligen Menschen in die Gesellschaft zu integrieren. Sie war eine ängstliche Person, was abweichendes Verhalten betraf, und hatte sich über den Begriff der Abweichung keine weitreichenden Gedanken gemacht. Vorausgesetzt, Sanatorien wie Hunneberg waren irgendwie nett zu den Insassen, fand sie auch geschlossene Abteilungen dort gerechtfertigt, wo Offenheit die Patienten selbst und die Gesellschaft gefährdet hätte.
»Dies ist Fräulein Sinzinger«, wurde die Frau ihr von einer kleinwüchsigen, mageren Schwester vorgestellt und sogleich an den Arm geklinkt. Die Benannte war größer als Michaela Bossi und gut zehn Kilo schwerer.

Die winzige Schwester in graublauer Tracht entfernte sich sofort. Aus zwei Metern Distanz rief sie mit ihrer glasscharfen Stimme: »Gehen Sie mit ihr spazieren, bleiben Sie nicht stehen, sonst macht sie sich ein!«
»Ich mache mich ein, ich stinke, ich wasche, ich mache mich ein, ich stinke. Haben Sie gehört? Schwester Gitte sagt, ich stinke.«
»Sie stinken nicht«, sagte die Beamtin, »und spielen Sie mir bitte nicht die Irre vor. Mein Name ist Michaela Bossi. Ich bin Polizistin.«
»Um Gottes willen, ja um Gottes willen!« Ulrika Sinzinger blieb stehen, senkte den Kopf und schlug die Hände vors Gesicht. Ihre struppigen, graumelierten Haare fielen nach vorn über die Stirn. Sie weinte leise. Frau Bossi wartete ab und sah sich um. Der Park war mit alten Eichen bestanden, die gerade erst das neue Laub ausgetrieben hatten. In den Rasenhügeln waren Holzbänke scheinbar willkürlich verteilt. Wie vereinsamt liefen ein paar Menschen über die Wiesen und auf den Kieswegen, geräuschlose Wesen, die damit beschäftigt zu sein schienen, ihre eigenen Schritte zu beobachten. Mauern waren nicht zu sehen. Langsam beruhigte sich Ulrika, die Beamtin löste ihr vorsichtig die Hände vom Gesicht und sah ihr in die Augen. Die Augen eines Kindes.
»Warum wohnen Sie nicht in Zungen? In der großen Villa. Wo Platz für Sie wäre?«

»Ich halte es da nicht aus, wissen Sie?«
»Ah ja, richtig, aber ich weiß nicht, warum Sie es da nicht aushalten, Frau Sinzinger.«
»Frau Sinzinger ... Frau Sinzinger ... Mir hat schon lange keiner Frau Sinzinger gesagt. Ich bin ja die Ulrika.«
»Ja, Sie sind die Ulrika. Ulrika Sinzinger.«
Die Frau stampfte mit dem Fuß auf und schlug sich die Hände vor die Ohren. »Nicht Sinzinger! Nicht Sinzinger!« Sie schrie so laut, daß einige der anderen Spaziergänger, eben noch desinteressiert, ihren Weg unterbrachen, den Kopf wandten und hersahen.
»Warum halten Sie es in Zungen nicht aus, Ulrika?«
»Weil der Tod.«
»Der Tod?« Michaela Bossi trat zwei Schritte zurück und sprach lauter. »Warum der Tod?«
Ulrika senkte den Kopf und flüsterte: »Der Tod ist der Mörder.«
»Der Mörder?«
Jetzt schien die Patientin zu überlegen. Irgend etwas hinderte sie, weiterzusprechen. Sie preßte die Lippen aufeinander, doch in ihrer Kehle und in ihrem Mund entstand ein Druck und wuchs, bis sie ihm nicht mehr standhalten konnte, die verschlossenen Lippen aufplatzen ließ und das Wort herausstieß: »Blut!«
»Im Haus? Meinen Sie, in Zungen im Haus ist Blut?«
»Ist das Blut.« Ulrika nickte. »Überall. Ich wasche. Ich

stinke. Ich wasche. Hier weiß es keiner.« Sie strahlte übers ganze Gesicht. »Ich stinke nicht. Alle stinken. Ich nicht. Ich bin schön.«

»Ja.« Michaela Bossi bemerkte, daß ihr ganzer Körper sich verspannt hatte, wie erstarrt stand sie auf dem Weg.

»Ja. Sie sind schön, Ulrika. Aber sagen Sie mir, woher das Blut kommt. Es ist doch nicht einfach da. Ist jemand verletzt? Wer blutet denn?«

»Ich hab's gelesen. Willy. Otto. Leo. Magda. Lisbeth. Sarah.«

»Was haben Sie gelesen, Ulrika?«

Sie hörte die Schritte erst, als sie dicht hinter ihr waren.

»Schämen Sie sich nicht, Frau Bossi? Eine arme, verwirrte Frau, die nicht einmal ihren eigenen Vater erkennt, auszufragen? Dazu noch ohne meine Erlaubnis.«

Otto Sinzinger sah seiner Tochter Ulrika hinterher, die sich, nach einem entsetzten Blick in sein Gesicht, sofort mit hochgezogenen Schultern abgewandt hatte, über die Wiese geflüchtet war, und nun auf dem Weg davonlief zum Klinikbau, der als wuchtiger Querriegel hinter den Bäumen lag.

»Ich habe mich bei der Klinikleitung regulär angemeldet.«

»Und davon hat man mir regulär Meldung gemacht. Leider habe ich mich verspätet. Meine Tochter ist entmündigt, also müssen Sie mich fragen, und meine Antwort, ganz gleich, was Sie fragen, lautet wie neulich in meinem Haus: Nein. Sollten Sie noch einmal versuchen, meine Tochter zu belästigen ...«

»Werden Sie sich beschweren, ich weiß, Herr Sinzinger. Sie können viel. Sie können Ihre Verbindungen spielen lassen, Sie können mir Anwälte auf den Hals hetzen. Aber eins können Sie nicht: Sie können nicht verhindern, daß die Wahrheit ans Licht kommt. Man sieht jetzt schon zuviel von ihr.«

Der alte Mann nickte. »Ja. Aber auch die Wahrheit altert.«

»Die Schuld altert nicht«, sagte die Beamtin so leise, daß er sie kaum hörte, und wandte sich ab und lief den Kiesweg zu dem vermuteten Ausgang hinunter. Die Wege schlangen sich ineinander, sie wußte, daß sie zwischen den gepflegten Rasenflächen die Orientierung verloren hatte, wollte aber nicht anhalten und sich umsehen, weil sie sich noch in der Entfernung von dem alten Mann beobachtet fühlte, der ungebeugt in seinem schwarzen Anzug auf dem Weg stand und sah, daß seine Tochter in der offenen Gartentür der Klinik stehengeblieben war und ihn aus der Ferne besichtigte.

Er lief ein paar Schritte zur nächsten Bank und ließ sich nieder. Er öffnete die beiden oberen Knöpfe der Weste, atmete langsam und gründlich aus, sog die Luft ein und meinte, die Frische zu schmecken, die von den Bergen herkam. Die Schwäche, die aus seinen Füßen in die Waden gestiegen war, zog sich mit einem Ruck in sein

Herz hinauf. Er war froh, daß er nicht stehen und gehen mußte. Auf eine seltsam entschiedene Weise entzog sich ihm ein Wort, das er immer für seinen Besitz gehalten hatte: Aufrecht! Aufrecht war er durchs Leben geschritten, all die Jahre, in denen die Welt anders geurteilt hatte. Die hielt für aufrecht, was er für feige hielt, und hielt für feige, was er für aufrecht hielt. Jetzt hockte er auf der Bank und sank langsam, während sein Oberkörper sich nach hinten lehnte, zurück in die Erinnerung.

Die Bilder kamen über die Wiesen auf ihn zu. Graue Männergesellschaften in den alten Uniformen trieben heiter zu ihm herauf, sie lachten in einem Tonfall, dem der Sieg anzuhören war. Es war ein naßkalter Vorfrühlingstag, jener Freitag, der 7. April, vor fast siebzig Jahren, und Willy Ungureith nahm ihn an der Hand und riß ihm den Arm steil in Luft, »Sieg Heil!« riefen sie beide in die blinde Schneeluft über Prag, »Sieg Heil!«. Sie wußten: Nun würde nichts und niemand in der Welt sie mehr aufhalten. Daß die meisten Prager Bürger mürrisch durch den Eismatsch an ihnen vorbeischlichen, konnte ihre Laune nicht trüben. Wenige Tage nach dem Einmarsch waren Willy und er im Motorrad mit Beiwagen den deutschen Truppen nachgefahren; Willy mit polizeilichen Sonderaufgaben in der besetzten Stadt, Otto mit Begleitgenehmigung. Sich als Herren zu fühlen, tat gut. Schon in der Silvesternacht hatte Sinzinger seinem Freund vorausgesagt, daß dieses Jahr 1939 ihnen beiden alle Abenteuer bringen werde, die sie sich wünschten.

Wer hatte eigentlich zuerst das Mädchen gesehen, das plötzlich stehengeblieben war und sie angestarrt hatte? »Ist das nicht Sarah Staff?« Ja, er selbst hatte sie gesehen, und als sie davonrannte, waren sie beide ihr gefolgt, langsam mit dem Motorrad über eine Brücke, deren Name ihnen fremd war. Von oben hatten sie beobachtet, in welchem Haus auf dieser kleinen Insel an der Moldau das Mädchen verschwand.

Leo Staff mußte erschrocken sein, als er ihnen die Tür der Villa öffnete, aber er ließ sich nichts anmerken, drehte sich im Flur um und rief ins Haus hoch: »Besuch aus der Heimat!«

War es nicht frech von ihm, Brot und Käse und Prager Schinken und Wein aufzutischen? Die ganze Familie um den Tisch zu versammeln und so zu tun, als sei man begierig, Nachrichten aus Zungen an der Nelda zu erfahren? Oder war es jüdische Chuzpe, so zu tun, als sei alles in Ordnung? Es war ja auch alles in Ordnung, endlich war das Reich wieder mit all seinen Gauen vereint. Aber doch nicht für Juden! Oder wollten sie einfach nur beweisen, daß man sie verjagen, daß man ihnen alles nehmen konnte und sie dennoch wie die Maden im Speck saßen? Gute Weine, großes Haus, feiner Schinken, sanfter Birnenschnaps …

Wozu hatte man sie davongejagt? Schon saßen sie im nächsten Land. Hatte das denn kein Ende? Schwitzte Leo Staff nicht wenigstens ein bißchen vor Angst? Nein! Er war die Heiterkeit in Person, er lachte, schenkte nach, ermunterte seine Gäste in der SS-Uniform. Hatte dieser Jude denn überhaupt kein Gefühl, oder war er so blöd zu glauben, daß man als guter Deutscher sich von ihm einladen ließ, ohne wütend zu werden?
Nur die Frau und die beiden Mädchen in ihren weißen Kleidern schwiegen. Hatten wohl nichts zu sagen.
Und dann fragte Willy: »Tut es Ihnen nicht leid, daß Sie aus Zungen weggegangen sind?«
Einen Moment lang zögerte Staff, so als hätte es ihm jetzt doch die Sprache verschlagen. Er faßte sich und lächelte und antwortete ruhig: »Ach, wissen Sie, alles im Leben gleicht sich irgendwie aus.«
Etwas war falsch an dem Satz. Otto stand auf und versuchte, sich klarzuwerden, was Leo Staff gemeint hatte. Er mußte sich an der Tischkante abstützen. Was sollte sich in einem Judenleben ausgleichen? Plötzlich verstand er. Der Jude würde wiederkommen, alle Juden, die Weltjuden, und sie würden die Brauerei und ganz Zungen besetzen und sich wieder nehmen, was ihnen nicht gehörte!
»Sie irren sich, Staff. Sie irren sich.« Der hatte die Hände gehoben, den Mund geöffnet. Aber bevor er etwas sagen konnte, war schon der Schuß gefallen, Magda

Staff hatte geschrien, der zweite Schuß kam von Willy, und sie war still.
Die Mädchen saßen am Tisch wie aus Eis. Aus weißem Eis. Sie hatten die Augen geschlossen, als hätten sie nichts gesehen.
»Nicht ich!« Wer von ihnen beiden hatte das geflüstert? War es Willy, oder hatte er selbst … Ein Mädchen hatte losgeschrien, als der Mutter Blut aus dem Mund lief und auf das graue Seidenkleid tropfte. Dann schrie das andere. Die Pistolen machten ihre Arbeit. Lisbeth hing schief in der Lehne ihres Stuhls. Sarah lag über dem Tisch. Endlich war Ruhe.
Die angefangene und noch eine ganze Flasche Birnengeist. Keine Fluchtgedanken. Herrscher unterliegen keinem Gesetz. Im Gegenteil. Wohlgefühl stieg auf, sie hatten erledigt, wozu alle anderen Zungerer zu feig waren! Nichts mehr würde sich ausgleichen. Die Stadt wußte noch nicht, daß sie zwei Helden besaß.
Willy hatte die Idee, seine Leica IIIa zu benutzen. Und so kamen zwischen Karlsbrücke und Hradschin auch Bilder von einem Tisch auf den Film. Wurden entwikkelt und abgezogen in der besetzten Stadt Prag, mit der Post versandt an Karla, die Geliebte.
Am Freitag, dem 7. April, hatten sie am frühen Abend das Judenhaus verlassen und sich nicht darum geschert, ob sie einer sah oder nicht, als sie aus der Barockvilla, Na Kampe 11, schwankten und mit Mühe durch die

Gassen und über die steinernen Stufen auf die Brücke zu ihrem Motorrad gelangten.
Schöne Tage hatten sie in Prag verbracht. Wer konnte ahnen, daß es sechs Jahre später so ausgehen würde. Aber auf Willy konnte er sich verlassen, und Willy konnte sich auf ihn verlassen. Gleich nach der Kapitulation hatten sie einen Vertrauensakt vollzogen. Zwei handschriftliche Geständnisse, in denen der Ablauf der Tat genau beschrieben war und sie beide als Täter genannt waren: Das eine hatte Sinzinger unterzeichnet und Ungureith übergeben; das andere hatte Ungureith unterzeichnet und Sinzinger übergeben. Seither waren sie Brüder. Ihre Ehre hieß Treue.
An jedem ihrer Abende, wenn sie sich in Sinzingers Barkeller trafen, trugen sie das Geständnis des andern in der Tasche und zeigten es sich gegenseitig. Nicht zur Kontrolle: Sie liebten das Ritual, eine Art Stolz lag in der Präsentation der alten Papiere, mit denen jeder ihrer beider Existenz zugleich garantierte und zerstören konnte. Daß der alte Winkels über die Arisierung des Staffschen Besitzes Bescheid wußte und sein Sohn dafür ab und an Geld kassierte, war nicht von Belang. Auch Karla machte bei ihnen beiden ihre Kenntnisse und Hinweise auf die Fotos zu Geld. Das hielt sich im Rahmen. Als die Verjährung für Mord aufgehoben wurde, hatte die alte Matt einmal eine größere Summe verlangt. Aber sie war Geschäftsfrau genug, um zu wis-

sen, daß man seine beste Milchkuh nicht schlachtet, und auch wenn er sie damals sitzengelassen hatte, war Sinzinger immer noch der Vater ihrer Tochter.
Nie hatte jemand nachgefragt. Es gab so viele tote Juden. In den städtischen Registern galten sie als »unbekannt verzogen«.
Sinzinger hob den Kopf und setzte sich gerade. Hatte er nicht bitter bezahlt? Ulrika, sein liebstes Kind, verachtete, schlimmer: fürchtete ihn. Sah im Vater nur den Mörder. Er war kein Mörder. Er hatte sich zeitgemäß verhalten, war großen Entscheidungen gefolgt, die nicht er zu verantworten hatte. Als Ulrika vor dreißig Jahren auf ihn eingeschrien hatte, war er ruhig geblieben, väterlich, er hatte die um sich schlagende Tochter in die Arme genommen, festgehalten, bis ihr Geschrei verebbte und sie sich in seine Umarmung fügte, schluchzend, aber doch vom Vater behütet. Er war offen zu ihr, hatte alles zugegeben, was sie im Geständnis von Willy Ungureith gelesen hatte, in jener unglücklichen Nacht, als sie aus dem Haus heruntergekommen war in die Bar, wo er mit Willy etwas über den Durst getrunken hatte und sie beide in den Sesseln eingeschlafen waren, während die Schallplatte mit den Soldatenliedern sich mit lautem Knacken in der Endrille drehte. Wie immer hatten sie sich das jeweilige Geständnis gezeigt.
Es war seine Schuld. Er hatte das Jackett abgelegt und Willys Geständnis darum nicht gleich wieder einge-

steckt, sondern unter die Bartheke ins Fach gelegt. Nachlässig, gewiß, aber die Bedeutung der Sätze hatte sich mit den Jahren abgeschwächt. Es war doch so lange her. Was sollte noch kommen?
Wenigstens hatte Ulrika ihm das Papier am nächsten Morgen zurückgegeben. Nach dem Gespräch schien sie beruhigt. Mit ihrem Selbstmordversuch konnte niemand rechnen. Es war nicht leicht, seiner Frau bis zu ihrem Tod die Gründe zu verheimlichen. Manchmal hätte er gern gesprochen. Wenn er sah, wie seine Frau daran verzweifelte, daß die Tochter sich immer mehr entzog. Es war zu spät. Und je länger er wartete, um so schwerer ließ sich erklären, warum er so lange gewartet hatte. Der vierfache Mord in Prag belastete ihn nicht. Hatte denn er entschieden, daß Juden damals kein Recht auf Leben hatten?
Fragte jemand, wie sehr er gelitten hatte? Wieviel Kraft ihn das Verschweigen kostete? Weiß Gott, er hatte bei all dem Reichtum und dem Erfolg still und geduldig sein Leid um die Töchter getragen. Ilse Matt vermied jeden Kontakt zu ihm, Ulrika hatte sich vor ihm geflüchtet.
Sollte jetzt sein Lebenswerk in Gefahr geraten, weil die einstige Geliebte nicht auf die Prager Bilder aufpassen konnte? Der junge Winkels war der richtige Mann für die nun notwendig gewordene Dreckarbeit, genauso handlungsbereit wie Willy und er in ihrer Jugend ge-

wesen waren. Als er ihm den Brauereischlüssel zum Vorhängeschloß am Gitter der Eishöhle überreichte, war im Gesicht des Journalisten vollkommenes Einverständnis zu lesen. Daß die Hinweise ausgerechnet von Gottfreund gekommen waren, der sich weigerte, sein Land für das neue Industriegebiet zu verkaufen, machte die Sache umfänglicher. Er konnte nur von seinem Freund Niehaus instruiert worden sein, und dieser von seinem alten Lehrer Stehling, der in den Akten der Stadtgeschichte schnüffelte. Leute, die die Vergangenheit einfach nicht ruhen lassen wollten.

Er selbst war für Abschreckung gewesen. So hatte man es damals bei Karla besprochen. Willy Ungureith bestand darauf, ein Exempel zu statuieren. Nun ja, um den Schöngeist Niehaus war es nicht schade, im Grunde ein Schwächling, auf den seine Enkelin Martina hereingefallen war. Der alte Stehling mußte sowieso gebremst werden, bevor er in seiner Stadtchronik auf die Jahre ab 1935 kam. Und Gottfreund? Ein Parasit, dessen Tod kein Verlust, sondern ein Segen für die Gemeinschaft war. Willy hatte entschieden, daß kurzer Prozeß gemacht werde: »Wenn wir jetzt Schwäche zeigen und zögern, verraten wir alles, wofür wir unser Leben lang gearbeitet haben!«

Sinzinger nickte vor sich hin. Was ihn das Leben gelehrt hatte, war einfach und unumstößlich: Dasein war Verdrängungswettbewerb, der Platz begrenzt. Die Erde

war eine Scheibe, und die Schwachen mußten über die Kante geschoben werden.
Immer hatte er die Ellenbogen breit gemacht und sich Raum verschafft. Seine Devise war in der Brauerei ein geflügeltes Wort: »Mißerfolg ist ein Luxus, den ich mir nicht leisten kann.«
Er schloß die Augen. Unwiderstehlich wuchs in ihm eine Müdigkeit, die ihn nicht wie sonst, wenn er erschöpft war, schwer machte. Auf dieser Bank im Klinikpark schien sie eine Versprechung zu sein, wollte ihn zu einer tiefen, erlösenden Ruhe verlocken. Er neigte sich nach vorn und stützte die Unterarme auf die Schenkel. Die Hände lagen übereinander. Aber er betete nicht. Er saß zusammengesunken wie ein schlafender Rabe.

Die Akte war schmal. Swoboda entdeckte sie zwischen den altsprachlichen Wörterbüchern, dem »Gemoll«, Griechisch-Deutsch, Leinen, echtgrün, und dem »Großen Stowasser«, Latein-Deutsch, Halbleder, dunkler Ocker. Handschriftlich hatte Stehling einige Blätter mit Notizen angefertigt und hier verborgen, die auf den ersten Eindruck keine Bedeutung für den Mordfall zu haben schienen. Es waren Aufzeichnungen über die Familie Staff in der Geschichte der Stadt.
Ein Anruf unterbrach seine Lektüre.
Die Klinik teilte mit, daß Dr. Eberhard Stehling an den Folgen seiner schweren Verletzung gestorben sei.

Swoboda dankte und schaltete das Telefon aus, ihm war nicht danach, weitere Fragen zu stellen, weitere Auskünfte zu erhalten. Keine Trauer, wie beim Tod von Max, kein Zorn wie nach dem Tod von Gottfreund. Nichts als eine tote Leere in der Brust. Durch die kleinen Korridore zwischen den Manuskript- und Büchermauern lief er zum Fenster und öffnete es. Von hier war der Blick auf die westliche Seite der Stadt durch die Burg verstellt. Aber man sah den Ostteil von Zungen und weit über die Mahr, ihre Mündung in die Nelda, den Höhenrücken des Mahrwalds und die Uferseite mit dem Weg zur alten Eishöhle. Der Kommissar versuchte, sich, was er sah, ohne die Farben vorzustellen, und langsam gelang es ihm, vor seinen Augen die Stadt Zungen ausbleichen zu lassen und sepiabraun einzufärben wie auf einem alten Foto.
Nun also war der Altphilologe Stehling, den sie als Schüler für einen Mann der Vergangenheit gehalten hatten, der nichts von ihrer gegenwärtigen Zeit begriff, zu einem Helden geworden: ein Sokrates, der seinen Kampf für die Wahrheit mit dem Tod bezahlt hatte. Swoboda versuchte, sich zu erinnern, wie Stehling seinerzeit ausgesehen hatte, als Max Niehaus und Klaus Leybundgut, er selbst und Philipp Teichmann Abitur gemacht hatten. Uralt war ihnen der damals zweiunddreißigjährige Studienrat vorgekommen, der in seiner Freizeit die Stadtakten im Mäuseturm sichtete und stolz darauf

war, jene verloren geglaubte Urkunde wiedergefunden zu haben, durch die Ludwig der Bayer 1346 das Salzsteuerprivileg an Markt und Stadt Zungen verliehen hatte. Was hatte Stehling ihnen verliehen? Den Glauben, daß Kunst und Philosophie aus der Enge der Provinz befreien könnten? Er war selbst ein Gefangener dieser Stadt gewesen – und nun ein Opfer ihrer Geschichte geworden. Hatte er wirklich gehofft, sich zu befreien, indem er die Geschichte Zungens aufschrieb? Wäre es ihm gelungen, all die gescheiterten Hoffnungen, die bösartigen Pläne, die Duckmäuserei und die kaum sichtbaren Spuren von Heldentum festzuhalten?

Swoboda stöhnte leise. Müßige Überlegungen, Stehling war tot. Was hatte Martina über Max gesagt? »Diese Stadt hat ihn umgebracht.« Und er hatte ihr widersprochen. »Eine Stadt tötet nicht. Menschen töten.« Aber sie hatte recht. Diese Stadt war mörderisch. Sie hatte den alten Lehrer umgebracht.

Er wandte sich vom Fenster ab und kehrte zu der Akte auf Stehlings Schreibtisch zurück.

Der Stadthistoriker hatte darin seine handschriftlichen Notizen über die Familiengeschichte der Staffs, soweit sie rekonstruierbar war, zusammengetragen:

Familie Staff in Zungen nachweisbar seit 1849:
Wolf Dietrich Staff, geb. 1843 ?, Würzburg, Handelslehre bei Salomon Berolzheimer, Nürnberg. Heiratet (1867)

Rahel Herzberger (geb. 1848, Zungen a. d. Nelda), übernimmt die Hopfenhandlung seines Schwiegervaters.
Ein Bruder, Hans Staff, ausgewandert Amerika 1866, dort als John Staff. Keine weiteren Kenntnisse.
1869: Wolf Dietrich Staff kauft die Ortsbrauereien Wenger (Gasthof »Kornwirt«, heute Hotel »Korn«) und Thiemig (»Fischerwirt« an der Mahr). Erwirbt im Hinterland von Zungen weitere Ländereien zum Hopfenanbau, dazu das ganze Land mit dem Mühlengrund an der Mühr, die Eishöhle im Mahrberg.
Zwei Söhne, Fritz (geb. 1872) und Hans (tritt zum christlich-kath. Glauben über, Taufregister hier; verstorben 1921). Beide schließen die kleinen Ortsbrauereien und errichten am linken, stadtseitigen Ufer der Mahr das neue große Brauhaus (heute noch). Die Gasthäuser bleiben im Familienbesitz. Alte Braugebäude a. d. Mühr werden Hopfenstadel, Mälzböden (heute Ungureith Kühlhäuser).
Markennamen: Zicker Hell, Zicker Bock, Schwarze Zick. (Noch keine Weißbierproduktion.)
Jahresproduktion um 1900: 40.000 Hektoliter p.a. (Heute jährlich ca. 200.000.)
Dezember 1923 (nach Inflation und Einführung Rentenmark) übernimmt der Sohn von Fritz Staff, Leo Staff (geb. 1897 in Zungen) den Betrieb (Besitzeintrag Jan. 1924). 1927 Villa-Staff-Bau auf der Höhe der Burg (Am Galgenhang) mit Park bis zur ehem. Stadtgrenze. Vergrößerung Brauerei 1929.

Stadtrat (Ratsherr) bis 1932.
Mit Ehefrau Magda (geb. 1902, geb. Herolzhaus, christl.) zwei Töchter: Lisbeth (geb. 1926), Sarah (geb. 1928)
Denunziation 1937 (Gestapoakte): »Am 8. Februar teilte der Ehrenratsherr Parteigenosse Dietrich Ungureith der Staatspolizeistelle mit, daß der Jude Staff mit einer gewissen Zirkel, ihrerseits Buchhalterin der Brauerei Staff in Zungen an der Nelda, über mehrere Jahre und bis in letzter Zeit in rassenschänderischer Weise verkehrt sein soll.«
Keine Belege.
›Verkauf‹ von Brauerei und Liegenschaften 1937 an Karl-Ludwig Sinzinger und Söhne. Geringes Familienvermögen. Darlehen Deutsche Bank. Kaufpreis unbek. Brief Staff an Bürgermeister Brand: »Ein Zehntel des beurkundeten Verkehrswertes.« (Profiteure: Ungureith, Matt.)
Verzogen nach Prag. (Offiziell: »Unbekannt«) Postnachsendungen sollten gehen an Adresse: Prag, Na Kampe 11. (Postbuch Zungen, 1937)
Ausreise unmittelbar vor Gesetz über zwangsweise Umwandlung von jüd. Aktienbesitz in Deutsche Reichsanleihen. Vermutl. in Prag noch Vermögen (?).
Akten Prag angefordert. Tel. Ausk. EW-Amt: Angebl. keine Unterlagen. (Fam. verschleppt 1940/41/42? Ermordet 1939? Spur John Staff, USA?)

Swoboda schlug den Aktendeckel zu und sah, daß es eine alte Schulmappe des Eichendorff-Gymnasiums war, in die Stehling seine Aufzeichnungen gelegt hatte. Auch Sinzinger war Schüler dieses Gymnasiums gewesen, und Ungureith war der Hauptförderer des Vereins »Gephyra« zur Bewahrung humanistischer Bildung. Sah so der Humanismus aus? Platon, die »Antigone« des Sophokles, Humboldt, Hölderlin, sie alle hatten die Sinzingers und Ungureiths nicht daran gehindert, Nazis zu sein. War nicht der Humanismus dadurch widerlegt? Hingegen: Daß Hitler über Hölderlin gesiegt hatte, lag das an Hölderlin? Wer hatte den einen über den anderen siegen lassen? Noch nie hatte er gehört, daß Intellektuelle in China Konfuzius verwarfen, weil er Mao nicht verhindert hatte. Oder daß die großen arabischen Dichter und Philosophen verachtet wurden, weil es trotz ihrer Werke Al Quaida gab. Swoboda ertappte sich dabei, daß er ganz für sich allein ein Teegespräch mit Stehling begonnen hatte.

Als Martina anrief, hörte er ihrer Stimme an, daß sie noch nichts von Stehlings Tod wußte. Sie habe im Safe von Max ein Notebook gefunden.

»Hat er dir die Kombination für den Safe gegeben?«

»Es ist das Datum, an dem wir uns kennengelernt haben.«

»Verstehe. Und was ist auf dem Notebook?«

»Es startet nicht ohne Paßwort.«

»Vielleicht hat er deinen Namen gewählt, wenn schon das Datum für den Safe gilt.«

»Bist du eifersüchtig?«
»Ja, scheint so.«
»Schön.«
»Finde ich nicht. Du hast deinen Namen also schon ausprobiert, in Groß- und Kleinschreibung?«
»Ja.«
»Ihr beiden wart leicht zu durchschauen.«
Sie schwieg. Er entschuldigte sich.
»Probiers mal mit Gephyra. G, E, P, H, Y, R, A.«
»Euer verstaubter Verein? – Fehlanzeige.«
»Proszenium. P, R –«
»Ich weiß, wie man's schreibt.«
»Pardon.«
»Heureka!«
»Gratuliere. Und was siehst du in den Tiefen des Notebooks? Liebesbriefe?«
Der Knall im Lautsprecher seines Mobiltelefons tat ihm im Ohr weh, dann hörte er das Klacken der Tastatur. Endlich nahm Martina ihr Telefon, das sie nach seiner letzten Bemerkung auf den Schreibtisch geworfen hatte, wieder auf.
»Bilddateien. Faksimiles. Und die Fotos, verstehst du, *die* Fotos.«
»Er hat sie eingescannt.«
»Ja. Und einen Zettel. Ich kann die Schrift nicht richtig lesen.«
»Verändere nichts. Ich komme. Wir müssen die Datei

genau so untersuchen, wie du sie eben geöffnet hast, verstehst du? Nicht drucken, nicht kopieren, nicht schließen, gar nichts. Ist das Notebook am Ladegerät angeschlossen? – Dann steck es an. Es darf nicht ausgehen. Ich komme und bringe einen Spezialisten mit.«

Er hatte keinen Spezialisten. Bei der Zungener Kripo gab es keine Spezialisten für digitale Daten. Er mußte, ob er wollte oder nicht, Frau Bossi einschalten.

Sie meldete sich aus dem Auto. Sie erzählte von dem Gespräch mit Ulrika Sinzinger und vom plötzlichen Auftauchen des Alten. Sie versprach, sofort einen Computerfachmann vom LKA anzufordern. Sie habe einen Verdacht, der auf den Aussagen von Ulrika Sinzinger beruhte: Die Tochter wisse, daß der Vater ein Mörder sei. Und sie habe folgende Namen erwähnt: Willy. Otto. Leo. Magda. Lisbeth. Sarah.

»Willy und Otto sind die Vornamen von Ungureith und Sinzinger. Leo, Magda, Lisbeth, Sarah sind die Namen der Familie Staff. Ich habe sie gerade in einer Akte von Stehling gelesen. Stehling ist vor einer Stunde seinen Verletzungen erlegen. Wir haben jetzt also drei Morde.«

»Vier«, sagte Frau Bossi. »Ich zähle tote Täter immer mit.«

»Korrekt. Ich neige dazu, die Rotkehlchen zu unterschlagen. Kommen Sie bitte gleich in die Galerie Niehaus am Neldaplatz.«

»Ich beeile mich.«
»Nein. Fahren Sie vorsichtig. Der Täter ist ja tot. Wir haben Zeit, den Mörder zu finden. Oder die Mörder.«

Es tat ihr gut, daß er sie zur Vorsicht ermahnte. Seine Rede hatte etwas Bestimmtes und zugleich Bittendes, eine Mischung, die sie gern hörte. Der Wagen glitt jetzt fast ohne Gas die weich geschwungenen Kurven zum Tal hinunter, als ob er von selbst seinen Weg fände, und Michaela Bossi erlaubte sich eine gewisse Unaufmerksamkeit für die Straße, um ihre Gedanken schweifen zu lassen. Würde man Ulrika Sinzinger zu einer Zeugin vor Gericht aufbauen können? Aber noch war ja eine Anklage gegen ihren Vater gar nicht in Sicht. Es sei denn, Swoboda hätte inzwischen neue Beweise. Computerdaten, Bilddateien gab es also. Schwer, darauf handfeste und vor Gericht haltbare Argumentationen aufzubauen. Aber das war Sache der Staatsanwaltschaft. Swoboda. Warum wollte er, daß sie vorsichtig fuhr? Hatte er Angst um sie? Oder eine Art Angst?
Sie lachte sich aus und gab mitten in einer Kurve Gas. Was gefiel ihr an ihm? Gar nichts. Ein alter, trüber Kerl, Melancholiker. Du lieber Gott, sie hatte einen freundlichen Mann, der jünger war und nicht trank, fleißig war und sie nicht einschränkte, einen intelligenten Mann, der passabel aussah und den Töchtern ein lieber Vater war.

Sie verlangsamte die Fahrt und bog in die Bucht zu einem Waldweg ein, um anzuhalten. Sie stieg aus, lief ein paar Schritte und lehnte sich an einen Baum.
Eigentlich war Swoboda ein unerträglicher, alter Junggeselle.
Weiter oben im Wald legte sie beide Hände an den Stamm einer Buche. An ihren Handflächen spürte sie die kalte Rinde, wie rauhe Haut. Sie könnte sich noch so stark gegen den Baum stemmen, er würde nicht kippen.
So war ihr Leben. Unumstößlich gewachsen. Etwa nicht?
Swoboda wollte, daß sie vorsichtig fuhr. Warum gefiel ihr das so sehr, daß jede Erinnerung an die tausendfache Ermahnung ihres Mannes »Gib auf dich acht« dieses eine »Fahren Sie vorsichtig« von Swoboda nicht aufwog, jedenfalls nicht in diesem Augenblick? Und warum mußte sie sich selbst zugeben, daß sie jetzt lieber in diesen entsetzlichen Mordfällen unterwegs war, als zu Hause am Eßtisch zu sitzen?
Sie klatschte an den Buchenstamm wie zum Dank, lief zum Wagen zurück und telefonierte mit dem LKA, um einen Datenexperten anzufordern.
Auf der Straße näherte sich eine schwarze Limousine. Als der Wagen an der Bucht vorüberfuhr, erkannte sie Sinzinger hinterm Steuer.

Also hat dieser charakterlose Kellner doch geplaudert. Zugegeben, eine Schwachstelle in meinem Konzept. Erst stiehlt er, dann verrät er. Kann man sich auf niemanden mehr verlassen? Doch, auf deinen Kollegen Berger. Als er mich anrief und mir wie üblich Ermittlungsergebnisse anbot, diesmal allerdings zu einem unverschämten Preis, so daß ich ihn darauf hinweisen mußte, wie leicht ich seine Laufbahn beenden könnte – da war ich doch wirklich für einen Augenblick verblüfft. Wie bist du nur auf die Spur dieses Kellners gekommen? War es deine Nase, dein Blick, die Verzweiflung?

Berger rief mich aus Waldsassen an, als er aus As zurückfuhr, wo er im Casino Le Jeton die Fotos von Rotkehlchen und dem Kellner Polenz herumgezeigt hatte. Du mußt zugeben, daß ich die kleine Spielhölle direkt hinter dem Bahnübergang gut ausgesucht hatte! Schließlich habe ich eine solche Planung zum ersten Mal in meinem Leben durchgeführt, und immerhin ist sie gut genug, dich noch immer rätseln zu lassen. Oder bist du mir inzwischen auf der Spur? Mir, dem untalentierten kleinen Volker Winkels, den ihr beneidet habt, weil er mehr Geld in der Tasche hatte als ihr alle zusammen?

Es wird Zeit, daß ich mich um dich kümmere, liebes Opferlamm. Leichen genug habe ich dir geschenkt. Jetzt kommt der Zucker. Die Leckspur. Weißt du, was das kleine Jägerrecht ist? Leber, Milz, Herz und Nieren des Rehs par exemple werden frisch in Butter angebraten, möglichst in

einer schweren Eisenpfanne, stark gesalzen und gepfeffert und auf dicken Graubrotscheiben serviert, die man zuvor schmälzen kann, aber nicht muß.
Das Ganze nur wenige Stunden nach Schuß und Aufbrechen des Wilds.
Stelle ich mir vor, wie deine Augen milchig werden angesichts ewiger Sonnen, beginne ich, ein Verständnis für kannibalische Hochkulturen zu entwickeln. Jägerrecht für Volker. Swoboda ein Bock. Nicht schlecht, was? Leider wirst du so vergiftet sein, daß jeder Lebensmittelchemiker dein Fleisch für ungenießbar erachten würde.
Auf meiner Zunge dein Blut,
in meinen Augen dein Licht,
sieh, meine herrliche Wut,
die dir das Augenlicht bricht …
Nun wollen wir beginnen. Unsere Zeit macht es uns so einfach. Ein Handy mit einer anonymen Pay-Karte.
Und meine SMS an dich:
HÖHLENGLEICHNIS.

XI

Ungureith

Ilse Matt hatte die Vermisstenanzeige aufgegeben, als die alte Dame von Zimmer neun zwei Tage und Nächte nicht aufgetaucht war. Bis das Ergebnis der Suchroutine – bei Menschen diesen Alters wurden immer zuerst die Krankenhäuser abgefragt – innerhalb des Polizeipräsidiums zur Mordkommission vordrang, ging viel Beamtenzeit verloren. Erst als Martina auf Bitten Swobodas ihre Mutter befragte, in welchem der Zimmer die Bauernkommode gelandet sei, die man während der Renovierung des Hotels in den Mäuseturm ausgelagert hatte, fiel auf, daß es ebenjenes Zimmer neun war, aus dem der Gast mit Namen Irmela Schuldenzucker verschwunden und nun als Patientin der städtischen Klinik wieder aufgetaucht war. Der Kommissar wollte darin noch nichts erkennen, was mit seinem Fall zu tun hatte. Doch als man ihm in der Verwaltung des Krankenhauses mitteilte, Frau Schuldenzucker sei durch den Notarzt und in Begleitung von Herrn Volker Winkels eingeliefert worden, der auch für zwei Wochen im voraus Aufenthalt und Behandlung bezahlt

habe, und zeitgleich die eingehende Untersuchung der Kommode im Hotel Korn durch Billy und Turbo ergeben hatte, daß sie vollkommen leer war, spann der Kommissar in seiner Vorstellung wieder Fäden und legte Koordinaten fest. Für ihn selbst überraschend tauchte in den noch großen Quadraten, die er einzuengen versuchte, auch sein Schulkamerad Volker Winkels auf, schemenhaft zwar, doch unabweisbar.
Es war Nacht, als er in der Klinik eintraf. Frau Schuldenzucker schlief. Seine Dienstmarke verfing bei der Nachtschwester nicht, er versuchte es mit Charme. Der Erfolg war mäßig, die junge, füllige Dame schien ihre Machtposition zu genießen. Ungeduldig geworden, griff er zur moralischen Erpressung. Er fürchte für das Leben der Patientin, und zwar nicht ihrer Herzschwäche wegen. Und er müsse hier und jetzt entscheiden, ob für sie Polizeischutz anzufordern sei oder nicht. Frau Schuldenzucker sei möglicherweise in Gefahr. Das stimmte die Nachtschwester nachdenklich.
Swoboda drückte nach: »Ich muß Sie darauf aufmerksam machen – wenn hier etwas passieren sollte, dann sind Sie diejenige ...«
»Aber was um Himmels willen soll denn passieren?«
Er schwieg. Jetzt arbeitete ihre Phantasie für ihn.
»Sie hatte doch kaum etwas mit, wir haben ihr fast alles geben müssen. Sie hatte keinen Mantel, bloß Jacke und Rock und eine Handtasche.«

»Bringen Sie mir die Jacke und die Handtasche, und sehen Sie im Nachtkästchen nach.«
Sie stand auf. »Aber wenn Sie etwas mitnehmen, müssen Sie es mir quittieren!«
»Selbstverständlich, das machen wir immer.«
Sie brachte ihm die Sachen, er fand schnell, was er suchte. Unter ihren mißtrauischen Blicken zog er aus dem Seitenfach der Handtasche einen halb zerrissenen braunen Briefumschlag und entnahm ihm zwei kleine Fotos und einen Zettel.
»Das ist alles. Kein Geld, wie Sie sehen. Was schreiben wir jetzt auf die Quittung? Ein Brief?«
»Das ist alles? Ich dachte, Sie wollten die ganze Handtasche. Kommt jetzt noch jemand von der Polizei oder nicht?«
»Ja, Sie kriegen ein bißchen Gesellschaft.« Er öffnete sein Mobiltelefon, die Schwester verwies ihn empört auf das unübersehbare Piktogramm an der Wand: ein rot durchgestrichenes Handy. Er nickte und ging nach draußen. Billy war nicht erreichbar, also gönnte er der Nachtschwester die Gesellschaft von Bernd Viereck. Quittiert hatte er nichts.
Am Hohenzollerndamm blieb er im Licht stehen, das durch die doppelten Glastüren der Klinik auf die Straße fiel, und blickte über das glanzlose Wasser der Mühr zum anderen Ufer hinüber. Die Bilder tauchten wieder auf, Peter Gottfreund am Tisch mit der Flasche Schle-

henschnaps, den Schmerz um seinen Freund Max wegsaufend, und dann hingeschlachtet im Holzkahn neben dem Steg und vom Schilf verborgen.
Noch nie hatte Swoboda für ein Mordopfer ein Begräbnis ausgerichtet. Peter Gottfreunds Leiche war einen Tag zuvor von der Gerichtsmedizin freigegeben worden. Billy kümmerte sich um die Formalitäten. Sie machte sich Vorwürfe, daß sie damals einfach nur wegwollte und nicht die Gefahr erkannt hatte, in der Gottfreund schwebte. »Ich hätte es wissen müssen, nicht du«, hatte der Kommissar entgegnet, und Billy hatte leise gesagt: »Vielleicht hättest du damals doch rauchen sollen, das soll ja die Kreativität fördern. Statt meine Zigarette wegzuschmeißen. Als wir gehalten haben.«
Er hatte das längst vergessen. »Das weißt du noch?« Sie hatte genickt und kurz zu Boden geblickt, bevor sie zu ihrem Schreibtisch gegangen war.
Die Nachtschwärze am Mühlenufer drüben schien ihn festzuhalten. Er starrte in sie hinein, als wäre dort noch etwas Lebendiges zu entdecken. Als er den Wagen von Bernd Viereck vor die Klinik rollen und einparken sah, wurde ihm bewußt, daß er für Minuten unbeweglich auf dem Bürgersteig gestanden hatte.
Viereck stieg aus und dankte ihm. »Ich bin froh, daß du mir noch mal vertraust, obwohl ich bei Stehling versagt habe.«

»Du hast nicht versagt. Hör auf, dir das einzureden. Da oben sitzt eine einsame Nachtschwester. Sei ein bißchen nett zu ihr, sie hat uns sehr geholfen.«
Viereck sah nicht erfreut aus. Swoboda klopfte ihm auf die Schulter und wandte sich nach links, lief um die Ecke des Gebäudes in die Tuchwebergasse zum Schillerplatz, bog dort links in die Hauptstraße ein und folgte ihr bis zum Neldaplatz, wo in der Galerie Martina und Frau Bossi auf ihn warteten.
Auf dem Glastisch standen noch Brot und Käse und Wein für ihn bereit. Der Aschenbecher war voll. Martina stand auf, als sie Swoboda kommen hörte, Frau Bossi blieb sitzen und nickte ihm zu.
Er setzte sich an den Tisch, Martina stand hinter seinem Stuhl. Er ahnte, wie gut es jetzt wäre, sich nach hinten zu lehnen, den Kopf zurücksinken zu lassen und sie zu spüren. Er neigte sich nach vorn, zog den Prager Brief aus der Innentasche seines Cordsakkos und legte ihn auf den Tisch.
»Das ist das Motiv. Die Originale. Auf der Rückseite steht sogar der Name des Labors mit Adresse. Sie müssen in der Kommode von Zimmer neun gewesen sein. Denn ich habe sie in der Handtasche von Frau Schuldenzucker gefunden. Keine Ahnung, warum sie die Fotos und den Zettel mit dem Geständnis an sich genommen hat, ich konnte noch nicht mit ihr sprechen.«

Martina nahm die Fotos aus dem Briefumschlag und betrachtete sie. »Grauenhaft. Im Computer waren die Bilder irgendwie nicht real. Aber jetzt... Wenn ich's nicht sähe, nein, obwohl ich es sehe – ich will es einfach nicht glauben. Immerhin ist er mein Großvater.«
Frau Bossi griff nach den Bildern. »Kann es sein, daß diese Frau Schuldenzucker den Sinzinger und den Ungureith erpreßt hat? So, wie die alte Frau Matt sie erpreßt hat? Entschuldigen Sie, Martina, Sie haben wohl mit Ihren Großeltern nicht viel Glück...«
Swoboda schnitt ein Stück Camembert ab, spießte es auf die Gabel und hielt es vor sich in die Luft. »Vielleicht hatte sie eine Erpressung vor. Ich weiß es nicht.« Er zupfte das Stück Käse mit den Zähnen von der Gabel, kaute und trank Wein nach. »Ich weiß nur, daß die beiden Alten für die Morde an Max und Peter und an Dr. Stehling nicht in Frage kommen. Törring hat die Zeiten sämtlich durchgeprüft und wird in der Lage morgen früh berichten, daß sie wasserdichte Alibis haben, geradezu auffällig dicht. Selbst wenn man ihnen so viel Kraft und Beweglichkeit zutrauen würde, wie für die Morde nötig war, sie können einfach nicht an den Tatorten gewesen sein. – Martina, würdest du dich bitte setzen?«
Seine Aufforderung klang so unpersönlich, der Tonfall war ihr so fremd, daß sie sich nicht an seine Seite setzte, sondern in möglichst großer Entfernung am run-

den Tisch ihm gegenüber neben Michaela Bossi Platz nahm. Swoboda goß sich nach und trank das Glas in zwei Zügen aus. »Angenehmer Weißburgunder.«

»Frau Bossi hat ihn mitgebracht.« Martina spürte, daß etwas auf sie zukam, worauf sie nicht vorbereitet war. Sie richtete sich auf. Die LKA-Beamtin zündete sich eine Zigarette an. Sie schob Martina die Schachtel zu. Martina schüttelte den Kopf. Swoboda sah die beiden Frauen mit hochgezogenen Augenbrauen an und schweifte für einen Moment ab von dem, was er zu sagen sich vorgenommen hatte. Man könnte sie so malen, zwei Frauenköpfe, fast gegensätzliche Charaktere, beide verführerisch, die eine würde er im Profil malen, die andere en face, nebeneinander auf einem fast schwarzen Grund, kein Ort, kein Raum, keine Tiefe, die Köpfe mit Licht und Schatten körperlich stark herausmodelliert aus einem farbverlorenen Nichts.

Er besann sich und sagte: »Ich stelle mir seit einiger Zeit eine Frage, auf die ich keine Antwort finde, oder jedenfalls keine, die mich befriedigt: Warum bist du verschont geblieben, Martina? Ausgerechnet du, die mit Max zusammengelebt hat, die von den Fotos gewußt haben mußte, wenn Max von ihnen gewußt hat. Niemand hat versucht, dich zu erschrecken, dich zu bedrohen, gar dich anzugreifen. Warum? Ich bin sehr froh darüber, aber kannst du mir sagen, wie du dir erklärst, daß der Mörder dich schlicht ignoriert?«

Martina hatte ihm mit unbewegtem Gesicht zugehört. Ihr Mund stand leicht offen. Sie sah schön aus. Die Augen waren etwas weiter geöffnet als zuvor, die Frage hatte sie erschreckt. Schon einmal hatte Swoboda sie gebeten, vorsichtig zu sein, und sie hatte gelacht. Jetzt begriff sie, daß er die Nächte mit ihr verbrachte, um sie zu schützen.

»Ich weiß nicht«, sagte sie. »Sieht aus, als wäre ich die Mörderin.«

Er knurrte. Daß sie seine Frage nicht ernst zu nehmen schien, gefiel ihm nicht. »Was glauben Sie, Frau Bossi? Warum hat der Mörder oder haben die Mörder kein Interesse an Frau Matt?«

Die Beamtin zog in aller Ruhe an ihrer Zigarette, bevor sie antwortete. »Nach Lage der Dinge hat der Täter, Neeve Kallasmaa, nichts von den Hintergründen seiner Taten gewußt. Er hat seine Aufträge erledigt, ohne die Opfer wirklich zu kennen. Der Mörder, der ihn beauftragt hat, kennt hingegen alle Zusammenhänge. Also weiß er, daß Frau Matt höchstwahrscheinlich die Fotos gesehen hat. Zumal sie aus der Familie stammt, in der die Bilder – nun, sagen wir – zum Wohlstand beigetragen haben. Da wir annehmen, daß der Mörder, der Kallasmaa geschickt hat, selbst im Auftrag von Sinzinger und Ungureith handelt, gibt es mehrere Möglichkeiten, warum Martina geschont wird. Ich glaube nicht, daß ein Mangel an Interesse vorliegt, son-

dern im Gegenteil ein großes Interesse an ihrer Unversehrtheit. Wer kommt in Frage?
Erstens: Sie selbst, sie hat das größte Interesse, am Leben zu bleiben. Aber das scheidet natürlich aus.
Zweitens: Sie ist die Enkelin von Otto Sinzinger, er könnte die Bedingung gestellt haben, daß ihr nichts zustößt.
Drittens: Der von Sinzinger und Ungureith beauftragte Mörder ist aus der Familie Matt. Klara oder Ilse Matt – und schont darum die jüngste Frau in der Familie.«
Martina stand auf. »Was für eine lächerliche Behauptung!«
»Ich spekuliere nur, Martina. Unsere Methode besteht darin, alles durchzuspielen, was nur irgendwie möglich ist. Und dann erst das Wahrscheinliche vom Unwahrscheinlichen zu trennen. Das heißt ganz und gar nicht, daß ich irgendeine meiner Behauptungen auch glaube. Bitte! Niemand tritt Ihnen oder Ihrer Mutter zu nah. Und Ihrer Großmutter allein traue ich die Morde schon logistisch nicht zu. Darf ich fortfahren?«
Als Martina sich gesetzt hatte, nahm sie eine Zigarette aus der Packung, die Frau Bossi ihr zuvor zugeschoben hatte. Die Beamtin wartete, bis die Zigarette brannte. »Okay?«
»Ja, ja, natürlich, ich habe Sie verstanden. Danke für die Zigarette, spekulieren Sie ruhig weiter.«
Swoboda hatte die Frauen still beobachtet und an dem

Bild der beiden Köpfe weitergemalt. Der kleine Dialog hatte ihm wertvolle Hilfe für den Ausdruck der Porträts gegeben. So kam es, daß er merkwürdig zufrieden aussah, als Frau Bossi zu ihm über den Tisch weitersprach, und daß Martina sein offensichtliches Behagen an der Situation mißfiel.

»Viertens«, sagte die Beamtin, »kann es sich bei dem Mörder um jemanden handeln, der außerhalb der Familie ein gesteigertes Interesse an Martina hat. Wer könnte das sein?«

Sie hing die Frage leicht in die Luft und lächelte auf eine so vordergründig unschuldige Art, daß Swoboda und Martina sich ansahen und lachen mußten.

Frau Bossi schien mit dem Erfolg ihres rhetorischen Manövers zufrieden zu sein, schob aber, als müsse sie für Vernunft sorgen, die entscheidende Frage nach: »Und wer sonst kommt in Frage? Wer hat ein so emotionales Interesse an Martina, daß er sich dadurch selbst entlarvt? Alles macht er perfekt. Alles plant er penibel und läßt seine Anweisungen vollziehen, ohne selbst in Erscheinung zu treten. Er ist intelligent. Er ist zynisch. Er ist verrückt. Er weiß sich durch seine großen Auftraggeber gedeckt. Und ausgerechnet den einzigen Fehler, von dem er wissen muß, daß er ihm das Genick bricht, begeht er: Er arrangiert nicht einmal einen vorgetäuschten Angriff auf Martina. Das wäre doch möglich. Aber seiner rechten Hand Kallasmaa traut er nicht. Selbst riskiert er es nicht, weil – ja warum? Weil Martina ihn kennt. Das ist die einzig sinnvolle Erklärung. Folglich haben wir es mit einem Mörder zu tun, den Martina kennt und – der sie zumindest verehrt.«

Swoboda applaudierte leise. Während sie sprach, hatte er das Bild geändert. Er würde beide Frauen schräg von vorn porträtieren, wie sie links und rechts aus dem Bildrahmen hinaussahen. Das konnte die Perspektive im Betrachter öffnen. Am wichtigsten war sowieso all das, was außerhalb des Rahmens lag.

»Glänzend. Wir kommen zu demselben Schluß, Frau Kollegin. Unser Kandidat heißt Volker Winkels.«

»Winkels?« Martina schien wirklich verblüfft zu sein. »Das kann nicht euer Ernst sein. Verzeihen Sie, Michaela, aber das ist blanker Unsinn. Er ist Herausgeber der Zeitung!«

»Na und?« Swoboda verkniff sich die Frage, ob Winkels seiner Position wegen kein schlechter Mensch sein könne. »Er ist in dich verliebt.«

»Quatsch! Er spinnt herum, macht Anträge, er weiß, daß er keine Chance hat!«

»Er hat dich mit seinem Handy fotografiert, als du morgens aus der Burg gekommen bist, und hatte die Frechheit, dir anschließend die Bilder zu zeigen, die ihm angeblich jemand anonym zugesandt hatte. Hat sich als Wohltäter vor dir aufgespielt, der solche Fotos nicht

verwendet. Er hat seine Eifersucht benutzt, um vor dir ein Held zu sein!«
»Das glaubst du nicht wirklich!«
»Oh doch. Ich habe etwas überhört, vor dem Mord an Peter Gottfreund schon, als ich in seiner Redaktion war, nach dem Tod von Max. Er fragte, wer der Tote im Mahrwald sei, ich habe nichts gesagt. Und er kam auf Max, und weißt du, was er sagte? Er sagte: Es ist Max. Nicht wahr? Sie haben Max umgebracht! Er verriet mir ungewollt seine beiden Auftraggeber. *Sie* haben Max umgebracht. Ich Idiot habe den Plural überhört. Ich hätte sofort wissen müssen, daß in dem Satz eine Spur versteckt war! Peter könnte noch leben. Und Stehling!«
Swoboda war laut geworden, und Michaela Bossi hielt es für angebracht, ihn zu unterbrechen. »Wir beobachten Herrn Winkels seit längerer Zeit. Seine Fahrzeuge, sowohl der Rangerover als auch der Jaguar, sind mehrfach an Plätzen registriert worden, wo Kokain gehandelt wird. Er kauft offenbar seit Jahren zum eigenen Bedarf, aber keine geringen Mengen. Außerdem hat er Kontakt zu einem mafiosen Ring, der tschechische Frauen stundenweise ins deutsche Grenzgebiet vermittelt. Sie werden gebracht und abgeholt. Frau Schuldenzucker wußte das. Sie war Hausdame bei Winkels' Vater. Auch wegen des Prostituiertenhandels haben wir ihn in den Akten.«

Swoboda schlug mit der flachen Hand auf den Tisch. »Das nennen Sie Zusammenarbeit!«

»Ja«, sagte Frau Bossi, »ich weiß, das ärgert Sie. Aber etwas muß das LKA ja auch bearbeiten dürfen, ohne daß Sie uns ständig auf die Finger gucken ...«

»Wir Ihnen? Sie können bearbeiten, was immer Sie wollen – aber an diesem Fall sitzen wir gemeinsam – glaubte ich jedenfalls bis jetzt.«

»Sie wissen doch, daß wir immer extrem vorsichtig sein müssen, wenn es um Persönlichkeiten geht, die im öffentlichen Leben stehen.«

»Ich weiß, ich weiß«, sagte Swoboda. Er gab sich keine Mühe, den Ärger in seiner Stimme zu dämpfen. Am liebsten hätte er den Kopf von Frau Bossi jetzt aus dem Bild entfernt, doch das ging nicht: Seine Phantasie arbeitete bereits an dem Unterschied zwischen den Haarfarben der Frauen, die man auf den ersten Blick beide als blond bezeichnet hätte. Blond ist keine Farbe, und der Kommissar ahnte, daß er sich nicht über die Geheimnistuerei des LKA ärgerte, auch nicht darüber, daß ihm nicht sofort die richtigen Farbmischungen aus Gelb, Weiß und Ocker für die Haarfarben einfielen, vermutlich mußte man bei der einen mit grünen, bei der anderen mit roten Eintönungen arbeiten – er war enttäuscht von Michaela Bossi und gekränkt. Er hatte sein übliches Mißtrauen gegenüber den Kollegen aus der Hauptstadt überwunden, hatte begonnen, ihr zu vertrauen. Jetzt hatte sie ihn hintergangen. Obwohl er wußte, daß es das falsche Wort war, fühlte er sich verraten.

Martina war aufgestanden. »Soll ich uns noch einen Wein holen?«

Michaela Bossi lehnte ab, auch Swoboda verneinte. »Ich muß morgen früh zur Staatsanwältin, die Haftbefehle für Sinzinger und Ungureith wegen des gemeinschaftlichen vierfachen Mordes an der Familie Staff werden bestimmt noch nicht genehmigt oder wenn doch, dann sofort außer Vollzug gesetzt. Und für die neuen Morde reicht das Material nicht. Ich muß Winkels dazu kriegen auszupacken. Und ich wäre Ihnen sehr dankbar, Frau Kollegin, wenn Sie uns Ihre Ermittlungen über Volker Winkels zugänglich machen könnten. Oder wollen Sie ihn selbst verhören?«

»Nein, nein. Ich frage die Kollegen von der Drogenfahndung nach den verwertbaren Daten.« Sie stand auf. »Danke für Essen und Wein, Martina, es war schön bei Ihnen.«

Der Kommissar half ihr in den Mantel: »Übrigens ist morgen nachmittag um drei die Beerdigung von Peter Gottfreund. Ich meine, nur wenn Sie Zeit haben, es werden nicht viele Leute dasein bei dem armen Kerl.«

»Ich komme«, sagte sie, »wir sehen uns ja morgen früh in der Lage.«

Als sie die Tür hinter sich geschlossen hatte, gingen

Martina und Swoboda aufeinander zu und umarmten sich.
»Jetzt hätte ich doch gerne noch einen Schluck Wein.«
»Bleibst du hier?« Sie gab sich Mühe, die Frage nebensächlich klingen zu lassen, lief in die Galerieküche und nahm einen Pouilly-Fuissé aus dem Kühlschrank.
Swoboda kam in die Küche nach und sah ihr zu, wie sie die Flasche öffnete. »Ich trinke gern den weißen Burgunder von Max, auch seinen roten, aber ich kann nicht hierbleiben und in dem Bett schlafen, in dem du mit ihm geschlafen hast. Irgendwie geht das nicht.«
Sie hatte Mühe mit dem festsitzenden Korken und reichte ihm die Flasche. »Ich schlafe schon lange auf der Couch im Wohnzimmer. Sie ist nicht sehr breit für zwei, aber dein Bett im Atelier ist auch nicht grade eine Liegewiese. Übrigens habe ich dich nie gefragt, mit wem du in deinem Bett geschlafen hast, oder?«
Sie prosteten einander zu.
»Du bleibst?«
»Ja. Frag mich bitte nie, wie lange.«
»Ich verspreche dir, daß ich dich das in all den kommenden Jahren nie fragen werde.«

Die Stimmung in der morgendlichen Lagebesprechung war ungewöhnlich heiter. Alle schienen zu spüren, daß man sich der Lösung des Falles näherte. Wider Erwarten hatte die Staatsanwältin den Haftbefehlen für Otto

Sinzinger und Willy Ungureith zugestimmt, ihren Vollzug allerdings wegen mangelnder Fluchtgefahr ausgesetzt und darum gebeten, beide Verdächtigen nicht im Präsidium, sondern in ihrem Zuhause nach Vorlage der Beweise zu verhören. Für Volker Winkels fehlte jeglicher Beweis, solange die beiden Alten kein Geständnis ablegten.

Zum Vortrag kamen Ermittlungsberichte, zuerst von Kriminaloberkommissar Hartmut Berger: Zweifelsfrei waren im Casino Le Jeton im tschechischen As die Fotos von Neeve Kallasmaa und Georg Polenz identifiziert worden.

Billy und Turbo hatten die Alibis von Sinzinger und Ungureith für die Tattage der Morde an Max Niehaus, Peter Gottfreund und Dr. Eberhard Stehling ermittelt. Die alten Herren hatten sich widerstrebend darauf eingelassen, Auskunft zu geben. Unabhängig voneinander hatten sie jeweils Termine wahrgenommen, die vielfach dokumentierbar waren.

Bernd Viereck berichtete von einem Gespräch, das er bereits um sieben Uhr früh mit Irmela Schuldenzucker im städtischen Krankenhaus geführt hatte. Sie hatte bestätigt, die Fotos in einer Kommode in Zimmer neun des Hotels Korn gefunden und an sich genommen zu haben. Sie war damit zu ihrem ehemaligen Arbeitgeber Winkels gegangen, weil sie ihn fragen wollte, was sie mit den Bildern tun solle. Sie habe dort aber, bevor sie mit ihm sprechen konnte, in der Bibliothek einen Schwächeanfall erlitten, sei von Winkels später entdeckt und sofort in die Klinik gebracht worden. Er wisse nicht, daß sich die Bilder in ihrem Besitz befinden. An Erpressung habe sie selbstverständlich niemals gedacht.

Swoboda ergänzte, zur Zeit sei eine Beamtin zu ihrem Schutz abgestellt.

Klantzammer hatte bereits am Morgen auf Bitten von Swoboda mit seinem Kollegen Peter Karlach in Prag telefoniert und um Auskunft gebeten, ob der Mord an der Familie Staff, wohnhaft Na Kampe 11, einige Tage vor dem 15. 4. 1939, als der Brief mit den Fotos in Prag aufgegeben worden war, aktenkundig geworden sei. Schon eineinhalb Stunden später hatte Karlach zurückgerufen und mitgeteilt, daß man wohl gar nicht erst beginnen müsse zu suchen. Ein Labor des Namens, der auf die Rückseite der Bilder gestempelt worden war, gebe es nicht mehr. Ein Teil der Akten aus dem Jahr des deutschen Einmarschs und der beiden folgenden Jahre sei von der tschechischen Polizei selbst vor der Befreiung durch die russischen Truppen beiseite geschafft oder vernichtet worden, um die Zusammenarbeit mit den deutschen Organen zu vertuschen. Weitere Akten hätten die Russen nach Moskau mitgenommen, um Kollaborateure und Denunzianten herauszufinden. Ein Kriminalhistoriker an der Universität habe ihm jedoch versprochen, die Restbestände, die freilich außerhalb Prags gelagert seien, in den nächsten vier Wochen einmal durchzusehen.

Am interessantesten waren die Ausführungen der LKA-Beamtin Bossi bezüglich des verdächtigen Volker Winkels.

»Ich muß Sie bitten, alles das, was ich Ihnen mitteile, streng vertraulich zu behandeln. Weitreichende Ermittlungen in der Drogenszene, auch verdeckte Fahnder aus dem LKA wären gefährdet, wenn Sie irgendwelchen Dritten gegenüber unseren Kenntnisstand mitteilen.«

Klantzammer fühlte sich gefordert. »Ich lege für jeden meiner Mitarbeiter und für jede meiner Mitarbeiterinnen die Hand ins Feuer.«

Frau Bossi sah ihn schweigend an. Dann öffnete sie ihre Akte und begann zu berichten. Seit einigen Jahren war Winkels der Drogenfahndung des LKA bekannt. Man wußte, daß er nicht dealte, aber zum Eigenbedarf Kokain kaufte, seit den späten neunziger Jahren vornehmlich im Osten. Jede seiner Fahrten war dokumentiert. Inzwischen kaufte er bei Labors in Pilsen und im polnischen Breslau importiertes Kokain, möglicherweise auch andere Drogen wie Crystal, die in geheimen chemischen Betrieben hergestellt wurden. Man habe die eigentlichen Besitzer noch nicht zweifelsfrei ermitteln können, arbeite aber eng mit der tschechischen und der polnischen Drogenfahndung zusammen und werde wohl innerhalb der nächsten zwei Monate zugreifen können. Winkels gelte vorerst als möglicher Mitbesitzer des Breslauer Labors, wo er im letzten Jahr siebenmal gesehen und gefilmt worden sei. Das LKA habe in den letzten Wochen die Observierung von Winkels intensiviert, in jüngster Zeit aber mit Rücksicht auf die Ermittlungen in Zungen zurückgenommen, um ihn in Sicherheit zu wiegen. Für die Mordtage in den Fällen Niehaus und Gottfreund habe er sichere Alibis, beim ersten Fall sei er auf einem Zeitungsverlegerkongreß in Stuttgart gewesen, beim zweiten in einem Wellness-Hotel in Niederbayern. Für den Zeitpunkt der Ermordung von Kallasmaa und der letztlich tödlichen Verletzung Stehlings sei seine Anwesenheit in der Redaktion nicht sicher verbürgt, man habe jedoch auf die Befragung der Redaktionsmitarbeiter vorerst verzichtet. Was seine Verbindung zu Sinzinger und Ungureith anging, so sei vielleicht der Umstand bemerkenswert, daß in den Entnazifizierungsakten von beiden trotz ihrer SS-Mitgliedschaft die Einstufung »Minderbelastet« vermerkt sei, mit ausdrücklichem Verweis auf die Aussage eines gewissen Karl-Maria Winkels, der ihnen den mutigen Einsatz für verfolgte Mitbürger bestätigt habe.

Hartmut Berger, der sonst bei den Besprechungen in sich gekehrt und mit ausdruckslosem Gesicht dasaß, hatte die Ausführungen mit gespannter Aufmerksamkeit

verfolgt und am Ende, als habe er selbst seine ungewöhnliche Haltung bemerkt, wieder auf den Tisch und seine Akten geblickt, als ginge ihn das alles nichts an.
Nur Michaela Bossi, die ihm schräg gegenüber saß, schien sein Verhalten registriert zu haben. Sie wiederholte, was sie zu Beginn gesagt hatte: »Noch einmal, diese Fakten und Vermutungen sind streng vertraulich. Sie dürfen nicht notiert und niemandem außerhalb dieses Raums mitgeteilt werden, bevor wir nicht auf Winkels zugegriffen haben. Ich muß Sie darauf hinweisen, daß ein Verstoß gegen diese Vereinbarung zwischen uns seitens des LKA zur Beantragung eines Aufsichtsverfahrens führen würde. Und für den Fall, daß verdeckte Fahnder von uns Schaden dadurch erleiden, kommt es zur strafrechtlich relevanten Anzeige. Ich sage das natürlich, weil ich dazu verpflichtet bin, und nicht, weil ich hier jemanden verdächtigen will.«
Unabsichtlich blickte sie zu Berger hinüber. Klantzammer dankte ihr und sah Swoboda an. »Kümmerst du dich um Sinzinger und Ungureith?«
»Nein. Ich schlage vor, Billy besucht Sinzinger, Bernd besucht Ungureith. Es reicht, Ihnen den Haftbefehl zu eröffnen und sie zu befragen. Sie werden die Aussage verweigern. Ich bin bei beiden befangen, Sinzinger hat meine Mutter unterstützt und eigentlich meine Schulzeit finanziert. Und gegen Ungureith habe ich eine körperliche Abneigung.«

»Du hast was? Habe ich dich richtig verstanden, du hast eine körperliche Abneigung?« Klantzammers Gesicht war eine einzige Abmahnung.
Frau Bossi senkte den Kopf, unterdrückte ihr Lachen.
Swoboda stand auf und ging zur Tür. »Hört mal, Freunde, dies ist mein letzter Fall, ich werde ihn so lösen, wie es mir richtig erscheint, und danach treffe ich euch nur noch beim Essen und Trinken. Und wehe, ihr wagt, mir dabei von euren verdammten Leichen zu erzählen. Mir steht der Scheißtod bis hier!« Für die entsprechende Geste zog er mit seiner waagrecht gestreckten rechten Hand in Höhe seines Kinns einen Schnitt durch die Luft.
Als er die Tür ruhig hinter sich geschlossen hatte, ließ das Schweigen in Klantzammers Büro den Schluß zu, daß jeder auf seine Weise darüber nachdachte, weshalb Swoboda gekündigt hatte. Daß er gekündigt hatte, stand außer Frage.
Als erste bewegte sich Michaela Bossi. Sie packte ihre Akten zusammen, grüßte und verließ langsam den Raum.
»Wir müssen ihm Zeit lassen«, sagte Klantzammer leise.
»Wenn er uns Zeit läßt ...«, sagte Billy.
Berger sagte: »Niemand ist unersetzlich.«
Darauf Rüdiger Törring: »Sie am allerwenigsten.«
Und Bernd Viereck: »Allerdings. Mußte mal gesagt werden.«

Berger stand abrupt auf, steckte seine Unterlagen in die Aktenasche, verließ hastig den Raum und schlug die Tür hinter sich zu.
Klantzammer hatte das Gefühl, innerhalb von Minuten eine eben noch hervorragend funktionierende Abteilung verloren zu haben.

Die nordöstliche Mauer des Zungener Friedhofs grenzt an eine Gasse mit Namen Höllacker. Vielleicht lag es daran, daß die Grabstätten an dieser Mauer unbeliebt waren. Dort gab es immer noch freie Plätze für Einzel- und Familien-Gräber, während Beerdigungen seit Jahren im neuen Teil, jenseits der südlich verlaufenden Bundesstraße, stattfanden. Mit dem Kopf zur Mauer am Höllacker zu liegen würde Peter Gottfreund nichts ausmachen, hatte Swoboda entschieden.
Ein kalter, grauer Nachmittag. Die Luft fühlte sich naß an. Als wollte der Winter zurückkehren. Nur das Gezwitscher der Vögel in den Bäumen des alten Friedhofs und das junge Laub paßten zur Jahreszeit. Swoboda und Klaus Leybundgut standen am ausgehobenen Grab, das Holzkreuz, das schräg daneben im Erdhaufen steckte, wies den Sarg, der auf zwei Brettern über der Grube stand, als den von Peter Gottfreund aus. Ein Kranz mit goldbedruckter weißer Schleife *DEINE FREUNDE* log einen Plural vor, den sich der Kommissar in unschuldiger Hilflosigkeit ausgedacht hatte. Der

Tote hatte außer seinem Hund nur zwei Freunde gehabt: Max Niehaus und Alexander Swoboda. Niehaus lag drüben auf dem neuen Friedhof.
Hinter den beiden Männern standen Martina Matt und Michaela Bossi. Die Gruppe in schwarzen Mänteln, die Peter Gottfreund das letzte Geleit gab, wurde von niemandem zu einer Zeremonie angeleitet. Kein Pfarrer wollte sich für diesen Toten, der alle Kirchen dieser Welt verachtet hatte, bereit finden. Und so warteten die fünf Sargträger an den Seiten der Grube darauf, daß irgend jemand eine Art Ritual beginnen oder wenigstens einen erkennbaren Ablauf für die nächsten Minuten vorgeben würde. Das Holzkreuz senkte sich zur Seite und fiel um.
Swoboda hatte sich vorgenommen, das Vaterunser zu sprechen und dann das Zeichen für die Absenkung des Sarges in die Erde zu geben. Er sah Volker Winkels vom westlichen Teil des Friedhofs her kommen, wo die alten Familiengräber mit ihren unübersehbaren Monumenten und Skulpturen lagen. Winkels schien überrascht zu sein, die kleine Gruppe hier vorzufinden, trat näher, grüßte leise und fragte: »Wer wird hier verabschiedet?«
»Peter Gottfreund«, sagte Leybundgut. »Das Mordopfer.«
»Ah ja. Eine scheußliche Sache. Der arme Mann. Ich störe doch nicht?« Ohne eine Antwort abzuwarten, stellte er sich an Martinas Seite.

Der Kommissar sprach das Vaterunser, alle beendeten es mit »Amen«, die Träger hoben den Sarg an den Seilen an, der fünfte zog die Bretter weg und warf sie auf den Aushub.
Swoboda war, als die Seile heraufgezogen und die Wärter zur Seite gegangen waren, der erste, der zur Grube vortrat. Er hob das Holzkreuz auf und stieß die Spitze mit großer Wucht in den Boden. Er beugte sich, nahm eine Handvoll Erde und warf sie nach unten.
Die anderen folgten, und Martina, Michaela Bossi und der Kommissar beobachteten fassungslos, wie Volker Winkels mit gesammelter Würde als letzter am Grab stand, Erde hinunterwarf, die Hände faltete und einige Sekunden still am Rand der Grube einhielt, bevor er zu den übrigen kam. Swoboda überreichte einem der Träger den Briefumschlag mit dem Totengräbergeld.
»Ich war gerade hier, um meinem Vater ein paar Blumen zu bringen, es bleibt einem ja sonst nichts zu tun, nicht wahr?« Winkels schien nichts zu ahnen. Er klang so unbefangen, daß Martina Zweifel an seiner Schuld kamen. Wenn Swoboda sich irrte und das ganze Theoriegebäude auf falschen Annahmen ruhte? Frau Bossi nahm sie am Arm und führte sie ein paar Schritte zur Seite auf den Weg. »Ich bin froh, daß Sie sich nichts anmerken lassen, Martina, danke«, sagte sie leise.
»Winkels!« Leybundgut stand nah bei dem Angesprochenen und hätte nicht so laut sprechen müssen, vor

allem nicht an einem offenen Grab. Er senkte die Stimme nicht, als er fortfuhr. »Das, was du in deiner Zeitung gestern gedruckt hast, ist eine widerwärtige, ekelerregende journalistische Sauerei gewesen! Du hast aus dem Tod von Max und von Gottfreund ein Geschäft gemacht! Du solltest dich schämen, wenn du noch weißt, was das ist!«

Klaus Leybundgut drehte sich um und verließ grußlos die Gruppe, die Verbliebenen starrten schweigend auf Winkels, der sich entschied, betroffen auszusehen. »Er hat ja recht, man muß es vielleicht nicht so drastisch ausdrücken, aber – ein großer Kollege von mir hat einmal gesagt, wenn er morgens seine eigene Zeitung liest, würde er manchmal leiden wie ein Hund. So geht es mir auch. Was will man machen? Der Geschmack der Menschen ist, wie er ist.«

Während er sich rechtfertigte, waren Martina und Frau Bossi dem Arzt gefolgt. Nur Swoboda hörte sich Winkels zu Ende an. Dann nickte er stumm und ging den Frauen nach. Der Herausgeber der *Zungerer Nachrichten* stand mit den Totengräbern neben der offenen Grube. Sie grinsten.

Winkels holte Swoboda auf dem Weg kurz vor dem Friedhofstor ein, wo die Frauen mit Leybundgut warteten. »Ich wollte dich einladen, Alex, es geht um ein Gespräch mit Direktor Sockschutz, wir müssen mit unserem Ludwigsbühler Verein an der 650-Jahr-Feier unserer Stadt im kommenden Jahr teilnehmen. Humanistische Bildung ist wieder in Mode, aber was wir bisher in der Gephyra planen, hat mit der Würde unseres Gymnasiums kaum was zu tun. Wir brauchen neue Ideen!«

Michaela Bossi wandte sich um und hörte, wie der Kommissar ablehnte: »Ich bin für solche Sachen völlig ungeeignet.«

Winkels blieb hartnäckig. »Du bist doch ein Künstler, du weißt, was der Verein beitragen könnte, wir werden einfach nur unseren Gedanken freien Lauf lassen. Natürlich koche ich, und alle meine Gäste bisher meinten, ich sei ein exzellenter Koch. Darf ich dich erwarten? Feines Essen, kreative Planung, und ich verspreche besondere Weine aus meinem Keller.«

»Wann?«

»Heute abend. Sagen wir um sieben? Wäre das gut?«

Swoboda sah ihn lange an, bevor er antwortete. Winkels zeigte ein gewinnendes Lächeln, das entweder echt war oder eine außerordentlich freche Lüge. »Okay, um sieben bin ich bei dir.«

Okay, um sieben bin ich bei dir. Wie herablassend du dich auf deinen Tod eingeladen hast! Es hat mich eine Menge Geld gekostet, daß dein Kollege Berger mich vor weiteren Einkaufstouren nach Breslau gewarnt hat. Leider weiß er angeblich nichts vom Stand deiner Ermittlungen. Immer-

hin weiß ich jetzt wenigstens, daß die Dame vom LKA mir meine kleinen Vergnügungen nicht gönnt. Also keine Einkaufstouren fürs erste. Ich habe Vorrat genug, und finden werdet ihr gar nichts. Der Jude Staff hat hübsche tote Winkel in dieser Villa konstruieren lassen, in einem könnte man kleine Familien verstecken. Aber, nicht wahr – dich interessiert nicht, was die Drogenfahnder mit mir anstellen. Du bist mir wegen Max auf den Fersen, wegen diesem Kretin Gottfreund, wegen des Prager Killers und wegen Stehling. Der dumme, alte Kerl. Als mir meine Informantin von der Klinikpforte mitteilte, er sei verstorben, ehrlich, ich war wirklich traurig und zu meiner eigenen Überraschung so bewegt, daß ich beinahe, ich sage: beinahe! ein Geständnis geschrieben und in der eigenen Zeitung gedruckt hätte! Vielleicht hätte Leybundgut das gefallen. Der arrogante Affe.

Zu ihm hätte ich einiges zu sagen, schon in der Schulzeit ein überheblicher Flegel, typisch Arztsohn, ich habe aber keine Zeit, mich mit ihm zu beschäftigen. Ich will meine Aufzeichnungen beenden, mit diesem letzten Eintrag, und dann mich auf meine Rolle als Gastgeber vorbereiten. Wir werden einfach und klar essen. Spaghetti mit frisch gehobelten Trüffeln. Dann Ossobuco Milanese von Kalbsbeinscheiben, das habe ich vorgekocht im Eis, dazu, was gebe ich dir dazu? – außer dem, was ich dir verabreichen werde, ah, du wirst ein chemisches und biophysiologisches Experiment von singulärer Qualität darstellen! Zum Osso-

buco vermutlich Thymianpolenta und zart gedünstete Fingermöhren in Honigbutter. Zum Dessert? Ich will mich nicht lumpen lassen, schließlich ist es deine Henkersmahlzeit, aber zum Dessert wirst du nicht mehr kommen. Die Mühe kann ich mir sparen.

Und hiermit, mein Lieber, beende ich diese aufrechten Bekenntnisse, mein unvergleichliches kleines Tagebuch. Eigentlich bedaure ich, daß die schöne Zeit des Planens nun zu Ende geht, die letzten Wochen waren für mich ungemein ereignisreich, selten habe ich so stark gefühlt, daß ich lebe! Aber alles Schöne findet einmal ein Ende, ich bin auf den Augenblick vorbereitet, mein Körper ist seit Wochen dafür trainiert worden, ich fühle mich kräftig wie nie und werde deine sterbliche Hülle mühelos deponieren können, wo immer ich will. Es gibt so viele geeignete Orte: die Höhle im Mahrberg, die alte Mühle des toten Gottfreund, die Nelda, man wird sehen, Hauptsache, du bist aus der Welt. Und ich kann endlich wieder frei atmen! Fortan nur noch Poesie!

Kriminalhauptkommissar Alexander Swoboda war pünktlich. Als er die Botschaft *HÖHLENGLEICHNIS* auf seinem Mobiltelefon vorgefunden und wie erwartet festgestellt hatte, daß die Nummer des Absenders unterdrückt worden war, wurde ihm zum ersten Mal bewußt, daß der Mörder offenbar das Bedürfnis hatte, seine Motive offenzulegen.

War es Winkels, der durch das Höhlengleichnis Platons die Wahrheitssucher mit dem Tod bedrohte? Auch wenn der Text, der zur Griechisch-Lektüre der Unterprima gehört hatte, in der Erinnerung verblaßt war – seine Bedeutung hatte sich frisch erhalten: Alles, was wir wahrnehmen, sind bloß Schatten an der Wand einer Höhle, in der wir angekettet sind, Schatten von Figuren, die hinter uns vorbeigetragen werden. Um wirklich etwas zu wissen, müssen wir gezwungen werden, uns frei zu machen von den Ketten und über viele mühsame Stufen der Erkenntnis hinauszugelangen, ins Licht, zur Sonne, in die Wahrheit. Doch wer die Wahrheit erkannt hat und, von ihrem hellen Licht geblendet, zurück in die Höhle geht, um die Unwissenden dort zu befreien, kann zunächst im Dunkel nicht einmal die Schatten an der Wand sehen. Das ist für die Angeketteten der Beweis, daß er lügt, und sie töten ihn. Wie Sokrates getötet wurde, weil er Erkenntnis eingefordert hatte.

Die Botschaft war nicht schwer zu verstehen: Laßt die Schatten im Dunkel der Zeit! Wer die Wahrheit ans Licht bringen will, wird umgebracht.

Swoboda hatte zur Einladung seine Waffe im Schulterholster mitgenommen, fühlte sich aber mit der ungewohnten Ausrüstung nicht wohl. Das Tor des Parks stand offen, auf dem Fahrweg waren es fast hundert Meter bis zum Haus. Der Kommissar läutete, und Winkels öffnete sofort. Vermutlich hatte er hinter der Tür gewartet

Er war seltsam gekleidet. Der schwarze Samt von Hose und Jackett wurde im Licht des Kronleuchters von einem schmalen Lichtrand gesäumt. Der hohe, weiße Schillerkragen stand offen, die Ecken fielen weit ausladend über die Revers der Jacke. Winkels' Gesicht hatte einen rosigen Glanz, als habe er mit Make-up nachgeholfen. Die fast schwarzen Haare schienen lokkiger zu sein, die Stirn höher, ja selbst das Rot der Lippen hatte etwas Theaterhaftes. Am auffälligsten waren die Augen. Er mußte die Lider umrandet haben, anders war die Fremdheit seines Blicks nicht zu erklären, der sich aus geweiteten Pupillen, neugierig und träumerisch zugleich, auf den Besucher richtete.

Auch die einladende Geste, mit der Winkels ihn bat einzutreten, war künstlich und übertrieben. Swoboda spürte, daß die Situation nicht alltäglich, nicht normal war, empfand Winkels aber gerade wegen des schrägen Auftritts als harmlos und ungefährlich, eine Kopie von Oscar Wilde oder Marcel Proust, ein Schauspielerwesen zwischen Hamlet und Torquato Tasso, das ihn nun in der Halle willkommen hieß, aus der eine breite, dunkle Treppe zu den oberen Geschossen führte. Linkerhand betrat man das Eßzimmer und hatte durch die bodenlangen Fenstertüren einen weiten Blick in den Park, der sich hinter dem Haus nach Süden dehnte.

Dort lag die Dämmerung zwischen den Bäumen, ein leichter Dunst hatte die Wiese bezogen. Im Zimmer war der Tisch weiß eingedeckt wie zu einem Fest.
An der Seite des Raums gab es eine Bar aus massivem Mahagoni – *Caput mortuum rötlich, Eisenoxidpigment* –, hinter der Winkels eine Flasche Champagner öffnete und zwei Kelche einschenkte.
»Direktor Sockschutz wird ein bißchen später kommen. Er hat gesagt, wir sollen ohne ihn anfangen, irgend etwas hält ihn auf, die pädagogischen Probleme der Provinz.«
Swoboda betrachtete das Kopfende des Tischs, die Dreiergedecke, Silberbesteck, je drei Gläser, weiße Stoffservietten, eine Kristallkaraffe mit Wasser, drei einzelne Silberleuchter, weiße Kerzen, die noch nicht brannten.
Winkels kam ihm mit großem Schwung entgegen und hielt ihm ein Champagnerglas hin. »Auf die Phantasie? Genehmigt, Kommissar? Auf die Gabe, zu ahnen, was wir nicht wissen! Auf den Riecher und die Intuition?«
Während Swoboda mit ihm anstieß, versuchte er, aus jedem seiner Worte eine darin verborgene Ankündigung, Lüge, Botschaft zu entschlüsseln. Das erwies sich als schwierig, denn sein Gastgeber wechselte zwischen direkter Camouflage und Ironie. Herauszufinden, was Ablenkung, was Hinweis war, schien kaum möglich. Er

mußte selbst einschreiten, eigene Wortvorschläge machen, er mußte im Spiel der Sätze die Initiative gewinnen, die Winkels ihm seit seinem Eintritt ins Haus keine Sekunde überlassen hatte.

»Ja, Volker. Trinken wir auf meinen Riecher und deine Phantasie!«

Winkels' Hand zögerte für einen Moment, bevor sie das Glas hob. Das Lächeln blieb vertraulich. Der tiefe Blick über den Rand des Glases war voller Vorfreude, der liebevolle Blick eines Schmetterlingssammlers auf seine noch lebende Beute.

»Setz dich, bitte ans Kopfende. Ehre, wem sie gebührt! Wir beginnen mit Spaghetti mit frischen Trüffeln, du magst doch Spaghetti? Dazu einen 2003er Schiopetto Sauvignon Blanc aus dem Friaul, strohgelb, im Duft mit Noten von grüner Paprika, Tomatenblatt und Salbei! Ein erstaunlicher Wein!«

»Ich werde mich vorerst ans Wasser halten«, sagte Swoboda und stellte sein leeres Champagnerglas auf dem Tisch ab. Winkels zündete die Kerzen an.

»Wie du willst, bedien' dich, Wasser ist in der Karaffe, Champagner ist noch in der Bar. Ich muß leider kurz in die Küche, es war anders geplant, du solltest dich mit Sockschutz unterhalten, aber die Spaghetti sind ja gleich fertig. Entschuldige mich bitte.«

So spielte er die Nervosität des Gastgebers und verschwand durch eine Tür neben der Bar in das angrenzende Anrichtenzimmer, hinter dem wiederum die Küche lag. Der Kommissar ging ans Kopfende des Tisches, hob die schwere Karaffe an und zögerte, welches der drei Gläser an seinem Platz für Wasser gedacht war, entschied sich für das niedrigste. Die Anspannung hatte ihn durstig gemacht, er trank schnell zwei Gläser, trat an die Fensterfront und sah in den Park hinaus. Dies also war Staffscher Besitz gewesen, seit drei Generationen hatten sie in Zungen gelebt, gearbeitet und anständig Geld verdient. Sie hatten gutes Bier gemacht, das die Zungerer gern tranken. Geachtete Leute, wichtige Arbeitgeber. Bestimmt wurden sie auf der Straße gegrüßt, man wollte es sich mit ihnen nicht verderben. Doch dann hatten die Zungerer gelernt, daß neue Zeiten neue Perspektiven erforderten. Swoboda versuchte sich vorzustellen, wie Leo Staff das letzte Mal hier an den Fenstertüren gestanden und in seinen Park geschaut hatte. Vielleicht hatte er nach einem verständlichen Anlaß für seine Vertreibung gesucht, einen Grund, zu dem er selbst beigetragen hätte, um wenigstens einen winzigen Rest Vertrauen in die Folgerichtigkeit der Geschichte zu behalten. Aber es gab keinen einsehbaren Grund. Es blieb nur die geistige und sittliche Verkommenheit seiner Landsleute.

Winkels trug die Spaghettischüssel herein, füllte blitzschnell die zwei obersten Teller und zog die weiße Trüffel über den Hobel. Kaum hatten die durchscheinenden Pilzblätter die Wärme der Spaghetti angenommen, stieg ihr Geruch auf. Ohne Swoboda weiter zu fragen, holte Winkels die Schiopetto-Flasche aus dem Kühlwagen unter der Bartheke und schenkte den Sauvignon ein, dessen Duft sich mit dem der Trüffel vermengte und wirklich, wie Swoboda still zugeben mußte, eine betörende Mischung bildete.

Als er die Flasche abstellte, sah Winkels das Glänzen in den Augen seines Gastes: keinen Glanz der Freude, sondern die Wirkung der ersten Ingredienzien des Drogencocktails, den er ihm zugedacht hatte. Er hatte den Kommissar richtig eingeschätzt. Er wußte oder ahnte, wer die Morde veranlaßt hatte. Aber wußte er auch, daß er selbst das letzte Opfer sein würde? Dazu reichte die Phantasie eines Polizisten dann doch nicht. War es Hochmut, dieses *Mir kann ja nichts passieren, ich bin auf alles vorbereitet*? Hatte er die Warnung durch das Höhlengleichnis nicht auf sich selbst bezogen? Eine Dosis Chrystal im Champagner, ein bißchen Crack in der Wasserkaraffe, die auch schon die erste Spur Ricin enthielt, stark verdünnt, man wollte ja den Abend eine Zeitlang genießen. Im Rotwein würde er seinem Gast noch ein wenig von dem hochreinen Kokain zukommen lassen, das er selbst vor Beginn des Abends genossen hatte. Dazu der Alkohol. Man konnte sich gar nicht ausdenken, wie die Wechselwirkung am Ende sein würde. Er konnte sich nicht erinnern, sich jemals so sehr

auf etwas gefreut zu haben wie darauf, Alexander Swobodas Zerfall zu erleben; zusehen zu dürfen, wie der selbstbewußte Bulle sich selbst entglitt, wie er versuchen würde, sich in die Hand zu bekommen, vergeblich, längst war alles entschieden, der große Kommissar würde zu einer hilflosen, lächerlichen Puppe in der Hand ihres Spielers werden. Er, Volker Winkels, war der Puppenspieler, und er hatte schon gesiegt.
Er hob sein Glas, »Auf dich, Alex, du bist tatsächlich zum ersten Mal bei mir zu Gast!« und lächelte ihm erneut so arglos und unbeschwert zu, daß Swoboda sich fast schämte, bei Tisch seine Waffe unter der Schulter zu tragen. Er fühlte sich nach dem ersten Gang sehr wohl, seine Angestrengtheit hatte sich verflüchtigt, auch weil Winkels tatsächlich kluge Vorstellungen für eine Mitgestaltung der städtischen Jubiläumsfeiern durch den Verein »Gephyra« entwickelte, weil der Wein großartig schmeckte, weil überhaupt alles ihm mit einem Mal mächtiger, besser, schöner und wichtiger vorkam als zuvor. Sein Körper schien besser durchblutet, zugleich aber leichter, und obwohl er nach dem Genuß der Spaghetti geglaubt hatte, satt zu sein, verspürte er plötzlich wieder Appetit. Gigantisch gut fand er den zweiten Gang, das zarte Ossobuco mit der schmelzend lockeren Thymianpolenta und den honigsüßen Möhrchen, die auf der Zunge zergingen, und der Rotwein erst: ein 2002er Montecastro y Llanahermosa, von dem Winkels

geradezu tobte vor Lob: »Ist das nicht ein Aroma zum Reinbeißen?! Diese getrockneten Feigen, Pflaumen, die dunkle Kirsche, die Nelke, findest du nicht?«
»Eindeutig Nelke!« stimmte Swoboda zu, »und dieser Abgang! Eine einzige Prozession von schwarzer Johannisbeere!«
»Weißt du, wer den entwickelt hat, diesen herrlichen Tinto Fino aus Ribera del Duero? Das war François Hebrard von dem weltberühmten Chateau Cheval Blanc!«
»Der berühmte Hebrard?« rief der Kommissar, »na dann!« Er hob den großen Rotweinkelch und nahm einen tiefen Zug. Der Wein war wirklich von außerordentlicher Fülle, doch irgend etwas an ihm stimmte nicht. Er lief nicht ganz in den Mund, die Lippe schloß nicht dicht an das Glas, oder der Wein hielt sich nicht an die Richtung, die Swoboda ihm mit der Haltung des Glases vorgab, etwas rann über das Kinn und tropfte aufs weiße Hemd.
Er setzte das Glas ab, sah um den Fuß auf dem Tischtuch einen blutigen Rand sich ausweiten und lachte.
Auch Winkels lachte. »Das ist so mit den Spaniern! Die machen einfach nicht, was man will!«
Beide konnten sich ausschütten vor Lachen über diesen Satz. Aber ein Teil von Swoboda lachte nicht mit. Etwas in ihm war unbeteiligt, geradezu mißmutig und hielt ihm vor, daß es keinen Grund gab zu lachen und

daß er von einem Kellermeister namens Hebrard und dem Chateau Cheval Blanc noch nie etwas gehört hatte. *Du lachst über Sätze, die überhaupt nicht zum Lachen sind. Was ist los mit dir? Bist du besoffen? Hast du vergessen, daß du hergekommen bist, um diesen Winkels zu überführen? Fällt dir nicht auf, daß der dritte Gast nicht kommt? Du läßt dich einwickeln!* Er widersprach sich, wollte sich die gute Laune nicht verderben lassen, ließ sich von Winkels die Rotweinflecken im Hemd mit Salz bestreuen und mußte dazu das Jackett ausziehen, das Winkels ihm hilfreich abnahm.

»Aber Herr Kommissar! Sie sind ja bewaffnet!«

»Natürlich bin ich bewaffnet!« Swoboda prustete, Winkels schlug ihm mit der Hand auf die Schulter und brach in ein hohes, irres Gelächter aus, in das der Kommissar einstimmte. Brüllend vor Lachen, legte er das Schulterholster auf den Tisch und warf seine weiße Stoffserviette darüber. Lachtränen liefen ihm übers Gesicht, und die Beckmesserstimme in ihm meldete sich mit lautem Protest zu Wort, wollte die Waffe wieder an seinem Körper sehen. *Wozu denn? – Weil dir keine Farben mehr einfallen, überall um dich herum sind Farben, aber dir fallen keine Farben auf! – Laß doch die Scheißfarben in Ruhe, die schlafen längst, die guten Tubenkinder!* Jetzt schwieg der Miesmacher, und Swoboda sah, daß Winkels vom Tisch weggegangen war, er hatte sich entfernt in einen Korridor, in den sich auch der Tisch dehnte, ein sehr langer, weißer Keil, in der Ferne nur noch ein Strich, und plötzlich stand Winkels neben Swoboda mit einem Blatt Papier in der Hand.

»Möchtest du ein Gedicht hören, Alex? Und wärest du so lieb, mir zu sagen, aber bitte ganz ehrlich, ob es dir gefällt?«

»Wieso ein Gedicht? Was für ein Gedicht?«

»Es ist ein altes Gedicht, ziemlich genau vier Jahrzehnte alt. Und ich wäre glücklich, wenn du es anhören würdest.«

»So alt? Und von wem?«

»Rate! Ich lese jetzt!« Er setzte sich auf die Tischkante und trug den Text von einer Seite vor, ein melancholisches, ein herbstliches Gedicht in freiem Vers, ab und an gereimt am Zeilenende, reichlich mit Binnenreimen versehen und mit Bildern, die Swoboda zum Kichern brachten. Als am Ende das dichtende Ich sagte: *Und suche den hohlen Tod im Holunder*, hielt es ihn nicht mehr, er lachte schallend, sah, wie Winkels das Papier langsam sinken ließ. Scharf und laut fragte er in Swobodas Lachen:

»Du findest es also immer noch lächerlich?«

Der rüde Ton in Winkels' Stimme irritierte den Kommissar. »Nein, nein. Aber willst du es wirklich vorlesen bei der Stadtfeier? Ich meine, entschuldige, ist es von dir? Ja? Aber es ist so traurig!«

»Dich hat es zum Lachen gebracht.«

»Ich weiß nicht, warum ich lache«, sagte Swoboda lachend, »ich habe einfach die ganze Zeit Lust zu lachen, ich bin so gut drauf, das liegt an diesem perfekten Essen und dem spanischen Wein, verstehst du? Aber für die Feier ist das wirklich nichts, glaub mir, so ein Gedicht, nein. Du weißt doch, was die Leute wollen. Katastrophen und Witze. Kinderleichen und Volksmusik. Das ist der Geschmack. Wir beide können nichts dafür.«

»Ja. Wir beide können wirklich nichts dafür. Du nicht. Und ich nicht.«

»Du nimmst mir das doch nicht übel?« Der humorlose Selbstkritiker in ihm meldete sich wieder. *Verlaß das Haus, geh sofort weg, du bist nicht du selbst! – Das wäre ja noch schöner, aus dieser wunderbaren Stimmung weggehen, warum wieso weshalb, kannst du mir einen guten Grund sagen? – Ja. Er ist ein Mörder! – Ja natürlich ist er ein Mörder, er gesteht nicht, ich muß ihn einlullen, und wenn er genug getrunken hat, gesteht er!*

Winkels hatte sich neben Swobodas Stuhl gestellt. »Aber wieso soll ich dir denn etwas übelnehmen? Weißt du was, wir lassen jetzt Gedicht Gedicht sein und holen uns einen wunderbaren Roten aus meinem Weinkeller. Ich habe nämlich nicht nur gute Spanier!«

Der Kommissar stand auf. Er hatte das Gefühl, daß nur seine linke Seite aufstand und die rechte sitzen blieb. Wie sollte er so gehen? Er blickte nach rechts unten und sah dort seine eine Körperhälfte nach wie vor im Stuhl sitzen. Das fand er so komisch, daß er wieder zu lachen begann, und unter den Atemstößen aus seiner Lunge begannen im gleichen Rhythmus dumpfe Schläge durch seinen Kopf zu hallen. Er streckte die linke Hand aus, sofort war Winkels zur Stelle.

»Wann kommt eigentlich dieser Direktor? Nicht, daß ich scharf darauf wäre, du weißt, Direktoren konnten wir nie leiden auf dem Ludwigsbühel, aber der Mann ist ja gewaltig spät dran!«

»Ich weiß nur, daß er eine Konferenz hat. Die zieht sich wohl hin. Komm, wir suchen uns einen schönen Bordeaux aus. Einen 1989er, war ein außergewöhnliches Jahr. Ich hatte auf Verdacht gekauft. Jetzt kannst du wählen.«

Auf der Treppe mußte Swoboda von Winkels geführt werden. Er sah, daß seine Füße in die verkehrte Richtung liefen, daß er mit den Absätzen voran die Stufen treffen mußte. Im Kellerkorridor roch es nach Chlor und Tannenduft. Aber Winkels führte ihn nicht zum Schwimmbad, er lenkte den Kommissar zum Weinkeller, der an der entgegengesetzten Seite, im Norden des Fundaments aus unglasierten Ziegeln errichtet war. Hier standen die Holzkisten in Regalen, mit den eingebrannten Namen der Weingüter, und Swoboda war verwirrt von der Menge der Titel, er hätte sich gerne gesetzt und etwas ausgeruht.

»Was hältst du von einem Chasse-Spleen 1989? Hier, der mit dem schwarzen Pferd.«
»Unbedingt«, sagte Swoboda. Irgendwann heute abend hatte er von einem weißen Pferd vernommen. Oder war das gestern gewesen? »Den nehmen wir!«
Volker Winkels hob das Deckbrett vom Chasse-Spleen-Kasten und entnahm ihm eine Flasche. In der Mitte des Kellers war eine schmale, gemauerte Theke eingerichtet, an der man stehen konnte. In ihr gab es Fächer für Gläser und Schubladen für Werkzeuge und Meßgeräte. Winkels öffnete die Flasche und roch am Korken. Swoboda nickte. »Enorm, was?«
»In Ordnung. Natürlich zu kalt. Den tragen wir in die Sauna!«
Über diesen Einfall mußte der Kommissar derart lachen, daß er kaum laufen konnte, während Winkels ihn den Kellergang entlang zur gegenüberliegenden Seite führte, wo der Pool, die Sauna und der Raum mit den muskelbildenden Maschinen lagen.
»Licht!« sagte Swoboda, und Winkels schaltete das Innenlicht der vorgeheizten Sauna ein. Sie setzten sich auf die unterste Bank. Swoboda war dankbar dafür, sitzen zu können. Seine Beine fühlten sich an wie aus Gummi.
»Gläser?« fragte Winkels.
»Keine«, sagte der Kommissar. »Aber so einen Wein kann man nicht aus der Flasche trinken. Unmöglich.«
»Nur wenn keiner zusieht.«

»Allerdings. Wenn keiner zusieht, also wenn du mir nicht zusiehst und ich dir nicht.« Die Schläge in seinem Schädel nahmen an Wucht so zu, daß er nachzucken mußte. Winkels sah, wie Swoboda seinen Kopf nach links und rechts warf. Er nahm seine rechte Hand und steckte ihm die Flasche zwischen die Finger und den Daumen. Der Kommissar hob den Chasse-Spleen an den Mund, das Glas schlug an seine Zähne. Er trank, setzte ab, hielt die Flasche schräg, der dunkelrote Wein schwappte auf die Kiefernbohlen der Bank und auf seine Hose.

»Oh. Entschuldige.«

»Ich hole einen Lappen«, sagte Winkels und ging hinaus. Mit einem schwarzen Schulheft in der Hand kehrte er zurück und blieb in der Tür stehen.

»Jetzt ist es soweit, Alex. Du kannst meine Gedichte nicht leiden und ich dich nicht. Das hätten wir vor vierzig Jahren vielleicht irgendwie anders lösen können. Heute erledigt das Ricin, was ich damals nicht konnte. Weißt du, daß Ricin als biologischer Kampfstoff gilt? Der Aufgußtrog in meiner kleinen Sauna enthält dieses Wundermittel. Es wird verdunsten, und du wirst es einatmen. Mein Gott, ist es qualvoll, daran zugrunde zu gehen! Ich hab's dir leichtgemacht, der kleine Cocktail aus Coke und Chrystal und ein bißchen Crack, den du im Wasser, im Champagner und im Ribera del Duero zu dir genommen hast, dazu ein bißchen Dope in der Polenta, du meine Güte, war das einfach, sei froh, du wirst jetzt noch nicht allzuviel spüren. Aber ich schätze, zwei Tage lang wirst du hier am Ricin langsam krepieren. Ein christlicher Tod, die Euphorbiazee aus der Familie der Wolfsmilchgewächse, die mir ihr Gift schenkt, um dich zu töten, heißt Palma Christi. Ich finde meinen Frieden durch sie und du doch auch, ist das nicht wunderbar? Wenn der Cocktail nachläßt, wird es allerdings weh tun. Richtig weh. Wenn du Blut scheißt, werde ich durch das Fensterchen hier zusehen. Wenn das Gift alle deine Zellen zersetzt, werde ich zusehen. Ich werde dir zusehen bis zum Ende. Schade, daß du jetzt wohl kaum etwas lesen willst. Aber, Wegbegleitung soll sein. Da! Ich lasse dir mein Beichtbüchlein hier, und solltest du wider Erwarten klar sehen können, bitte ich dich auf Knien: Lies mich! Es lohnt sich!«

Er warf sein Bekennerbuch, das ein langer Brief an den Mann war, der blöde grinsend in der Sauna saß, neben sein Opfer auf die Bank und schloß die Doppeltür mit dem kleinen quadratischen Glasfenster. Obwohl der Kommissar nicht aufstand, weiter grinste und nun die Flasche am ausgestreckten Arm langsam hochhob, den Kopf zurücklegte und sich den Wein senkrecht in den geöffneten Mund, über Lippen und Kinn, über Schultern und Brust laufen ließ, den Eindruck vollständiger Abwesenheit bot und aussah wie eines der blutigen

Opfer in so vielen Bildern der Kunst, die er liebte und bewunderte, und obwohl er so schwach war, daß sich nicht einmal mehr seine innere Stimme Gehör verschaffen konnte, blockierte Winkels die Saunatür mit einer Gewichtstange aus dem Fitneßraum, bevor er die Heizung auf 110 Grad erhöhte, um die Ricinlösung auf dem Saunaofen zum Verdampfen zu bringen.
Swoboda saß in brauner Hose und weißem Hemd, weinüberflossen und schwitzend, im ockergelben Saunalicht auf der Kiefernholzbank und lachte.

Willy Ungureith hatte überlegt, ob er seinem Zorn folgen oder sich bezähmen sollte. Er hielt nicht ganz soviel von Selbstdisziplin wie sein Freund Sinzinger. Seit dieser Polizist Viereck ihn besucht und ihm den Haftbefehl eröffnet hatte, war ihm klar, daß alles davon abhing, ob Winkels aussagte oder nicht. Man hatte die Fotos aus dem Jahr neununddreißig. Damit hatte man noch nicht viel. Was in der Gegenwart geschehen war, konnte mit den Fotos nicht bewiesen werden. Er hatte sich nie von jemandem abhängig gemacht. Das Prinzip war immer richtig gewesen. Nur Winkels gegenüber hatte er es aufgegeben. Ein Fehler, den er korrigieren würde.
Der Vierundneunzigjährige hatte sich gegen zweiundzwanzig Uhr dazu aufgerafft, aus seiner Villa zu Winkels hinüberzulaufen. Er mußte nur durch den eigenen

großen Garten gehen, dann die Hauptstraße überqueren, auf ihrem Trottoir Richtung Nelda laufen, bis rechts der Galgenberg abzweigte: ein Weg von zehn Minuten, für den er länger brauchte. Die Dunkelheit machte ihm trotz der Straßenleuchten zu schaffen. Wegen seines fülligen weißen Haars und seines ungebeugten Ganges wurde er für jünger gehalten, als er war, doch seit dem neunzigsten Jahr seines Lebens war seine Sehfähigkeit deutlich schwächer geworden, weshalb er sich angewöhnt hatte, vorsichtig aufzutreten und auf seine Schritte zu achten. Das Tor fand er offen. An der Haustür mußte er mehrfach läuten, und von Mal zu Mal erhöhte er den Druck seines Daumens auf den Klingelknopf, so als ob er dadurch lauter läuten und die Dringlichkeit seines Besuches vermitteln könnte.
Winkels kam schließlich zur Tür, öffnete sie jedoch so wenig, daß Ungureith nur die Hälfte des teigig blassen, feuchtglänzenden Gesichts erkennen konnte, in dem an den unteren Lidrändern und den Lippen Spuren verlaufender Schminke sichtbar waren. Als dieses Gesicht den Großmetzger erkannte, schien es zu überlegen, ob dort draußen auch wirklich das war, was es sah. Der Greis trat gegen die Tür, Winkels wankte und gab den Eingang frei.
In der Sauna hatten für Swoboda Qualen begonnen, die ihn von der Bank auf den Boden niederfallen ließen. Das Ricin, das er einatmen mußte, begann allmählich

seine erste, noch geringe Wirkung zu entfalten, und in der Verbindung mit dem Alkohol und den Drogen, die er zuvor eingenommen hatte, spielte ihm sein Körper gleichzeitig Illusionen und unerträgliche Veränderungen vor, sein Gehirn schwamm in Glücksträumen, sein Magen spie den Rotwein und das Essen zurück, sein Darm leerte sich, ein schreiendes Pfeifen verband seine Ohren wie eine glühende, quer im Kopf steckende Nadel, und der Besserwisser in ihm sprach unablässig davon, daß ihm so recht geschähe und daß er sich schämen solle. Der elende Swoboda hätte den klugen Swoboda gern zum Schweigen gebracht.

Ungureith sah die beiden abgegessenen Gedecke und das dritte, das unberührt war. Er warf seinen Mantel über eine Stuhllehne.

»Nein, wir haben dich nicht erwartet«, kommentierte Winkels den Blick des Metzgers.

Der Greis setzte sich an den Tisch, wo das unberührte Gedeck stand. »Frauengeschichten?«

»Man kann nicht immer nur Erfolg haben. Möchtest du etwas essen? Ich habe Spaghetti mit frischen Trüffeln ...«

Ungureith lehnte ab.

»Aber ein Glas Champagner nimmst du!« Winkels wartete keine Antwort ab, eilte hinter die Bar, holte die angebrochene Flasche aus dem Kühler und schenkte seinem Komplizen ein. Der hielt das Glas in der Hand

und nahm Winkels fest ins Visier. »Wirst du reden? – Du wirst reden, nicht wahr?«
»Reden? Was denn reden? Was soll ich reden, was meinst du?«
In kleinen Schlucken trank der Greis sein Glas aus, dann hob er es und warf damit nach Winkels, der sich wegduckte. Hinter ihm zersprang das Glas auf dem Fußboden.
»Du bist feige, Volker. Vielleicht kannst du nichts dafür, weil du ohne Charakter geboren worden bist. Du bist eine feige, stinkende Laus. Ich bin ein Mann mit kräftigen Händen. Ich werde dich zwischen Daumen und Zeigefinger zerdrücken und zerschmieren, bis von dir nicht mehr übrig ist als dein Gestank.«
Winkels versuchte zu überlegen. Die Gedanken ordneten sich nicht, wie er wollte. Sollte er nicht beweisen, daß er keine Laus war, sehr wohl Charakter hatte? Ja, daß er dabei war, eine Heldentat zu vollbringen?
Jetzt erst fiel Ungureiths Blick auf das braune Lederholster mit Swobodas Waffe, das, von einer Serviette halb verdeckt, am Tischende lag. Er griff danach, hob es hoch und sah, ohne etwas zu sagen, Winkels an, auf dessen Gesicht sich kindlicher Stolz abzeichnete.
»Ich habe den Kommissar in der Falle.« Er streckte sich. Sein zerlaufenes Make-up bildete einen kuriosen Gegensatz zur soldatisch geschwellten Brust.
»Du hast was?« Der alte Mann hatte in seiner Jugend

schon gelernt, drohende Töne leise auszusprechen. Winkels versuchte, sein inneres Schwanken anzuhalten. Er war stolz auf das, was ihm endlich gelungen war. War es nicht ein Augenblick der Ehre, jetzt dem Greis erklären zu können, daß man den Feind in der Falle gefangen und ihn dem sicheren Ende überlassen hatte?

»Ja. Er stirbt gerade hier unten in der Sauna. Ich habe ihn vergiftet. Ricin. Ich verstecke ihn im Haus. Dann kommt er in die Höhle, oder in die Mühle oder in die Nelda ...«

»Oder? Du hast keinen Plan für das Ende? Weißt du nicht, daß das am dümmsten ist? Keinen Plan zu haben für den Fall, daß man siegt? Ich will Swoboda sehen!«

Als der alte Mann lange durch das Fensterchen auf den am Boden liegenden Kommissar gestarrt hatte wie auf eine sterbende Ratte in einem Versuchskäfig und die gequälten Bewegungen des Opfers ihn anzuekeln begannen, löste er sich von der Tür. Winkels stand ihm gegenüber und hielt ihm ein Glas Rotwein entgegen. Ungureith winkte ab. Er schob seine rechte Hand über den Bauch unter die linke Seite seines Sakkos und zog aus dem Hosenbund eine Pistole, wog sie in der Hand, betrachtete sie. Winkels trat, noch immer mit dem gefüllten Rotweinglas in der halb ausgestreckten Rechten, einen Schritt zurück.

»Die meisten sind damals umgestiegen auf die Walther P 38, sie war natürlich leichter, und übrigens auch nicht so anfällig für Schmutz, aber ich bin bei meiner schweren Luger geblieben, bei meiner Luger 08. Acht Patronen, neun Millimeter, zuverlässig bis in die Hölle. All die Jahre hab ich mich gefragt, warum ich sie damals versteckt und wieder rausgeholt und aufgehoben habe. Siehst du. Irgendwann kriegt man eine Antwort. Jetzt weiß ich es.«

Volker Winkels blieb nicht Zeit zu fragen. Ungureith war es nicht gewohnt, Gespräche zu führen. Er redete, er schwieg, er handelte. So hatte er es auch damals in Prag gemacht. Sein Freund Sinzinger war ein Zauderer. Ungureith wußte, wann man den Bolzen an den Kopf setzen mußte beim Vieh – Vieh, wie Winkels es war. Er schoß. Sah Winkels mit dem Glas Rotwein in der Hand fallen. Das Glas zersprang auf dem blauen Fliesenboden, den Stiel behielt Winkels in der Hand. Er konnte den Kopf noch heben und den Mund öffnen. Ungureith schoß zum zweiten Mal und traf Winkels ins linke Auge. Er legte die Waffe auf den Boden, zog sein Telefon aus der äußeren Jackentasche, rief den Notarzt und die Polizei an. Dann trat er die Sperrstange weg und öffnete die Tür der Sauna. Er stellte die Heizung aus. Seiner linken Hosentasche entnahm er ein Tuch, lief zum Schwimmbecken, tauchte das Tuch ein und preßte es sich vor Mund und Nase. So geschützt, betrat er die Sauna. Er kniff das nasse Tuch zwischen die Lippen und packte Swoboda bei den Füßen, zog ihn hinaus und ließ ihn auf den Fliesen liegen. Er schloß die Sauna wieder, lief auf die andere Seite des Schwimmbeckens und legte sich dort erschöpft auf die Liege. Acht Minuten später wachte er von der Hausklingel auf. Langsam stieg er die Treppe hinauf, um zu öffnen.

Daß Kriminalrat Klantzammer zu so später Stunde bei einem Einsatz mitkam, wunderte den Greis. Er hatte sich am Eßtisch niedergelassen, und während Notarzt und Tatortermittler im Keller ihre Arbeit machten, erklärte Ungureith dem Präsidiums-Chef die Zukunft. »Selbstverständlich werden Sie dafür sorgen, daß Anklage erhoben wird, wegen Totschlags und vielleicht sogar wegen Mordes, vor fast siebzig Jahren. Ich habe dafür volles Verständnis, Herr Kriminalrat. Aber sehen Sie uns an, Sinzinger und mich. Wir sind alte, hinfällige, gebrechliche Männer. Wir werden im Prozeß Krücken brauchen, im Rollstuhl fahren, wir sind nicht verhandlungsfähig. Garantiert nicht. Ich kann Ihnen das jetzt schon sagen: Wir waren nicht verhandlungsfähig, wir sind nicht verhandlungsfähig, wir werden nicht verhandlungsfähig sein. Solange es nach Recht und Gesetz geht. Mit den Taten des Herrn Winkels haben wir nichts zu tun. Ich hatte so eine Ahnung, daß er verrückt ist. Sein Vater war ein guter Mann. Ein richtiger Held. Damals, als es noch Helden gab. Ein Jammer, daß der Sohn so aus der Art geschlagen ist. Immerhin konnte ich Ihrem Kriminalhauptkommissar Swoboda hoffentlich das Leben retten.«

»Wir sind Ihnen dankbar dafür, Herr Ungureith«, sagte Klantzammer. »Und was Ihre Verantwortung betrifft, für damals und für heute: Ich bin nicht so sicher, daß Sie recht behalten werden, mit den Krücken und dem Rollstuhl und der Gnade des Alters …«

»Aber gewiß doch. Gerechtigkeit ist etwas Wunderbares! Irgendwann mal muß ja auch Schluß sein mit diesem ewigen Wühlen in der Vergangenheit.«

Fast eine Stunde später saß Martina Matt an Swobodas Klinikbett und wußte nicht, wo sie ihn berühren durfte, ohne daß er Schmerzen empfand. So hielt sie ihre eine Hand mit der anderen fest. Klaus Leybundgut kam ins Zimmer und erklärte ihr die Wirkungsweise des Giftes.

»Ich weiß aber nichts über die Wechselwirkung im Zusammenhang mit den Drogen, die Winkels ihm verpaßt hat. Das sind Amphetamine und Ephedrinderivate, weiß der Himmel, wie das sich auswirkt. Ich kann nur sagen, daß er eine schwere Strecke vor sich hat. Für Ricin gibt es kein Gegengift. Es kommt auf die Menge an, die er in sich hat. Und Inhalation ist extrem wirksam. Wenn wir Glück haben, hat die Erhitzung des Gifts die Toxizität ein bißchen verringert. Tut mir leid, ich kann keine besseren Aussichten versprechen. Die machen hier alles, was geht.«